BIBLIOTHEEK BREDA

de Bi

D1388912

Breda Centrum

BIBLIOTHEEK-BREDA

P.J. TRACY

DODENRIT

H&W

VAN HOLKEMA & WARENDORF
Unieboek BV, Houten/Antwerpen

H&W THRILLER *die leg je niet meer weg*

BIBLIOTHEE◄BREDA
Wijkbibliotheek Bavel
Deken Dr. Dirckxweg 4
4854 AB BAVEL
tel 0161 - 43 13 51

Oorspronkelijke titel: *Dead Run*
Oorspronkelijke uitgave: G.P. Putnam's Sons, New York
Copyright © 2005 by Patricia Lambrecht en Traci Lambrecht

Copyright © 2006 Nederlandstalige uitgave:
Uitgeverij Unieboek BV,
Postbus 97, 3990 DB Houten

www.unieboek.nl
www.pjtracy.nl

Vertaling: Willeke Lempens
Omslagontwerp: Wil Immink
Omslagfoto: Getty Images, David Cooper
Opmaak: ZetSpiegel, Best

ISBN 90 269 8495 2 / NUR 332

Alle rechten voorbehouden. Niets uit deze uitgave mag worden ver-
veelvoudigd, opgeslagen in een geautomatiseerd gegevensbestand, of
openbaar gemaakt, in enige vorm of op enige wijze, hetzij elektronisch,
mechanisch, door fotokopieën, opnamen, of op enig andere manier,
zonder voorafgaande schriftelijke toestemming van de uitgever.

1

Met Four Corners was het na 17 oktober 1946 niet veel meer geworden. Dat was de dag waarop Hazel Kruegers vader Whitestone Lodge in brand had gestoken en naakt tussen de vlammen door had gedanst, als een treurig soort vergelding voor alles wat hij had gezien en gedaan in een landstreek genaamd Normandië.

Niet dat het stadje daarvoor zo'n bloeiende metropool was. Het was eerder een bescheiden open plek te midden van de noordelijke wouden van Wisconsin, waar toevallig een meer in lag. Maar zonder de herberg en de stoet van vissers die er elke zomer vanuit Milwaukee en Madison naartoe trokken, was het stadje op zichzelf aangewezen en begon het, stukje bij beetje, in te drogen.

Tegen de tijd dat Tommy Wittig werd geboren, was de weg naar de herberg die het provinciale asfalt had gekruist, allang overwoekerd door het woud. En het was pas vorige week geweest dat de eenzame jongen, die bijna acht werd, zich had afgevraagd waarom zijn stadje eigenlijk Four Corners heette, terwijl er maar twee hoeken waren.

Opa Dale had het hem uitgelegd, terwijl hij met hem naar Whitestone Lake was gewandeld, waar hij hem had gewezen op de verbrokkelde restanten van een stenen muur die ooit de onderkant van de oude herberg had gevormd. 'Als je goed kijkt,' had hij gezegd, en zwaaide met zijn platgekauwde bruyèrehouten pijp, die hij in geen dertig jaar meer had aangestoken, omdat hij altijd met zijn neus boven de een of andere motor hing en bang was dat zijn hoofd er anders nog eens vanaf werd geblazen, 'dan kun je nog steeds het gat zien dat de vlammen in het bos hebben geslagen toen ze van de herberg oversprongen op de bomen. Verdorie, de hele staat was waarschijnlijk afgefikt als het toen niet was gaan regenen.'

Verbluft had Tommy zich afgevraagd waar hij zou zijn geboren als Wisconsin die dag inderdaad tot op de bodem was afgebrand, en hoe de Amerikaanse vlag eruit zou zien met negenenveertig in plaats van vijftig sterren...

'Als je er als een havik overheen kon vliegen, zou je een kring van zeker twintig hectare doorsnee zien, met een jongere begroeiing van stekelige doornstruiken, die zo lekker in de veters van je gympen blijven haken. Tja, die brand... ik herinner me hem nog als de dag van gister. Hij heeft dit stadje de das om gedaan – da's een ding dat zeker is. Schitterende Weymouth-pijnbomen brandden die dag als twintig meter hoge kaarsen op een verjaardagstaart.'

'Was hij echt helemaal bloot?' had Tommy gevraagd, ingaand op het voor hem opmerkelijkste aspect van het verhaal.

Lachend had opa Dale gezegd dat meneer Everett Krueger inderdaad zo naakt was geweest als op de dag dat hij werd geboren.

'En heeft ouwe Hazel hem gezien?'

Hazel was de eigenares van het café op de hoek naast opa Dales tankstation – de enige andere zaak in Four Corners. In Tommy's ogen was ze wel honderd jaar.

Daarop was opa Dale door zijn knieën gezakt en had hem recht in de ogen gekeken – zoals altijd wanneer hij iets ernstigs ging zeggen en wilde dat Tommy hem goed begreep. 'Over die brand hebben we het nooit waar Hazel bij is – begrepen, Tommy? Zij was amper ouder dan jij nu, toen haar vader dat deed. En ja, Hazel stond erbij en keek ernaar: een klein meisje, dat door een kier regelrecht de hel in keek en haar eigen vader geroosterd zag worden, tot er niet meer van hem over was dan een soort zwartgeblakerde stok. Kun je je dat voorstellen?'

Tommy probeerde het zich nu al bijna een week lang voor te stellen, en nóg kon hij zich geen beeld vormen van Hazel Krueger als klein meisje – laat staan als iemand die zoiets vreselijks had meegemaakt.

6

Toen hij op zijn oude fiets rammelend over de weg langs het café reed, zag hij door het spiegelraam Hazels brede rug boven de bakplaat achter de bar gebogen staan. Zelfs door de vuile ruit heen zag hij de enorme, wiebelende berg gitzwart haar bovenop haar hoofd, en toen ze zich omdraaide om een bord voor een klant neer te zetten, zag hij het slappe vel van haar vele kinnen die als een waterval naar beneden hingen op de plaats waar je eigenlijk haar nek hoorde te zien.

Hij kneep zijn ogen zo ver dicht, dat haar knalrode lippen wazig werden en al haar rimpels verdwenen – en nóg zag hij het kleine meisje onder al die jaren niet.

En toen keek Hazel aan de andere kant van de ruit ineens op en zwaaide naar hem. Verlegen zwaaide Tommy terug.

Zijn hele leven was zij al 'die ouwe Hazel', met armen zo dik dat ze je met gemak fijnkneep, met dat maffe kapsel, die hem altijd als hij in het café kwam, een paar gratis frietjes gaf. Maar vanaf het moment dat opa Dale hem had verteld hoe Four Corners een stadje met nog maar twee hoeken was geworden, was Hazel in zijn ogen een heel ander mens geworden: een fascinerende, exotische vreemdeling, die haar eigen vader tot as had zien verbranden.

Tommy hoorde de oude Ford al toen deze nog zeker een halve kilometer van hem verwijderd was. Hij rende met zijn fiets naar de berm en keek onder de bomen zoekend om zich heen. 'Kom op, jochie! Waar zit je nou?'

Het hondje was een vroeg verjaarscadeau. Het was nog niet veel meer dan een zwart-met-bruin pluisje met te lange oren, te grote poten en de constante neiging weg te dwalen – en geen flauw benul van het gevaar van auto's.

'Hondje!' Tommy legde zijn fiets neer, zakte op zijn hurken en tuurde tussen de bomen, die tegenover het café en het tankstation bijna tot aan de weg reikten. De spookachtige tentakels van de ochtendnevel hingen nog rond de stammen. Tommy hoopte dat zijn hond uit zichzelf tevoorschijn kwam, want daar dook hij liever niet tussen om hem te zoeken. Het leek wel een scène uit een zaterdagavondaflevering van *Creature Features*, waar altijd mist rond van die scheve grafstenen dreef en je gewoon wíst dat er elk moment iets griezeligs kon gebeuren.

Hij schrok dan ook toen de pup ineens breed grijnzend uit een bosje bedauwde varens in zijn armen sprong. Zijn natte tong zocht speels zijn oor en Tommy giechelde.

En precies op dat moment verscheen de gebutste, witte pick-up bovenaan de heuvel waar de weg het bos verliet.

'Rustig nou eens, kronkelworm,' zei Tommy en trok zijn hondje dicht tegen zich aan, terwijl de truck langzaam voorbijkwam en afsloeg naar opa Dales tankstation.

Tommy's moeder leunde door het raampje aan de passagierskant naar buiten en stak haar vinger naar hem op. Met een uitgelaten hond achter zich aan peddelde Tommy naar de overkant. Het dier struikelde halverwege over zijn bovenmaatse poten en rolde als een zwart-met-bruin bolletje wol over het asfalt. Hij krabbelde weer overeind, schudde met zijn kop, zette zijn korte, kromme lijfje abrupt neer en jankte klaaglijk.

Jean Wittig keek hoofdschuddend toe. Zij was een knappe, blonde vrouw met een lichte huid. 'Je moet die hond op straat wel goed in de gaten houden, hoor!'

Tommy liet zijn fiets piepend tot stilstand komen naast de auto en keek omhoog naar zijn moeder. 'Doe ik,' zei hij, ernstig door het gewicht van deze verantwoordelijkheid.

'Wij zouden wel eens laat terug kunnen zijn, dus denk erom dat je opa Dale helpt met melken en wat hij verder wil dat je voor hem doet, hoor. Wat sta je nou te grijnzen?'

'Zomaar,' zei Tommy. Maar zijn grijns trok niet weg.

'Jij denkt zeker dat wij cadeautjes voor jouw verjaardag gaan kopen, hè?'

'Mm-mm.'

Harold Wittig boog zich langs zijn vrouw naar voren, keek zijn zoon aan en deed verbaasd: 'Is er iemand jarig dan?'

Tommy's grijns werd nog breder.

'Shit, nee: we gaan gewoon naar Fleet Farm, voor wat onderdelen voor die oude melkmachine van ons.'

'Geen "shit" zeggen waar de jongen bij is, Harold!'

Harold sloeg zijn blik op en stapte uit om zijn tank vol te gooien.

'Hier, Tommy.' Zijn moeder stopte een biljet van één dollar in zijn hand. 'Ren jij eens gauw naar Hazel en haal twee donuts voor ons, voor onderweg – met jamvulling.'

'Mam, wist jij dat Hazel heel lang geleden haar vader heeft zien verbranden?'

'O, mijn god. Harold?'

'Ik ben onschuldig! Vraag je pa maar eens.'

Net op dat moment stapte opa Dale nietsvermoedend naar buiten. Jeans blik boorde zich in de zijne, waarop Tommy besloot dat dit precies het juiste ogenblik was om die donuts te gaan halen.

In het café was het die ochtend een drukte van belang: alle drie de tafels en de helft van de barkrukken waren bezet. Hazel werkte als een bezetene: ze sleepte haar enorme lichaam van de bakplaat naar de tafels en van de koelkast naar de bar, in een tempo dat voor iemand van haar omvang beslist opmerkelijk was.

Tommy kreeg een klopje op zijn hoofd en een kneepje in zijn wang van respectievelijk dominee Swenson en diens vrouw; hij knikte, zoals hij zijn vader ook had zien doen naar de twee tijdelijke krachten die hielpen met het hooi binnenhalen en keek toen nieuwsgierig naar de twee gezinnen aan de andere tafels en de vrouw aan de bar. Er reden niet veel vreemdelingen over de anderhalve kilometer lange strook asfalt door Four Corners, die provinciale weg dubbel-P verbond met provinciale weg dubbel-O, en zoveel vreemdelingen tegelijk was ronduit ongekend.

'Alstublieft.' Hazel balanceerde vijf borden vakkundig op haar brede onderarm, zette ze op tafel, trok een kaart uit haar broekzak en gooide hem ernaast. 'Maar zoals ik al zei, hoeft u alleen maar naar de dubbel-O te gaan, daar linksaf te slaan en dan almaar rechtdoor te rijden. Dan bent u binnen het uur bij Beaver Lake – als u tenminste niet opnieuw de neiging krijgt van de hoofdroute af te dwalen.'

Een uitgeput kijkende vrouw met een zonnebril met tijgerstrepen op het montuur pakte de kaart en stopte hem in haar tas. 'Deze nemen we toch ook maar, voor het geval dat.'

'Wat u wilt.' Hazel duwde haar vuisten in haar heupen alsof ze deeg kneedde en keek naar beneden, naar Tommy. 'Zozo, Tommy Wittig, ik zou zweren dat jij sinds de laatste keer dat ik je zag, minstens dertig centimeter bent gegroeid!'

Tommy bloosde. Hazel zag hem zowat dagelijks, en hij wist zeker dat iedereen in het café – zelfs de vreemdelingen – dat heus wel doorhad.

'Dat komt vast doordat je morgen jarig bent, dat je zo snel groeit.' Ze keek hem aan, met haar hoofd een beetje schuin, en één afschuwelijk moment lang vreesde Tommy dat die berg zwart haar eraf zou glijden en als een dood dier bij zijn voeten zou belanden.

'Eh, ik moet heel snel twee donuts hebben!'

Hazel lachte luid als een kerel, kwam achter de bar vandaan en opende de glazen vitrine waarin ze haar zelfgebakken donuts als juwelen tentoonstelde. 'Welke wil je vandaag, lieverd?'

Tommy keek omhoog, naar dat bekende, brede gezicht met dat slappe vel, die knalrode lippenstift en die altijd stralende, donkere ogen. Hij vond het ineens vreselijk dwaas dat hij de afgelopen week zo argwanend was geweest en die oude Hazel zelfs als een vreemde had gezien. 'Hazel?'

'Ja, liefje?'

'Eh... het spijt me van... eh, ik vind het heel erg dat je vader dood is.'

Hazels gezicht trok ineens helemaal strak en ze keek Tommy heel lang aan, met een soort van volwassen blik, die hem op een vreemde, maar niet vervelende manier het gevoel gaf volwassen te zijn. 'Goh, dank je, Tommy. Wat lief van je,' zei ze uiteindelijk. En toen pakte ze een wit zakje van de stapel boven op de vitrine en schudde het open.

Tegen de tijd dat Tommy het café weer uit stapte, was de mist in het bos aan de overkant verdwenen en stond opa Dale naast zijn vader bij de pick-uptruck, zijn handen diep in de zakken van zijn overall. Áls moeder opa een standje had gegeven omdat hij hem had verteld van Hazels vader en de brand in die herberg, dan was het nu in ieder geval weer goed, want ze stonden alle drie geheimzinnig te grijnzen en hielden meteen op met praten toen ze hem zagen. Tommy wist dat ze hadden staan fluisteren over zijn verjaarscadeau.

Langzaam liep hij op de pick-up af, terwijl hij in pure aanbidding naar zijn vader keek en de knagende gedachte wegduwde dat als Hazels vader kon doodgaan, andere vaders dat misschien ook wel konden... Maar nee, niet die van hem: dat was de langste, breedste en sterkste vader van de hele wereld. Zelfs vuur kon hem niet deren.

Soms, als een koe die na het melken de schuur uit sjokte hem per ongeluk een kopstoot gaf, brulde hij het dier na dat ze een godverdomde rotmelkkoe was. Dan keek zijn moeder gekwetst en zei ze dat hij zou branden in de hel, omdat hij de naam des Heren ijdel had gebruikt. En dan riep vader altijd dat er veel te veel zuur in hem zat om in de fik te kunnen vliegen...

Toen Tommy langsliep, legde zijn vader een grote, ruwe werkmanshand op zijn schouder en kneep er even in. 'Wel braaf zijn, hè jongen?'

'Ja, vader.' Zijn schouder voelde koud en licht aan toen vader zijn hand weer weghaalde om terug in de pick-up te klimmen.

'Bedankt, lieverd.' Moeder nam het zakje donuts van hem aan, stak haar hoofd door het raampje naar buiten en drukte een kus op zijn voorhoofd. 'Lief zijn, hoor. Wij zijn voor het avondeten weer terug!'

Opa Dale liep met hem naar het midden van de weg, waar ze samen naar de pick-up zwaaiden, toen deze weg bulderde richting provinciale weg dubbel-P. De hond leunde scheef tegen Tommy's been, zijn roze tong ver uit zijn bek.

Opa Dale legde een hand op Tommy's schouder. Deze was lang niet zo groot als die van zijn vader, laat staan zo warm. 'Ongewoon veel vreemdelingen hier vanochtend,' zei hij, knikkend naar de twee onbekende auto's die tussen het tankstation en het café geparkeerd stonden.

'Ze zijn verdwaald,' zei Tommy.

'Dacht ik het niet! Ik heb al bijna honderdtwintig liter benzine gepompt, alleen voor die twee.'

'Da's best veel.'

Opa Dale knikte. 'Oma werkt vandaag binnen aan de boekhouding. Ik denk dat zij ook best kan helpen tanken als dat nodig is. Wat betekent dat jij en ik straks misschien wel kunnen gaan vissen, mochten we dat willen.'

Tommy keek glimlachend naar hem op.

Opa Dale woelde even door zijn haar.

Een paar honderd meter ten noorden van het stadje werkte de zestienjarige tweeling van dominee Swenson, Mark en Matthew, in de berm vlak bij de boerderij van de Wittigs. Achter hen, aan het eind van de oprijlaan (die net zo kaarsrecht was als de rijen in Harold Wittigs maïsveld), tekende zich het huis met de honderd jaar oude schuur af tegen een korenbloemblauwe lucht, met daarachter Whitestone Lake als een gigantische blauwe schaal met een rand van lisdodden.

Een kudde eersteklas holsteinrunderen stond te grazen bij het bord PLEASANT HILLS MELKVEEBEDRIJF, vlak bij de plek waar de jongens het withouten hek stonden te repareren. Het bord was door Jean Wittig zelf geschilderd, met de groene lak die over was nadat Harold hun oude John Deere-tractor had bijgewerkt. Iedereen vond dat het er over het geheel genomen zeer vakkundig uitzag. De P van Pleasant helde alleen iets te ver naar rechts – alsof hij de andere letters probeerde in te halen – maar Harold vond dat juist wel wat hebben en wilde niet dat Jean hem opnieuw schilderde.

Mark en Matthew hadden allebei een koptelefoon op en luisterden met het geluid op volle sterkte naar hun favoriete heavymetalbands, waardoor ze de vrachtwagen die van de dubbel-O af kwam niet hoorden aankomen, al zou die hun ook niet echt zijn opgevallen als ze toevallig wél hadden opgekeken. Het was immers een vertrouwd gezicht: een tankwagen als alle andere die op de provinciale wegen van Wisconsin van boerderij naar boerderij reden en in de hele staat bij de vruchtbare kuddes de rauwe melk ophaalden.

Deze vrachtwagen had een stoffig witte cabine en een glimmende, roestvrijstalen tank waar over de gehele lengte in grote, koningsblauwe letters GOOD HEALTH ZUIVEL op te lezen stond. Met zo'n vijfenzestig kilometer per uur denderde hij de lange oprit naar de boerderij van de familie Wittig op, recht over de plek die door de hitte van gistermiddag was gaan inzakken. De rechtervoorband bonkte met veel geweld door het diepste deel van de breuk en schoot toen het zachte grind langs de weg in.

Er klonk een lange, hoge piep toen de chauffeur hard op de rem trapte, waarna de vrachtwagen, gestoord in zijn voorwaartse beweging, vervaarlijk begon over te hellen. Hij leek een eeuwigheid op zijn linkerkant te balanceren – alsof hij de chauffeur de tijd wilde gunnen om te beseffen wat er ging gebeuren – waarna hij uiteindelijk schaarde, omklapte en met een oorverdovend metalen gekrijs op zijn zijkant over het asfalt schuurde. Met grote ogen van angst werd de chauffeur tegen het portier gedrukt, waar de metalen handgreep zich in zijn ribben drukte, terwijl zijn handen met witte knokkels als verstijfd om het stuur geklemd bleven.

De cabine lag nu richting de boerengebouwen in de verte, en door de bekraste voorruit zag de chauffeur twee jongens over de stoffige oprit op hem af komen rennen; in het weiland ernaast rende een kudde holsteiners paniekerig op een kluitje precies de andere kant op.

'Shit,' wist hij ten slotte uit te brengen, waarbij zijn stem zo trilde dat het woord wel zes lettergrepen leek te hebben. Hij maakte zijn vingers los van het stuur, bewoog met zijn tenen en lachte bibberig en hijgerig, toen hij tot zijn grote vreugde merkte dat alles nog werkte.

De glimlach bevroor echter op zijn lippen, toen hij hoorde hoe achter de cabine de compressor aan sprong, en verdween geheel toen hij een blik op zijn dashboard wierp en zag hoe de wijzer van de tankinhoud langzaam begon te zakken. 'O, lieveheer,' fluisterde hij en greep vertwijfeld naar het computertje dat in de middenconsole was ingebouwd. Hij drukte op de grote, rode knop in het midden en daarna op 'verzenden'.

Er verscheen een boodschap op het schermpje, die onschuldig in grote, babyblauwe hoofdletters knipperde:

MELK GEMORST
MELK GEMORST
MELK GEMORST

Mark en Matthew waren bijna bij de vrachtwagen. Ze renden zo hard ze konden: hun armen, benen en hart werkten als bezeten. Een paar meter voor ze er waren, stortten ze neer en één afschuwelijk ogenblik lang zagen ze de ontzetting in elkaars ogen.

Aan de andere kant van het weiland zakten Harold Wittigs eersteklas holsteiners langzaam door hun knieën.

Vierhonderd meter verderop met de wind mee, in Four Corners, had de metalige krijs de kalme ochtend opengekrast, als duizend vingernagels op een schoolbord. De pup jankte en flapperde met zijn oren; opa Dale en Tommy bedekten de hunne met hun handen. Heel even dacht Dale dat die jongens van Swenson Harolds oude John Deere uit de schuur hadden gehaald en er op de weg weer eens mee waren omgekiept, maar die mogelijkheid verwierp hij meteen weer. Daarvoor klonk dat afschuwelijke geluid veel te lang door. Het doorboorde zijn hersenpan en deed pijn aan zijn ogen.

Tegen de tijd dat het was opgehouden, waren alle klanten nieuwsgierig en ongerust Hazels café uit gestroomd. Ze stonden nu allemaal de weg af te kijken, in de richting van de boerderij van de Wittigs, hun handen boven hun ogen tegen het felle ochtendlicht. Het meest ongerust waren de dominee en zijn vrouw; zij dachten aan hun zoons die daarginds aan het werk waren. De plotselinge stilte was voor hen haast nog angstaanjagender dan het geluid van het ongeluk zelf, en ze haastten zich naar hun grote Chevy die voor het café stond geparkeerd. De anderen liepen naar het midden van de weg, alsof ze er zo achter konden komen wat er achter de heuvel die hun het zicht belemmerde, was gebeurd.

In het café stond Hazel vol ongeduld te wachten tot de donuts, die ze net in de frituurpan had gegooid, klaar waren. Zij wilde achter haar klanten aan naar buiten, om met eigen ogen te ontdekken wat er aan de hand was. Opwinding, van welke soort dan ook, was in Four Corners immers zeldzaam en mocht niet worden gemist. Toen ze het mandje eindelijk mocht optillen en aan de rand van de pan haken (opnieuw een perfect baksel) kon ze nog slechts een blik uit het raam werpen en zich verwonderen over de aanblik van haar clientèle, die devoot op hun knieën zakte, sommigen zelfs midden op de weg, voordat haar kersenrode mond openviel en haar keel werd dichtgeknepen.

Toen Dale de eersten enkele meters van hem vandaan ineen zag zakken, pakte hij met zijn ene arm Tommy en met de andere de pup, in een poging te vluchten. Maar zijn hart klopte daar al veel te traag voor. Hij merkte niet eens meer dat het hondje hem ontglipte en op het asfalt viel. Maar Tommy liet hij niet los, zelfs niet toen hij uiteindelijk zelf ook onderuitging.

2

Ricky Schwann vernikkelde van de kou. Dat rotwater van die steengroeve warmde ook nooit op, hoe heet de zomer ook was. Dat was fantastisch als je een kratje bier snel wilde afkoelen, maar zwaar klote als je er met je negentig kilo spieren in een zwembroek doorheen moest. Ricky had zijn laatste jaar op Paper Valley High hard gewerkt om op vijf procent lichaamsvet te komen, maar nu wilde hij toch dat hij een paar extra Big Macs naar binnen had gewerkt voor wat meer isolatie.

Drie meter onder het pikzwarte wateroppervlak begonnen zijn longen al te branden en zijn ogen te prikken van de kou. Dus kneep hij ze maar dicht: het was hier zo donker dat je toch niet verder dan een paar centimeter kon zien. Hij gaf nog een flinke ruk aan het touw waar het gezochte kratje aan hing, maar dat gaf totaal niet mee. Hij zou dus helemaal naar beneden moeten. Nog een metertje of twee tot drie dieper, schatte hij.

Hand voor hand volgde hij het touw, tot waar dit opzij boog naar wat het tegenhield. Toen hij er nogmaals aan trok, voelde hij dat het losschoot. Ricky opende zijn ogen net op het moment dat een ander ogenpaar op hem af kwam drijven: blauw, net als die van hem, maar dan wijd open en leeg.

'Wat zei ik je?' Hulpsheriff Bonar Carlson boog zich naar voren op de passagiersstoel van de patrouillewagen en wees met een mollige vinger door de voorruit. 'Moet je de toppen van die rooie bomen eens zien: nu al geel aan het worden, terwijl het nog maar net augustus is!'

Maar sheriff Michael Halloran hield zijn blik strak op het asfalt gericht om niet tegen een van die rode dennen op te rijden waar Bonar hem naar wilde laten kijken.

Zo ver noordelijk in Wisconsin eigende het woud zich alle door de mens gemaakte dingen toe, en wegen waren daarop beslist geen uitzondering. Het leek wel alsof ze door een tunnel reden. 'Welnee, we krijgen geen droogte,' zei hij. 'Jij bent weer net Kika Kuiken, die dacht dat de hemel naar beneden viel.'

'Jawel, en het wordt een flinke ook; misschien net zoiets als in zevenentachtig.'

'Onzin! In juni zijn we zowat verzopen; die maand heeft zo'n beetje elk neerslagrecord gebroken!'

Bonar snoof, liet zich weer tegen de leuning vallen en stopte zijn duim onder de autogordel om de druk op zijn geliefde buik wat te verminderen. 'Dat staat hier helemaal los van. Wacht maar tot we bij de groeve zijn. Ik durf te wedden dat het water daar op zijn minst dertig centimeter lager staat, misschien wel zestig.'

'Echt niet!' Halloran nam voorzichtig een bermloze bocht en keek naar het zonlicht dat als een stroboscoop het wegdek voor hen bespikkelde. Hij wist al sinds de lagere school dat het gekkenwerk was om te twijfelen aan wat Bonar tot vaststaand feit verklaarde, maar hij kon het gewoon niet helpen. Ooit zou hij hem op een fout betrappen – de wet der statistiek stond aan zijn kant. 'Heb ik die afslag nu gemist? Ik heb het gevoel dat we al uren rijden.'

'Het is zevenenvijftig minuten van het bureau tot aan de groeve, tenzij je een hert of beer aanrijdt. Wanneer ben jij hier voor het laatst geweest?'

Halloran dacht even na en sprak toen somber: 'Het eindexamenfeest.'

Bonar zuchtte. 'Tja... Telkens als ik hierlangs rij, krijg ik nog de koude rillingen. Ik heb sinds die tijd geen teen meer in dat water gestoken.'

De oude kalksteengroeve waarnaar ze op weg waren, lag bij de noordgrens van de county en zo ver van de bewoonde wereld als je in dit deel van het land maar kon komen, wat hem tot de ideale locatie voor elke tienerfuif maakte, sinds de groeve en de bijbehorende kalkoven in de jaren veertig waren gesloten. Tot vijftien meter diep had men de kalksteen opgegraven. Sinds de sluiting waren allerlei bedolven bronnen opgeborreld, die het lelijke, machinaal uitgeholde gat met ijskoud water hadden gevuld. Halloran had dat altijd een mooie gedachte gevonden: dat de mens tientallen jaren zwoegde om een stukje aarde te ontsieren, waarna de natuur, als ze gewoon met rust werd gelaten, de littekens in een oogwenk weer bedekte.

Maar deze plas, plus het feit dat hij zo afgelegen lag, maakten hem tot een ware magneet voor jongeren die eens lekker wilden feesten. En eens in de zoveel tijd gebeurde er dan iets naars. Zoals op dat eindexamenfeest, nu alweer bijna twintig jaar geleden, waarop Howie Dexheimer in het koude, zwarte water was gedoken... en was verdwenen alsof de groeve hem met huid en haar had verslonden. Wekenlang had elke duiker uit de county de diepte doorzocht, maar zijn lichaam was nooit gevonden. Aangenomen werd dat hij daarbeneden nog steeds ergens lag.

'Denk je dat hij het is?' onderbrak Bonar Hallorans gedachten, alsof hij ze had gevolgd.

'Mijn god, ik hoop het niet! Ik hoef Howie Dexheimer na twintig jaar onder water echt niet meer te zien.'

Als Bonar echt diep nadacht, rimpelde zijn hele gezicht. 'Ach, misschien is het niet eens zo erg. Dat rotwater is zo koud, dat er niets in kan blijven leven, inclusief de meeste bacteriën. Als het alkalinegehalte niet al te hoog is, zou hij best wel eens perfect bewaard kunnen zijn gebleven.'

Halloran huiverde. Het idee van een perfect bewaarde Howie vond hij haast nog erger.

Een kwartier later zag hij ineens een twee wielen breed pad tussen de struiken. En hulpsheriff Walter Simons stond de ingang te blokkeren, met zijn benen wijd en zijn armen voor zijn borst: een kleine vechtersbaas met een Elviskuif die groter probeerde te lijken.

Halloran stopte naast hem en draaide zijn raampje open. 'Vertel eens op, Simons.'

Simons mepte vergeefs naar de zoemende zwerm rond zijn hoofd. 'Die verrekte paardenvliegen bijten als idioten, wist je dat al?'

'Dat wist ik, ja.'

'Nou, het is in ieder geval niet die arme, ouwe Howie Dexheimer. Ik ving net een glimp op toen ze het lijk eruit trokken, en Howie heeft nooit zulk lang haar gehad.'

'Haar groeit na je dood door,' zei Bonar.

'Ga weg, joh!'

'Dat zeggen ze.'

'En stopt het zich dan ook zelf in een elastiekje?'

'Nee, dat gebeurt zelden.'

'Dacht ik het niet! Maar volgens Doc Hanson is deze vent ook ouder – op zijn minst halverwege de twintig – en hij ligt er ook nog niet zo lang in. Maar eh, geen legitimatie, niks. En zo bloot als een pasgeboren baby. Zeg, maar wil je Cleaton en zijn team alsjeblieft oproepen? Nog tien minuten tussen deze monsters en ik ben een halve liter bloed lichter!'

Na een meter of honderdvijftig kwam het smalle pad uit op een stuk grasland dat vol stond met auto's: Doc Hansons oude, blauwe stationcar, de drie patrouillewagens die hadden gereageerd op de oproep, en een gloednieuwe Ford pick-up, die minstens een jaarsalaris van Halloran had gekost. Die was vast van het joch dat had gebeld, dacht hij. De helft van de kinderen hier kreeg tegenwoordig een gloednieuwe auto voor het behalen van hun diploma.

Even voorbij de provisorische parkeerplaats leidde een aarden wal (eens de toegangsweg voor het zware materieel) naar het water. Vroeger heette dit 'de meidenroute': geen enkele zichzelf respecterende, testosteron gedreven tienerjongen zou er ooit een stap op hebben gezet. Voor echte kerels was er maar één aanvaardbare manier om het water in te komen.

Hallorans blik ging naar opzij, waar de wanden van de kalksteengroeve zeker vijf meter uit het donkere water omhoogrezen. Grote bomen hingen over de rand alsof ze naar beneden gluurden; aan een aantal van hun dikkere takken wapperden rafelige

stukken touw. Bonar en hij hadden – toen ze nog jong en onster-
felijk waren – net zulke touwen opgehangen, waar ze als domme
apen aan hadden geslingerd, om vervolgens recht boven het water
los te laten. Timing was daarbij alles geweest: als je te vroeg los-
liet, landde je op de puntige stenen langs de wand. Dat was toen
juist het spannende geweest, maar met het scherpe, bezorgde oog
van een volwassene vond hij het een wonder dat ze hun eigen
domheid hadden overleefd.

Toen wierp hij een blik op de vijf tieners die bij een van de wagens van de county ontdaan op een kluitje stonden. Op hun gezichten las hij het hele spectrum der menselijke emotie af: schok,
afschuw, angst, fascinatie – waarna het weer van voren af aan begon, alsof ze hun ijzingwekkende ontdekking trachtten te door-
gronden. Ricky Schwann pikte hij er zo uit: hij was zeker een kop
groter en enkele tinten grauwer dan de rest.

Halloran en Bonar lieten de jongeren nog even met rust. Ze
stapten uit hun auto en liepen over de met stenen bezaaide helling
naar het strandje achteraan, waar Doc Hanson gehurkt zat bij iets
waarvan Halloran hoopte dat het een gewoon gaaf lichaam was.
Het enige wat hij zo kon zien, was een hoofd en een stel benen,
zo wit dat ze wel van gips leken. Toen ze dichterbij kwamen,
stond de arts op en deed een stap naar achteren, waardoor ze hun
eerste blik op de romp konden werpen.

'O, man!' Halloran trok zijn mondhoeken naar beneden toen
hij de serie keurige, potloodgrote gaatjes zag die als een stippel-
lijn over de bleke borstkas van de dode liepen. 'We dachten dat
het om een geval van verdrinking ging.'

Doc Hanson hield zijn gehandschoende handen ver van zijn
lichaam, opdat hij ze niet per ongeluk in zijn zak zou steken. 'Ik
ook – tot ze hem eruit trokken.' Hij bukte zich en veegde een war-
rige pluk nat haar uit de open, troebele ogen. 'Kennen jullie hem?'

Halloran en Bonar bekeken het verstijfde gezicht langdurig en
schudden toen hun hoofd.

'Ik ook niet. En ik ken, denk ik, zo'n beetje iedereen uit deze
county: de helft ervan heb ik verdorie ter wereld geholpen! Maar
deze jongen heb ik nooit eerder gezien.'

'Opvallende kenmerken?' vroeg Halloran.

Doc Hanson schudde zijn hoofd. 'Geen sproeten, geen moedervlekken, geen littekens, geen tatoeages. Het zou nog kunnen dat er iets op zijn rug heeft gezeten, maar daar is weinig meer van over. Zal ik hem even voor jullie omdraaien?'

'God, nee,' zei Bonar, die zich levendig kon voorstellen wat zoveel schotwonden met een lichaam deden. 'Het lijkt erop dat iemand deze arme kerel doormidden heeft willen schieten.'

Doc knikte. 'Acht maal volledig doorgedrongen, frontaal, en dan nog een die langs zijn linkerzij is geschampt, zie je?' Hij wees naar een reep rauwe huid die was verbrand in plaats van weggerukt. 'Hij is neergemaaid, anders kan ik het niet noemen. Ziet eruit als NAVO-patronen, door de een of andere gek met een automatisch geweer afgevuurd. Wat ronduit overdreven is, want die dingen fragmenteren als de ziekte: één goede treffer in de borst, zoals deze hier...' hij wees op het lijk '...en het is al gepiept.'

Halloran keek verrast naar het vriendelijke, oude gezicht van de dokter die ook hém ter wereld had gebracht; die hem bij elke inenting een lolly had gegeven; en die Oost-Indische inkt had gebruikt om gips in een 'mannenkleur' te maken toen hij in de tweede klas zijn pols had gebroken. Niet bepaald het soort man waarvan je verwachtte dat hij veel wist van het effect van een schot met een automatisch geweer. 'NAVO-patronen, Doc?' vroeg hij zacht. 'Hoort dat ook al bij een medicijnenstudie?'

De reeds verslappende huid onder de kaak van de oude arts verstrakte. 'Vietnam,' zei hij, op een toon die de twee lettergrepen zwaar, duister en definitief deed klinken.

Halloran en Bonar keken elkaar even aan. Je kon iemand je hele leven kennen en nóg wist je haast niets van hem.

Toen ze gedruppel hoorden, keken ze allemaal in de richting van de helling, waar een duiker uit het water kwam die er in zijn glimmende uitrusting vreemd buitenaards uitzag. Hij deed Halloran denken aan van die oude monsterfilms – en hij bedacht dat hij nu veel liever thuis voor de buis zou zitten kijken.

De duiker trok zijn masker af en waadde op hen af. 'Jullie hebben hier nog een paar lijkenzakken nodig.'

Binnen het uur lagen er nog twee lichamen op het strandje: de een wat jonger dan de ander, maar beiden even naakt als de eerste en met vergelijkbare schotwonden.

Doc Hanson liet er, tot hun grote ongenoegen, twee hulpsheriffs net zolang mee slepen tot ze in de door hem gewenste volgorde lagen. 'Zo,' zei hij, eindelijk tevreden, en gebaarde Halloran en Bonar naast hem te komen staan, bij de voeten van de middelste van het doodsbleke trio. 'Kijk nu eens naar de wonden, van links naar rechts. Alsof je ze zo via de kogelgaten aan elkaar kunt naaien, is het niet?'

Halloran kneep zijn ogen tot spleetjes, zodat hij alleen de wonden zag en niet de ménsen die door de kogels waren doorboord. 'Zo stonden ze dus toen ze werden neergeschoten,' sprak hij zacht.

Doc Hanson knikte. 'Precies: een rechtshandige schutter die van links naar rechts zwaaide.'

Bonar duwde zijn lippen vooruit, alsof hij net iets heel vies had geproefd. 'Waarom geen linkshandige schutter die van rechts naar links zwaaide?'

Doc Hanson aarzelde even met zijn antwoord, alsof hij niet graag toegaf dat hij dit wist. 'Er volgt altijd een salvo bij het afvuren van een automatisch geweer, Bonar; de kogels komen er zo snel uit als je de trekker overhaalt dat er, als je het niet gewend bent, al een heel cluster uit is voor je gaat zwaaien. En zie je de man links – degene die we het eerst uit het water hebben gehaald? Negen schoten. Hij moet de eerste in de rij zijn geweest, want de middelste is vijfmaal geraakt en de rechter maar driemaal. Zo is het dus gegaan: iemand heeft deze mannen op een rijtje gezet en heeft ze tegelijk geëxecuteerd.'

Docs stem klonk hol, waardoor Halloran hem niet durfde aan te kijken en hij in plaats daarvan maar naar de lijken keek. 'Bent u zoiets wel eens eerder tegengekomen?'

Doc Hanson stak zijn handen in zijn zak, trok ze er meteen weer uit en keek geïrriteerd naar zijn geruïneerde latex handschoenen. 'Niet in dit land.'

3

Grace MacBride stond bij een van de open ramen op de tweede verdieping en liet haar blik rusten op het groen, terwijl achter haar diverse computers stonden te zoemen. Ze begon eindelijk een beetje te wennen aan hun nieuwe kantoor; aan weelderig groene boomtoppen voor het raam, in plaats van de skyline van Minneapolis; aan de relatieve rust van een chique wijk rond Summit Avenue, vergeleken met de opdringerige drukte van de pakhuizenbuurt.

De verhuizing van Monkeewrench naar Harley Davidsons villa zou een tijdelijke stap zijn. Maar het was nu al bijna een jaar geleden dat ze de met bloed besmeurde zolderverdieping, die tien jaar lang hun uitvalsbasis had gevormd, hadden verlaten, en niemand van hen had zelfs maar voorgesteld om naar een andere ruimte uit te kijken. Het was hier aangenaam, daar zorgde Harley wel voor. En voor vier door de maatschappij afgewezen mensen die elkaar als hun enige familie beschouwden, leek een woonhuis ook het meest geëigend.

En daarbij beviel ook Charlie het hier prima. Hij zat keurig recht op de houten stoel naast haar bureau, zijn heupen en vier grote poten dicht bij elkaar op de smalle zitting, terwijl zijn staartstompje er aan de achterkant uitstak. Zijn bruine ogen volgden elke beweging die ze maakte. Toen ze een hand op zijn pezige kop legde, sloot hij zijn ogen. 'Twee dagen,' zei ze, en de hond zuchtte diep.

Grace was gekleed in haar reisoutfit, wat betekende dat ze twee pistolen droeg in plaats van één: de Sig in de schouderholster laag onder haar linkerarm, de Derringer in een van de hoge, Engelse rijlaarzen, zonder welke ze nooit de deur uitging. Haar spijker-broek en T-shirt waren dun vanwege de augustushitte, maar wel nog steeds zwart. Deze kleur gaf haar nu eenmaal een veilig, on-opvallend, krachtig gevoel, en dat kon ze nog niet missen – net zo min als haar laarzen en haar wapens. Op de enige dag in elf jaar tijd dat ze zich zonder deze laatste had gewaagd, had er een bewapende kerel voor de deur gestaan die haar er weer aan had herinnerd hoe dom dit eigenlijk was. Het leven was gevaarlijk en het geheel onbewapend tegemoet treden was simpelweg te ris-kant.

Toen ze de eerste gedempte voetstappen op de gestoffeerde traptreden onder haar hoorde, draaide ze zich weg van het raam. Meteen daarop klonk het doordringende gezoem van de beschei-den lift in deze vleugel van het huis.

Ook al wíst Grace dat het Harley en Roadrunner op de trap waren, en Annie in de lift, toch draaide haar maag zich om en ging haar hand automatisch naar de Sig. En daar bleef hij liggen, tot ze Harley op de overloop hoorde bulderen: 'Wij zijn het, Gracie!' Hij wíst dat haar hand op haar wapen rustte; dat was precies waarom ze hem zo mocht.

Roadrunner stapte als eerste binnen – zijn boomlange, graat-magere gestalte gehuld in het gebruikelijke lycra fietspak. Van-daag had hij gekozen voor marineblauw met een rode schicht op de rug. 'Kan me niet schelen hoe zeldzaam of duur hij is,' riep hij over zijn schouder. 'Hij blijft lelijk.'

Harley stampte na hem binnen: een brede, bebaarde vent, die met zijn vlezige, getatoeëerde armen liefdevol een monsterlijke aarden pot omklemde, met daarin het vermoedelijke onderwerp van discussie: een soort cactus met stekels van zeker acht centi-meter lang. 'En dat zegt een kerel die zijn keuken verdomme roze heeft geschilderd!'

'Het is geen roze, maar cerise. En volgens de man van de verf-winkel was het een van hun populairste interieurkleuren.'

'Roadrunner, het is bavianenkontroze! En die vent van die verf-winkel moet in het cachot worden gesmeten als hij jou iets anders heeft wijsgemaakt.' Harley zette zijn cactus voorzichtig in een hoek en deed toen een paar passen achteruit om hem te bewonderen. 'Wat vind jíj, Gracie? Daar staat hij prachtig, toch?'

Harley was een gepassioneerd man, en als hij iets nieuws had gevonden waar hij voor warmliep, was hij niet te stuiten. Zo had hij een verzameling klassieke motoren van wereldklasse bijeengesprokkeld en een wijnkelder die iedere sommelier tot tranen roerde.

Nu kon Grace dat soort dingen nog wel begrijpen: ze hadden nut en waren daardoor iemands tijd en geld waard. Maar sinds hun laatste reis naar Arizona had hij een onwaarschijnlijke passie voor cactussen opgevat. Hij had er beneden al een hele kamer mee gevuld. En daar begreep ze dus niets van, want die dingen waren absoluut niet nuttig. 'Eh, we hoeven ons in ieder geval geen zorgen te maken of hij wel genoeg water krijgt,' was het enige wat ze kon uitbrengen.

Harley schonk haar een hartverscheurend teleurgestelde blik. 'Van jou had ik meer verwacht, Grace. Schenk er maar geen aandacht aan als je een vreemd geluid hoort: dat is slechts mijn hart, dat op de grond in scherven valt.'

Grace kon een glimlach nu niet onderdrukken. 'Sorry, Harley, maar ik snap het gewoon niet.'

'Ik ook niet, hoor.' Annie Belinsky fladderde binnen in een gewaad dat eruitzag alsof bij elke beweging zich duizenden vlinders aan haar lichaam laafden. Annie had vrij kleine voeten en een mond als een rozenknop, maar verder was alles aan haar van onvervalst, vorstelijk Rubensformaat. En de manier waarop zij al de hele ochtend in die jurk om Harley heen draaide, had iets van zwaaien met een stuk spek naar een uitgehongerde hond. Met haar handen op haar heupen en een strenge, afkeurende blik stond ze voor de cactus. 'Ik dacht dat we hadden afgesproken dat jij die acupunctuurexperimenten van je beneden zou houden?'

'Nogmaals: dit is een zeer bijzondere cactus en ook nog eens gloednieuw. Ik wil hem graag een beetje in het oog houden, tot hij hier is gewend.'

Annie sloeg haar blik ten hemel. 'Je draait door, Harley! Waarom richt je je niet op iets moois, zoals orchideeën?'

'Orchideeën zijn voor meiden,' zei hij vol walging. 'De cactus is ruig, een sta-of-ik-schiet-plant. Ik mag ze graag zien als het botanische equivalent van mijzelf: één brok mannelijkheid.'

'Ja: irritant als de ziekte.'

'Nee, het soort man dat die zijden jurk met zijn tanden van dat prachtlijf van jou zou scheuren – lapje voor lapje.'

'Smeerlap!'

'Maar ik wist wel mooi dat die fladderdingetjes van zijde zijn! Ik snap alleen niet hoe ze vastzitten...' Hij stak zijn hand al uit, maar Annie gaf er een felle tik op en draaide zich toen geërgerd om naar Grace.

'Ik word gemolesteerd! Kunnen we hier al weg?'

'Bijna: ik ben de laatste schijf aan het branden.'

Het was de vierde maand dat ze met hun opsporingssoftware de boer op gingen en hun tijd en apparatuur inzetten op politiebureaus, die met lege handen stonden in moordzaken die het werk van een seriemoordenaar waren of zouden kunnen zijn.

De door hen geproduceerde software – in het bijzonder hun spellen – had de Monkeewrench-partners in tien jaar tijd zeer rijk gemaakt. Het laatste spel dat ze hadden bedacht, had echter een hele reeks weerzinwekkende moorden tot gevolg gehad, en de namen en gezichten van de slachtoffers achtervolgden hen nog steeds. Daarom deden ze nu boete, op de enige manier die ze konden bedenken: door het computertalent dat de eerste moorden had opgeroepen aan te wenden tégen andere moordenaars, waar ze die maar vinden konden. Ze hadden er al twee ten val gebracht: in Arizona en in Texas.

En dat worden er wel duizend, dacht Grace, al was filantropie op dit strijdtoneel wel uitputtend en vaak deprimerend. Er waren te veel moordenaars, en te veel politiebureaus die onvoldoende waren toegerust om de enorme berg gegevens die altijd bij dit soort onderzoeken loskwamen, uit te zoeken en te ordenen. Hun nieuwe software werkte daarbij echter verbluffend doeltreffend: deze maakte in luttele seconden connecties, die normaalgesproken maanden veldwerk zouden hebben gekost. Echter, er bestond tot op heden pas één prototype van, en het uitkiezen van één zaak uit honderden, allemaal even urgente verzoeken, was een voortdurend moreel dilemma geworden.

En vandaag reden zij en Annie dan naar Green Bay, om de boel op te zetten voor een zaak waar ze nooit naar hadden omgekeken als Sharon Mueller hun niet had gevraagd zich erop te storten. Sharon was eigenlijk hulpsheriff in Wisconsin, bij sheriff Halloran, maar zij was tijdelijk uitgeleend aan de FBI in Minneapolis, als profielschetser. Ze was ervan overtuigd dat er sinds kort in het gebied rond Green Bay een seriemoordenaar aan het werk was, al dacht haar directe baas daar heel anders over. Speciaal agent Paul Shafer weigerde zowel mankracht als middelen toe te wijzen aan wat in zijn optiek drie zeer verschillende moorden waren, zodat Sharon deze weekendtrip officieel buiten diensttijd deed. Ook de politie van Green Bay zag eigenlijk geen verband, maar aangezien deze wel met drie onopgeloste moorden zat, namen ze er elke vorm van kosteloze hulp met beide handen aan. Na het bestuderen van het dossier was zelfs het Monkeewrench-team er niet zo zeker van dat het hier om een seriemoordenaar ging, maar omdat Sharon vorig jaar bijna was gesneuveld bij het redden van Grace' leven, zouden zij voor haar nog naar de maan zijn gevlogen.

Harley zakte onderuit in de brede, gecapitonneerd leren stoel achter zijn computer en legde zijn kaplaarzen op het bureau. 'Wat denken jullie: blijft Sharon in Wisconsin?'

Annie zocht omzichtig (om haar nagellak niet te beschadigen) in een la van haar bureau naar haar favoriete lipgloss. 'Wie weet? Hier bij de FBI heeft ze een luizenbaantje, maar daar in de bushbush zit De Ideale Man op haar te wachten.'

Harley floot afkeurend. 'Die Ideale Man is een sukkel, anders had hij haar allang terug naar Wisconsin gesleurd.'

'Ik dacht dat jij sheriff Halloran wel mocht.'

'Is ook zo. Het is een geweldige sheriff en een héél fijne vent, maar dat wil niet zeggen dat hij niet óók een sukkel kan zijn. Als zo'n sexy vrouwtje als Sharon míj zo verkikkerd had aangestaard, zat ik echt niet in de rimboe te lummelen tot ze weer bij me voor de deur stond. Zelfs de Italiaanse dekhengst weet wel beter, nietwaar Gracie?'

Grace schonk hem een van haar lange, strakke blikken, die kinderen en onbekenden altijd de stuipen op het lijf joegen – maar Harley verblikte of verbloosde niet.

'Leo Magozzi is niet het type dat met gekruiste vingers achterover leunt,' ging hij verder. 'Ik wed dat hij elke avond sinds we terug zijn uit het zuidwesten bij jou op de stoep heeft gestaan, is het niet? Daar kan die Halloran nog een puntje aan zuigen!'

Annie trommelde kort met haar regenboognagels op haar bureau; Harley keek meteen op. 'Voor een man zonder waarneembaar liefdesleven ben je behoorlijk vlot met je wijze woorden.'

'Hoe bedoel je? Ik heb zelfs méérdere waarneembare liefdeslevens!'

'Ik heb het over relaties waarbij je elkaars naam ook kent, hoor! Kom op, Grace: ik heb tegen Sharon gezegd dat we haar om tien uur zouden ophalen.' Ze had het nog niet gezegd, of er klonk een belletje op Grace' computer.

Grace trok het schijfje eruit. 'Oké, dat was de laatste.' Toen ze langs Harley naar Roadrunners computerhoek liep, gaf ze hem in het voorbijgaan een speels tikje tegen zijn achterhoofd.

Roadrunner zette zijn monitor uit, net voordat Grace de voorbijrollende coderegels had kunnen lezen. 'O, mag ik soms iets niet zien?' vroeg ze, licht geamuseerd.

Hij trok een van zijn hoekige schouders omhoog. 'Het is een verrassing; iets waar Harley en ik samen aan werken.'

'O?'

'Ach, shit!' Harley kwam op hen af gestormd. 'Je hebt het haar toch niet laten zien, hè?'

'Natuurlijk niet.'

'Mij wát niet laten zien?'

Harley sloeg grijnzend zijn armen over elkaar. 'Niks mee te maken! Trouwens, als we het jou vertelden, zou je dat medeplichtig maken. En dit is zo'n beetje het illegaalste dat wij ooit hebben gedaan.'

'Klinkt goed.'

'Ik heb eens gespiekt bij justitie: vijftig tot zestig jaar als we gepakt worden.'

'Dat vind ík nou goed klinken,' klonk Annie lijzig vanuit de deuropening.

'Zeg, jullie bellen zodra jullie er zijn, afgesproken?' zei Roadrunner tegen Grace.

'Doen we.'

'Want jullie mobieltjes zullen het waarschijnlijk niet doen, weet je. Ik heb het even gecheckt en er staan bijna geen antennes in het noorden van Wisconsin.'

'Pardon?' Annie klonk als een kind dat net had ontdekt dat de kerstman niet bestond.

Roadrunner zuchtte. 'Geen antennes, geen bereik: Noord-Wisconsin is een soort niemandsland als je het hebt over telecommunicatie. Het zou best eens kunnen dat jullie pas in de buurt van Green Bay weer naar buiten kunnen bellen.'

Annie keek hem aan alsof hij gek was geworden. 'Da's absoluut onmogelijk! Ik heb vorig jaar nog vanuit een skilift op Aspen Mountain naar Parijs gebeld. En Aspen, dat is pas niemandsland.'

'Ja hoor!' hoonde Harley. 'Daarom heeft zeker elk groot hautecouturehuis er een filiaal! Ik kan je dit vertellen: je weet niet wat niemandsland is, tot je in Noord-Wisconsin bent geweest.'

'Alsof jij dat zo goed weet.'

'Toevallig wel, dus. Ik heb eens een bevriende Ojibwa naar Bad River Rez gebracht: ik zag drie uur lang niets dan zwarte beren, en niet een met een mobieltje!'

'Zie je wel?' zei Roadrunner tegen Grace, met een voorhoofd vol zorgenrimpels. 'Jullie zullen lange tijd geheel onbereikbaar zijn.'

Grace glimlachte naar hem. Roadrunner was op de een of andere manier zowel het kind als de bezorgde moeder van de Monkeewrenchers. Hij vreesde altijd het ergste; was op alle fronten pessimistisch. 'Het is maar zes uurtjes rijden, Roadrunner.'

'Nou, in zes uur tijd kan een hoop gebeuren. Je motor kan ontploffen, je kunt tegen een eland op rijden, je kunt een klapband krijgen, van de weg raken, tegen een boom botsen en buiten bewustzijn in de goot blijven liggen, met al je ledematen gebroken...'

Harley gaf Roadrunner een pets tegen zijn achterhoofd.

Tien minuten later stonden Harley, Roadrunner en Charlie als drie in de steek gelaten puppy's aan het eind van de oprijlaan te kijken hoe Grace en Annie wegreden in Grace' Range Rover.

'We hadden mee moeten gaan,' zei Roadrunner.

Charlie jankte instemmend.

'Er is helemaal geen plek in dat miezerige jeepje voor twee grote, stoere kerels zoals wij en drie vrouwen met al hun make-up. Annie heeft verdomme een hele koffer bij zich, geloof het of niet! Voor een weekend in Green Bay, waar ze alleen maar sweatshirts dragen.'

'We hadden toch met het busje kunnen gaan...'

'Verdomme, Roadrunner, hoe vaak moet ik je nog zeggen dat je haar zo niet mag noemen? Het is een luxe touringcar.'

'Ook goed. Maar die hadden we dus ook kunnen pakken, dan hadden we plaats zat gehad.'

Harley keek naar het groepje berken in de tuin aan de overkant en wipte heen en weer op zijn versleten hakken. 'Ik haat dat verdomde Wisconsin.'

'De Harley-Davidsonfabriek staat er anders ook.'

Harleys grote hoofd ging een klein stukje op en neer. 'Dat wel, ja.'

Veel mensen denken dat Chicago de winderigste stad van het land is, vanwege die bijnaam – *the Windy City* – die iemand er ruim een eeuw geleden op heeft geplakt. Maar Chicago haalt de bovenste plaats op de lijst niet eens: zo is Minneapolis maar liefst honderdzestig meter per uur winderiger. Gelegen aan de noordzijde van de Great Plains, is deze stad een gemakkelijk doelwit voor de prairiewinden die 's zomers over het Midden-Westen razen en die de warme maanden enigszins draaglijk maken voor de bewoners, die zes à zeven maanden per jaar in een parka rondlopen. Elke augustusmaand lijken de prairies echter buiten adem te raken en gaat de wind liggen, waarna de hitte als een deken over de stad valt.

Grace had nooit zo'n last gehad van de hitte – noch van de koude overigens. Na elf jaar in deze staat verbaasde ze zich nog steeds over de obsessie van de mensen hier met het weer. Annie daarentegen had zich er bijna onmiddellijk aan overgeleverd. Zoals bijna elke inwoner van deze staat volgde zij, wanneer ze maar kon, elk weerbericht op elk kanaal en spuide statistische klimaatgegevens als een meteoroloog aan de speed.

Ze zaten nog geen twee minuten in de auto, toen ze al tegen de digitale thermometer op het dashboard begon te tikken. 'Mijn god, moet je zien: eenendertig graden en het is nog geen tien uur! Over een uurtje zitten we als gepocheerde visjes in een pan.'

'Dan zetten we de airco toch wat hoger.'

'Ha, alsof die wat kan uitrichten tegen het dauwpunt dat ze voor vandaag hebben voorspeld. Heb je gehoord hoe hoog het wordt?'

'Ik weet niet eens wat het ís!'

'Liefje, niemand weet precies wat het dauwpunt is. Maar het wordt in ieder geval heftig: tropisch. Dus gaat Dikke Annie hier het nog zwaar krijgen. Hé, is dat Sharon?'

Een half blok verderop stond Sharon op de stoep voor haar appartementencomplex, gekleed in een marineblauw FBI-broekpak met lelijke, zwarte veterschoenen eronder. Haar bruine haar was pittig kortgeknipt, en ze had er best aardig uitgezien als ze niet had gekeken als een vals hondje. Er hing een grote, leren tas over haar schouder en bij haar voeten stond een canvas plunjezak.

'Moet je dat petieterige ding toch eens zien staan! Was ze vorige week ook al zo klein?'

'Kleiner nog: toen zat ze...'

Een week eerder hadden ze met zijn drieën afgesproken in een grillbar aan de rand van het centrum, om te kijken naar het bewijsmateriaal dat Sharon van deze zaak had verzameld. Tegen de tijd dat Grace en Annie arriveerden, had Sharon al een grote tafel achterin gevorderd, waar ze de stamgasten de stuipen op het lijf joeg met een aantal op de tafel uitgespreide lijkschouwersfoto's.

'Zijn die allemaal van die Green Bay-zaak?' had Grace gevraagd, waarop Sharon de foto's meteen opzij had geschoven. 'Welnee, deze neem ik altijd mee als ik alleen op stap ga: niemand valt je lastig als je naar dooien zit te kijken...'

Grace glimlachte bij de herinnering, net zoals toen. De meeste vrouwen schoven een ring aan hun linkerhand tegen ongewenste mannelijke aandacht; Sharon nam lijkenplaatjes mee. Dat soort dingen mocht zij wel.

Ze stopten langs de stoeprand en Annie draaide haar raampje naar beneden. 'Sharon Mueller, wat doe jij in 's hemelsnaam in deze hitte buiten, en in zo'n armzalig synthetisch pakje ook nog?'

Sharon stapte naar het raam en een frisse muntgeur waaide de auto binnen. 'Ik ben een vertegenwoordiger van de federale regering en dit is mijn federaleregeringsoutfit. Achterin?' Ze tilde de plunjezak op.

Grace knikte en stapte uit om de achterklep voor haar te openen.

Toen Sharon haar plunjezak in de auto gooide, wierp ze een argwanende blik op Annies koffer. 'Is er iemand van plan langer te blijven?'

'Alleen dit weekend, liefje,' zei Annie, terwijl ze zich van de passagiersstoel hees en de deur voor Sharon openhield. 'Als het langer wordt, heb ik op zijn minst twee koffers nodig. Ga jij maar voorin: ik zit met deze jurk liever op de achterbank. Als die gaat kreuken, steken de applicaties straks alle kanten op en zie ik eruit alsof ik door de papierversnipperaar ben gehaald.'

'Hij is wel apart,' zei Sharon, terwijl ze Annie van top tot teen bekeek.

'Ik wist wel dat er nog hoop voor jou was, schat.'

Na een poosje op de snelweg zei Sharon: 'Dit voelt gek.'

'Wat? De auto?'

'Nee: op reis met alleen maar vrouwen.'

'Ben jij dan wel eens met mannen op reis geweest?' klonk het belangstellend vanaf de achterbank.

'Een paar keer al. Maar ik kan het je niet aanraden, hoor. Kerels willen altijd zo snel mogelijk van A naar B: geen uitstapjes, nergens stoppen om iets te bekijken... en ze hoeven ook nooit te plassen.'

'Ja ja, dat weet ik. Maar met wie ben jij dan op reis geweest? Met sheriff Halloran?'

'God, nee: met Elias McFarressey. Die speelde accordeon, onder andere.'

Annies mond viel open. 'Heb jij iets gehad met een accordeonist?'

'Ach, het was in Wisconsin. Je had erbij moeten zijn.'

'Ik zie een soort Lawrence Welk voor me.'

'Nee, zo erg was het nou ook weer niet. Zeg Grace, weet jij eigenlijk waar je naartoe moet?'

'Ik dacht gewoon in oostelijke richting te rijden, tot jij me zegt af te slaan.'

'Dan gaat het wel lukken: ik ben beter dan welke GPS dan ook, althans in Wisconsin.'

'Da's mooi, want ik heb helemaal geen GPS.'

'Ik dacht dat al die chique karretjes er eentje hadden?'

'Nee, daar wilde Grace niks van weten,' zei Annie. 'Veel te *big brother is watching you*. Met een GPS weten ze altijd waar je zit.'

Sharon keek Grace een beetje schuin aan. 'En wie zijn "ze" dan?'

Grace trok haar schouders op. 'Kan iedereen zijn.'

4

Aan het eind van de lange oprit naar de boerderij van de familie Wittig, achter de schuur en van de weg af niet te zien, stonden drie figuren in bolle, witte pakken onbeweeglijk in het hoge gras bij een omheining. Zij misstonden net zo in dit landschap als de boerenschuur op de maan zou hebben misstaan.

Door het dikke vizier van hun helm keken drie paar ogen nerveus toe hoe een grote, groene tractor met een bulldozerblad langzaam vorderde met een karwei waarvoor hij absoluut niet was bedoeld. Terwijl hij met zijn enorme, bemodderde banden het gras plette, bewoog het gevaarte zich log maar vastberaden naar een reep grond achter het omheinde terrein, die schuin afliep naar een meertje. Erachter, aan een ketting met schakels zo dik als een mannenvuist, volgde de melktruck – gedwee als een aangelijnde hond.

Achter zijn vizier perste Chuck Novak zijn lippen opeen en proefde zout. Het zweet liep in straaltjes over zijn knalrode gezicht. Dit was het gevolg van angst, maar ook van de meedogenloze hitte, die van het zware pak een soort wandelende sauna maakte. Ook zijn collega's transpireerden, maar hun gezichten vertoonden niet dezelfde nervositeit als die in Chucks maag kolkte, als zuur in een Magimix. Misschien dat zij niet bang waren. Misschien dat zij de haastige instructie over vacuüm, druk en moleculegewicht wél hadden begrepen – een verhaal dat zijn niveau zo ver te boven was gegaan, dat het net zo goed in het Chinees had kunnen worden verteld. Of misschien dat zij wel durfden te geloven dat al het gas al uit de roestvrijstalen tank was ontsnapt – zoals de kolonel hun had verteld.

Maar als dat werkelijk zo was; als ze absoluut niet hoefden te vrezen dat er nog iets van het dodelijke gas was blijven hangen... waarom moesten ze deze rotpakken dan aan? Waarom moesten alle anderen dan op veilige afstand staan wachten tot zij klaar waren met die vrachtwagen?

Omdat ze het niet honderd procent zeker weten, dacht Chuck.

Hij knipperde het zweet uit zijn ogen en zag de tractor boven aan de helling tot stilstand komen en toen behoedzaam een stukje terugrijden om de ketting wat te laten vieren.

De drie in de witte pakken bleven nog heel even bewegingloos. Toen waggelde een van hen naar de ketting aan de achterkant van de tractor; de tweede liep naar de voorkant van de vrachtwagen; en na een flinke, beverige teug bedompte lucht, sjokte Chuck achter hem aan.

Ze waren niet erg behendig met hun dikke, aan het pak bevestigde handschoenen. Het leek een eeuwigheid te duren eer ze de ketting van het vettige onderstel van de truck hadden losgemaakt. Tegen die tijd was de tractor al bij de achterkant opgesteld, zijn loodzware blad iets naar boven gericht, klaar om te duwen.

Zo snel ze met hun stijve benen konden, strompelden de mannen op dat moment naar de rand van de helling om te zien hoe de truck omsloeg.

Iemand zou iets moeten zeggen, dacht Chuck, terwijl hij langs de helling naar het water beneden keek, en toen weer omhoog, naar het zonlicht dat van de voorruit van de truck af ketste. *Tenslotte lag er een man in die truck, en dit was zíjn begrafenis.*

Ineens zag hij Alvin weer voor zich: ineengezakt op de bestuurdersstoel, de cabine rondom hem bespat met troep waar hij liever niet al te veel over nadacht. Bitter kroop er gal in zijn keel omhoog en Chuck verstijfde meteen: erger nog dan de herinnering aan wat er van Alvin was overgebleven, was het vooruitzicht te moeten braken in een afgesloten helm.

Zegen hem, Vader, want hij heeft gezondigd, dacht hij, zoals het begin van elke biecht luidde.

En toen duwde het bulldozerblad van de tractor tegen de achterbumper van de truck en begon zijn motor te grommen.

Ze waren even bang geweest dat de vrachtwagen zou omkiepen terwijl hij naar het meertje rolde, maar de afstand was maar klein en de helling niet al te steil. Haast sierlijk gleed hij naar beneden, als een statig, oud schip dat aan de golven werd toevertrouwd. Met een vaart perste hij zich door de lisdodden op de oever en plonsde toen in het water, waar hij prompt door zijn enorme gewicht naar de modderige bodem werd getrokken.

Negen meter diep, had hun duiker gezegd, stervenskoud (het water kwam van een bron) en kennelijk barstensvol Amerikaanse snoekbaars. Chuck grijnsde; hij wist dat Alvin een fervent hengelaar was geweest, en stelde zich voor hoe het water de cabine vulde en de dode omhoogduwde, waarna deze met zijn nietsziende ogen door de voorruit naar al die vissen tuurde.

Een eeuwigheid bleef hij boven aan de helling staan staren naar de plek waar het donkere water zich boven de glimmende stalen tank had gesloten. Toen pas hoorde hij de tractor ongedurig achter hem janken. Hij draaide zich om en zag dat de enorme laadbak bijna geheel schuilging onder een slordige stapel zwart, wit en rood. Terwijl de tractor langzaam optrok en zijn banden zich in de zachte, vruchtbare bodem groeven, begon de walgelijke stapel langzaam te schuiven en om te tuimelen.

Shit, dacht Chuck, nu kwam het ergste pas. Dode koeien rolden vast niet met hetzelfde gemak en waardigheid een helling af als zo'n zware vrachtwagen. Huiverend draaide hij zich om en stelde zich de opeenhoping van holsteiners voor, dobberend in het ondiepe water aan de rand van het meer. Hier zou ook nog wat handwerk aan te pas moeten komen, en daar keek hij niet bepaald naar uit.

5

Ze waren nu drieëneenhalf uur onderweg naar Green Bay. Toen ze een bekend klikje hoorde, keek Grace naar rechts, waar Sharon onderuitgezakt op de passagiersstoel met haar schoudergordel zat te stoeien. Dat was wereldwijd hét geluid van vrouwen in een auto, bedacht Grace: het geklik en geratel van autogordels, om te zorgen dat ze tussen de borsten door liepen, in plaats van er eentje plat te drukken.

'Die rotgordels ook!' mopperde Sharon. 'Als zo'n ding het ooit zou wagen tegen de ballen van een vent te drukken, kon je er donder op zeggen dat de bedenker ervan aan de zijne werd opgehangen!'

Annie grinnikte vanaf de achterbank en maakte haar eigen gordel zachtjes los, zo zacht dat Grace het niet hoorde. 'Lieverd, denk je dat jíj het al zwaar hebt? Moet je dat vrachtje van mij eens een dag meesjouwen! Ik durf te wedden dat ik bij die eettent alweer een cupmaat ben gegroeid en ik ben er nóg niet uit wat ik daar eigenlijk heb gehad: het leek allemaal op elkaar. Zeg Gracie, hoe erg zijn we eigenlijk verdwaald? Ik heb al een paar honderd kilometer geen huis of auto meer gezien.'

Grace had het begrip 'verdwaald zijn' nooit zo begrepen. Het was een van de dingen die je normaal gesproken in je jeugd leerde: een gevoel van tijd en plaats, dat enkel iets betekende als je ergens thuishoorde, als je ergens werd verwacht. Maar omdat niemand ooit van haar had verwacht dat ze ergens was, was ze ook nooit te laat geweest, zoekgeraakt of verdwaald.

Toen ze nog heel jong was, was ze op een avond verzeild geraakt in een steeg in de een of andere stad (alle steden waren in wezen hetzelfde, en ze met namen uit elkaar houden had in haar geheugen zeer weinig prioriteit). Ze had er met schaamteloze verbazing toegekeken hoe een leeftijdloos, haveloos uitziend wezen een naald in haar arm had gestoken. Zich totaal niet bewust van haar eenkoppige publiek, had de vrouw haar zelfvernietigende tovertruc op het toneel van Grace' belangstellende kinderblik vertoond. Daarna had ze haar troebele blik omhooggericht en geroepen: 'Hé meid, wat doe jij hier? Verdwaald of zo?' Dat had ze maar een vreemde opmerking gevonden. Hoe kon zij nu verdwaald zijn: ze stond daar toch?

Maar zelfs toen – in die stad zonder naam en die steeg zonder hoop – had Grace geen greintje van die dreigende paniek gevoeld die anderen altijd overviel in een onbekende omgeving of wanneer ze niet precies wisten waar ze waren. Je was immers altijd érgens.

Dus begreep ze ook de ongerustheid niet die in Annies stem sloop, naarmate ze zich dieper groeven in deze doolhof van verlaten plattelandswegen die door het niemandsland van noordelijk Wisconsin kronkelden. 'Welnee Annie, we zijn niet verdwaald, we maken gewoon een omweggetje.'

'Mm, da's precies wat Hans ook tegen Grietje zei,' bromde Annie. 'En we hebben die omweg al een uur geleden verlaten, om naar die stomme, oude schuur te gaan kijken, wat zo'n beetje het laatste teken van menselijke aanwezigheid was. God weet waar we inmiddels zitten!'

'Mijn schuld.' Sharon haalde schaapachtig haar schouders op. 'Mea culpa.'

'Ach lieverd, je hoeft je niet te verontschuldigen, hoor. Die schuur was het wonderlijkste dat ik ooit heb gezien, na Roadrunner die een keer zijn shirt uittrok. Ik wist alleen niet dat die schuur de poort naar de hel was.'

Annie keek naar buiten, naar de tunnel van hoog oprijzende weymouth-bomen die zich langs het asfalt verdrongen als toeschouwers bij een optocht. Hun dikke stammen leken zowat al het licht te absorberen en gaven slechts af en toe een stroboscoopachtige glimp van wat zich achter hen bevond. Annie wist niet wat zich daarbuiten in die verspringende schaduwen verschool, maar ze wist bijna zeker dat het iets onaangenaams was. 'Dit is absoluut de spookachtigste plek waar ik ooit ben geweest. Ik vond het al vreemd dat ik helemaal geen beroemdheden uit Wisconsin kende, maar nu weet ik waarom: er woont hier helemaal niemand.'

Sharon draaide zich om en trok haar zonnebril naar beneden, om geen oranje Annie te zien. 'Ed Gein was een beroemdheid: die kwam hier vandaan.'

'Nooit van gehoord.'

'Hij vermoordde lui, gooide ze door de gehaktmolen en at ze op.'

'Hmm, dan heeft hij zeker iedereen verorberd.'

Sharon grijnsde. Bij het samentrekken van haar gezichtsspieren bewoog ook het ronde littekentje in haar nek. Als Annie dat zag, moest ze telkens weer denken aan al dat bloed op de vloer van het Monkeewrenchkantoor en het streperige spoor van Sharon die op haar buik naar boven was gekropen om Grace' leven te redden.

'Er wonen niet veel mensen hier,' moest Sharon beamen. 'Het zijn hoofdzakelijk staatsbossen; die lijken zo ver noordelijk bijna grenzeloos.'

'Over noordelijk gesproken: ik heb dat kompas op het dashboard eens in de gaten gehouden. Dat ding wijst al heel lang naar het noorden en ik geloof gewoon niet dat Wisconsin zó groot is. Misschien moeten we eens kijken of we ergens rechtsaf kunnen voor we op de noordpool zitten.'

'Het lijkt erop dat we daar zo de kans voor krijgen,' zei Grace, en ze wees met haar hoofd naar een bordje aan de rechterkant van de weg: 'Four Corners → 3 km'.

'Prijs de Heer,' verzuchtte Annie. 'De beschaafde wereld.' Ze schudde met het donkere pagekapsel dat het afgelopen jaar haar handelsmerk was geworden en viste een poederdoos en een lippenstift uit haar handtas. Van wat ze bij de Holy Cow Diner had gezien, staken hier in Wisconsin aardig wat plattelandsvrouwen haar in omvang naar de kroon, maar hadden ze er geen flauw benul van hoe ze zich moesten presenteren. Hier was duidelijk een taak voor haar als modemissionaris weggelegd, om hen op weg te helpen!

Zij en haar lippenstift zaten net in een kritieke fase, toen de motor van de Range Rover ineens een harde knal liet horen, waarop Grace een ruk aan het stuur gaf en Annie een donkerrode streep dwars over haar bovenlip trok. 'Verdikkeme Grace, wat doe je nou? Heb je een rendier aangereden?'

Maar Grace antwoordde niet; Sharon staarde alleen maar naar de klokjes op het dashboard. En Annie werd ineens een soort stilte gewaar die niet in een rijdende auto thuishoorde. Ze keek naar de bomen, die steeds langzamer voorbijgleden. 'In 's hemelsnaam: dat ding heeft er toch niet net de brui aan gegeven?' Ze was totaal verbluft: Grace' auto zou het nooit opgeven – hij zou niet durven...

'Daar ziet het wel naar uit,' sprak Grace kalm, en ze verschoof haar linkerhand op het stuur, om het plotselinge wegvallen van de stuurbekrachtiging op te vangen, terwijl ze met haar rechterhand de auto weer probeerde te starten. Maar toen ze de sleutel omdraaide, volgde er geen enkele reactie: het enige geluid was en bleef het geruis van de wielen over het wegdek.

Grace fronste eigenlijk nooit, althans niet zo gemakkelijk als anderen. Toch, terwijl haar uitdrukking effen bleef, veranderde er nu iets aan haar blik; bijna alsof ze naar binnen keek, naar emoties die ze anderen zelden toonde. Dat was niet iets wat Grace MacBride bewust deed. Het was een les die ze lang geleden had geleerd: als je je gevoelens voor je hield, kon men ze ook niet tegen je gebruiken.

En op dit moment voelde ze vooral woede – tegenover haar vaste monteur in het bijzonder en verbrandingsmotoren in het algemeen. *Je hebt nu eenmaal niet alles in de hand*, had een zelfingenomen psychiater haar tien jaar terug laatdunkend gezegd, waarmee hij wat haar aanging slechts zijn talent voor het intrappen van open deuren had gedemonstreerd. Natuurlijk had ze niet alles in de hand: dat wist ze al vanaf haar vijfde. Maar je kon wel vooruitkijken en je voorbereiden op alle mogelijkheden die je maar kon bedenken en daar was zij heel goed in. Doemdenken was haar specialiteit.

Niet één keer bedacht ze daarom dat haar auto wel weer zou starten, of dat de een of andere barmhartige samaritaan zou langskomen om de helpende hand te bieden of hun een lift te geven. Dat soort dingen gebeurden altijd in een perfecte, voorspelbare wereld, maar daar was zij nog nooit geweest. In haar wereld zouden ze lopend verder moeten, en dat was dan ook waar ze zich op instelde.

Terwijl de Range Rover steeds meer snelheid verloor, zochten haar ogen de wegkant af naar alles wat maar een beetje op een afslag leek. Ze waren bijna al hun vaart kwijt, toen ze aan de rechterkant een spoor de bossen in zag duiken. 'Is dat een weg?'

'Misschien...' was het enige wat Sharon kon uitbrengen, voor Grace het stuur omgooide en de auto het aflopende pad op stuurde. Dennentakken sloegen tegen de ramen, hotsend en botsend maakten ze een scherpe bocht. Toen ze eindelijk tot stilstand kwamen, waren ze al een flink eind het woud in.

Daar stond de glanzende Range Rover dan: als een duister mysterie tussen het lommerrijke groen. Enkele ogenblikken lang was het enige geluid het tikken van zijn afkoelende motor.

'Zo, dat was spannend,' zei Sharon ten slotte. 'Vooral toen we dat heuveltje af suisden en haast tegen die boom op reden... Ik weet niet hoe het in de grote stad werkt, maar hier stop je bij panne gewoon langs de kant van de weg, hoor!'

Grace klikte haar gordel los en trok aan de hendel van de motorkap. 'Als we de auto moeten achterlaten, wil ik hem niet vol in het zicht laten staan. Er staat een fortuin aan hardware achterin; het meeste ervan uniek spul.'

Annie tuurde door haar raampje; haar adem sloeg tegen het glas. 'Dit is geen afslag.'

'Het kan een oude houthakkersweg zijn,' opperde Sharon. 'En het lijkt erop dat hij dwars door het bos regelrecht naar Four Corners loopt. Ik wed dat het met gemak te lopen is.'

Annie keek haar ontzet aan. 'Je bedoelt búíten? Het loopt tegen de honderd graden en jij wilt dat ik een boswandeling ga maken? Heb je mijn schoenen gezien?'

Maar toen hadden Grace en Sharon hun portier al opengegooid

en spoelde een warme golf de auto in die alles teniet deed wat de airco met veel moeite had bereikt.

'Een, twee, drie, in godsnaam dan maar,' gromde Annie en volgde hen. Toen de middaghitte haar in het gezicht sloeg, hapte ze even naar adem. Toen streek ze over haar jurk en trippelde naar de voorkant van de Rover, waarbij ze erop lette dat de naaldhakken van haar pumps de zachte bosgrond niet raakten. 'Nou, gooi dat ding dan maar open, dan kunnen we hem repareren en hier als de gesmeerde bliksem weer vandaan.'

'Annie, jij hebt helemaal geen verstand van auto's,' bracht Grace haar in herinnering.

'Maar ik weet wél dat als ze kapotgaan, je onder de motorkap moet kijken. Trouwens, ik ben slim en het ís maar een motor. Zo moeilijk kan het toch niet zijn om uit te vinden wat er mankeert? Misschien zijn het de bougies of zo.'

Grace klapte de motorkap omhoog, deed een stap achteruit en keek geamuseerd toe terwijl Annie geconcentreerd naar binnen gluurde. 'Wat een rommeltje! Hoort dat allemaal zo?'

'Zo'n beetje wel, ja.' Sharon leunde even naar voren en keek Grace toen scheef aan. 'Wat denk jij?'

'Dat we een sleepwagen nodig hebben.'

Annie wierp nog een blik op de kennelijk defecte motor, zoals ze naar een pup zou kijken die net op de mat had geplast, en strompelde toen terug naar de auto. Ze griste haar mobieltje van de achterbank.

'Bar weinig bereik hier,' zei Sharon nog, maar Annie zwaaide haar telefoontje al als een toverstaf in het rond, in een poging een signaal uit de zware, warme lucht te plukken. Daarna probeerde ze hetzelfde met Grace' telefoon, voor het geval die van haar op de een of andere manier niet deugde. Toen liet ze haar handen geërgerd langs haar lichaam vallen. 'Dit is toch bespottelijk! We leven in de eenentwintigste eeuw, in het technisch hoogst ontwikkelde land ter wereld... en ik kan niet bellen. Hoe kan iemand hier leven?'

Even stonden ze gedrieën zwijgend om zich heen te kijken. Er hing een diepe, onnatuurlijke stilte in het schaduwrijke woud, alsof het geen echt bos betrof, maar een filmset.

Het was Grace die uiteindelijk de woorden uitsprak die Annie het ergst had gevreesd: 'We zullen moeten gaan lopen.'

Hulpeloos keek ze naar beneden, naar de zoom van haar fraaie zijden vlinderjurk en haar fraaie, tien centimeter hoge hakken.

'Ik heb een paar tennisschoenen in mijn tas,' bood Sharon aan.

'Dank je,' zei Annie, zich beradend wat het zwaarste woog. 'Welke kleur?'

Het bleken lavendelkleurige hoge gympen te zijn. Toen ze naar de ronde neuzen aan haar voeten keek, was Annie bepaald niet blij met wat ze zag.

'Je ziet er bespottelijk uit,' merkte Grace op.

'Ik weiger in te gaan op modekritiek van een vrouw die zelf honderd zwarte T-shirts bezit. Bovendien, als die dingen hakken hadden, zou het nog best wat kunnen zijn.'

De houthakkersweg – als het dat was – werd al snel een smal modderpad, bezaaid met hertensporen. Ten slotte verdwenen ook deze onder een dik tapijt van roestkleurige, onder hun voeten knapperende naalden. Aan beide kanten werd het woud steeds dichter en donkerder; de kantachtige bladeren van de enorme varens trilden nog lang na als de drie vrouwen er langs hadden gelopen.

Argwanend bekeek Annie het struikgewas. Het zag er haar allemaal veel te prehistorisch uit. En het waren niet enkel de tropische hitte en de gemuteerde varens die haar aan *Land of the Lost* deden denken: alles aan dit uitstapje plaatste hen duizenden jaren terug in de tijd. 'Dit is toch absurd,' mompelde ze, terwijl ze aan de riem van haar schoudertas trok. Grace had nog geprobeerd haar uit het hoofd te praten het loodzware ding mee te slepen, maar de dag dat Annie Belinsky zonder make-up op pad ging, was de dag dat ze haar net zo goed onder de grond konden stoppen. 'Een uur geleden waren we nog drie intelligente, succesvolle vrouwen in een auto van zeventigduizend dollar, met ieder een mobieltje en de meest geavanceerde computerapparatuur van het moment in de kofferbak... nu ploegen we door een oerbos als een soort Barbarella-drieling.'

Sharon lachte: 'De natuur strijkt alles glad.'

'De natuur is goed waardeloos: het is heet, plakkerig en het stinkt hier. En kunnen jullie misschien eens wat langzamer lopen? Jullie verkeren in het gezelschap van een grotematendame die voor het eerst van haar leven op platte schoenen loopt, en dit pad is echt verraderlijk: overal steken wortels omhoog. Ze zouden het hier moeten asfalteren!'

De tweeëndertig graden rondom hen maakte echter al snel korte metten met Annies waslijst van grieven over het heerlijke buitenleven, en stilte omsloot de kleine optocht. Hoe dieper ze in het bos doordrongen, hoe zwaarder de atmosfeer op hen leek te drukken, met die gigantische naaldbomen die hoog boven hun hoofd een donker, geurend baldakijn van takken vormden. De geluidloosheid was zo tastbaar als het dikke tapijt van droge naalden onder hun voeten, en zo benauwend als de lucht die zo stil hing dat hij haast voelbaar was.

Uiteindelijk leek het woud iets minder dicht te worden en opeens opende het zich voor hen als een deur die licht bracht in een schemerig vertrek. Ze stapten tussen de bomen uit en stonden ineens op een rond stuk gebarsten asfalt, een soort primitief pleintje, dat via een pokdalige strook teer uitkwam bij een weg, zo'n dertig meter verderop.

'Goddank,' bromde Annie, wapperend met een mollige hand voor haar bezwete gezicht. 'Dat rotbos leek wel een sauna.' Toen hield ze haar hand boven haar ogen, als bescherming tegen de felle middagzon, en keek om zich heen. 'Hemeltjelief, moet dit een dorp voorstellen?'

Rechts van hen stond een oud, houten huis, met de achterzijde tegen het bos aan en een betonnen gebouw aan weerszijden ervan. En dat was het dan.

'Maar ze hebben wel een pompstation,' zei Sharon, met een hoofdknik naar de rij roestige auto's achter het linkse gebouw.

'Mm,' zei Annie, en ze plukte aan haar jurk. 'Nu maar duimen dat het een Range Rover-garage is.'

Sharon glimlachte. 'Daar zou je nog wel eens erg van kunnen opkijken. Zo'n dorpsmonteur krijgt vaak van alles weer aan de praat.'

Grace stond doodstil te luisteren en keek om zich heen. Ze trachtte het gevoel van zich af te schudden dat ze zojuist ongenood iemands achterdeur was binnengeslopen. 'Wat wíj nodig hebben, is een telefoon,' zei ze toen en zette koers naar het tankstation.

Bij de kruising wachtten ze alledrie. Met samengeknepen ogen keken ze over de verlaten tweebaansweg naar links, naar rechts en toen nog eens naar links. Het bos aan de overkant leek haast massief: een soort levende, groene gletsjer, die onverbiddelijk oprukte en alle miezerige menselijke bouwsels overwoekerde. Links, even voorbij het tankstation, maakte de weg een bocht en verdween dan vrij snel uit het zicht, het dichte woud in. Rechts piepte hij haast net zo snel weg achter een lichte helling. Er bewoog niets, er was geen enkel geluid; Grace hoorde zichzelf bijna ademen.

Knorrig keek Annie om zich heen. 'Ja ja, Four Corners... maar het hééft maar twee hoeken. Wat een grootheidswaanzin!' De stilte leek zelfs de echo van haar stemgeluid te absorberen. 'Verdomd, wat is het hier stil,' zei ze fronsend.

Sharon grinnikte. 'Jij komt geloof ik niet zo vaak op het platteland, hè?'

Annie snoof. 'Tuurlijk wel! Dat is toch waar je doorheen rijdt, op weg van de ene stad naar de andere?'

'Nou, zo ziet het er dus uit als je eens úít je auto stapt. Dit is dus echt een luie zomerzaterdag in Nergenshuizen, en stilte is een van de weinige dingen die je hier in overvloed hebt.'

Grace dacht hier even over na. Sharon kwam hiervandaan: zij was een echte plattelandshulpsheriff uit Wisconsin. En zo vreemd als deze stilte haar en Annie voorkwam, zo volkomen normaal vond zij hem – en zij had er verstand van.

Toch voelde Grace zich niet helemaal op haar gemak. Het was niet alleen dat ze nergens iemand zagen, dat was niet zo vreemd voor een stadje waar de volkstellers waarschijnlijk genoeg hadden aan hun handen. Maar er was ook geen enkel teken dat er ergens mensen waren: geen radio's, geen blaffende honden, geen gedempt gelach, geen kinderstemmen in de verte, helemaal niets.

Ze keek naar het gebouwtje rechts van hen. Aan een smeedijzeren haak hing een uithangbord: HAZELS CAFÉ. Links van hen lag een tankstation, duidelijk met zijn netste kant naar de weg. Op een betonnen eilandje tussen het huis en de weg in stonden twee ouderwets lage, brede pompen, hun metalen omhulsel opvallend schoon. Aan een hoge, ijzeren paal hing een verschoten blauw bord, dat in witte blokletters verkondigde: DALES GAS. De deur stond er wijd open, wat zou kunnen betekenen dat er iemand binnen zat die liever uit de hitte bleef.

Grace' laarzen klakten over het beton toen ze op de deur af liepen. Het was vreemd om naast haar niet de syncopische begeleiding van Annies immer aanwezige hoge hakken te horen, maar het zachte geklepper van diens geleende gympen, plus het geknars van Sharons leren veterschoenen. En weer zat het haar niet lekker dat ze deze geluiden zo duidelijk hoorde.

Het tankstation was net zo leeg en stil als het stadje zelf. Grace stapte er binnen, luisterde even en liep toen door naar een binnendeur, die bleek uit te komen in een donkere, verlaten garage. Ze trok haar neus op toen ze de ranzige geuren van oude olie, benzine en oplosmiddelen rook, die haar echter ook vertelden dat deze garage pas nog was gebruikt, ook al zei het begeleidende beeld iets heel anders. Alles wat ze in de duistere ruimte kon zien, was bedekt met meerdere lagen vuil die je waarschijnlijk kon tellen als de jaarringen van een boom. En dat, terwijl het interieur van het tankstation er zo spic en span uitzag! De handen die de oliespuit hanteerden, kwamen kennelijk nooit in de buurt van de kassa, want er was geen enkele vettige vingerafdruk te ontdekken op de knoppen of op het witte formicablad waarop hij stond. Op de binnenkant van het raam waren zelfs nog de streperige cirkels van een recente lapbeurt te zien, terwijl op de buitenkant de druppels van een recente regenbui te zien waren.

Sharon bestudeerde een kaart van Wisconsin aan de muur.

Annie liep met haar handen op haar heupen rond. 'Goeie god, wie wonen hier: leden van de amish?' Ze trok haar wijsvinger over de toonbank en keek ernaar. 'Als Harleys keuken eens zo schoon was.'

'O-o...' Sharon tikte op de kaart. '"U bevindt zich hier"', las ze. 'We zijn een tikje verder afgedwaald dan ik dacht.'

Toen Grace over haar schouder meekeek, kromp ze ineen. 'We zitten nog een dikke honderdvijftig kilometer van Green Bay.'

'Dan kan ik maar beter even bellen dat we vertraagd zijn. Ik heb die rechercheurs gezegd dat we er tegen vieren zouden zijn, en dat redden we bij lange na niet.' Sharon liep naar de telefoon op de toonbank, nam de hoorn van de haak en hield hem tegen haar oor. Ze fronste, duwde de haak een paar keer in en legde toen weer op. 'Klereding! Hij is kapot!'

Annie rolde met haar ogen, maakte een pirouette, ruisend met haar verlepte zijde, en begon te oreren over met kranten dichtgeplakte stadjes, auto's, hitte, luchtvochtigheid en telecommunicatie in het algemeen. Ze stopte deze monoloog zelfs niet toen ze gedrieën het brokkelige asfalt overstaken en de drie betonnen treden naar de hordeur van het café betraden. 'En nu ga ik een grote kan ijsthee voor mezelf bestellen en dan...' Ze opende de deur, stopte midden in haar zin en zuchtte diep. 'Oké dames, nu begint het echt een beetje eng te worden.'

Grace trok de hordeur voorzichtig achter zich dicht, waarna ze even zwijgend stonden te staren naar de lege tafels, de lege krukken aan de bar en de lege keuken daarachter. Alles was smetteloos schoon, en als er onder de scherpe geur van schoonmaakmiddel door geen geuren van gebakken en gegrild eten hadden gehangen, hadden ze vast en zeker gedacht dat dit café al jaren niet meer in gebruik was.

Sharon liep naar de bar en nam de hoorn op van de telefoon die naast de kassa stond. Schaapachtig keek ze naar de andere twee toen ze deze ook meteen weer neerlegde. 'Alle telefoonlijnen zijn dus dood,' zei ze schouderophalend. 'Het zal wel dagen duren eer de telefoonmaatschappij naar een plaats als deze komt om de boel te repareren.'

Annie trok een perfect ronde wenkbrauw omhoog. 'En de mensen dan?'

'Wie zal het zeggen? Vissen, picknicken, siësta...'

Toen ze van Annie naar Grace keek, zag ze de twijfel in het ene gezicht en de spanning in het andere, en ze besefte voor het eerst hoe verschillend ze waren. Ze kende de bron van Grace' achtervolgingswaanzin. Verdomme, als zíj tien jaar lang de schietschijf van een seriemoordenaar op haar voorhoofd had gehad, zou ze ook paranoïde zijn geworden! En Annie had ze de eerste keer dat ze haar had gezien, in het ziekenhuis, meteen herkend als een vrouw die uit ervaring wist dat ze niet te veel van het leven moest verwachten.

Maar nu had zijzelf ook een geschiedenis: sinds ze in het Monkeewrench-pakhuis was beschoten, had ze maanden op de rand van paniek geleefd. Maar nu, voor het eerst sinds die kogel zich in haar nek had geboord, voelde ze zich vreemd rustig en veilig, in dit stadje waarvan de leegte en stilte de andere twee juist verontrustte.

Ze legde haar schoudertas op de bar en hees zich op een kruk. 'Oké, ik snap dat jullie het hier maar eng vinden, maar geloof me: dit is echt volkomen normaal. Ik heb het grootste deel van mijn leven doorgebracht in een stadje, niet veel groter dan dit. En weten jullie wanneer ik voor het eerst mijn voordeur op slot heb gedaan? Toen de FBI mij negen maanden geleden, na mijn ontslag uit het ziekenhuis, in een appartement in Minneapolis neerpootte.'

Annie keek haar boos aan. 'Maar het gaat hier om middenstanders, hoor! Die lopen niet op een zaterdagmiddag weg uit hun zaak en laten de deur niet wijd open – waar ze ook wonen! Dit is gewoon krankzinnig.'

Sharon zuchtte. 'En toch zeg ik je dat het in dit soort plaatsen vaak wél zo gaat. Welke klanten lopen ze dan mis? Hun dorpsgenoten? Die bedienen zich waarschijnlijk zelf en leggen het geld op de bar: men bedot hier zijn buren niet. Zeg, wat zoek jij toch?'

Grace had het hele café doorgelopen, al speurend over de vloer en de tafels, en stond nu voor het raam. 'Hè?'

'Zie je iets?'

'Buiten? Nee. Maar ik loop even naar het huis waar we net langs zijn gekomen. Zo terug!' En ze liep langs de zijkant van het café naar het houten huis erachter.

Plotseling bleef ze staan, haar blik strak gericht op een ijzeren kastje aan het beton. Een dikke pvc-buis kronkelde eruit de grond in. Toen ze er wat dichter naartoe liep om de naam van het plaatselijke telefoonbedrijf te kunnen lezen, voelde ze een stoot adrenaline rechtstreeks naar haar hart gaan: de buis en de bundel draden erin waren doormidden gesneden. Ze stond meteen als aan de grond genageld, bewoog alleen nog haar ogen, en spitste haar oren om beter te horen op deze akelig stille plek. *Kinderen*, sprak ze zichzelf sussend toe. *Kinderen met een zakmes: een uit de hand gelopen kwajongensstreek.*

Langzaam en behoedzaam begon ze weer te lopen: om het tankstation heen, naar het tweede telefoonkastje... waar de doorgesneden kabel haar eveneens zijn rafelige eindjes toonde. Haar hersenen werkten intussen op volle snelheid, als een soort compensatie voor de kalmte waartoe ze haar lichaam dwong.

Vervolgens vond ze ook de telefoonaansluiting van het woonhuis, waar opnieuw alles keurig was doorgesneden. Ze sloop naar de voordeur, trok hem open, tuurde in het halfduister en luisterde. Dit huis hoefde ze niet te doorzoeken: hier was niemand.

Ze sloot de deur zachtjes weer, bleef even op het stoepje staan, keek en luisterde opnieuw, verlangend naar een briesje dat de verstikkende stilte kon doorbreken.

Het kon haar niet meer schelen wat Sharon beweerde over wat er allemaal normaal was in een stadje zoals dit; over deuren die op een zaterdagmiddag gewoon openstonden... Zo kon zij niet langer denken. Zij hoorde niets anders meer dan de stem in haar hoofd, die zei dat ze hier helemaal niet hoorden te zijn.

6

Sheriff Michael Halloran zat in zijn kantoor op de eerste verdieping van het bestuursgebouw van Kingsford County, met zijn stoel richting het grote raam dat uitkeek op Helmut Kruegers melkveehouderij.

Ook al had hij Bonar Carlson nooit briljant horen noemen, hij zág wel meer dan de meesten; schonk aandacht aan details waar de rest van de wereld gewoon overheen keek, en dat was onder andere waarom hij zo'n uitstekend politieman was. Want hijzelf zag nú pas, wat Bonar een tijdje terug al had opgemerkt, en voelde zich daarom een beetje dom, alsof hij het grootste deel van de zomer met zijn ogen dicht had rondgelopen.

Helmut Kruegers weiland was inderdaad lang niet zo sappig groen als je zou verwachten. Het had die herfstige tint die je altijd krijgt wanneer gras van onderaf uitdroogt en het geel erdoorheen begint te schemeren.

En als dat nog niet genoeg was om de door Bonar voorspelde droge periode te bevestigen, dan hoefde je alleen maar naar de kudde holsteiners te kijken. De dieren stonden in een zwart-witte kluwen bij elkaar, met de kont naar achteren, als American-footballspelers in een *huddle,* en sloegen vergeefs met hun staart naar de steekvliegenplaag, die een vaars in enkele dagen tijd vijftig kilo kon doen vermageren. Insecten, van verschillende soorten, waren elke zomer in Wisconsin een niet-aflatend ongemak, maar wanneer er droogte dreigde, daalde het aantal muggen altijd sterk, terwijl paardenvliegen, runderdazen en stalvliegen zich in epidemische aantallen vermenigvuldigden en het vee vervolgens gruwelijk kwelden.

Alle tekenen waren er geweest, recht onder zijn neus, maar hij had ze niet gezien. Het deed hem twijfelen aan zijn eigen opmerkingsvermogen, en hij vroeg zich af wat hij eigenlijk deed in een vak, waarin vaak erg veel afhing van het feit of je dingen zag waar anderen overheen keken.

Zoals bij deze zaak: zijn tweede moordzaak in even zoveel jaren, nadat hij een decennium lang had gedacht dat het beëindigen van caféruzies het hoogtepunt van zijn carrière in de misdaadbestrijding zou blijven. Met zo'n achtergrond was je op geen enkele manier voorbereid op het uitpuzzelen van een zaak met maar liefst drie lijken, die ergens op het platteland in een poel waren gedumpt en eruitzagen als oorlogsslachtoffers.

Hij keek naar het dossier op zijn bureau. De lege lijnen op de kaft leken hem uit te lachen om alles waar hij nóg geen antwoord op had.

Bonar roffelde even op de deurpost en liep toen meteen door naar de stoel tegenover Hallorans bureau. Toen hij ging zitten, zuchtte het goedkope vinyl als een slecht werkend schetenkussen. 'Ik heb een duimafdruk op mijn geboorteakte,' zei hij zonder enige inleiding. 'En jij ook.'

'Is dat zo?'

'Jij bent geboren in het Kingsford General, toch?'

'Klopt.'

'Dan hebben ze daar een vingerafdruk van je genomen.'

Halloran pakte een pen. 'Moet ik aantekeningen maken?'

'De meeste ziekenhuizen nemen al in de verloskamer van alle pasgeboren baby's een afdruk van het voetje, het handje, de duim of wat dan ook, zodat de moeder niet de verkeerde baby mee naar huis kan nemen. Dus mijn vraag is nu: waarom maken ze niet van elk kind meteen na de geboorte een complete set afdrukken en bewaren die in een soort van database?'

'Goh, Bonar, er schuilt een despoot in je.'

'Weet jij hoeveel lijken er op jaarbasis niet geïdentificeerd kunnen worden? Hoeveel families maar blijven wachten op de thuiskomst van iemand die de hele tijd al ergens onder de grond ligt, onder een grafsteen met "meneer X" erop?'

Halloran zuchtte. 'Laat me eens raden: die vingerafdrukken hebben dus niks opgeleverd?'

'Niet in de databank van vingerafdrukken, of waar we maar mochten kijken. En ik mag wel zeggen dat ik vrij verbaasd was dat geen van die drie een strafblad blijkt te hebben. Het lijkt me duidelijk dat ze zich met behoorlijk ruige lui ophielden, en dan zou geen van hen ooit hebben gezeten? Dat druist tegen alle wetten der logica in.'

Halloran begon ezelsoren te maken in de kaft van het dossier. 'Misschien waren het gewoon een paar aardige knapen, die toevallig op het verkeerde moment op de verkeerde plek waren.'

'Je zult toch heel erg je best moeten doen om mij ervan te overtuigen dat deze executie met een automatisch geweer slechts een ongelukkige samenloop van omstandigheden was.' Bonar trok een platgedrukte Snickers uit zijn broekzak, scheurde het papier open en nam een grote hap. 'Nog geluk bij Vermiste Personen?'

'Bij onszelf was niets bekend, dus heb ik Haggerty de foto's naar alle landelijke bureaus laten sturen. Baat het niet, dan schaadt het niet.'

Met zijn pink veegde Bonar een stukje chocolade van zijn lip. 'Deze jongens zijn nog vrij vers: misschien mist niemand ze nog.'

'Zou kunnen. De lijkschouwingen zouden ons een beginnetje kunnen geven, maar die laten nog even op zich wachten. Doc vertelde me dat de rijksjongens in Wausau hun handen nog vol hebben aan een kettingbotsing op Highway 29.'

Zuchtend stond Bonar op om zijn Snickers-papiertje in de prullenbak te gooien. 'Wou je zeggen dat wij een driedubbele moord moeten zien op te lossen, zonder te weten wie de slachtoffers zijn?'

Halloran begon weer aan het dossier op zijn bureau te frunniken. 'Hoeveel automatische geweren schat jij dat er in onze regio zijn, Bonar?'

'Waarschijnlijk nog een paar meer dan in Fort Bragg.'

'En wie gebruiken die dingen?'

Bonar dacht even na. 'In november hebben we Karl Widenauer nog gearresteerd, omdat hij er eenden mee aan het afknallen was.'

52

'Maar wie nog meer?'

'In Green Bay hebben ze vorige week bij die cocaïne-inval een paar AK-47's in beslag genomen.'

Halloran krabbelde wat in zijn notitieblokje. 'Drugsdealers dus.'

Bonar trok een gezicht. 'In Kingsford County heb je misschien af en toe een paar pubers, die hasj proberen te verbouwen in het maïsveld van hun ouders, maar ik betwijfel of die van het type zijn die executiepelotons inhuren. De echte zware jongens hebben hun nerinkje toch meestal in de stad.'

'Misschien is het ook wel iets van de stad en hebben ze die lijken hier gewoon gedumpt. Het zou niet de eerste keer zijn. Zullen we die plaatjes uit het lijkenhuis eens naar een paar narcoticabrigades in Wisconsin sturen, misschien zelfs naar Chicago, om te kijken of iemand daar ze herkent?'

'Strak plan.'

'Dank je. Maar vertel eens wie er nog meer gebruikmaakt van automatische geweren. Gewoon, in het algemeen.'

Bonars ogen gleden naar het plafond en hij raffelde af: 'Het leger, de georganiseerde misdaad, geflipte burgerwachten, verzamelaars... en van al die lui hebben we er in onze zuivelstaat zat.'

'Dat is ook zo'n beetje het lijstje dat ik in mijn hoofd had. Ik denk dat als onze slachtoffers tot een van die groepen behoren, Milwaukee ons wellicht met de identificatie kan helpen.'

'De FBI?'

'Ja, en het Bureau Alcohol, Tabak, Vuurwapens en Explosieven misschien ook. Ik durf te wedden dat die allebei lijsten hebben die eigenlijk niemand mag inzien.'

'Dus jij wilt de rest van het weekend gaan zitten nagelbijten?'

'Niet bepaald. Ik hoopte eigenlijk dat het allemaal wat vlotter kon. Hoe zit het met die maat van jou, met wie jij altijd pokerde? Zijn zoon werkte toch bij de federalen?'

Bonar klakte met zijn tong. 'Niet meer: die arme jongen kreeg een tijdje terug wat problemen met zijn zenuwen en heeft ontslag moeten nemen. Ik geloof dat hij tegenwoordig een ijssalon leidt, in Fond du Lac.'

'Dat is niet zulk best nieuws.'

'Ach, zo erg is het nu ook weer niet. Als we bij hem langsgaan, krijgen we vast gratis ijs.'

'Super! Maar zullen we in de tussentijd die lijkenhuisplaatjes en vingerafdrukken dan ook maar faxen naar de dienstdoend speciaal agent in Milwaukee? Hebben we tenminste al onze pionnen op het bord gezet.'

'Tuurlijk, we kúnnen het via de slakkenpost doen, als jij dat per se wilt... maar je kunt ook Sharon in Minneapolis bellen en haar vragen erachteraan te gaan.'

Halloran deed gewoon alsof hij dat laatste niet had gehoord en begon ijverig in de papieren op zijn bureau te zoeken. 'Hoe heet de dienstdoend speciaal agent van Milwaukee ook alweer? Burt nog-wat?'

'Eckman.'

'O ja. Maak jij even een pakje voor hem, dan schrijf ik er een briefje bij.'

Bonar keek hem scheef aan. 'Jij hebt een direct lijntje met de FBI, maar weigert daar gebruik van te maken, omdat...'

Halloran bleef in zijn papieren rommelen, tot hij een leeg faxblad had gevonden dat hij met chirurgische precisie begon in te vullen.

Hij negeerde Bonar zolang hij kon, tot deze als een op drift geraakte zeppelin boven zijn bureau kwam hangen. 'Bel haar, Mike, puur zakelijk.'

Voorzichtig legde Halloran zijn pen neer. 'Hou op met die onzin, Bonar. Sharon en ik praten niet meer met elkaar, dat weet je best.'

'Dat weet ik, ja. En dat is verrekte jammer, als je het mij vraagt.'

'Ik vraag het jou niet.'

'Je zult toch ééns met haar moeten praten: technisch gesproken is zij nog steeds hulpsheriff in Kingsford County.'

'Tot maandag dan.'

'Pardon?'

'Dan loopt haar verlof af. Als ze maandagochtend niet op het appel verschijnt, vliegt ze eruit.'

Bonar plofte terug op zijn stoel en staarde over het bureau heen naar zijn oude vriend. 'Jezus! En weet zij dat ook?'

Halloran knikte stug. 'De officiële kennisgeving is een maand geleden de deur uitgegaan, aangetekend. Ik weet dus dat ze hem heeft ontvangen.'

'Jij hebt haar geschreven dat ze eruitvliegt?'

'Dertig dagen opzegtermijn, schriftelijk aangezegd, zo staat het in de wet.'

'Een telefoontje was wel zo aardig geweest.'

Halloran keek Bonar nu recht in de ogen. 'Het is niet anders. Ik heb hier een afdeling te leiden, en zit met een gat in het dienstrooster waar ik al maanden omheen probeer te werken, sinds Sharon dat zogenaamde "tijdelijke verlof" heeft opgenomen. En mijn telefoon gaat gewoon over, als een van mijn hulpsheriffs de moeite zou nemen mijn nummer te draaien... Sharon is een paar maanden terug gestopt met het beantwoorden van mijn telefoontjes, en ik werd het zo langzamerhand zat om steeds tegen haar antwoordapparaat te kletsen. Maar wil je me blijven doorzagen over Sharon of wil je mijn andere idee horen, over hoe we die drie verzopenen van ons zouden kunnen identificeren?'

Bonar leunde achterover en vouwde zijn armen voor wat hij nog van zijn borstkas kon vinden. 'Ik zou je het liefst nog even doorzagen over Sharon, maar als ik je daar een plezier mee doe, dan luister ik wel even naar dat idee van jou.'

7

Het was de derde keer dat de politie van Minneapolis een kermis sponsorde voor het project Jeugd in Crisis, en het beloofde de meest geslaagde tot nu toe te worden. Het was al bijna vier uur, maar het park was nog steeds stampvol ouders en kinderen, en de meeste agenten die geen dienst hadden, stonden als vrijwilliger achter een van de kramen of genoten met hun eigen kinderen van de feestelijkheden.

Rechercheur Leo Magozzi had zijn vrijwilligerstaak er net opzitten – hij had in de eettent hotdogs verkocht – en vond het nu hoog tijd voor een beetje plezier. Dus kocht hij drie kaartjes voor de duikbak (van die nieuwe van de afdeling Fraude, die beleefd lachte om zijn flauwe 'buikbak') en voegde zich toen onder de felle augustuszon in de rij met ongeveer twintig anderen, waaronder commissaris Malcherson. Deze laatste leek met zijn lengte, lichte haren en ijsblauwe ogen veel te Scandinavisch om in zomerkledij te lopen. Het was voor het eerst dat Magozzi deze pijnlijk keurige man in iets anders dan een extreem prijzig pak zag, en het bracht hem een beetje van de wijs. Ook de commissaris zelf leek wat ongelukkig met zijn ongewone lichaamsbedekking, die bestond uit een licht overhemd en een sportpantalon. Zo nu en dan dwaalde zijn hand naar zijn stropdasloze hals, alsof hij een lichaamsdeel miste.

'Goedemiddag, sir. Fijn dat u er vandaag bij kon zijn,' begroette Magozzi hem.

Malcherson schonk hem een soort grijns. 'En ik vind het fijn hier te zijn, rechercheur. Hoewel ik moet zeggen dat ik me ietwat schuldig voel dat ik in deze rij sta, met het oogmerk moedwillig mijn steentje bij te dragen aan het leed van een van ons.'

'Ach, u bevindt zich in uitstekend gezelschap.'

'Dat zie ik, ja. En het ís tenslotte voor een goed doel.'

'Klopt helemaal, sir. En als u zich daardoor beter voelt: ik weet zeker dat rechercheur Rolseth dolblij is met deze mogelijkheid een wezenlijke bijdrage te leveren.'

Dat was natuurlijk baarlijke nonsens, dat wist iedereen, inclusief commissaris Malcherson zelf. Gino Rolseth, Magozzi's partner en beste vriend, was ziedend dat hij vandaag de hoofdattractie was, maar hij had weinig in te brengen gehad. Eerder die week had een anonieme gever aangeboden de opbrengst van de jaarlijkse kermis te verdubbelen onder de voorwaarde dat Gino op het plankje boven de duikbak zou plaatsnemen.

Deze had meteen een enorme hoop stennis geschopt en toen botweg geweigerd het te doen, maar toen men daar op de afdeling Moordzaken lucht van kreeg, had iedereen hem er telkens weer vol overgave aan herinnerd dat zijn weigering erop neerkwam dat hij hongerige kinderen het voedsel uit de mond stootte, die daarmee het gevaar liepen op straat te belanden, enzovoorts, enzovoorts.

Niemand wist wie erachter zat en iedereen had zijn eigen theorie, maar één ding was zeker: het zou de enige zaak zijn waar Gino Rolseth aan werkte, tot hij erachter was wie het was die hem dit kunstje had geflikt.

Magozzi en Malcherson krompen allebei ineen, toen ze voor in de rij een luid gejoel en gegil hoorden.

Even later danste Johnny McLaren, de kleine, magere rechercheur met zijn peenkleurige haar, hen zowat tegemoet, een kamerbrede grijns op zijn roze verbrande gezicht. 'Man, dat was nog eens lekker! Je had zijn gezicht moeten zien, toen die bal raak was en hij naar beneden donderde! Blij dat ik volgende week met vakantie ben, dat kan ik je wel vertellen...' Toen keerde hij zich naar Malcherson. 'Kom op nou, chef, u móét weten wie hierachter zit. U was toch degene die dat telefoontje heeft beantwoord?'

Commissaris Malcherson keek hem onbewogen aan. 'Ik heb werkelijk geen idee, rechercheur. Ik voelde mij niet bepaald genoodzaakt op zoek te gaan naar de identiteit van deze uiterst gulle gever, toen deze onvermurwbaar bleek in zijn verzoek onbekend te blijven.'

Heen en weer wippend op zijn voeten lachte McLaren maar wat, terwijl hij trachtte in te schatten of hij dit verhaal nu moest geloven of niet. 'Tuurlijk, chef: een gegeven paard enzovoorts... Afijn: succes, mannen. Ik ga nog een kaartje kopen!'

'Ik kan het verdorie niet geloven, dat jij, mijn bloedeigen partner nota bene, ook aan deze schertsvertoning hebt meegedaan!' riep Gino kriegel uit.

Hij zat samen met Magozzi aan een zonnige picknicktafel en slurpte de laatste, plakkerige druppels ijs uit een doorweekt kartonnen hoorntje. Hij had zijn doorweekte zwembroek en T-shirt net verruild voor een spijkerbroek en een bowlingshirt dat beslist betere tijden had gekend (waarschijnlijk ergens ten tijde van de oorlog in Korea).

Magozzi deed zijn best berouwvol te kijken. 'Ach, de chef en ik hebben er echt even over getwijfeld, maar toen we zagen dat zelfs je eigen dochter jou in het water liet kukelen, waren wij er wel uit.'

'Ja, die kleine verraadster pak ik nog gigantisch terug. Tot haar vijftigste verjaardag kan Helen fluiten naar haar rijbewijs! Ik had haar verdomme nooit op softbal moeten laten gaan.'

'Laat dit een troost voor je zijn: ik voel me er behoorlijk rot over. Ik had geen idee dat ik nog zo verdomde goed mik.'

Gino keek hem woest aan. 'Ja, hoor! Net als de chef van wie ik verdomme net heb ontdekt, dat hij aan de Universiteit van Minneapolis een kei van een pitcher was. Ik zal jou eens wat zeggen: pas wanneer jij hebt uitgevlooid welke grapjas mij dit heeft gelapt, zal ik er eens over denken je te vergeven.'

'Joh, de chef weet niet eens wie het was.'

Gino wreef fronsend door zijn natte, blonde haar. 'Ja ja! Weet je wat ík denk? Ik denk dat dit hele spektakel een complot was, van iedereen op het bureau. En ik durf er tien pop om te verwedden dat McLaren, die kleine, Ierse rat, het brein erachter was. Er is helemaal geen anonieme gever... en jullie zitten je nu allemaal het hoofd te breken over hoe jullie het nu weer recht moeten breien.'

'Welnee, ik heb het telefoonnummer op Malchersons bureau zien liggen. Niks mis mee.'

'Echt? Heb je het nagetrokken?'

'Maatje, ik stap met liefde voor je in de vuurlinie, maar hiervoor zet ik mijn baan echt niet op het spel.' Hij zweeg even, om de spanning nog wat op te voeren en zei toen grijnzend: 'Maar ik heb het wel aan Grace doorgegeven.'

Gino's boze blik smolt sneller dan zijn ijsje. 'Jij bent nu officieel van mijn zwarte lijst af, partner.'

'Daar ben ik blij om.'

'Nou, kom op dan... de gerechtigheid wacht.'

'Ik weet nog niks. Grace heeft er geen tijd voor gehad, voor haar vertrek naar Green Bay.'

'Verdomme, helemaal vergeten! Wanneer komt ze terug?'

'Over een paar dagen.'

'Man, zo lang kan ik niet wachten.' Gino peinsde even over zijn netelige positie en keek Magozzi toen triomfantelijk aan. 'En Harley en Roadrunner dan? Die kunnen dat nummer toch ook voor me checken? Ik durf te wedden dat die zich kapot zitten te vervelen, nu die twee lastige vrouwtjes er niet zijn om ze in de haren te vliegen. Trakteren we ze straks op een hamburger met een biertje, voor de moeite.'

'Het is zaterdagavond! Heb jij dan geen dringend afspraakje met vrouw en kinderen?'

'Mijn vrouw en kinderen laten míj in de steek voor een pizzafeest van Helens softbalteam.'

'En jij laat zomaar een gratis pizza schieten?'

'Het is in zo'n verachtelijk themarestaurant, waar peuters als bezetenen mogen rondrennen en zich behangen met salami. Ik heb ook mijn grenzen... en het is alleen voor meiden.'

'En Het Ongelukje dan? Wordt zijn mannelijkheid niet blijvend aangetast door zo'n meidenfeest?'

'Sekseverschillen beginnen ze pas boven de vijf te zien.'

Magozzi trok zijn schouders op. 'Ik zal Harley eens bellen.'

Gino keek hem stralend aan. 'Jij bent pas een vriend! Maar trakteer me eerst eens op een hotdog: ik sterf van de honger.'

Magozzi greep net naar zijn portemonnee, toen zijn mobieltje begon te piepen. 'Hier,' zei hij, en hij gaf Gino een briefje van twintig. 'Deze moet ik even nemen.' Het was naïef, maar toch hoopte hij stiekem dat Grace plotseling de behoefte had gekregen zijn stem te horen. Ook al was dit nog nooit gebeurd, je moest altijd blijven dromen.

Hij hing net weer op, toen Gino terugkeerde naar hun picknicktafel met drie extra lange hotdogs, twee zakken mini-donuts en een onherkenbaar, gefrituurd ding op een stokje. Hij gaf Magozzi twee dollar aan kleingeld terug.

'Is dat alles?'

'Het is voor een goed doel, hoor; dat zeg je zelf ook de hele tijd. En, was het Grace?'

'Nee, onze oude vriend Mike Halloran.'

Het duurde even voor Gino die naam kon plaatsen. 'Je meent het! En hoe staat het leven in de Gordel van Smeerkaas?'

'Best boeiend sinds vanochtend.'

'O? Wat is er dan gebeurd?'

'Ze hebben er drie lijken uit een plas gehaald, waarvan ze eerst dachten dat ze waren verdronken. Maar toen ze ze naast elkaar legden, bleken er een hele hoop gaatjes in te zitten. Iemand heeft ze een veeg met een automatisch geweer gegeven. De lijkschouwer dacht aan een M16.'

'Zo! Dat zie je niet elke dag.'

'Nee, althans niet buiten de derde wereld. En de kogelgaten sloten nog op elkaar aan ook: net een echte executie.'

Gino nam een monsterlijke hap uit een dik met mosterd en uien belegde hotdog. 'Jezus, ook een manier om je zaterdag door te brengen. Maar waarom belde hij jou dan? Denkt hij soms aan een link met Minneapolis?'

Magozzi trok zijn schouders op. 'Ze weten niet waar te beginnen, omdat ze de lichamen niet kunnen identificeren: spiernaakt, geen enkel opvallend lichaamskenmerk en de vingerafdrukken hebben geen enkele treffer opgeleverd. Dus hoopte Halloran dat Grace de plaatjes van de lijkschouwer door haar gezichtsherkenningssoftware kon gooien, om te zien of daar soms iets uit kwam.'

'Waarom belde hij Sharon dan niet gewoon? Zij rijden praktisch bij hem langs!' Gino had zijn eerste hotdog al weggewerkt en zette zijn tanden in de tweede.

'Omdat hij helemaal niet wist dat Sharon met Grace en Annie onderweg naar Green Bay is!'

Gino trok zijn wenkbrauwen op. 'Ik dacht dat die twee wat met elkaar hadden?'

'Het is een beetje lastig vrijen, als je dik driehonderd kilometer uit mekaar woont.'

'Wat is er mis met telefoonseks?'

'Dat heb ik hem niet gevraagd.'

'Shit, ik hoop niet dat ze hem heeft ingeruild voor zo'n wandelend pak.'

'Eh, we zijn niet op de details ingegaan.'

'Heb je Grace al gebeld?'

'Die neemt haar mobieltje niet op, dus heb ik wat op de voicemail ingesproken.' Magozzi keek naar Gino's gefrituurde-ding-op-een-stokje. 'Wat is dat in vredesnaam?'

'Een zure bom.'

'Getver!'

'Wat weet jij daar nou van!'

8

Toen Grace alle telefoonlijnen had gecheckt, liep ze terug naar de weg voor het café en bleef er even staan luisteren. Het enige wat ze hoorde, waren de gedempte stemmen van Annie en Sharon. Toen ze zich omdraaide om naar binnen te kijken, werd ze haast verblind door het felle zonlicht dat op de grote spiegelruit scheen.

Annie en Sharon keken allebei op, toen ze de hordeur open-duwde. Ze zaten aan de bar limonade te drinken, uit blikjes die ze uit de koelkast met de glazen deur hadden gepakt.

Annie zwaaide met haar mobieltje, in een poging een signaal op te vangen. 'Wat een hopeloze troep: werkt buiten niet, werkt bin-nen niet... Iemand gevonden, lieverd?' Ze reikte Grace een flesje water aan en stopte het waardeloze telefoontje terug in haar tas.

Grace schudde haar hoofd, draaide het flesje open en nam een snelle slok, voor ze meedeelde: 'Alle telefoonlijnen zijn doorge-sneden.'

'Wát?'

'Vlak onder de kabelkastjes: op het café, het tankstation en het woonhuis.'

Ze waren er alledrie even stil van.

Uiteindelijk zei Sharon: 'Kinderen misschien.'

'Misschien wel.'

Annie bestudeerde Grace' gezicht. 'Wat denk jij?'

'Dat we hier weg moeten.'

Annie zuchtte, nam nog een slok limonade, klom van de kruk af, liep naar de koeler, pakte drie flesjes water en zette er een voor Sharon neer.

'Waar is dat voor?'

'Stop die maar in je tas, liefje. Het is verrekte heet buiten en het ziet ernaar uit dat we nog een stukje moeten lopen.'

'Geintje, hoop ik? Volgens die kaart in het tankstation is het zeker nog zestien kilometer naar het volgende stadje, gerekend vanaf de auto. Kunnen jullie met je technische knobbel dan niet eens een telefoonlijn repareren?'

'Het is een kabel met vijfentwintig paar draadjes,' antwoordde Grace. 'Dat zijn een hele hoop verbindingen. Dat gaat ons zeker een paar uur kosten.'

'O, maar tegen die tijd zijn de lui die hier wonen vast wel weer terug van waar ze naartoe zijn geweest, en kunnen zij ons een lift geven. Ondertussen hebben we dan te eten, te drinken, een plek uit de zon...'

Annie keek naar Sharon alsof zij gek geworden was. Het was haar even ontschoten dat niet iedereen op dit halfrond wist dat wanneer Grace MacBride zei: 'we moeten hier weg', dat net zoiets was als een blindengeleidehond, die zijn baas voor een op hol geslagen autobus wegsleurde. 'We moeten nú gaan.'

'Oké,' probeerde Sharon zo redelijk mogelijk te klinken. 'Wat zeggen jullie dan hiervan: jij en Grace blijven hier en beginnen aan die telefoonlijnen, terwijl ik, om alle mogelijkheden te benutten, ga lopen en misschien het geluk heb een lift te krijgen. Ik wil je niet beledigen, Annie, maar het is daarbuiten meer dan tweeendertig graden en ik vermoed dat aerobics niet bepaald jouw ding...'

'Stil!' Grace was bijna geluidloos naar de hordeur geslopen en richtte nu met gesloten ogen al haar aandacht op de bocht voorbij het tankstation waar de weg uit de bossen op uit kwam. Wat ze had gehoord, was een vrij onopvallend geluid, een gedempt gebulder, dat ze niet meteen kon plaatsen.

'Er komt iets aan,' was het enige wat ze kon uitbrengen.

Harold Wittig gooide de versnelling in de parkeerstand en legde zijn polsen op het stuur van zijn pick-up, zijn lippen geërgerd strak. Hij tilde een arm op, veegde zijn bezwete voorhoofd af met zijn mouw, en nam zich voor de zoveelste keer voor dat hij deze rottruck naar de schroothoop reed en zo'n grote, nieuwe Ford aanschafte, met een airco waar een goedkope hoer nog frigide van werd. Verdomme, wat was het heet vandaag. En dan overkwam hem ook nog de ene ramp na de andere.

Eerst kregen ze vanochtend onderweg naar Rockville een lekke band. Toen bleken ze bij Fleet Farm Tommy's verjaardagsfiets nog niet in elkaar te hebben gezet, zodat ze twee uur hadden moeten wachten, terwijl een stel dombo's met een set inbussleutels en een veertig pagina dikke gebruiksaanwijzing prutste. Toen werd Jean ongesteld en liet ze hem naar de winkel rennen voor een doos Tampax, waar hij wel door de grond had willen zakken, toen de mooie, jonge caissière glimlachend had gezegd: 'Alleen die tampons, meneer?' En nu dit weer... Christus, wat een dag!

Boos keek hij door de stoffige voorruit naar de lege jeep langs de kant van de weg en de twee oranje-met-witte zaagbokken met gele knipperlichten, die beide weghelften blokkeerden. Vóór deze wegversperring stonden twee mannen in camouflage-outfit en legerkisten, met de ernstige blik van jochies die soldaatje speelden. Maar over hun schouders hingen M16's, waarvan Harold van harte hoopte dat ze niet geladen waren, want met het geluk dat hij vandaag had, zou een van hen zo maar naar de auto kunnen komen, om hem door zijn hoofd te schieten...

Jean leunde naar voren, alsof ze door een paar centimeter dichter bij de voorruit wél zou begrijpen waarom deze eigenaardige versperring hier stond. Haar gezicht was klam van de warmte en ze beet ongerust op haar lippen, zoals altijd wanneer iets haar niet logisch voorkwam. 'Zijn dat soldaten?'

'Lijkt er wel op. Van de Nationale Garde, denk ik.'

'Wat doen die hier? En waarom hebben ze de weg afgezet?' Haar stem klonk steeds hoger, wat betekende dat ze langzaam in paniek raakte.

Harold wist dat haar verbeelding nu al op hol begon te slaan en onwaarschijnlijke scenario's fabriceerde over tornado's, overstromingen, rellen en andere rampen waarvoor de Nationale Garde de burgerwereld zou moeten binnendringen. 'Rustig maar, lieverd.' Hij legde een geruststellende hand op haar knie. 'Het zijn maar weekendstrijders; ze moeten toch érgens oefenen.'

Maar als hij hcel eerlijk was, voelde hij zelf ook een onbehaaglijk prikken in zijn nek toen een van de jongemannen naar de chauffeurskant van de auto kwam.

Hij was blond, met sproeten en een zongebruinde huid, maar hij had de houding prima onder de knie: kaarsrechte rug, afgemeten gebaren en zo'n typische, ingetrokken kin, die je alleen bij militairen ziet.

'Goeiemiddag. Wat is er aan de hand, meneer de soldaat?'

Hij stapte regelrecht naar Harolds open raampje, het geweer inmiddels achteloos langs zijn zij, en knikte hen vriendelijk toe. 'Goedemiddag meneer, mevrouw. Ik vrees dat deze route tijdelijk afgesloten is. Wij leiden het verkeer momenteel om via County S...'

'Hoe bedoelt u: afgesloten? Hoezo?'

'Militaire manoeuvres, meneer. Uw belastingcenten omgezet in daden.'

Jean zuchtte opgelucht.

Maar meteen daarop voelde ze hoe irritatie de paniek van zojuist verving. Ze had zich voorbereid op een catastrofe, niet op verkeershinder. Ze streek een klamme, blonde krul van haar voorhoofd en begon zich koelte toe te wuiven met de Fleet Farm-folder. 'Wat bedoelt u met militaire manoeuvres?' snauwde ze de jonge soldaat toe.

Harold kon het niet helpen dat hij even grinnikte toen die zijn wenkbrauwen fronste. Je zou haast medelijden met hem krijgen omdat hij zo stom was geweest een wegversperring op te werpen tussen Jean en haar douche, op de eerste dag van haar menstruatie...

'Wij wónen aan deze weg en toen we vanochtend vertrokken, was er nog totaal geen sprake van militaire manoeuvres,' beet ze hem toe.

Harold wilde de soldaat net een vergoelijkende glimlach schenken, toen iets in diens gezicht hem deed aarzelen. De stoïcijnse, krijgshaftige kalmte was plots vervangen door lichte verwarring, misschien zelfs angst. Dat maakte hem behoorlijk van slag: mannen in uniform hoorden niet verward of bang te zijn, en als ze dat wel waren, dan was er iets heel ergs aan de hand.

'Eh... zei u dat u aan deze weg wóónt, mevrouw?'

'Exact. Zo'n achthonderd meter voorbij Four Corners, die grote boerderij aan de linkerkant van de weg. En nu zouden wij u zeer erkentelijk zijn als u dat hekje opzij zou willen zetten, zodat wij naar huis kunnen, naar onze zoon.'

De soldaat bleef even heel stil, haalde toen diep adem en zette zijn ferme gezicht weer op. 'Het spijt me zeer, mevrouw, maar dat kan ik niet doen. Wij hebben orders niemand door te laten.'

'U heeft órders mij ervan te weerhouden naar huis te gaan?' vroeg Jean ongelovig, en ze leunde naar voren om de soldaat een vernietigende blik toe te werpen. 'Dat is dan jammer! U laat ons er nú langs, of wij rijden dwars over u en uw wegversperrinkje heen!'

Fijn, dacht Harold, hij stond midden in de vuurlinie tussen een furieuze vrouw en een gespannen joch met een vuurwapen. Hij wierp Jean een waarschuwende blik toe en draaide zich toen weer naar de soldaat. Hij deed zijn best een zwakke glimlach tevoorschijn te toveren en zo redelijk mogelijk te klinken, al begon zijn geduld nu toch danig op te raken. 'Luister eens, meneer de soldaat: wij willen gewoon naar huis, naar ons kind. Dat begrijpt u toch zeker wel?'

'Zeker, meneer. Maar wij hebben nu eenmaal onze orders,' herhaalde de jongen.

'En wat moeten wij dan? Rondjes rijden tot jullie klaar zijn met oorlogje spelen?'

'Dat is helemaal aan u, meneer. Ik doe slechts mijn werk.'

'Ach, dit is je werk helemaal niet! Ik wil je commandant spreken, nu meteen. Als je dat niet voor me regelt, dan keer ik om en rij naar de dichtstbijzijnde telefoon... en dan mag jij alles uitleggen aan de sheriff van Missaqua County.'

Nu kreeg de soldaat het duidelijk zeer benauwd: zijn ogen flitsten tussen hen tweeën heen en weer, en Harold dacht zelfs een vleugje schuldgevoel en wroeging in zijn blik te bespeuren. 'Hebt u nog heel even geduld, meneer, mevrouw? Ik zal dit moeten melden.' En toen maakte hij rechtsomkeert en liep in looppas terug naar zijn collega bij de wegversperring.

Verrast door deze plotselinge wending, voelde Harold het geprik in zijn nek in hevigheid toenemen.

Toen Jean zijn hand aanraakte, sprong hij dan ook bijna een meter omhoog. 'Er is iets mis,' fluisterde ze, en hij hoorde het trillen van haar stem, het dreunde door tot onder in zijn maag. 'Er is iets gebeurd wat ze ons niet willen vertellen...'

'Liefje, rustig nou maar.' Hij legde zijn hand op de hare, kneep er even in en probeerde een geruststellende glimlach op zijn gezicht te toveren. 'Deze jongens doen alleen maar wat ze wordt opgedragen. Als hij de opdracht heeft deze weg af te zetten, dan houdt hij zijn eigen moeder nog tegen. Zijn meerdere trekt het wel weer recht.'

Hij keek door de voorruit naar de twee soldaten. Sproetmans stond bij de jeep in de radio te praten, de andere soldaat hield hen strak in het oog.

Harold wreef de straaltjes zweet in zijn nek weg. Als je stilstond, was die rotkar net een sauna. Dit duurde verdomme veel te lang! 'Blijf zitten, dan ga ik eens kijken waarom het allemaal zolang duurt.'

Sproetmans verbrak net het radiocontact, toen hij de roestige scharnieren van de pick-up hoorde piepen, waarna het portier openzwaaide en Harold Wittig de weg op stapte.

Zijn eerste gedachte was dat de man sprekend Superman was, met die zwarte krul op zijn voorhoofd en dat gewichthefferstorso. Zijn tweede gedachte was eigenlijk meer een intuïtieve, dierlijke reactie: als een dodelijke ballerina draaide hij een pirouette en richtte zijn geweer op Supermans buik. En nog voor hij zijn draai had afgemaakt, zat ook zijn collega op zijn hurken, zijn geweer in de aanslag. 'Sta of ik schiet!'

Harold stond meteen stokstijf en staarde vol ongeloof naar de geweren. Pas toen zijn ogen begonnen te branden, herinnerde hij zich dat hij daar af en toe mee moest knipperen. Hij deed zijn mond dicht, slikte een paar maal en zei toen zacht: 'Zijn jullie gek geworden? Wat denken jullie in godsnaam dat je doet?'

De stem van de soldaat klonk een tikje bibberig, maar de op Harold gerichte loop veranderde niet van positie. 'Wij doen gewoon ons werk, meneer.'

Harold staarde de soldaat verbluft aan. 'Je wérk? Is het jouw werk je geweer te richten op ongewapende burgers? Is het jouw werk mensen tegen te houden die naar hun eigen huis willen?' Hij deed een halve stap naar voren.

'Menéér!' De soldaat rammelde met de riem van de M16 en maakte hem ter hoogte van zijn heup vast.

Harold stopte.

'Blijft u alstublieft staan, meneer.'

Verrekte weekendstrijders, dacht Harold. Hij was opeens furieus dat zo'n stel speelgoedsoldaatjes, die eens in de maand buiten mochten spelen, het lef hadden hun geweer – al dan niet geladen – te richten op een van de burgers die via de belasting hun salaris betaalde.

Hij rechtte zijn schouders, stak zijn kin naar voren en keek hen een voor een aan. 'Jongens, jullie hebben zojuist een enorme bak ellende over jezelf afgeroepen...'

'Harold?'

Afgeleid door het stemgeluid van zijn vrouw, draaide hij zijn grote hoofd en zag dat Jean was uitgestapt en ineengedoken bij het rechterspatbord stond, terwijl haar ogen doodsbang heen en weer flitsten van haar echtgenoot naar de twee geweren. *Jezus christus, hij zou vrouwen ook nooit begrijpen! Ze at geen eieren omdat ze bang was dat haar aderen dan over veertig jaar waren dichtgeslibd... maar ze ging wel recht voor twee M16's staan, alsof ze van kevlar was gemaakt!*

'Ga terug in de auto, Jean,' sprak hij kalm. Want hoewel hij zeker wist, absoluut zeker, dat die geweren niet geladen waren, kon hij het echt niet gebruiken dat zij de boel nog wat ingewikkelder maakte.

Ze keek hem nog even aan, draaide zich toen om en stapte weer in.

'U ook, meneer,' riep Sproetmans, en hij wees met zijn geweer. 'Terug in de truck, alstublieft, nu. U mag er zo langs; ik wacht alleen nog op een reactie. Een paar minuutjes geduld nog.'

Harold keek hem nog enkele tellen woest aan en kroop toen weer de cabine in.

Toen hij de tranen op de wangen van zijn vrouw en het heftige trillen van haar handen zag, wilde hij voor het eerst in zijn leven een ander mens iets aandoen, of eigenlijk twee mensen. Want op dit moment mocht hij dan weinig kunnen uitrichten tegen die pedante patsers die al dan niet met scherp konden schieten, maar verdomd als het niet waar was: zodra hij bij een telefoon was, zou hij de lijnen desnoods tot aan Washington laten gloeien, zodat die klootzakken...

Ho even, Harold.

Zat hij al die tijd te staren naar die twee soldaten bij die jeep, met zowel zijn blik als zijn hoofd vertroebeld door een rood waas van machteloze woede, en hij had het verdomme niet gezien; hij had niet gezien wat elke idioot meteen zou zijn opgevallen.

Hij voelde de paniek als een rotsblok op zijn maag vallen; zijn hart begaf het bijna. 'Jean,' fluisterde hij, amper zijn lippen bewegend. Hij bleef recht voor zich uit kijken en het zweet stroomde over zijn voorhoofd. 'Ga zitten en hou je stevig vast.'

En gek genoeg deed Jean (een eigenzinniger type moest hij nog tegenkomen) zonder ook maar een seconde te aarzelen wat hij vroeg, waarschijnlijk omdat zij al veel langer in de gaten had dat het hier helemaal fout zat. 'Gaan we naar Tommy?' was het enige dat ze vroeg.

'Dat is het plan, ja.'

En toen haalde Harold de versnelling van de parkeerstand – heel langzaam, heel voorzichtig – en duwde zijn achterste zo ver tegen de rugleuning, dat hij nauwelijks meer over het stuur heen kon kijken. Toen trapte hij met zijn grote, brede veterschoen het gaspedaal helemaal in, waarna de oude Ford vooruitsprong en zich dwars door de zaagbokken heen boorde, als een dol geworden stier die tegen een schuurmuur op vloog. Overal vlogen houtsplinters en de motor brulde zo luid dat ze de schoten, die al hun ramen verbrijzelden, amper hoorden.

Annie en Sharon kwamen naast Grace bij de hordeur van het café staan, toen de plopgeluiden in de verte langzaam werden overstemd door een steeds luider wordend gebulder.

Annie werd helemaal opgetogen: zij herkende het geluid als dat van een naderende pick-up, een autotype waar ze in haar jeugd in Mississippi aardig wat tijd in had doorgebracht, zowel zittend als liggend. Ze was ondertussen totaal niet meer kieskeurig met betrekking tot het soort vervoermiddel, als ze in deze hitte maar geen zestien kilometer hoefde te lopen of urenlang moest zitten prutsen aan vijfentwintig verschillende telefoondraadjes. Maar dat geplop verontrustte haar toch wat. 'Wat is dat toch? Voetzoekers?'

'Automatische geweren,' antwoordde Sharon zonder enige aarzeling, terwijl ze haar eigen wapen uit haar leren schoudertas tevoorschijn trok.

Annies droombeeld, te worden gered door een stel jolige, potige plattelandsjongens kreeg ineens een pikzwart randje.

En Grace stond al met haar Sig in de hand klaar. Zij had haar overlevingsinstinct door de jaren heen tot een soort oerniveau weten terug te brengen. Ze wachtte nooit om te analyseren, te moraliseren of zich af te vragen of haar wapen trekken wel ethisch verantwoord was: als ze gevaar voelde dreigen, trok ze haar wapen uit zijn holster, zo simpel lag het. En het geluid van automatische geweren paste nu eenmaal niet bij het platteland van Wisconsin. Ze bleef door de hordeur naar links staren, naar de plek waar de weg het woud in draaide.

En toen hoorden en zagen ze het alledrie tegelijk: een witte pick-up denderde door de bocht het stadje in, zigzaggend als een zatlap, terwijl de stoom uit zijn grille spoot, het rubber van zijn aan flarden gescheurde banden tegen het wegdek kletste en de vonken uit zijn onderstel ketsten.

Grace spreidde haar armen en riep: 'Achteruit, achteruit!', terwijl ze Annie en Sharon wegduwde van de deur en het grote voorraam. Haar grootste angst was dat de truck het café zou rammen, waarbij het glas alle kanten op zou spatten. Maar het gebulder stopte abrupt toen de motor werd uitgezet en het gevaarte jankend tot stilstand kwam, midden op de straat recht voor het café. Al zijn ruiten waren kapot en de zijkanten waren bezaaid met wat niets anders konden zijn dan kogelgaten.

Nog geen seconde later kwam er een jeep de hoek om gescheurd, die op enkele centimeters afstand van de gehavende pick-up stopte.

Grace en Sharon brachten hun wapen in de aanslag.

Maar toen sprongen er opeens twee soldaten uit de jeep, die hun automatische geweren op de pick-up richtten en met rode gezichten van opwinding begonnen te gillen: 'Eruit, eruit, eruit!'

Voor het allereerst in ruim tien jaar tijd had Grace een wapen in de hand zonder te weten wat ze ermee moest. Het had niet meer dan wijs geleken om bij het horen van automatische geweren haar wapen te pakken, maar nu deze bij geüniformeerde mannen bleken te horen, veranderde dat de zaak. Vanuit haar ooghoek zag ze Sharons wapen: het hing al net zo halfstok als het hare.

De soldaten bleven maar schreeuwen.

Uiteindelijk zwaaide het pokdalige portier aan de passagierskant knarsend open, gevolgd door een diepe stilte, zo diep dat Grace de glasscherven tinkelend op het asfalt kon horen vallen. Een knappe blondine in een bloemetjesjurk stapte uit. Zij zou in elkaar zijn gezakt als ze niet was ondersteund door de sterke armen van de man, die na haar uit de auto kwam. In een flits zag Grace nog net de gouden ring aan de linkerhand van de man en het vleugje wit onder de zoom van de jurk van de vrouw, voordat de soldaten het vuur op hen openden.

De man zeeg als eerste ineen, nadat een rode bloem zich op het blauw van zijn spijkershirt had ontvouwd. Daarna ontloken er nieuwe bloemen op de jurk van de vrouw, die vervolgens uiterst traag ter aarde stortte.

Even bleven Grace, Sharon en Annie als bevroren staan, als paspoppen in een etalage: drie vrouwen, die met ingehouden adem op drie meter afstand van dit drama stonden, achter een grote spiegelruit, volledig zichtbaar voor wie maar even die kant op keek.

71

Maar de geweren bleven maar vuren, en zodra de man en de vrouw op het asfalt ineenzakten, was die ene tel van roerloosheid voorbij. Precies tegelijk doken de drie vrouwen uit het zicht en kropen op hun knieën naar de achterdeur van het café. Ze glipten naar buiten terwijl achter hen de wapens door ratelden, en holden toen via de smalle grasstrook tussen het café en het houten huis het bos in.

Dat was het mooie van vrouwen, dacht Grace. *Vergeet die reputatie van eindeloos piekeren en overleggen maar: als het er echt op aankwam, draalden vrouwen niet lang. Dan gaven zelfs zij met een wapen in de hand zich over aan oeroude driften. Waarschuwing: gevaar! Vluchten, schuilen!*

9

Enkele meters tussen de beschutting van de bomen verschafte de betrekkelijke duisternis van het woud de drie vrouwen de illusie, zo niet de realiteit, van veiligheid.

En toen hield het schieten ineens op, en was het weer dodelijk stil. Zo stil dat ze de gedempte stemmen van de soldaten op de weg voor het café konden horen, ook al stonden er gebouwen en bomen tussen hen in. En zo stil dat de soldaten hen ook konden horen, als ze ook maar iets te veel geluid maakten.

De vrouwen stonden wederom als verstijfd, en verroerden zich pas weer toen nieuwe geluiden de stilte verbraken: een ander voertuig dat voor het café stopte en nieuwe stemmen, die klonken als boze blaffende honden.

Nog meer soldaten, dacht Grace. *Met hoeveel zijn ze, waar komen ze vandaan en waarom hebben ze die twee mensen in 's hemelsnaam neergeschoten?*

Ze dacht terug aan oktober vorig jaar, toen heel Minneapolis wist dat een moordenaar zijn volgende anonieme slachtoffer in de Mall of America zou komen zoeken. Ze wist nog hoeveel mensen er toen tóch naar dat winkelcentrum waren gekomen, verblind door die ingebakken overtuiging dat ellende altijd alleen ánderen overkwam... Zijzelf had nooit zo gedacht: als er in haar omgeving iets naars gebeurde, was zij vast de volgende die het overkwam, en het allereerste wat je dan deed, was als de donder zien weg te komen.

Haar ogen zochten tussen de bomen, tot ze het begin van de oude houthakkersweg zag. Toen ze vervolgens voorzichtig die kant op begon te schuifelen, volgden Annie en Sharon haar meteen. Blijkbaar dachten ze alledrie hetzelfde: terug naar de Range Rover en de hoofdweg waarover ze waren gekomen; weg van de nachtmerrie die zich in dit stadje afspeelde.

Het liep nu gemakkelijker over het oude, overwoekerde pad. Ze bewogen zich snel en stil langs de varens, die met hun grote, kantachtige bladeren langs hun handen streken. Grace liep voorop en stopte om de paar meter om te luisteren, zelfs nog lang nadat de geluiden voor het café in de verte waren weggestorven.

Toen ze bij de plek kwamen waar het pad naar links kronkelde, stopte ze opnieuw. Ditmaal bleef ze echter zo roerloos staan dat Annie en Sharon achter haar haar voorbeeld volgden en met opengesperde ogen het halfduister probeerden te doorboren, om ten slotte scherp te stellen op wat Grace had gezien. Ze durfden amper nog te ademen: een paar meter voor hen, bijna geheel verscholen onder de overhangende takken van een grote weymouthpijnboom, stond een soldaat, nonchalant tegen de stam geleund. Hij keek hun richting uit.

Sharons vingers gingen nerveus richting haar wapen.

Nee! Doe dat niet; pak je wapen niet! Dat had je allang beet moeten hebben, sukkel die je bent! Waag het niet om nu nog een spier te vertrekken, je holster open te klikken: zelfs zo'n minuscuul geluidje kan ons al naar de andere wereld helpen. En wat zou je er verdomme mee willen doen? Je hebt nog nooit op iemand geschoten – zelfs die keer niet dat je het had móéten doen. En nu wil je beginnen met iemand in uniform? Mijn god, je weet niet eens wat hier gaande is, of wie precies de boeven zijn. Stel bijvoorbeeld, dat die lui van die pick-up terroristen waren, met plannen om het hele land op te blazen... en dan zou jij die dappere soldaat neerschieten die zijn leven op het spel zet om zijn land te verdedigen, alleen omdat hij een groter wapen heeft en jij bang voor hem bent? Denk toch eens na, verdomme! Denk als een politieagent, niet als een vrouw!

Ze haalde voorzichtig adem en blies toen heel langzaam en stil uit. Haar ogen lieten de soldaat niet los terwijl ze probeerde te ontdekken of hij echt naar hen keek of dat het alleen maar zo leek.

Na een beklemmend, eindeloos durend moment, draaide hij zijn hoofd en zei: 'Pearson, heb jij een sigaretje voor me?'

En toen keken de drie vrouwen dezelfde kant op en zagen alles waar ze in eerste instantie overheen hadden gekeken: nog een soldaat, een paar meter rechts van de eerste; de streep zonlicht op de metalen loop van een geweer; en even verderop weg de kenmerkende vormen van nog meer hoofden en schouders, die voorzichtig hun stijve spieren bewogen.

'Ze hebben niet gezegd dat we hier buiten mochten roken.'

'Ze hebben ook niet gezegd dat we hier mochten pissen en toch heb jij dat net gedaan.'

'Oké-oké, momentje dan.'

Toen de twee mannen naar elkaar toe liepen en hun hoofden bij elkaar staken om samen gebruik te maken van dezelfde aansteker, stapte Grace zonder geluid te maken van het pad af en dook tussen de weelderige varenplanten. Ze hield haar hoofd boven het groen, totdat Annie en Sharon op hun buik naast haar lagen. Pas toen ze zich ervan had verzekerd dat ze niet meer te zien waren, zelfs niet van heel dichtbij, ging ze heel voorzichtig liggen, sloot haar ogen en luisterde naar het bonken van haar hart, dat veel te veel lawaai leek te maken.

Het was in het woud zo stil, dat ze het gesprek van de soldaten met gemak kon volgen.

'We staan veel te dicht op elkaar, Durham. We moeten ons beter verspreiden.'

'Alleen bij de uitvalspunten, Pearson: buitengrens 101.'

'Als je het mij vraagt, is het pure tijdverspilling. Als we allemaal vanaf de buitengrens naar binnen trokken, konden we hier een stuk sneller weg.'

'Als er nóg iemand doorheen breekt, maakt het niet uit hoe snel we zijn. Afsluiten, daar draait het nu om.'

Er volgde een lange stilte.

Toen schraapte een van de twee zijn keel. 'Het had niet zo uit de hand mogen lopen.'

'Dat is zeker niet de bedoeling geweest. Maar ja, dan komt er ineens zo'n heethoofd. Iedere andere idioot had zich gewoon bij de wegversperring omgedraaid, in plaats van er dwars doorheen te beuken.'

'Ik hoorde dat hun kind hierbinnen was, Durham. Stel dat er nog meer van zulke lui zijn, die er niet bij waren toen de boel hier naar de verdommenis ging, en die nu onderweg naar huis zijn? Wat doen we daarmee?'

'Dat weet jij heel goed: wij volgen gewoon onze orders op, net zoals Zacher en Harris. Je moet het zo zien, Pearson: iedereen die zij kenden, was dood, dus was er van hun thuis toch weinig meer over. Ergo: wie dit stadje binnenkomt, komt er niet meer uit, punt uit, einde verhaal.'

Daar dan! dacht Sharon. Het was haar ineens helder als glas. Die man en die vrouw van die pick-up waren geen terroristen, drugskoeriers, spionnen, noch een van de andere mogelijkheden die zij had lopen bedenken in een poging een verklaring of een rechtvaardiging te vinden voor het feit dat zij door Amerikaanse soldaten waren doodgeschoten. Ze waren simpelweg op het verkeerde moment op de verkeerde plek verschenen. *Net als wij.*

'Verdomme, Durham, wat een nachtmerrie is dit ook! Ze komen er vast een keer achter.'

'Niet als wij ons werk goed doen.'

Naast zich hoorde Sharon Annie ineens zacht zuchten. Daarna schoof in het donker onder het groen een mollige hand een fractie opzij en voelde ze een lange regenboognagel op haar hand. Ze schrok ervan. Ze had Annie nog nooit iemand zien aanraken. En voor het eerst in bijna twintig jaar voelde ze haar ogen prikken. *Wat was ze al lang alleen.*

Aan de andere kant van Sharon lag Grace met haar voorhoofd op haar handen, haar ogen gesloten. *Te dichtbij,* dacht ze, *veel te dichtbij, verdomme!* Ze waren die soldaten haast recht in de armen gelopen, en dat was haar schuld. Zij liep voorop, zij was er bijna verantwoordelijk voor geweest dat ze alledrie waren gesneuveld.

Maar toen stopte ze dat gevoel weer weg op de plek waar ze al haar schuldgevoelens met zich meedroeg, en begon voorzichtig op haar buik naar achteren te schuiven, steeds dieper het bos in, steeds verder weg van het pad. Ze probeerde het zo langzaam te doen, dat de varenbladeren boven haar hoofd niet of nauwelijks bewogen – ze mochten nu geen fouten meer maken.

Na minutenlang ijverig tijgeren, waren ze ver genoeg tussen de bomen om op hun knieën verder te kunnen, en begonnen ze aan hun pijnlijk trage, stille kruiptocht weg van de militairen, weg van de vrijheid... terug naar het stadje.

Na wat wel uren leken, bereikten ze de rand van het woud achter Four Corners weer. Zij aan zij lagen ze tussen een bosje jonge acaciabomen.

Grace bestudeerde eerst de strook gras tussen hen en het houten huis achter Hazels Café en keek toen heel goed rond, waarbij ze zich vooral richtte op de halfschaduw achter hen. Die mannen waren tussen de bomen zo onzichtbaar geweest, dat ze bijna tegen hen op waren gebotst. Misschien stonden er wel tien vlak voor haar zonder dat zij ook maar iets in de gaten had.

Ze sloot haar ogen, haalde diep adem en dwong zichzelf haar hoofd vrij te maken en zich uitsluitend te concentreren op wat ze op dit moment het hardst nodig hadden: een relatief veilige plek, waar ze alles wat ze hadden gezien en gehoord rustig konden overdenken, om dan te beslissen wat ze vervolgens moesten doen.

Opnieuw de omgeving scannend, bleef haar blik hangen bij een schuine klapdeur aan de onderkant van het houten huis – waarschijnlijk de ingang van de kelder, die men in deze streken vaak als schuilplek bij noodweer gebruikte. Het gras ervoor vertoonde een kale plek, wat betekende dat de ruimte wel vaker werd gebruikt. Wellicht was hij daarom ook niet afgesloten, zoals alles in dit stadje.

Grace keek naar Sharon en Annie, stak haar wijsvinger omhoog ten teken dat zij moesten wachten, sprong op en spurtte het grasveld over.

Ze pakte het handvat van de zware, houten deur beet en trok hem omhoog. De scharnierpennen draaiden soepel in hun geoliede omhulsels. Ze liet de deur voorzichtig tegen het betonblok rusten dat daar duidelijk voor was bedoeld. Toen ze naar beneden keek, zag ze een korte, steile, betonnen trap met onderaan opnieuw een houten deur.

Zonder een moment te bedenken wat ze zou doen als er iemand achter die tweede deur stond, kroop ze het trapje af, draaide aan de oude, ijzeren knop en duwde de deur naar binnen open. Een koude, muffe lucht streek langs haar heen, als een verkleumd spook dat zich aan haar probeerde te warmen. Er verscheen kippenvel op haar armen, van de temperatuur en van de angst voor wat haar hier wachtte.

Haar hand sloot zich nog wat steviger om de bezwete greep van haar Sig, terwijl ze haar ogen liet wennen aan de schemerige ruimte; er viel slechts een zwak, bruinig schijnsel binnen via een paar bovenlichten vlak bij het plafond. De fundering rustte op vochtige rotswanden en op de vloer van aangestampte aarde stond een rij ruwe, houten pilaren. Tegen een aantal daarvan stonden tientallen dozen met ingezakte zijkanten van het vocht als schimmelige piramides opgestapeld. Op haar hoede liep Grace tussen de rommel door, inzoomend op elke schaduw die iets of iemand zou kunnen verbergen.

Toen ze de kelder had verkend, haastte ze zich de betonnen trap weer op en wenkte Sharon en Annie. Ze keek toe hoe ze het grasveld overstaken – met zo'n angstig, gebukt loopje, dat je altijd alleen in oorlogsfilms zag, niet in het echte leven.

Eenmaal veilig binnen, met alle deuren achter hen dicht, stevende Annie direct af op de oude, stenen gootsteen op pootjes, misschien om een slokje te drinken, haar handen te wassen of haar jurk uit te spoelen. Met haar wist je het maar nooit. Grace greep haar echter bij de arm en wees zwijgend op het plafond. Zelfs het opendraaien van een kraan zou gevaarlijk zijn als er boven iemand was.

Met Grace voorop slopen ze vervolgens naar de open, houten trap, die via een duister trapgat naar de begane grond van het houten huis leidde. Bovenaan stopte Grace even, hield met ingehouden adem haar oor tegen de kelderdeur en luisterde heel lang, voor ze de knop eindelijk durfde om te draaien.

Ze kwamen uit in een lange gang, die het huis van voor naar achter in tweeën deelde. Rechts was de voordeur waar Grace eerder die dag op het stoepje doorheen had staan gluren, zich afvragend wie in dit afgelegen stadje in vredesnaam alle telefoonlijnen had doorgesneden.

Geluidloos begonnen ze op hun tenen het huis te verkennen. Bij het openstaande raam in de woonkamer bleven ze even staan kijken en luisteren. Er kwam geen enkel geluid meer uit de richting van de weg, wat op zichzelf al alarmerend was. *Na zo'n slachtpartij zou er juist extra veel herrie moeten zijn*, dacht Grace. *Het gegil van sirenes en mensen, als teken dat er iets afschuwelijks was gebeurd.* Maar nee: helemaal niets.

In de keuken vonden ze eindelijk bewijs, dat er toch echt mensen in dit stadje woonden: in een kom in de gootsteen dreef een ongeopend plastic zakje met vier varkenskarbonades erin. De drie vrouwen keken nu nog behoedzamer om zich heen: dit abnormaal stille stadje was dus niet zo lang geleden nog volkomen normaal geweest, en bewoond door doodnormale mensen, die alvast een paar karbonaadjes voor het avondeten lieten ontdooien.

De slaapkamer behoorde overduidelijk toe aan een oudere vrouw. Hij was gevuld met een heel mensenleven aan snuisterijen en gehaakte kleedjes. En – vrij bizar – tegen de hoofdkussens op het bed stond een oud knuffeldier. Grace stelde zich een kermis voor, zo'n vijftig jaar geleden, en de herinneringen van een dame op leeftijd aan betere tijden en een slungelige jongeman. In de bedompte lucht hing de doordringend weeë geur van een goedkoop parfum dat al veel te lang in het flesje zat.

Sharon zette zich op het bed en reikte zonder veel overtuiging naar de telefoon op het nachtkastje. Ze wist immers dat die het ook niet zou doen, maar toch... 'Je hebt het gehoord,' zei ze, toen ze de nutteloze hoorn weer neerlegde. 'Ze zijn allemaal dood: iedereen die in dit stadje woonde, dus ook de bewoonster van dit huis.'

Grace en Annie staarden haar onthutst aan. Dat mocht wel zo zijn, maar dat was toch nog geen reden om het er zo bot uit te flappen?

'En die kerels, dat waren echt geen Amerikaanse soldaten. Die van ons vermoorden geen burgers; die schieten niet zomaar mensen op straat neer.'

Grace herinnerde Sharon er nu maar even niet aan dat dit soort onvoorstelbare dingen toch echt wel eens gebeurden, ook in dit land. Dat wist zij net zo goed als iedere Amerikaan. Maar ja, goede soldaten en goede politieagenten hadden nu eenmaal een band, en een gemeenschappelijk doel dat zijzelf niet kende, daarvoor stond ze al te lang aan de andere kant. Ze had er alleen in Magozzi's ogen wel eens een glimp van opgevangen. En bij Annie hoefde je al helemaal niet met dit soort details aan te komen: voorzover Grace wist, vertrouwde zij geen enkele man – geüniformeerd of niet.

'Het zou anders niet voor het eerst zijn dat ons leger een blunder in de doofpot probeerde te stoppen,' gooide Annie er tactloos uit. 'Of misschien zijn het geen soldaten, maar een soort gestoorde randgroepering met een klantenpas van de plaatselijke wapenwinkel. Het kan allebei. Maar wat maakt het in wezen uit? Dit zijn geen leuke lui.'

Sharon kneep haar ogen tot spleetjes. 'Ach, wat een complottheorieën! Denk je nou werkelijk dat soldaten hier gewoon naartoe komen om iedereen voor de kop te schieten?'

Annies aandacht werd getrokken door een boudoirstoeltje bij een kaptafel, met daarop een ratjetoe aan cosmeticatubes, -potjes en -flesjes en een opvallend nette rij nagellakpotjes in alle kleuren van de regenboog. Ze pakte een potje paarse met glittertjes en hield het tegen het licht. 'Ik zal jullie eens zeggen wat ik ervan denk. Ik denk dus, dat hier iets onvoorziens is gebeurd, een ongeluk of iets dergelijks, wat die klootzakken in die camouflagepakjes, of het nou Amerikaanse soldaten zijn of niet, onder de pet proberen te houden. En daarvoor zijn ze zélfs bereid mensen om te brengen – inclusief ons – alleen omdat we hier toevallig verzeild zijn geraakt!'

Grace bestudeerde Sharons gezicht en bedacht dat dit voor haar het ergste moest zijn: zij was immers een goede politieagent, net als Magozzi. Het moest godsonmogelijk zijn om dit soort vreselijke dingen te geloven, van mensen van wie je dacht dat ze jouw denkbeelden deelden. 'In één opzicht heeft Annie in ieder geval gelijk,' zei ze. 'Wie of wat die lui zijn, maakt op dit moment niet zoveel verschil. Wij moeten hier als de donder zien weg te komen, want die kerels zitten overal en vroeg of laat vinden ze onze Rover, en dan zijn we nergens in dit stadje meer veilig.'

'O, mijn god...' fluisterde Annie, en ze staarde in de spiegel alsof ze nog meer dan haar eigen spiegelbeeld zag. 'Dat is niet het enige wat ze zullen vinden: we hebben onze tassen in dat café laten liggen.'

Sharon sloot haar ogen. 'Lieveheer!'

Grace zuchtte diep en wierp een blik uit het raam. 'Hoe laat wordt het donker?'

'Half acht, acht uur,' antwoordde Annie zonder aarzelen.

Maar Sharon schudde haar hoofd. 'In Minneapolis, ja. Maar zo ver oostelijk gaat de zon zeker een halfuur vroeger onder, en in de bossen schemert het zelfs al eerder.'

Grace begon de risico's van vluchten bij daglicht af te zetten tegen een uur wachten tot het donker was. Het was typisch zo'n beslissing die je leven kon redden of je de dood in kon jagen – het kwam niet eens bij haar op om deze knoop door een ander te laten doorhakken. 'We wachten op het donker,' besloot ze. 'En als dat veilig lijkt, pikken we meteen onze tassen mee.'

'Maar hoe komen we hier weg?' vroeg Sharon. 'Die kerels in het bos zijn afschuwelijk lastig te zien, en we kunnen natuurlijk ook niet gewoon de weg afkuieren...'

'Niet eróp, maar ernaast: in de greppel, tijgerend als het moet. En niet zoals we zijn gekomen: we weten immers al dat daar soldaten staan, dus proberen we het langs de andere kant. Als ze ook op de weg surveilleren, doen ze dat toch per jeep en horen we ze aankomen.' Ze keek Sharon recht aan. 'Hoe klinkt jou dat in de oren?'

Sharon glimlachte scheef. Ze wist dat Grace die vraag puur uit beleefdheid stelde, want als puntje bij paaltje kwam, deed Grace MacBride toch wat ze wilde. 'Als ik heel eerlijk ben, klinkt het niet best. Ik heb een wapen en maar liefst twee politiepenningen.

Ik zou achter de boeven aan moeten zitten, niet voor ze weg-rennen!'

'Liefje, zelfs Rambo zou dit risico niet nemen,' zei Annie.

'Weet ik,' zei Sharon, en ze stak haar arm uit naar de lange vacht van de knuffel naast haar. Toen verstijfde ze opeens en fronste haar voorhoofd: het lange bont voelde... kleverig aan. Ze keek naar de krullen tussen haar vingers, toen iets verder naar boven, en staarde toen recht in de glazige blik van een wel erg dode yorkshireterriër. Uit diens open bek was een of ander akelig goedje gedruppeld, dat op zijn bef was opgedroogd – het stukje vacht dat zij net had zitten aaien. 'O, shit!' fluisterde ze en lanceerde zichzelf toen zowat van het bed, met haar rechterhand zo ver mogelijk van haar lichaam. 'Dat is verdomme een echte hond!' riep ze, en vloog de badkamer in.

Grace en Annie liepen naar het bed en keken naar het zielige hoopje bont. Omdat ze het nog steeds op een knuffel vonden lij-ken, bogen ze nog wat verder voorover en bestudeerden de gru-wel die Sharons solovlucht had veroorzaakt. Annie kneep haar ogen stijf dicht toen Grace haar vingers zoekend tussen de lange haren liet glijden. Eindelijk kwam ze weer rechtop en zei zacht: 'Niks aan die hond te voelen.'

Annie trok haar neus op. In tegenstelling tot Grace was zij to-taal niet vertrouwd met de dood. Sterker nog: ze had in haar hele leven nog maar één lijk gezien, en omdat ze de schade toen zelf had toegebracht, had ze het niet eens zo smerig gevonden. Maar dit was walgelijk. 'Het lijkt erop dat hij heeft overgegeven. Vergif misschien?'

Grace trok haar schouders op. 'Zou kunnen – of een natuur-lijke oorzaak. De dood is zelden een fraai gezicht.'

Toen keek ze naar haar handen en hoopte dat Sharon gauw uit de badkamer kwam, zodat ze zich kon wassen.

10

Roadrunner ijsbeerde heen en weer door de niet onaanzienlijke kantoorruimte, waarbij zijn schoenen bij elke draai piepten op de geboende houten vloer.

Harley, gehurkt voor zijn computerscherm, trachtte er niet te veel aandacht aan te schenken, terwijl hij de bankrekening natrok die Gino Rolseths vernedering had gefinancierd. Een betrekkelijk eenvoudig karweitje, als er vlak naast je tenminste geen bonenstaak in lycra loopt te ijsberen. 'Verdorie, Roadrunner,' snauwde hij ten slotte, 'je ruïneert mijn vloer nog!'

'Welnee, man; ik draag gympen!'

'Oké dan, maar je maakt me knettergek! Ik kan niet werken terwijl er iemand over mijn Amerikaans eiken loopt te klossen en te knarsen. En je maakt Charlie trouwens ook van streek. Moet je hem zien, hij ligt te fronsen!' zei Harley, met een knikje in de richting van Grace' knorrig kijkende, ruwharige bastaardhond, die zich op een kruk bij het bistrotafeltje in de hoek had gedrapeerd.

'Die ligt te fronsen omdat jij hem te veel ijs hebt gegeven. Je weet toch dat hij daar koppijn van krijgt!'

Bij het horen van het woordje 'ijs' kwam Charlies kop omhoog en begon zijn staartstompje heen en weer te wiegen.

'Ziet dat eruit als een hond die koppijn krijgt van ijs? Ik dacht het niet, hè? Heb je hem zijn kippenstoofpot trouwens al gegeven?'

Roadrunner stopte abrupt met ijsberen. 'Kippenstoofpot?'

'Ja, dat spul in dat vierkante plastic bakje... Jezus, vertel me nou niet dat jij het eten van de hond hebt opgepeuzeld!'

Roadrunner werd knalrood. 'Ik dacht dat Grace dat voor ons had meegebracht!'

Harley verborg zijn hoofd in zijn handen. 'Ooit vervang ik die speelgoedhersentjes van jou nog eens door een echt grotemensenbrein.'

'Hoe kon ik dat nu weten? Het zag er niet uit als hondenvoer... en zo smaakte het ook niet.'

'Bof jij even! Die hond krijgt beter te eten dan wij.' Hij keek naar Charlie. 'Nou maatje, het lijkt erop dat jij en ik een pizza moeten bestellen. Hoe klinkt dat, jochie?'

Charlie legde zijn kop weer op zijn poten en jankte kort.

'Geen pizza? Wat ben jij voor een slome?'

'Hij heeft geen honger, hij maakt zich zorgen. En dat zou jij ook eens moeten doen. Het is al vijf uur; ze zouden rond vieren in Green Bay zijn.'

'Hoe vaak moet ik het je nog zeggen: het zijn vrouwen! God weet hoe vaak ze al zijn gestopt om wat te eten, hun lippenstift bij te werken, hun benen te strekken of wat ze ook maar allemaal doen wat dit soort uitstapjes zo verdomde irritant maakt. En dan hebben ze ook nog Annie bij zich. Weet jij hoeveel hippe kledingzaakjes er zitten tussen hier en Green Bay?'

Roadrunner vouwde zijn armen korzelig voor zijn ingevallen borstkas. 'Dit is niks voor hun, dat weet jij ook. Grace heeft me beloofd te bellen en dat heeft ze niet gedaan. En als Annie een afspraak heeft, kun je daar de klok op gelijkzetten. En nog veel ernstiger, geen van drieën beantwoordt onze telefoontjes. Ik zeg je: er is iets mis!'

Harley harkte wat door zijn donkere baard. Hij gaf niet graag toe dat Roadrunner best wel eens gelijk kon hebben. Dat zou namelijk ook betekenen dat hij voor zichzelf erkende dat er werkelijk iets mis was. 'Misschien zijn ze er allang, maar hebben ze gewoon nog geen kans gezien om te bellen. Het is geen plezierreisje, weet je: er moet gewerkt worden.'

'Wil je zeggen dat Grace en Annie zijn vergeten ons te bellen?'

Harley zuchtte. 'Grace heeft toch een lijstje met telefoonnummers achtergelaten?'

Roadrunner knikte.

'Nou slimmerik, waarom bel je dan niet even met Green Bay, om te vragen of ze al zijn gearriveerd?'

Roadrunner begon weer te ijsberen, nog nerveuzer dan eerst. 'Maar stel dat ze er dan niet zijn?'

'Jezus! Jij loopt een halve marathon van bezorgdheid en durft dan niet te bellen, omdat je er dan misschien achter komt dat je je helemaal geen zorgen had hoeven maken?' Hij maakte een ongeduldige handbeweging. 'Geef mij dat klerenummer maar, dan pak jij een valiumpje of zo.'

'Heel aardig dat je me de hele stad door rijdt, maatje.'

'Graag gedaan, hoor.' Magozzi draaide van Snelling Avenue af, richting het dambordpatroon van een van St.Pauls oudste wijken. 'Maar nu ik hier toch ben, wil ik ook even langs Grace' huis. Gewoon, een oogje in het zeil houden, nu zij er niet is.'

'Mm-mm,' zei Gino, rollend met zijn ogen.

'Nee, serieus! Zo'n fijne buurt is het niet, hoor.'

'Ja, hoor; je herkent zo'n door misdaad geteisterde wijk altijd aan het aantal driewielers in de voortuintjes. Zie je die kids in dat opblaasbadje daar? Dat zijn me nog eens ongure typjes! Moet je ze zien, man, die zitten daar vast een grote kraak te beramen.'

'Doe eens niet zo flauw! Het is maar een paar blokken om.'

'Tweeëntwintig, om precies te zijn. Maar het punt is, mijn beste vriend, dat jij het zwaar te pakken hebt.'

'Wat wil je daarmee zeggen?' Magozzi stopte langs de stoeprand voor Grace' huisje en tuurde naar de levenloze ramen.

'Daar wil ik mee zeggen, maatje, dat jij hier staat te zwijmelen bij een leeg huis, enkel en alleen omdat je vriendinnetje er woont. Shit, zoiets heb ik al sinds de middelbare school niet meer gedaan!'

'Ik sta helemaal niet te zwijmelen: ik kijk of ik inbrekers of brandstichters zie.'

Gino snoof. 'Ach, de mobiele eenheid komt Grace' huis nog niet in, dat weet je best. Het alarm van die keet is waarschijnlijk zo ingesteld, dat de hele boel zichzelf vernietigt zodra de krantenjongen een voet op de deurmat zet.' Hij leunde over Magozzi heen om door diens raampje naar buiten te kijken. 'Goh, de enige tuin in de hele stad die er nog triester uitziet dan die van jou! Jullie tweeën hebben samen het tuinierstalent van een mier. Niemand probeert haar nu toch meer te vermoorden; waarom plant ze niet een paar mooie heesters of zo? Het lijkt wel een nucleaire winter daar.'

Zuchtend reed Magozzi weer weg. 'Zij vindt dat prettig.'

'Als ik het niet dacht!'

Tien minuten later reden ze de oprijlaan van Harleys villa op.

Gino liet er geen gras over groeien en wees Magozzi meteen op de sublieme tuinarchitectuur. 'Dit is nog eens een tuin: levend gras, hoge bomen en mooie, grote struiken met van die ronde, witte dingetjes eraan.'

'Bloemen noem je dat. Hoe kom jij opeens zo geobsedeerd door andermans groen?'

'Het is helemaal geen obsessie! Ik wil alleen maar zeggen dat er niks mis mee is als je zichtbaar trots bent op wat je bezit.'

'Ja ja. Angela heeft je zeker eindelijk zover gekregen dat je dat bloembed waar zij het al drie jaar over heeft, voor haar hebt gegraven, is het niet?'

'Dat heeft er helemaal niks mee te maken.'

Magozzi grijnsde. 'Ja ja, de trotse bezitter.'

'Inderdaad. Trouwens, ik heb alle planten gekocht bij Tuincentrum Uptown, en Lily Gilbert heeft me twintig procent korting gegeven. Als zij wist hoe jouw tuin eruitzag, kreeg je het vast helemaal gratis.'

'Ik zal er eens over nadenken.'

Ze stapten uit en liepen over het pad naar de voordeur, waarbij Gino, zoals altijd wanneer ze Harleys woning bezochten, vreselijk treuzelde. Magozzi had altijd gedacht dat dat kwam, doordat zijn partner werd geïntimideerd door de grandeur van het landhuis. Nu begon hij echter te vermoeden dat Gino het tuinontwerp bestudeerde en er heimelijk aantekeningen van maakte, om later indruk te kunnen maken op zijn vrouw.

'Weet je zeker dat Harley heeft gezegd dat we gewoon binnen

konden lopen?' Gino had Magozzi eindelijk ingehaald en staarde naar de massieve, dubbele deur met de gigantische, ijzeren duivelskop die als deurklopper diende.

'Jazeker. Hij zei dat we de voordeur moesten nemen en dan op zoek moesten naar het bier. Daarna zou het zich allemaal vanzelf wijzen.'

'Fijn, op jacht naar de schat in het slot van Frankenstein!'

De zware, eiken deur zwaaide opvallend licht open – *zoals in een griezelfilm*, dacht Gino – waarna ze de enorme hal betraden. Het vele, donkere hout en de kolossale, antieke meubelen versterkten het unheimische voorgevoel dat was begonnen met die duivelsklopper. Gino zoomde echter meteen in op de enige zonnestraal te midden van al die doem en duisternis: op een hevig bewerkte tafel met marmeren blad, in het midden van de parketvloer, stond een koelemmer vol ijsblokjes en bierflesjes. Op het haastig gekrabbelde briefje ernaast stond: 'lift 2de verd., bier mee'.

Gino klaarde meteen op. 'Ik mag die knaap wel,' zei hij en pakte de emmer. 'Een duizend jaar oude vaas wegzetten voor een paar Rolling Rocks, kwestie van prioriteiten. Maar waar is die lift, verdorie? Ik krijg hier de kriebels!'

Aangezien ze zich geen van beiden ooit zonder escorte verder hadden gewaagd dan de entree, duurde het even voor ze zich door de duizelingwekkende doolhof van kamers, deuren, trappen en doodlopende gangen hadden gewerkt, tot ze uiteindelijk op de onopvallende, mahoniehouten panelen stuitten die naar een high-tech liftcabine leidden.

Toen ze de kantoorruimte op de tweede verdieping eindelijk bereikten, stond Harley hen al op te wachten, een brede grijns op zijn gezicht. 'Zeg me nou niet dat onze superagenten beneden zijn verdwaald.'

'Welnee, we hebben alleen even je minotaurus de weg gewezen,' bromde Gino, hem de koelemmer aanreikend. 'Maar als je nog eens gasten uitnodigt voor een rondleiding zonder gids, moet je er misschien eens over denken lichtgevende voetstappen aan te brengen.'

Harley schuddebuikte van het lachen en gaf hun allebei een

hartelijke stomp tegen de bovenarm. 'Kom erin, pak een pilsje en doe alsof je thuis bent! Ik ben nog even met jouw projectje bezig, Rolseth, maar ik heb het bijna tot op de bodem uitgezocht.'

Gino was hem zichtbaar dankbaar, wat voor hem een hele prestatie was. 'Bedankt man, dat waardeer ik echt.'

'Graag gedaan. Ik moet wel zeggen dat ik dat hele duivelse plan best geniaal vind. Dat bedoel ik beslist niet vervelend, maar ik zou bijna jaloers worden dat ik het zelf niet heb bedacht.'

Roadrunner stond ook al klaar om hen te begroeten, maar hield zich zoals altijd nog wat afzijdig. Hij schonk hun een dwaze glimlach en wuifde er onhandig bij. 'Hoi, Magozzi, Gino...'

'Roadrunner! Verdomd jongen, heb jij getraind of zo?' riep Gino.

Roadrunner bestudeerde gauw zijn schoenen, terwijl zo'n beetje alle schakeringen rood over zijn gezicht trokken. 'Niet echt. Gewoon veel gefietst.'

'Je meent het! Nou, de zon van Arizona heeft je goed gedaan, hoor!'

Roadrunner keek hoopvol op. 'Ik ben best wel een beetje bruin geworden, hè?'

Harley keek met een blik van verstandhouding naar Magozzi. 'Ja, vast! Ik vind hem nog steeds maar zo'n bleke pannenkoek. Kom maatje, dan schuiven we een paar stoelen bij elkaar en wisselen de laatste roddels uit, terwijl die twee het hebben over zonnebrandmiddelen.'

Ze hadden nog geen twee passen in de grote kantoorruimte gezet, toen er een pluizige raket op hen af kwam, die slippend vlak voor Magozzi tot stilstand kwam. Charlie onderwierp zich eerst, puur uit beleefdheid, aan een paar tellen kin-krabbelen, maar het was duidelijk dat dit niet zijn uiteindelijke doel was. Trillend van opwinding gaf hij Magozzi's hand een snelle, verontschuldigende lik en stoof toen op Gino af, die meteen op zijn knieën zakte en tegen hem begon te brabbelen alsof het een kind was.

Walgelijk, dacht Magozzi en schudde bedrukt zijn hoofd. 'Die hond kan me zo'n ondergewaardeerd gevoel geven!'

'Vertel mij wat! Ik heb hem de hele dag Ben & Jerry's zitten voeren, maar ik tel niet meer mee.'

Harley wees Magozzi op een paar stoelen aan de andere kant van de ruimte, trok twee blikjes bier open en zei toen met een zachte, lage stem, zodat ze niet werden afgeluisterd: 'Heb jij al wat van Grace gehoord?'

'Nee, hoezo? Wat is er dan?'

'Niks, denk ik. Alleen, voor jullie kwamen was Roadrunner een beetje hysterisch, en ik heb liever niet dat hij weer begint. Als die zich nog meer opwindt, smelt dat pak van hem nog tot een plasje lycra, en ik geloof niet dat een van ons hem graag in zijn blootje ziet...'

'Eh... ik geloof niet dat ik begrijp wat je bedoelt.'

'O, sorry. Ik weet niet of je het weet, maar Grace, Annie en Sharon hadden dus om vier uur in Green Bay moeten zijn. Maar het werd vier uur, vijf uur... en nóg hadden we niets van ze gehoord, en mobiel waren ze ook al niet te bereiken. Nou ja, en toen begon Kika Kuiken hier dus het einde van de wereld te verkondigen: ze zouden onderhand allang weer ergens moeten zitten waar hun mobieltjes het wel weer deden en zo...

Ik heb nog geprobeerd hem te kalmeren: "Geef ze nog een uur", zei ik, maar je weet hoe hij is. Dus toen heb ik die rechercheurs in Green Bay, met wie ze hadden afgesproken, maar gebeld. En daar was het dus precies hetzelfde verhaal: de dames hadden nog niet gebeld, hun gezicht nog niet laten zien, nog niet ingecheckt bij hun hotel en namen hun mobiel niet op. Ik probeerde echt heel beleefd mijn bezorgdheid op die botte kaaskoppen over te brengen, maar toen smeet die klootzak dus de hoorn erop.

Tja, en nu is het al over zessen en zelfs ik begin me een beetje zorgen te maken. Ze bellen altijd, dat hebben ze nu zelfs beloofd! En zo'n belofte zullen ze echt niet zomaar breken, tenzij er iets mis is...'

Magozzi voelde heel even een bange kronkel in zijn maag, maar toen wist hij weer over wie het hier ging. 'Kom op, Harley, we hebben het wel over Grace en Annie, hoor! Zelfs áls er iemand zo stom is geweest om het die twee lastig te maken, dan zijn het nog de bóéven over wie je je zorgen moet maken. Daarbij: Sharon is er ook nog! Samen zetten die drie het hele land op zijn kop, als dat nodig is.'

Harley zat met zijn ruige hoofd te schudden. 'Dat heb je dus met Moordzakenrechercheurs, hè... Ik zeg narigheid en jij denkt automatisch aan boeven. Roadrunner bedoelde een auto-ongeluk.'

Magozzi voelde hoe zijn brein bijna letterlijk piepend tot stilstand kwam, en stelde zich voor hoe de zenuwimpulsen in zijn hoofd op de rem trapten en haastig omkeerden. Harley had gelijk, zo dacht hij inderdaad. Maar dat kwam niet alleen doordat hij politieagent was. Het idee dat die unieke Grace zoiets doodgewoons als een auto-ongeluk zou kunnen overkomen, was echt niet bij hem opgekomen. 'Shit!' mompelde hij, terwijl hij overeind kwam uit zijn stoel. 'Ik bel meteen de Wisconsin Highway Patrol en laat ze de ongevallenmeldingen checken.'

'Doe geen moeite, heb ik al gedaan. Die eikel van de WHP was niet erg toeschietelijk, als je begrijpt wat ik bedoel. Dus toen zijn we zelf maar in de staatsdatabase gaan gluren: niks, althans nog niet gerapporteerd. Maar we hebben een labeltje aan die website gehangen, dus zodra daar iets binnenkomt, worden we gewaarschuwd. Daar wordt dus voor gezorgd.'

Magozzi zakte terug op zijn stoel, keek Harley strak aan en voelde intussen de kronkel in zijn maag omdraaien en groter worden.

Gino kwam op hen afgesjokt. Met zijn handen in zijn zakken kwam hij naast hen staan. 'Wat zitten jullie hier eigenlijk te fluisteren? Jullie lijken wel een stel oude vrouwtjes.'

Magozzi wierp Harley een korte blik toe en liet zijn ogen toen naar Roadrunner glijden, die weer was gaan ijsberen. 'Roadrunner is een beetje nerveus.'

Gino haalde zijn schouders op. 'Lijkt me niet meer dan logisch: de dames zijn vermist. Hij heeft me alles al verteld.'

'Niet vermist, gewoon te laat!'

'Grapjas! Die drie? Tien minuten vinden ze al erg, maar zo lang? Nee-nee, ze zijn zoek!'

11

Het was even na zessen toen Halloran Grace MacBrides mobiele nummer opnieuw intoetste en opnieuw die ingeblikte stem hoorde, die hem zei dat hij een bericht kon achterlaten. Dat had hij al driemaal gedaan en hij vond dat hij met een vierde boodschap de grens tussen dringend en onbeleefd overschreed, wat niet zo slim was, als je iemand om een gunst wilde vragen.

Hij had zichzelf ingeprent dat de urgentie die hij voelde puur zakelijk was, en zich ervan overtuigd dat alleen Grace' gezichtsherkenningssoftware hen kon helpen bij de identificatie van de lichamen uit de kalksteengroeve. En wilde hij de foto's van de lijkschouwer vanavond nog in Green Bay hebben, dan moest hij voor het donker op de weg zitten.

Maar er zat ook een stemmetje in zijn hoofd dat maar bleef vragen of deze urgentie misschien ook iets te maken had met de kans dat hij Sharon Mueller dan weer eens zou zien. Hij had een bloedhekel aan dat soort stemmetjes.

Bonar kwam net binnen toen hij de hoorn weer op de haak legde. 'Moet je zien!' zei hij, terwijl hij zijn armen strekte en Halloran zijn profiel toe draaide.

'Waar kijk ik precies naar?'

'Ach, je ziet toch wel dat ik uitgemergeld ben, dat ik voor je ogen wegteer?'

'O? Nou, gefeliciteerd, dan moet je zwanger zijn.'

Bonar keek naar zijn buik. 'Dat is van ondervoeding! Maar eh... de specialiteit van het huis is op hoor, als we niet snel gaan.'

'Wat is die vandaag dan?'

'Wienerschnitzel in witte saus.'

Zuchtend duwde Halloran zijn stoel weg van het bureau. 'Mijn god, daar ben ik dol op.'

'Wie niet?' Bonar pakte de telefoon en toetste een nummer in, dat hij al jaren uit zijn hoofd kende. 'Cheryl, met Bonar. Zet twee specialiteiten op de brander en bewaak ze met je leven, wil je?' Toen hij ophing, fronste hij zijn voorhoofd. 'Vind jij Cheryl niet ook een beetje een rare naam voor zo'n oud mens? Ze zou Emma moeten heten, of Violet.'

Halloran liet een magazijn in zijn wapen glijden en duwde het toen stevig in zijn riemholster. 'Nooit bij stilgestaan. Hoe oud denk je dan dat ze is?'

'Cheryl is drieënzeventig, Mike. Crimineel, hoe kun je nou niet weten hoe oud zij is, je hebt haar sinds je kindertijd zo'n beetje dagelijks gezien!'

'Misschien omdat ik nooit zo onbeschoft ben geweest om het te vragen.'

'Je hoeft vrouwen haast nooit iets op de man af te vragen, je moet alleen goed luisteren. En da's dus precies jouw probleem...'

Halloran griste een pakje sigaretten uit zijn la en duwde deze toen iets harder dan nodig dicht. 'Wie zegt dat ik een probleem heb?'

'Je hebt er zelfs meerdere, maar vrouwen staan boven aan de lijst. Je krijgt Grace MacBride niet eens zover dat ze je terugbelt... en zij kent je niet eens goed genoeg om je niet te mogen.'

Halloran negeerde deze steek onder water maar. 'Ik zit erover te denken die lijkschouwersplaatjes zelf naar Green Bay te brengen, zodat ze er liggen als ze daar arriveert.'

'Waarom fax je ze niet gewoon?'

'Volgens Magozzi werkt dat programma het best met originelen, dus dan is de kans het grootst dat er iets uitkomt. Wausau heeft zeker nog geen nieuws over die lijkschouwingen, hè?'

'Wel dus... maar dit ga je niet fijn vinden. De medisch onderzoeker heeft een halfuurtje geleden gebeld: hij had onze drie lijken van vanmiddag onder zijn hoede genomen en was net bezig met de voorbereidingen voor de autopsies... toen de federalen binnen galoppeerden alsof ze de cavalerie waren... en er de zonsondergang mee tegemoet reden.'

'De federalen hebben onze lijken gestolen?'

Bonar knikte. 'Mm-mm.'

'Dat kunnen ze toch niet doen!'

'O, jawel, ze hébben het al gedaan.'

'En wanneer had je me dit willen vertellen?'

Bonar haalde zijn schouders op. 'Na het eten. Waarom zou je een prima maaltijd verpesten met iets waar je toch niets meer aan kunt doen?'

Halloran trok de telefoon naar zich toe en begon driftig op de toetsen te drukken. 'Verdomme Bonar, denk je soms dat ik het daar bij laat zitten? Ik wil antwoorden, en wel nu meteen...'

'Ik heb ze al gebeld.'

'Wie?'

'Iedereen die jij nu wilt bellen. En ik heb ze alle vragen gesteld die jij wilde stellen. Daar betaal je me immers voor, weet je nog?'

Nog steeds nijdig smeet Halloran de hoorn weer op de haak. 'Is dat zo? Vertel op dan, te beginnen bij degene die die federale lijkenpikkers carte blanche heeft gegeven bij een medisch onderzoeker in Wisconsin, verdomme!'

Met een diepe zucht ging Bonar zitten. 'Dat is dus de federale rechter die het bevelschrift heeft ondertekend. Ik vermoed dat die vingerafdrukken die wij naar Milwaukee hebben gestuurd, toch ergens de aandacht hebben getrokken.'

'Maar wat zeiden ze dan ze tegen die lijkschouwer?'

'Helemaal niets! Ze smakten dat bevelschrift op tafel, zeiden dat het van nu af aan een federale zaak was en dat zij de hele boel overnamen. Tot op het moment dat die lui binnenstormden, wist hij van niks noch iemand anders daar, inclusief de directeur van het lab.'

'Waarom zouden ze in godsnaam zo rap ingrijpen?'

'Precies wat ik me ook afvroeg! Dus heb ik, meteen na die medisch onderzoeker, met Milwaukee gebeld. Daar heb ik vervolgens zeker een kwartier aan de lijn gehangen met elke zwartepiettoespeler van dat hele, godvergeten FBI-kantoor. Waar ik geen steek wijzer van werd, behalve dat iedereen die er iets van zou kunnen weten toevallig net geen dienst had, de stad uit was of gewoon niet op zijn plek zat... Ze hebben me zo vaak van het kastje naar de muur gestuurd, dat ik er nóg duizelig van ben.'

'Geweldig, die samenwerking tussen de verschillende instanties!'

Bonar knikte somber. 'Ze zeiden dat ik het maandag nog maar eens moest proberen.'

'Ja hoor, alsof het na het weekend anders zal zijn! Verdomme, zoiets maakt me dus echt pissig, hè! Als het inderdaad om een federale zaak gaat, dan vind ik het prima, dan kunnen ze die zaak zo van me krijgen. Maar het was wel zo beleefd geweest, als ze ons even hadden gebeld.'

'Maar wat doen we nu? We zijn zo goed als vleugellam gemaakt.'

'Erger nog, we zijn gewoon het nest uit geknikkerd! Maar ik zou verdomme toch willen weten wat hier aan het handje is en bij de FBI een voet tussen de deur willen duwen, al was het alleen maar om het ze maandagochtend eens lekker onder de neus te wrijven.'

'Anders ik wel!'

Bonars blik dwaalde peinzend naar het raam en het weiland erachter. 'Natuurlijk zou Sharon dat in vijf minuten tijd voor ons hebben uitgezocht, als jij je trots kon inslikken en haar zou bellen...'

Halloran hield zijn gezichtsuitdrukking zo effen mogelijk, maar Bonar had al op hem ingezoomd, met die akelige blik die hem altijd het gevoel gaf voor een röntgenapparaat te staan.

Na een paar tellen begon hij zelfvoldaan te grijnzen. 'Je hebt haar dus al proberen te bellen!'

'Ik heb het een paar maal geprobeerd, ja,' zei Halloran, in een poging nonchalant te klinken. 'Toen ik Grace maar niet te pakken kreeg, dacht ik haar misschien via Sharon te kunnen bereiken.'

'Je hoeft je tegenover mij niet te verontschuldigen, hoor.'

Geërgerd greep Halloran naar de telefoon. 'Ik wou dat jij eens ophield met in mijn hoofd gluren, engerd!'

'Joh, ik ben geen gedachtelezer: jij bent gewoon zo doorzichtig. Wie ga je bellen?'

'Green Bay.'

Bonars dikke wenkbrauwen vlogen omhoog. 'Je gaat Sharon bellen, terwijl ze midden in een bespreking zit?'

'Ja.'

'Eh... sorry hoor, maar eerst dreig je haar te ontslaan, dan wil je haar om een gunst vragen?'

'Dat is het plan, ja.'

'Dit kan nog interessant worden. Zeg, je weet toch dat als die schnitzel te lang in die saus ligt, de paneerlaag helemaal papperig wordt, hè?'

Halloran grijnsde. 'Weet ik.'

De hoofdrechercheur van Green Bay, Yustin, was een rappe prater met een stem die eerder leek op die van een blueszanger dan van een politieagent. En Halloran dacht er een zweempje oostkust in te horen. Hij was best vriendelijk, maar begrijpelijkerwijs ook wat van slag. 'Nee, sheriff Halloran, ik heb nog niks gehoord en kan ze mobiel ook niet bereiken. En ze hadden hier twee uur geleden al moeten zijn. Vier uur, zei mejuffrouw Mueller – om en nabij dan – maar nu is het al over zessen! Begrijp me niet verkeerd, ze komen ons een dienst bewijzen en nog kosteloos ook, dus u hoort mij niet klagen. Maar ik heb hier vanaf drie uur al vier mannen klaarstaan, en ik zit in mijn hoofd steeds maar al die overuren te berekenen, begrijpt u? En dat is net zoiets als bij een audit van de belastingdienst: d'r komt altijd wat anders uit dan je had gehoopt.'

Halloran had nog nooit een audit gehad, dus die vergelijking ontging hem ten enenmale, maar hij begreep wat de man voelde. 'Ik zou u zeer erkentelijk zijn, als u agent Mueller zou willen vragen mij te bellen, zodra zij arriveert. Het hoeft niet lang te duren, maar het is nogal dringend.'

'Die dames zijn vandaag behoorlijk populair!'

'Hoe bedoelt u?'

'Ik bedoel dat u en ik niet de enigen zijn die hen zoeken. Ik kreeg ook al een telefoontje uit Minneapolis.'

'O? Kunt u een naam noemen?'

'Zeker: stoere knaap, beweerde Harley Davidson te heten, geloof het of niet. Maar toen ik hem zei dat de dames er nog niet waren, deed hij een beetje kribbig en wilde hij mij gaan vertellen hoe ik mijn werk moest doen – "laat iedereen naar die auto uitkijken, verzamel al je manschappen" – dat werk. En toen waren ze nog maar een uur te laat! Verdorie, als ik in zo'n geval telkens een oproep deed uitgaan, stond mijn kind van veertien boven aan de opsporingslijst! Nee, hij klonk mij een tikje te overspannen. Ik zou zeggen een jaloers vriendje, als u het weten wilt.'

Halloran glimlachte. 'Hij is de compagnon van de twee vrouwen die Sharon Mueller vergezellen.'

'U bedoelt die twee onvoorstelbaar onbaatzuchtige dames, die hun tijd en software ter beschikking stellen om mij te helpen?'

'Die, ja.'

'Oeps, ik geloof dat ik iemand mijn excuses schuldig ben. Maar sheriff, mag ik u een vraag stellen?'

'Vraag maar raak.'

'Nou, die software moet miljoenen waard zijn, maar zij geven hem gewoon weg. Het ligt misschien aan mij, maar ik begrijp dat soort liefdadigheid niet als er zoveel nullen in het spel zijn.'

Halloran zei: 'Naar ik heb begrepen, hebben alle zakenpartners reeds stevig aan dat softwarebedrijfje verdiend, maar een van hun spellen heeft recentelijk tot een aantal moorden geleid.'

Rechercheur Yustin gromde. 'De Monkeewrench-moorden van afgelopen oktober.'

'Exact.'

'Dus dit is... een soort van boetedoening?'

'Misschien wel. Verdorie, weet ik veel, misschien wilden ze ze toch al weggeven. Het zijn aardige mensen, stuk voor stuk.'

'Da's fijn om te weten. Ik zal agent Mueller uw boodschap doorgeven, sheriff, zodra ze er is.'

Terwijl Halloran zijn gesprek met rechercheur Yustin beëindigde, rondde Bonar bij het dressoir net een telefoontje op de andere lijn af. Hij schonk Halloran een duistere blik. 'Dat was de centrale. Gretchen Vanderwhite wordt vermist.'

'De taartendame?'

'Ja. Zij ging vanochtend een taart afleveren bij een trouwerij in Beaver Lake, is onderweg nog bij de apotheek langsgeweest voor Ernies insuline... en had ruim op tijd terug moeten zijn voor diens volgende injectie die hij nu ruim een uur geleden had moeten krijgen.'

'Rijdt Ernie nog?'

'Nee joh, die kan een vlieg op het puntje van zijn neus niet eens meer zien! Doc Hanson is al onderweg met een spuit. De centrale heeft de familie van de bruid gebeld en Gretchen is daar nooit gesignaleerd. Ze waren behoorlijk pissig, want het bruidspaar heeft voor de foto dus een doodgewone cake van de kruidenier moeten aansnijden. De bruid staat op alle plaatjes te grienen.'

Gretchen Vanderwhite was taarten gaan bakken rond de tijd dat de eerste McDonald's in Green Bay kwam. Ze was helemaal gevallen voor dat grote bord van hen waarop ze bijhielden hoeveel hamburgers er al waren verkocht, en besloot er ook zo een in haar voortuin te zetten. Daar was in het begin stevig over gegniffeld, maar haar aantallen waren zo gaan stijgen, dat Ernie op een gegeven moment zelfs een groter bord had moeten maken. De laatste keer dat Halloran hun boerderij passeerde, was de stand al ruim de vierduizend. Voorzover hij wist, had Gretchen nog nooit een bestelling gemist.

'Daar moeten we achteraan, Bonar,' zei hij.

'Ik weet het.' Bonar stond al bij de telefoon. 'Ik probeer Cheryl zover te krijgen, dat ze ons ons eten hier brengt. Dan hebben we dat gehad voor jij naar Green Bay moet.'

'Eh, dat tripje is even uitgesteld; ze zijn er nog steeds niet.'

Bonar keek hem aan. 'Hoe bedoel je?'

'Gewoon, zoals ik het zeg. Ze hebben zich daar nog niet laten zien, hebben niet gebeld en zijn nu officieel twee uur te laat.'

Bonars vingers bleven boven de toetsen zweven. 'Dat is niks voor Sharon! Die komt nog tien minuten te vroeg op d'r eigen executie.'

'Blijkbaar is het ook niks voor Grace of Annie. Harley Davidson heeft een poos terug al met Green Bay gebeld, helemaal nerveus.'

Bonar verbrak de verbinding en bleef staan peinzen, zijn lippen bijna net zo ver naar voren als zijn buik, zijn wenkbrauwen als twee harige luifels voor zijn ogen. 'Heb jij het nummer van die Davidson? Misschien dat Grace zich sinds die tijd wel bij hem heeft gemeld. Het is nogal een hecht team.'

'Nee, dat heb ik niet. Maar Magozzi weet hem waarschijnlijk wel te bereiken.' Terwijl hij de hoorn pakte, bedacht hij dat hij sinds de Monkeewrench-zaak niet meer zo vaak met de rechercheur uit Minneapolis had gebeld en het voelde niet echt goed.

Toen Magozzi aan het netnummer op zijn display zag dat het om een telefoontje uit Wisconsin ging, drukte hij bij het opnemen zijn duim zowat door het knopje heen. Hij was dan ook hevig teleurgesteld, toen hij aan de andere kant Hallorans stem hoorde in plaats van die van Grace. Maar goed, de sheriff was hem net voor want hij had hem immers ook al willen bellen.

Toen hij tien minuten later ophing, voelde hij zich net een gewond hert te midden van een roedel wolven. Roadrunner en Harley waren tijdens het gesprek akelig dicht bij hem komen staan, in een poging iets van Hallorans woorden op te vangen. Aan de ene kant rook Magozzi daarom Harleys bieradem, aan de andere geurde Roadrunner naar limoen, wat misschien vreemd leek, maar niets verbaasde hem meer van dit kinderlijke supercomputerbrein. Wist hij veel, misschien leefde de knul wel op citrusvruchten...

Gino zat het geheel vanuit een grote, leren kantoorstoel in zich op te nemen, terwijl Charlie aan zijn voeten vol overgave naar hem opkeek – de landheer en zijn trouwe viervoeter, maar dan zonder huisjasje en jachtattributen.

'Oké dan: Halloran had net Green Bay aan de lijn en daar zijn ze nog steeds niet gearriveerd. Maar dat hadden jullie waarschijnlijk al begrepen.'

'Ja, ja, ja!' riep Harley ongeduldig. 'Ga maar door – toen jij vroeg of hij misschien kon helpen en je vervolgens heel lang heel stil bleef...'

'Hij gaat doen wat hij kan.'

'En dat is?' vroeg Roadrunner.

'Hij verspreidt direct een opsporingsbericht voor de Rover in de hele staat, en hij pleegt persoonlijk een paar telefoontjes naar de county's waar ze doorheen moeten zijn gekomen, om te vragen of zij extra naar hen uit willen kijken. Ik geloof dat de samenwerking tussen de sheriffs daar behoorlijk goed is, en volgens hem stonden ze allemaal nog bij hem in het krijt.' Toen kwam hij uiterst traag overeind, alsof hij zijn benen niet helemaal vertrouwde. Hij keek Gino aan. 'Wil jij mee?'

'Geef me een minuutje.'

Gino klopte Charlie op zijn kop, trok zijn mobieltje uit zijn zak en drukte één knopje in. 'Hoi, Angela... Jezus, wat is dat voor herrie? O? Nou, dat verbaast me niks, ik heb dat kind jaren geleden al satansgebroed genoemd. Zeg, maar moet je horen: ik ga het vanavond waarschijnlijk niet redden. Weet je nog die striptent in Marshfield, waar ik van jou nooit naartoe mag? Nee joh, we gaan er geen inval doen: we willen alleen maar kijken, en misschien een schootdansje of zo... Túúrlijk doen we voorzichtig, maak je geen zorgen; volgens Magozzi zitten alle vrouwen er achter glas.' Toen zette hij zijn telefoon uit, wreef nog eens over Charlies oren en duwde zich uit zijn stoel omhoog.

Roadrunner en Harley stonden hem allebei aan te staren. 'Gaan jullie naar een club in Marshfield?' vroeg Harley.

Gino sloeg zijn blik op ten hemel. 'Natuurlijk niet, man! Wij gaan naar Wisconsin, onze dames zoeken!'

'Kan dat zomaar?'

'Dat kan zomaar.'

Magozzi was al halverwege de deur, toen zijn partner hem inhaalde. 'Het kan best zijn, Gino, dat ik te hard van stapel loop.'

'Waarschijnlijk wel, ja.'

'Jij hebt Angela eerder al gesproken, hè?'

'Ja. Ik heb haar gebeld, meteen nadat Roadrunner me had verteld wat er speelde. Ik nam al aan dat jij erheen zou willen.'

'Wat zei ze?'

'Ze vroeg waarom we nog niet weg waren.'

Magozzi glimlachte. 'Ik ben gek op Angela.'

'Ik ook.'

'We weten niet eens welke route ze hebben genomen.'

Gino haalde zijn schouders op. 'We zijn rechercheurs, dus daar komen we heus wel achter.'

Nog voor ze bij de lift waren, liepen Roadrunner en Harley al achter hen. 'We kunnen met zijn allen met onze superbus gaan,' zei Harley.

'We hebben de radio in onze wagen nodig...' begon Gino.

Harley gaf een goedhartige klap op zijn schouders waardoor Gino bijna omviel. 'Vriend, die bus van ons heeft meer communicatiemiddelen aan boord dan jij ooit bij elkaar hebt gezien: de politieband en elke andere frequentie die je maar kunt bedenken. Verdomd, als je wilt kun je zelfs een ruimtestation bellen.'

Gino's wenkbrauwen vlogen omhoog. 'Meen je dat nou?'

'Dat meen ik. Trouwens, ook onze computers zouden nog wel eens van pas kunnen komen.'

Het was best krap in de lift. Gino keek benauwd om zich heen. 'Heeft dit ding geen maximum laadvermogen?'

'Geen idee,' was Harleys antwoord, terwijl hij op het knopje drukte.

12

De schemering had alle kleur uit het stadje Four Corners geabsorbeerd. Zwijgend en roerloos lag het in de steeds dieper wordende schaduwen, als een oude zwart-witfoto. De weg was verlaten, de huizen begonnen weg te kruipen in hun eigen schaduw, de stilte was volkomen.

In het huisje achter het café draaide Annie de badkamerkraan een fractie open en waste haar handen onder de druppelstroom. Ze moesten voorzichtig zijn, had Grace gezegd. De pomp was al eens aangeslagen – toen ze hun handen hadden gewassen nadat ze die dode hond hadden aangeraakt – en dat geluid had in de onnatuurlijke stilte geklonken als een explosie. Als ze te veel water gebruikten, kon dat opnieuw gebeuren. Annie fronste toen ze dacht aan de lange lijst van dingen waar Grace hen voor had gewaarschuwd; dingen waar zijzelf in geen duizend jaar aan zou hebben gedacht. Ze boog zich over de wasbak en bette haar ogen met het koele water.

Verdorie! Na ruim tien jaar van volslagen paranoia, met elk zintuig continu in verhoogde staat van paraatheid, ging het nu langzaam weer een klein beetje beter met haar vriendin Grace. Dat ze het boek over de ellende in Atlanta had kunnen sluiten, was daarbij niet onbelangrijk geweest. Hetzelfde kon je zeggen over haar relatie met Leo Magozzi. En nu was die vooruitgang in een paar uur tijd volledig uitgewist, alsof hij er nooit was geweest. De oude Grace was weer terug, en het zag ernaar uit dat zij niet zomaar weer wegging...

Het was bijna helemaal donker en dus tijd dat ze dit huis verlieten. Om de beurt maakten ze gebruik van de badkamer, terwijl de andere twee de ramen aan de voor- en achterkant in de gaten hielden.

Maar spoel niet door! En gebruik geen wc-papier van de houder – die is van hout en zit los; stel dat hij eraf klettert! Scheur liever wat van die nieuwe rol, achter de pot! Zelfs Sharon had haar wenkbrauwen opgetrokken bij het denkproces dat dít detail uit het duistere rijk der mogelijkheden naar voren had gehaald. Die Grace liet echt niets meer aan het toeval over.

Annie kon zichzelf amper zien in de kleine spiegel op het medicijnkastje. Ze bedacht dat dat maar goed was ook. Ze had nog een glimp van zichzelf opgevangen, voordat de bomen het zonlicht hadden opgeslokt, en had haar eigen spiegelbeeld nauwelijks herkend. En dat kwam niet door het vuil op haar gezicht, de doorgelopen mascara of zelfs het slordige kapsel, hoezeer dat alles haar ook verontrustte, want haar innerlijk scheen toch wel door dit soort oppervlakkigheden heen. Nee, ze had iets gezien in haar ogen, de blik van een vreemde, iets dat ze daar niet meer had gezien sinds de avond van haar zeventiende verjaardag, toen ze had ontdekt wat je kon aanrichten met een mes...

Toen Annie klaar was in de badkamer, kwam ze naast Sharon bij het keukenraam staan. Ze trok haar neus op toen ze de zwakke geur opving van de waakvlammetjes op het ouderwetse gasfornuis. 'Jouw beurt,' mompelde ze.

Sharon, die stond te staren naar de donkere achtertuin en de pikzwarte bossen erachter, knikte afwezig. Ze zag er nogal broos uit. 'Hoe lang zitten we al hierbinnen?'

'Een minuut of veertig. Te lang, volgens Grace.'

'Daar heeft ze gelijk in: het begint al veilig te voelen.'

'Maar dat is het niet, want we zitten hier klem.'

'Weet ik.' Sharon stapte weg van het aanrecht. Na een paar passen stopte ze en keek naar het oude, bobbelige linoleum onder haar voeten. 'Toen ik klein was – een jaar of vijf, zes, denk ik – vloog op een avond onze schuur in de fik. Het vuur greep zo snel om zich heen, dat er geen tijd meer was om de koeien te bevrijden. De paarden hadden echter hun eigen deur, die altijd openstond zodat ze makkelijk in en uit konden, om de vliegen te ontlopen. Afijn, de balken kwamen naar beneden en de koeien werden, hevig loeiend, geroosterd. Maar toen ik door de grote, open deur naar binnen keek, zag ik de paarden allemaal op een kluitje staan, te midden van al die rook en vlammen. Krijsend en naar elkaar trappend stonden ze daar door die deuropening te staren, waar ze anders honderd keer op een dag door naar buiten renden.' Sharon liep naar de badkamer.

Annie bleef staan en keek naar de donkere achtertuin, de waslijn in de hoek, de zinnia's die rond de palen waren geplant... Het voelde opeens nogal suf dat ze hier stond uit te kijken naar gewapende soldaten, die hen zouden komen vermoorden. Dat leek ineens allemaal zo surrealistisch. Ze voelde haar gedachten afdwalen. Ze zeiden haar dat dit echt te zot voor woorden was. Er waren toch zeker geen soldaten in een tuin waar zinnia's rond de palen van een waslijn stonden – en áls ze er waren, dan waren ze toch zeker niet uit op moord? Welnee, ze waren in paniek geraakt, hadden overhaaste conclusies getrokken, zich laten leiden door Grace' paranoia. Want ze waren hier echt volkomen veilig...

Maar toen sloot ze haar ogen en zag een brandende schuur en wilde wanhopig graag weg uit dit huis. *Nu!*

Drie minuten later stonden ze met zijn drieën door het ruitje in de voordeur te gluren. Er was niets buiten; alleen een zweem van licht boven de bomen en het stadje, dat hun zei dat ergens, nog buiten hun zicht, de maan was opgekomen. Deze stond echter wel al hoog genoeg om de schaduw van het café te schilderen op het gras tussen het café en het achterhuis.

En toen... bewoog ineens een deel van die schaduw.

Grace verstijfde, ze durfde zelfs niet meer weg te kijken of met haar ogen te knipperen.

Alles bleef stil.

Misschien waren haar ogen zo moe dat ze een spelletje met haar speelden of misschien had in de doodse lucht een dolende bries langs een blaadje van een struik gestreken.

Maar nee: Annie en Sharon hadden het ook gezien. Zij liepen

reeds behoedzaam richting de kelderdeur, waar ze zonder geluid te maken de trap afdaalden.

Grace volgde hen, draaide zich op de bovenste trede om en trok de deur achter hen dicht. Had hij net ook zo gepiept? Ze kon het zich niet herinneren.

Buiten slopen twee schimmige figuren naar de voordeur, waar ze zich aan weerszijden ervan met hun rug plat tegen de gevelplaten drukten. De droge verf kraakte even, waarna een regen van verfbladders op het betonnen stoepje dwarrelde.

Grace stond als aan de grond genageld boven aan de keldertrap, de deur nog op een kier. In dit al te rustige stadje, waar de stilte slechts met grote tussenpozen was verbroken, door geweren, jeeps en soldaten die zich totaal niet druk maakten over lawaai, was het zachte geritsel dat ze zojuist buiten had gehoord, enorm dreigend in zijn subtiliteit.

Seconden tikten voorbij, een minuut bijna – maar ze hoorde niets meer. Dus liet Grace haar adem langzaam ontsnappen, zette haar voet naar beneden en trok de deur achter zich dicht. Die schoof met een uiterst zachte klik in het slot.

Buiten op de stoep ging een hoofd met een ruk opzij, legde iemand zijn oor tegen de deur. Zijn partner keek hem vragend met opgetrokken wenkbrauwen aan. *Hoorde jij iets?*

Ze luisterden samen, hun ogen tot spleetjes geknepen, hun handpalmen vochtig rond de greep van hun geweer. Toen ze zestig seconden hadden afgeteld, stapten ze voorzichtig het huis binnen, zwaaiend met de loop van hun geweer in een dodelijke dubbele boog.

Beneden in de kelder wachtten Sharon en Annie op Grace, elk aan een kant van de houten deur, die via de betonnen trap en de klapdeur naar de achtertuin leidde. Geen van tweeën maakte aanstalten hem te openen. Misschien wachtten ze tot de allerlaatste seconde voor ze een geluid riskeerden, misschien waren ze gewoon als de dood voor wat hen aan de andere kant wachtte.

Grace reikte langs hen heen naar de ijzeren knop, maar hield meteen op toen ze boven hen een vloerplank hoorde kraken. De vrouwen stonden meteen als bevroren. Drie paar ogen naar boven gericht, naar het plafond van de kelder. Geen van hen twijfelde aan de oorzaak van die langgerekte kraak vlak boven hun hoofd. Ook al had er nu al bijna een volle minuut geen enkel geluid geklonken, ze wisten alledrie: er was iemand daarboven.

Een paar tellen later voelde Grace een zuchtje wind – niet meer dan de adem van een baby tegen haar wang. *Luchtstroom, luchtstroom!* loeide het als een sirene door haar hoofd.

Iemand had de deur boven aan de trap geopend.

Onbeweeglijk stonden de vrouwen in de stikdonkere kelder, terwijl steeds meer stiltekralen aan het koord der tijd werden geregen.

Grace tuurde over haar schouder in de richting van de trap, luisterde en wachtte, de Sig zwaar in haar rechterhand. *Ze staan boven! Mannen met wapens, een stuk groter dan dat van mij, staan boven aan de trap zich af te vragen of de treden zullen kraken onder hun gewicht; te luisteren of ze beneden iets horen voor ze hun eerste stap wagen...*

En toen die eerste stap uiteindelijk kwam – een amper hoorbare rubberen tik tegen het hout van het eerste stootbord – was het bijna een anticlimax.

Stap één.

Grace' hand begon te draaien aan de knop...

Tik. Stap twee.

...nog wat verder naar rechts – in perfecte, prachtige stilte...

De derde trede kraakte licht, precies op het moment dat de klink uit zijn behuizing schoof. En toen trok Grace de deur langzaam open. Niet te ver, op een kier, net groot genoeg om Sharon, o zo stilletjes, erdoorheen te laten glippen...

De volgende stap hoorde Grace niet, maar ze wist exact wanneer hij werd gezet. Ze voelde het gewicht van die fluisterzachte laars, alsof hij op haar borst werd gezet, in plaats van op de vierde tree.

Sharon gleed als een schim door de deuropening, rondde haar rug, liep kromgebogen de eerste betonnen treden op en perste zich toen opzij. De aanwezigheid van de schuine deur boven haar voelde als een gigantisch, onzichtbaar contragewicht. Een paar haren streken langs de splinterige onderkant van de deur en werden uit haar schedel getrokken.

Annie volgde Sharon, in wat het meest bevallige moment van haar hele leven moest zijn: als een heuvelopwaarts stromend beekje. Zij drukte zich naast Sharon tegen de muur, terwijl elke spier in haar lichaam het uitgilde van de spanning.

Grace voelde hoe ze als één lichaam in de kleine ruimte stonden samengeperst toen zij zich doodstil bij hen had gevoegd. Ze draaide zich voorzichtig om en trok de deur achter zich dicht.

Hoeveel stappen zijn ze nu gedaald? Staan ze al beneden, op de aarden vloer? Kunnen ze onze deur al zien? Knarsetandend draaide ze de knop terug, millimeter voor millimeter.

En toen hoorden ze ze, aan de andere kant van de deur. Sharons handen vlogen meteen omhoog en duwden tegen het schot boven haar hoofd.

In de kelder werd gepraat door iemand die er helemaal niet meer om gaf of hij geluid maakte of niet. Blijkbaar hadden ze de conclusie getrokken, dat het pand verlaten was.

Sharon kon het niet verstaan. Het was slechts een gemompel in twee verschillende timbres, dat werd gedempt door de zware, houten deur.

Stomme mannen, stomme, stomme kerels: jullie hebben deur nummer twee niet geprobeerd! Nog niet althans...

Ze spande al haar spieren en drukte de bovendeur enkele centimeters omhoog, en toen langzaam steeds verder.

Annies blik ging omhoog, toen een zuchtje zwoele lucht de piepkleine ruimte in waaide. Ze rechtte haar rug en stak haar hoofd omhoog, de nacht in. *Dommerik!* dacht ze meteen. *Wat doe je als daarbuiten iemand staat? Gauw weer zakken en maar afwachten wie jou als eerste vinden: de kerels van buiten of die van binnen?*

Vlug sloop Sharon de rest van de treden op en draaide zich boven om, om de zware deur aan zijn hengsel vast te houden, terwijl Annie en Grace naar boven kwamen. Gedrieën lieten ze het zware gewicht toen voorzichtig zakken, tot het weer keurig op zijn schuine raamwerk lag.

Ze stonden nog gebukt, toen ze aan de grond vastgenageld werden door het onmiskenbare geluid van de binnendeur die werd opengetrokken, gevolgd door een lage stem die slechts licht werd gedempt door de buitendeur en de meter ruimte tussen hem en hun oren. 'Kom, we gaan hierlangs naar buiten.'

Nog voordat de man zijn zin had afgemaakt, waren de drie vrouwen al halverwege de tuin: op de bal van hun voet sprintten ze stilletjes naar de zijkant van het huis. Ze waren nog maar amper de hoek om, en hadden hun rug plat tegen de gevel gedrukt, toen de buitenste tochtdeur in zijn raamwerk omhoogkwam.

'En nu? Het tankstation?' De zware stem zweefde glashelder door de stilte, sloop de hoek van het huis om en duwde de drie vrouwen tegen de muur.

'Ja, en dan het café...'

En daarna stierven de stemmen langzaam weg, toen de mannen zich omdraaiden en dwars door de achtertuin wegliepen.

Enkele ogenblikken bleven deze tegen de zijgevel van het huis staan luisteren, wachtend tot hun hart weer wat tot rust was gekomen.

Grace' ogen waren wijd open, toch zag ze geen steek. Ergens moest de maan met zijn bleekgele licht het open veld overspoelen, maar hij stond nog niet hoog genoeg om ook het gat in het woud, genaamd Four Corners, te beschijnen. Ach, misschien was dit soort oerdiepe duisternis wel normaal, zo ver van de weerkaatste gloed van de lichten van de stad. Maar zelfs zij wist dat dit soort oerdiepe stílte nergens normaal was. *Geen slaperige vogels, geen kwakende kikkers, geen muggen zelfs, verdorie!*

Langzaam wenden haar ogen aan de zwarte nacht en vielen de schaduwen in losse vormen uiteen. Tegenover hen groeide een oude, bijna ondoordringbare haag van seringen, die langs de hele zijkant van het huis en het café liep, tot aan de ondiepe greppel langs de weg.

Zachtjes kropen ze over het gras naar de nog diepere schaduw van de haag, waarna ze centimeter voor voorzichtige centimeter tot op een paar meter van de weg kropen. Daar lieten ze zich gelijktijdig op hun buik vallen.

Recht voor hen blonk een vleugje sterrenlicht op het korrelige oppervlak van de tweebaans asfaltstrook. Links, voorbij de logge omtrek van het café en het belendende tankstation, slokte de zwarte mond van het woud de weg weer op. Rechts – de richting die zij prefereerden – was de grens tussen het wegdek en de zo mogelijk nog donkerder lucht haast niet te onderscheiden, het asfalt verdween er eenvoudigweg achter een lichte glooiing.

Niets bewoog, niets maakte geluid.

Grace keek naar links, naar Annie, en zag iets wits glinsteren: ogen in een zo goed als onzichtbaar gezicht. En toen begon ze zich naar voren te werken, uit de beschutting van de seringenhaag de ondiepe, begroeide greppel in.

Het was uitgesloten dat ze zich nu nog in het café zouden wagen. Ze koesterden de stille hoop dat hun tassen in het donker niet zouden opvallen.

Nu er zo goed als geen geluid of licht was, leken Grace' andere zintuigen zich te verscherpen en elkaar te overlappen, alsof ze de boel wilden compenseren. Ze rook de olie in haar wapen, ving een flard op van brak water ergens vlak voor hen, en wanneer ze door haar mond ademde, proefde ze iets dat ze enkel kon omschrijven als 'groen'.

Na een paar meter had Annie voor zichzelf besloten dat over je buik schuiven een van die dingen was die je als verstandig mens opgaf zodra je borsten kreeg. Ze had het gevoel dat ze twee rijpe meloenen trachtte voort te duwen, door gras zo lang en glad dat ze er met de onderkant van haar voeten maar nauwelijks grip op kon houden.

Het was dan ook een hele opluchting toen ze voelde dat de bodem van de greppel naar beneden ging, terwijl de weg steeds hoger kwam te liggen. *Mooi*, dacht ze, *als het diep genoeg werd, konden ze straks op hun knieën verder. Slangen zouden mét benen net zo gehandicapt zijn, als mensen zónder*, bedacht ze, *het was maar wat je gewend was...*

Bij elke voorwaartse beweging die Grace maakte, werd de grond onder het dichte gras vochtiger. En toen de vingers van haar linkerhand in stilstaand water plonsden, boog ze vlug haar rechterelleboog om haar wapen droog te houden. Een paar meter verder voelde ze zich tot haar grote opluchting drijven, toen het water zelfs diep genoeg werd om een deel van haar gewicht te dragen. De greppel was inmiddels ook een stuk breder en de wanden ervan torenden zeker een meter boven hun hoofd.

Toen Grace even op de anderen wachtte en op haar hurken ging zitten om haar rug te ontlasten, voelde ze haar benen meteen in het samengeperste slijk zakken. Haar gezicht was zwaar, haar wangen kletsnat van het zweet.

Ze voelde het al in haar benen, lang voordat haar oren het hoorden, een laag gegons in de bodem. 'Ze komen eraan,' sprak ze kalm. 'Liggen!'

De jeep scheurde als een straaljager voorbij, hoog aan hun linkerkant, steentjes van het wegdek ketsten op hun rug en het lange gras zwiepte wild heen en weer.

Toen werden ze weer omhuld door de stilte.

Pas toen haar hart weer in een redelijk tempo klopte, kwam Grace weer naar voren, de anderen in haar zompige kielzog. De greppel werd weer ondieper en ze klommen tegen de lichte helling op, tot Grace' hoofd boven de weg stak en ze weer kon zien waar ze waren.

Ze dook bijna onmiddellijk weer terug en krabbelde geschrokken naar achteren. Ze hield haar hoofd naar beneden, zodat haar stemgeluid grotendeels door de aarde werd geabsorbeerd. Annie en Sharon moesten hun hoofd heel dichtbij brengen om haar te kunnen verstaan. 'Nog een wegversperring, nog meer soldaten!'

Sharon fluisterde: 'Kunnen we erlangs?'

'Te ver weg, niks van te zeggen.'

En toen realiseerde ze zich opeens dat ze Sharons hoofd in profiel zag. Haar blik vloog omhoog, naar de enorme boog van licht, hoog boven het woud: een heldere vollemaan. 'Het wordt lichter! We moeten bij de weg vandaan zien te komen, veel te opvallend.'

Ze staken hun hoofden voorzichtig net boven het maaiveld uit. Recht tegenover hen lag een maïsveld, met daarachter, ver van de weg, de contouren van een graansilo. Zijn metalen overkapping blonk in het maanlicht.

En toen flikkerde er plots een lichtje boven het wegdek, nog geen twintig meter van hen vandaan. Er leek een hoofd omheen te zweven, met nog een er vlak naast. Ze hoorden het kenmerkende geklik van een dichtklappende aansteker, waarna er twee rode vonkjes in het donker verschenen, toen de mannen een trek namen van hun vers opgestoken sigaret.

De drie vrouwen lieten zich doodstil terug in het water van de greppel glijden.

Mannenstemmen, verbluffend helder, dreven door de stille, mistige avondlucht in hun richting. 'Het bevalt me niks. We moeten hier gewoon als de donder vandaan!'

'Dan staan we mooi machteloos, als er toch iemand is binnengedrongen.'

'Christus! Als dat zo was, hadden we diegene onderhand heus wel eens gevonden! Die auto stond buiten de grens en misschien al een week, weten wij veel!'

'Nee, d'r stonden spullen in. Niemand laat zijn bagage een week lang achter.'

'Autopech dus. En toen hebben ze een lift gekregen. Dus kunnen wij verdomme maar beter weg zijn tegen de tijd dat ze terugkomen, anders zijn we er alsnog gloeiend bij!'

'Afijn, die boerderij is tenminste gedaan.'

Er klonk een instemmend gebrom en Grace vond het beangstigend hoe duidelijk dit te horen was.

Maar de voetstappen stierven langzaam weg toen de soldaten over de kiezelige berm naar de wegversperring liepen.

Een minuut ging voorbij, en nog een. De vrouwen hoorden het geknars van een versnelling, even verderop, gevolgd door het krachtige gegrom van een motor... en toen niets meer.

Grace sloot haar ogen. De situatie bleek iets gunstiger dan ze had gedacht. Oké, de soldaten hadden haar Range Rover gevonden, maar ze wisten nog niet of dat ook betekende dat ze gezelschap hadden gekregen. En de boerderij was 'gedaan', wat dat ook maar betekenen mocht. Waarschijnlijk dat ze ook die hadden doorzocht.

Toen ze zich eindelijk veilig genoeg voelden om weer tegen het talud op te klimmen en over de rand te gluren, stond de maan al halverwege boven de hoogste woudreuzen en begon een diffuus, wittig licht de nacht opzij te duwen.

Het maïs aan de overkant van de weg was hoog, dicht, donker en bijna drie meter hoog: het verwelkomde hen met open armen. *Die kant op*, dacht Grace.

Een snelle blik opzij bevestigde haar dat de gele lichten van de wegversperring er nog steeds waren. Ze knipperden met grote regelmaat, terwijl er af en toe een schimmige figuur langsliep. Toen ging haar blik naar beneden, naar de plek waar het maanlicht de greppel al doormidden sneed. Als ze de weg over wilden, moesten ze snel zijn voor de maan nog hoger stond.

Ze schuivelden op hun buik naar de overkant, net achter de lichte glooiing, onzichtbaar vanaf de wegversperring. Eenmaal aan de overkant, scharrelden ze op hun knieën een flink eind het maïsveld in. Na een paar rijen hield de dichte begroeiing het maanlicht al voldoende tegen en was het maïs hoog genoeg om te kunnen gaan staan.

Homo erectus, dacht Sharon grinnikend, terwijl ze door een kaarsrechte voor begonnen te lopen. Ze snoof het zachte aroma van jonge maïs diep op, verlangend naar de eerste hap suikermaïs van het seizoen. Ze proefde het explosief zoetige sap al haast op haar tong. *Nog een week*, dacht ze, *misschien twee – dat wil zeggen, als wij het redden.*

Het veld draaide naar rechts en leidde hen steeds dieper het boerenland in, richting de silo. En toen scheidde hen nog slechts één rij suikermaïs van een kortgeknipt gazon. De boerderij was een enorm blok van twee verdiepingen hoog, onder het roerloze bladerdak van een paar eeuwenoude iepen. Rond de bescheiden achterveranda doemde de schimmige omtrek van een miniatuurwoud van stokrozen op.

De vrouwen bleven aan de rand van het maïsveld staan kijken en luisteren. In dit donker leek het huis haast massief, zonder ramen of deuren, alsof wat daarbinnen woonde geen enkel licht verdroeg.

Sharon ademde snel. Ze wist weer waarom zij altijd de hele

111

nacht een lamp liet branden, ook al kostte haar dat een fortuin aan gloeilampen en moest ze elke zomerochtend haar buitentafel van tientallen gehavende mottenlijfjes ontdoen. Dat was vanwege dit soort ogenblikken, vanwege mensen zoals zij, die verlamd raakten door de nacht en – zonder enige reden – de stellige overtuiging koesterden dat donker onheil betekende en licht veiligheid.

Het is hier niet pluis.

13

Om negen uur die avond brandden alle lichten in Hallorans kantoor nog, waren de rijke geuren van de wienerschnitzel die Cheryl uit de kantine naar boven had gebracht, reeds een vervlogen herinnering, en stak Bonars dunner wordende haar alle kanten uit.

Bonar smeet de hoorn op de haak en haalde voor de zoveelste keer zijn handen door zijn haar, waarmee hij het alleen maar erger maakte. 'Ik zweer je: het IQ van alle tankstationmedewerkers samen neemt in het weekend nog eens zeker honderd punten af!'

'Niemand die onze taartendame heeft gesignaleerd?' informeerde Halloran vanachter zijn bureau. De telefoon zat tussen zijn schouder en zijn kin geklemd en zijn pen kraste druk op de plattegrond van de staat, die voor hem lag uitgespreid.

Bonar zuchtte luid. 'Joost mag het weten! Wie bij zo'n achterafgeval ergens in het noorden stopt, kan net zo goed in een zwart gat duiken! Zij kan verdomme overal zijn uitgestapt en poedelnaakt rond de pompen hebben gedanst... en nóg zouden die dombo's het zich niet herinneren!'

Halloran legde de hoorn op zijn andere schouder en wreef in zijn nek. Ze zaten nu al ruim twee uur aan de telefoon om een vermiste taartenbezorgster te traceren in de noordelijke county's tussen hier en een bruiloft in Beaver Lake, en om een iets minder strak net uit te gooien rond Grace MacBrides auto, in alle county's langs de hoofdroutes van Minnesota naar Green Bay. Het voelde alsof zijn oor er elk moment af kon vallen. 'Nou, ze zouden zich Gretchen heus wel herinneren, daar kijk je niet zomaar omheen.'

'Zou je wel denken, ja.'

'Weet je zeker dat je alle tankstations hebt gehad? Er moeten er een hoop zitten, van hier naar daar.'

'Tweeënveertig stuks, om precies te zijn. En van elk heb ik degene gevonden die er vanochtend dienst had, wat nog een hele toer was, mag ik wel zeggen. Zo'n beetje de helft trof ik in de een of andere bar, halverwege zijn tweede, derde of tiende zaterdagavondbiertje, te duf om voor de duvel te dansen. Eén knaap vroeg of ik hem ging arresteren, en toen ik hem eraan herinnerde dat ik hem belde en tachtig kilometer verderop zat vroeg hij of ik graag had dat hij op me wachtte... Weet je wat ik niet begrijp? Wij drinken ook wel eens wat, maar ik geloof toch echt, dat wij dan met elke slok genialer worden...'

Het lukte Halloran nog net een glimlach tevoorschijn te toveren. 'Helemaal mee eens! Maar eh... misschien is Gretchen dus helemaal niet gaan tanken?'

'Onmogelijk: volgens Ernie is ze met minder dan een kwart in d'r tank vertrokken, en die ouwe zuipschuit van haar rijdt zo'n beetje één op twee. Zeg, hang jij in de wacht?'

'Bijna mijn hele leven al.'

Bonar grijnsde, stond op en rekte zijn stijve rug uit. 'Een waarheid als een koe. Maar op wie wacht je ditmaal?'

'Ed Pitala.'

'Uit Missaqua?'

'Die, ja. Ik probeer 'm al twee uur te bereiken, maar het lukt zijn centrale maar niet me door te verbinden.'

Bonar snoof. 'Veel succes! Missaqua, da's dus echt achtergebleven gebied! Zou me niks verbazen als ze daar zelfs nog van die slingertoestellen hebben.'

'Vertel mij wat! Toch zit het me niet lekker dat ik Ed niet aan de lijn krijg. Hij is echt nog zo'n sheriff van de oude stempel, laat nooit lang op zich wachten. Ik vind dit niks voor hem.'

'Ach, ik kan me toch niet voorstellen dat Gretchen die route heeft genomen om in Beaver Lake te komen. De wegen slingeren daar alle kanten op. Je rijdt zomaar vijftig kilometer om!'

'Ik wil gewoon geen enkel honk overslaan. Misschien is ze wel via

Missaqua County gereden om een vriendin op te zoeken of zoiets.'

'Jij bent een hele goeie, degelijke politieman... Hé, maar bemant de lieflijke Dorothy daar niet nog steeds de nachtcentrale? Die geeft het bericht van Gretchens verdwijning wel door, met of zonder Eds toestemming.'

'Ja, da's ook zoiets! Zij zei dat ze dat normaalgesproken zou hebben gedaan, maar vandaag niet. En ze deed ineens heel gereserveerd toen ik vroeg waarom dat was. Ze kwam sowieso manier nogal gespannen over.'

Bonar strekte zijn benen en keek korzelig naar de versleten neuzen van zijn diensttrappers. In de noordelijke county's sprongen ze meestal vrij gemakkelijk met de regels om. Als een sheriff een vermissing doorbelde, sprongen ze er gewoonlijk allemaal bovenop, zonder op de klok te kijken of zich druk te maken over een bepaalde, hiërarchische volgorde. 'Misschien heeft Ed d'r wel een standje gegeven, omdat ze altijd over zijn ster heen banjerde. Die meid heeft op dat bureau meer te zeggen dan hij.'

'Misschien.'

'En hoe zit het met de county's waar Sharon doorheen kan zijn gekomen? Is dat bericht ook al rondgestrooid?'

Halloran knikte. Het ging hierbij om een heel ander stel county's, zuidelijk van het gebied dat Gretchen kon hebben doorkruist. De eerste die hij belde, was sheriff Bull Rupert van drie county's verderop geweest. Deze had hem vierkant uitgelachen, toen hij vertelde op zoek te zijn naar een stel vrouwen, die nog maar een paar uur te laat waren. Grinnikend had hij gevraagd of hij soms wilde dat hij alle vlooienmarktjes ging aflopen... Daarna had hij iedereen gewoon verzocht uit te kijken naar ene agent Mueller en haar te vragen hem zo spoedig mogelijk terug te bellen – waarna elke sheriff tussen Green Bay en de grens van Minnesota Grace MacBrides Range Rover met liefde op zijn lijstje zette. 'Geen enkel probleem.'

Toen keerde hij zich ineens weer naar de telefoon. 'Ja Dorothy, ik ben er nog! Heb je hem gevonden? Eh... tuurlijk, prima.' Hij hing op en trok zijn schouders op. 'Ed belt me terug op zijn mobieltje.'

Bonars wenkbrauwen vlogen omhoog. 'Ed Pitala belt jou... op zijn kosten?'

'De wonderen zijn de wereld nog niet uit.'

'Een waar mirakel! Dat zal dan een kort gesprekje worden. Zo terug!' En sjorrend aan zijn broek liep hij richting de toiletten.

Toen hij na zijn toiletbezoek een blik in de spiegel wierp, schrok Bonar zich kapot. Zeker een minuut lang was hij in de weer met water, om zijn haar weer plat te krijgen. Hij had namelijk nog steeds goede hoop dat hij straks nog naar Marjorie kon, voor zij het wachten opgaf en alleen in bed kroop.

Toen hij Hallorans kantoor weer binnen slenterde, zat Mike doodstil achter zijn bureau, met zijn handen plat op de opengeslagen plattegrond, te staren naar de muur tegenover hem.

'Man, ik wou dat je daar eens mee ophield! Ik kan niet tegen mensen die met open ogen zitten te slapen.'

Hallorans blik verschoof naar de zijne. 'Ik heb Ed net gesproken.'

Ook al was er niets onheilspellends aan die woorden, van de manier waarop ze werden uitgesproken, gingen Bonars nekharen recht overeind staan. 'En?'

'Hij zei dat hij mobiel belde... omdat de FBI hen daar vreselijk in de nek zit te hijgen en alle radiocontact aan banden heeft gelegd! Hij durfde het me amper te vertellen, zelfs door zijn eigen telefoontje.'

Bonar ademde zo diep in, dat alle knopen van zijn bruine hemd in één klap weer recht zaten. Hij trok een stoel bij. 'Die FBI duikt vandaag ook overal op, hè?' sprak hij kalm. 'Maar wat moeten ze in Missaqua County?'

Halloran schudde zijn hoofd. 'Ed wist het niet, maar ze hebben al zijn patrouillewagens teruggeroepen. Niet dat ze er daar zoveel op de weg hebben – er wonen daar ongeveer duizend lui op evenzoveel vierkante kilometers – maar toch. Eén hulpsheriff is onderweg naar huis en verder is er in die hele county niet een surveillancewagen meer op de weg. Ed had het gewoon niet meer.'

Bonar barstte los: 'Maar dat kunnen ze toch niet maken! Ze kunnen toch niet een hele county van zijn politiebewaking ontdoen, alleen omdat zij daar zin in hebben?'

'Blijkbaar wel, onder bepaalde omstandigheden. Ed heeft de procureur-generaal in zijn huisje aan het meer opgespoord, en die heeft het bevestigd.'

'Welke omstandigheden zijn dat dan?'

'Daar zit 'm nou net de crux, dat hoeven ze "gedurende een operatie" niet te vertellen. En dat lijkt hier dus aan het handje te zijn. Ze wilden niet dat er een surveillant middenin zou belanden, en vervolgens een boekje zou opendoen.'

Zeker een minuutlang staarde Bonar volkomen wezenloos voor zich uit, een zeer zeldzame uitdrukking voor dat open, pientere gezicht van hem. 'Dat slaat toch nergens op? Een operatie die de hele verdomde county beslaat?'

'Dat is exact wat ik zei! Ed denkt dat er iemand op de weg zit die ze absoluut niet aan het schrikken willen maken.'

Bonar leunde achterover en haalde een rol pepermunt uit zijn borstzak.

Halloran trok een wenkbrauw omhoog en wierp een blik op zijn horloge. 'Je optimisme is verbijsterend.'

Bonar pakte een pepermuntje. 'Tja, ik zeg maar zo, als we Gretchen én Sharons cluppie binnen vijf minuten gevonden hebben... dan kan ik nog steeds bij Marjorie zijn vóór zij helemaal onder de nachtcrème zit.'

Hallorans mobieltje piepte in zijn houder. Er was slechts een handjevol mensen die hem daarop konden bellen. Hij voelde een korte, dwaze vlaag van het soort optimisme waar Bonar een patent op had. Maar toen hoorde hij de stem aan de andere kant van de lijn. 'Simons? Waarom bel jij mij verdomme mobiel? Is er soms iets mis met de radio?'

Er volgde een korte pauze waarin Halloran luisterde. 'Momentje hoor, dan zoek ik even waar de speaker op dit ding zit. Ik wil dat Bonar dit ook hoort.'

'Zit er een speaker op jouw mobieltje?'

'Dat zeiden ze wel, ja. Het is een nieuwe, ik heb nog niet alles uitgevogeld... Aha, dit is 'm.'

Hij drukte op een knopje, waarna Simons' stem de ruimte vulde. Hij klonk een beetje als een eekhoorn die aan de speed had gezeten: '...kerels in mijn nek te hijgen, dus ik kan niet...'

'Je staat nu pas op de speaker, Simons. Begin even opnieuw.'

Bonar leunde naar voren en hoorde Simons diep inademen.

'Oké, daar gaat 'ie dan. Ik was net van de Twenty-three afgedraaid en reed ten zuiden van de kalksteengroeve, toen me opviel dat het politielint kapot was en ik zag wat licht tussen de bomen. Dus besloot ik erheen te rijden om een stel tieners de wind van voren te moeten geven en op de bon te slingeren voor het drinken van alcohol vóór het bereiken van de wettelijke toegestane leeftijd. Maar toen ik bij de groeve kwam, stonden er opeens een stuk of tien uniformen rond de auto, met hun wapens in de aanslag naar me te schreeuwen. En overal stonden van die grote lampen op standaards, een stel mannen in witte pakken krioelden als dolgedraaide mieren over onze misdaadlocatie...'

'Wacht even,' onderbrak Halloran hem. 'Heb je het nou over de FBI?'

'Ze zeiden me op te hoepelen, Mike, zomaar: ik moest vertrekken van mijn eigen teringmisdaadlocatie, op mijn eigen teringsurveillance, in mijn eigen teringcounty. En toen ik mijn radio wilde pakken om me te melden, stak zo'n teringgorilla zijn arm in mijn wagen, trok de microfoon uit mijn hand en zei dat als ik via de radio doorgaf dat zij daar zaten, ik de rest van mijn leven aan de verkeerde kant van de tralies kon doorbrengen. Shit, man!' Hij zweeg even en ademde trillerig in. 'Dus toen pakte ik mijn mobieltje... en het volgende moment staarde ik in de loop van zes geweren, die allemaal op mijn hoofd waren gericht.'

Bonars ogen werden groter dan Halloran ooit voor mogelijk had gehouden.

'...en het enige dat ik toen nog kon bedenken, was die idioot wijsmaken, dat ik deze stop al bij jou had gemeld en als ik me niet, zoals afgesproken, binnen één minuut meldde, er hier zo twintig patrouillewagens zouden staan – en wat ze dáár verdomme van dachten.'

Bonar grijnsde. 'Heb jij de FBI wat op de mouw gespeld?'

'Zeker weten.'

'Simons, je bent een held!'

'Zo voel ik me nu anders niet. Ik voel me meer iemand die nodig naar huis moet om een schone onderbroek aan te trekken. O, nee, daar heb je de grote man zelf. Je zult met hem moeten praten, Mike.'

Er klonk een luid geknetter toen Simons' mobieltje door een ander werd overgenomen, gevolgd door een zware, onbekende stem. 'Sheriff Michael Halloran, hier spreekt Speciaal Agent Mark Wellspring. Ik wil dat u heel goed naar mij luistert.'

Hallorans stekels stonden meteen overeind. Hij rechtte zijn rug, alsof de man recht voor hem stond. 'Nee...'

Ze hoorden de man diep inademen.

'...eerst wil ik van mijn hulpsheriff horen dat hij uw papieren heeft gezien, daarna wil ik die gegevens zelf ook nog checken. Pas wanneer alles klopt, wil ik misschien luisteren naar wat u te zeggen hebt. Tot die tijd blijft u voor mij een bende boeven, die op mijn plaats delict staat te stampen en mijn agent schoffeert, en dat is exact wat ik via de radio zal doorgeven wanneer ik zo'n beetje elke patrouillewagen die ik heb op u afstuur.'

In de lange stilte die volgde, keken Halloran en Bonar elkaar strak aan.

Toen hoorden ze Simons weer: 'Sheriff Halloran? Hier hulpsheriff Simons, sir.'

Halloran trok zijn wenkbrauwen op bij dat 'sir': Simons nam het nooit zo nauw met aanspreektitels, niemand op het bureau deed dat. Hij begreep ineens hoe bang Simons moest zijn en kreeg medelijden met hem. Zoals veel kleine mannen gedroeg hij zich meestal nogal hanig, maar op dit moment klonk hij alsof hij vijftien centimeter was gekrompen, niet niks voor iemand van nog geen één meter zeventig.

'Ik heb het u nog niet kunnen vertellen, sheriff, maar die papieren heb ik meteen gecontroleerd, en voorzover ik kan beoordelen, zijn ze in orde. Ook het bevelschrift heb ik heel goed bestudeerd: het is inderdaad een federale beslissing, van rechter Peakons uit Milwaukee, met het juiste zegel en alles, en het nummer staat in de computer.'

'Goed, Simons, prima werk. Geef me hem dan maar weer.'

'Tevreden, sheriff Halloran?'

'Genoeg om te willen luisteren naar wat u me te zeggen heeft, agent Wellspring. Daarna zullen we hier zelf nog een en ander controleren.'

'Uiteraard. Welnu, ten eerste is dit niet langer jullie plaats delict, maar de onze, en zijn wij zowel volledig bevoegd als bereid deze met alle mogelijke middelen te beschermen. Is dat duidelijk?'

Hij weigerde verder te gaan voordat Halloran had gemompeld: 'Da's duidelijk.'

'Mooi zo. Ten tweede is dit een nationale veiligheidsoperatie en wordt onze aanwezigheid hier zeer streng bewaakt...'

'Nou, streng...' Bonar kon het niet laten.

Agent Wellspring schraapte zijn keel, maar hield zich in. 'Uw agent mag dan binnen zijn gekomen, sheriff – onze fout – maar ik hoop dat het u ook is opgevallen dat hij er nog niet uit is.'

Halloran werd langzaam knalrood en Bonars voorhoofd trok vol diepe rimpels.

'Zoals ik al zei, wordt onze aanwezigheid hier ten strengste bewaakt. En zo zal de situatie blijven tot aan het eind van deze operatie, op welk tijdstip wij alle ter zake doende informatie door ons op deze misdaadlocatie vergaard, met u zullen delen, zoals bij wet geregeld. Echter, tot die tijd zal er toezicht worden gehouden op al uw contacten en ligt uw gehele bureau onder de microscoop, meneer. Hebt u dat gehoord?'

Halloran haalde diep adem om te voorkomen dat hij ontplofte. 'Luid en duidelijk, agent. En dan wil ik mijn agent over zevenenvijftig minuten hier zien, want zo lang zal hij erover doen als hij binnen de minuut kan vertrekken.'

'Laten we dan maar hopen dat hij onderweg geen hert aanrijdt. Wij zullen zijn radio onklaar maken en zijn mobiele telefoon confisqueren.'

Er klonk een scherpe klik toen de verbinding werd verbroken, gevolgd door een ijzige stilte.

'Jemig, Mike,' bromde Bonar uiteindelijk. 'Ik begin het gevoel te krijgen dat er straks een lawine over ons heen komt.'

14

Gino zat voor in de chique cabine van de Monkeewrench-touringcar, terwijl Harley het gigantische ding dwars door Wisconsin manoeuvreerde over een stikdonkere, slingerende provincieweg, niet veel breder dan zijn oprijlaan thuis. Een halfuur geleden hadden ze de snelweg in noordelijke richting verlaten en niet lang daarna waren ze verzwolgen door het volkomen duister van het verlaten platteland. Er was hier geen enkel teken van beschaving meer, laat staan van die fijne, groene wegwijzers, die hun vertelden dat ze die wereld ooit weer terug zouden zien.

Gino begon zich nu toch wat zorgen te maken. 'Hoe ver is dat tankstation nou nog?'

Harley reikte naar voren en drukte een knopje op het GPS-paneel in. 'Negen komma één kilometer, maar het kan een metertje meer of minder zijn.'

Gino ontspande licht, leunde achterover in de luxueuze, leren directeursstoel en kneep, zomaar voor de gein, even in de armleuningen. 'Mooi, want dit begint me een tikje té Lewis & Clark te worden, je weet wel, die ouwe, Amerikaanse ontdekkingsreizigers.'

Harley knikte. Op zijn gezicht weerkaatste de gloed van de primaire kleuren van het dashboard. 'Ik kan maar niet bedenken wat ze in godsnaam op deze weg deden! Dit kreng loopt helemaal noordelijk. Als je wilt, rij je zo door tot Canada. Ze hadden gewoon in oostelijke richting moeten rijden, over de 29.'

Gino scharrelde de kaart op die Roadrunner had uitgeprint nadat hij Sharons creditcard had nagetrokken tot aan Badger State Feed & Fuel. Hij bestudeerde het netwerk van rode en blauwe lijnen. 'Je hebt gelijk: ze hadden gewoon op de 29 moeten blijven. Maar ik kan je uit eigen ervaring vertellen dat je op geen enkele manier kunt voorspellen wat vrouwen doen zodra ze in een auto zitten. Als er binnen een straal van vijftienhonderd kilometer een amish-werkplaatsje staat of een huis gemaakt van bierdoppen, worden ze daar naartoe gezogen als motten naar een vlam.'

'Die drie zijn anders niet bepaald doorsneetoeristes.'

'Maar het zijn wel vrouwen! Verdorie, mijn Angela barst van het gezond verstand, maar de laatste keer dat wij samen een tripje maakten, liet ze me ook honderd kilometer omrijden voor Bobs Ketelsteengrot!'

Harley keek hem blanco aan.

Gino trok zijn schouders op. 'Geen idéé! En ik weet het nog steeds niet!'

Magozzi, die het grootste deel van de reis met Roadrunner achterin had gezeten, kwam nu naar voren. Hij hurkte tussen hen in. 'Degene die vandaag op dat tankstation de dagdienst heeft gedraaid, is er op dit moment naar onderweg. Hij zegt zich hen te herinneren.'

'Laten we bidden dat ze hem ook de weg hebben gevraagd, anders rijden we nog in het wilde weg,' gromde Harley. 'Er zijn wel vijftig idiote binnendoorweggetjes van hier naar Green Bay.'

'Daar werkt Roadrunner toevallig net aan,' zei Magozzi. 'Maar toen hij met kansberekeningen begon, ben ik afgehaakt.'

Recht voor hen lekte nu een akelige neongloed de zwarte nacht in, waarna Badger State Feed & Fuel langzaam in zicht kwam. Harley manoeuvreerde de bus zorgvuldig in de extra brede tankstraat voor trailers, tractors en ander zwaar materieel.

Nog voor hij de trap had uitgeklapt, kwam er een oude man aangeslenterd met een getaand gelaat en een truckerspet. Terwijl hij wachtte tot alle inzittenden waren uitgestapt, bekeek hij de bus argwanend van voor naar achter.

Magozzi, Gino, Harley en Roadrunner klauterden naar buiten. Een samengeraapter zootje was zelden in het openbaar vertoond, maar als dat hem het al opviel, dan liet de oude man daar in ieder geval niets van merken. 'Dutch McElroy,' zei hij, terwijl hij ieder van hen op de onderste trede een hand gaf, alsof ze hoogwaardigheidsbekleders op werkbezoek waren.

'Wij stellen het zeer op prijs dat u terug naar uw werk bent gekomen om ons te woord te staan,' zei Magozzi.

'Graag gedaan. Heeft een ouwe grijsaard op een zaterdagavond tenminste nog eens wat te doen.' Hij keek weer naar de bus. 'Wat een juweeltje hebben jullie daar! Moeten de tanks toevallig nog worden bijgevuld?'

Harley haalde zijn schouders op. 'Ach, waarom niet?'

Dutch gaf hem een knipoog en trok aan de brandstofslang. 'Als ik het niet dacht! Zo'n ding zuipt sneller dan een Ier op Sint-Patricksdag.'

Magozzi keek naar 's mans dikke, rode neus en gokte dat hij uit ervaring sprak.

'Dus jullie zitten achter een stel vrouwen aan, die hier vandaag zijn geweest?'

'Ja, meneer,' zei Magozzi. 'Drie vrouwen in een Range Rover. U zei aan de telefoon dat u zich hen herinnerde.'

'Hoe zou ik ze kunnen vergeten? Ik mag dan oud zijn: ik ben nog niet dood! Als er in zo'n rotplaatsje in de rimboe drie van die stoten langskomen, sta je als kerel meteen rechtop, als u begrijpt wat ik bedoel...'

Magozzi besloot die laatste opmerking maar even te negeren – hij sloeg liever geen bejaarden. 'Heeft u ook nog met ze gesproken?'

'Ja, met een van hen, stevige meid, erg knap, erg aardig. Kwam binnen voor een sanitaire stop, kocht wat water en een paar krasloten, en toen raakten we een beetje aan de praat, over het weer en zo.'

'Heeft zij toevallig laten vallen waar ze heen gingen, wat ze gingen doen of zo?'

Dutch haalde zijn schouders op. 'Niet uit zichzelf. Maar ze had een jurk aan die eruitzag alsof er een boskat mee aan de haal was gegaan. Ik dacht dat het een soort kostuum was, dus won mijn nieuwsgierigheid het en vroeg ik waar ze eigenlijk naar onderweg waren. Toen ze daarop Green Bay antwoordde, viel ik even stil, want dat is niet bepaald in de richting. Dus vertelde ik haar dat, ik bood haar zelfs een kaart aan maar die hoefde ze niet.' Hij klonk teleurgesteld.

'Waarom niet?'

'Ze zei dat ze helemaal niet verdwaald waren. Een van haar vriendinnen kwam uit deze buurt en wist precies hoe ze moesten rijden.'

'Maar ze legde niet uit waarom ze op deze weg zaten, terwijl ze naar Green Bay wilden?' vroeg Gino.

'Nee. Dat vroeg ik me natuurlijk wel af... maar ja, dat moet ieder voor zich weten.'

Toen de oude man die woorden sprak, wist Magozzi dat ze met hun rug tegen de muur stonden. Dit soort deugdzame, eerlijke lieden maakte beleefd een praatje over het weer, vroeg waar je naartoe ging, maar zou nooit ofte nimmer doorvragen als je aangaf dat je verder niets kwijt wilde.

'Maar eh...,' zei Dutch, 'zijn die dames nou gevaarlijk?'

Je moest eens weten, vriend, dacht Magozzi, maar schudde slechts zijn hoofd. 'Nee, alleen vermist.'

'Da's naar. Sorry, ik had u graag beter geholpen.' Hij was klaar met het bijvullen van de tank van de bus en draaide de dop er weer op.

Harley telde een paar briefjes van twintig van zijn stapeltje af en reikte ze hem aan.

'Eén ding nog,' zei Magozzi. 'Hebt u toevallig gezien in welke richting ze wegreden?'

'Jazeker, naar het noorden! Kijk, als ze echt iemand van hier bij zich hebben, dan moet die weten dat er maar een paar fatsoenlijke kruisingen zijn waar je weer kunt afslaan naar het oosten, richting Green Bay, dus daar zou ik maar eens een kijkje gaan nemen. Loopt u even mee? Dan laat ik het u op de kaart zien.'

De vier mannen volgden Dutch het tankstation in en wachtten geduldig terwijl hij een nieuwe kaart uit de kartonnen standaard op de toonbank trok en deze omzichtig begon uit te vouwen.

'Die waren eerst dus gratis voor klanten, nu moeten we er geld voor vragen. Maar deze krijgen jullie van mij, hoor. Het slaat toch nergens op? Vroeger – in die goeie, ouwe tijd – was de benzine goedkoop en kreeg je nog echte service: wij gooiden je tank vol, wasten je voorruit, controleerden je banden en je kreeg nog een kaart mee ook! Nu rijst de benzineprijs de pan uit, doet niemand meer voor je dan bij de kassa je geld aannemen en dan moet je ook nog dokken voor zo'n kaartje!'

Terwijl Dutch ijverig met een dikke stift allerlei wegen begon aan te strepen, piepte Magozzi's mobieltje. Toen hij opnam, hoorde hij het bekende, haast prehistorische geluid van munten die in een gleuf gleden, met op de achtergrond rinkelend glaswerk, geroezemoes en countrymuziek.

'Halloran hier. Zit jij nog steeds bij Harley Davidson thuis?'

'Nee, wij staan momenteel in een tankstation, in een plaatsje genaamd Medford – Gino, Harley, Roadrunner en ik.'

'Medford, Wisconsin? Wat doe jij daar, in godsnaam?'

Magozzi kleurde licht. Hij had nog steeds het gevoel dat hij te voorbarig had gereageerd, wat hopelijk ook zo was. *Welnee, Grace zit niet in de problemen. Dat kán gewoon niet. En zelfs als het wél zo is, dan is het nóg niet nodig dat ik of iemand anders op een denkbeeldig wit paard het hele land door jaag om haar te zoeken. Grace zorgde heus wel voor zichzelf. Dat had ze altijd al gedaan, en dat zou ze ook altijd blijven doen.* 'Mezelf compleet voor gek zetten, waarschijnlijk,' zei hij tegen Halloran.

'Op vrouwenjacht?'

'Jep! Roadrunner heeft Sharons creditcard nagetrokken en dit was de laatste transactie.'

'Medford? Maar dat is finaal buiten de route! Shit, dit wordt almaar maffer.'

'Maar waar zit jij dan? Het klinkt als een bar.'

'Is het ook! Ik heb hier overal FBI-oren zitten... Maar eh, kun je me misschien even terugbellen? Ik heb nog maar twee kwartjes.' Hij las een nummer op.

'Geen probleem,' zei Magozzi, en wuifde de anderen terug de bus in.

Bij het horen van het woordje 'FBI' sprong Harley meteen in

zijn geheime-operatiemodus. Hij stond erop dat ze Halloran via hun satellietverbinding terugbelden. 'Want die is volledig gecodeerd en absoluut niet traceerbaar.'

'De FBI luistert Halloran af, niet ons.'

'Je weet het maar nooit met die geniepige schoften! En daarbij: als Roadrunner de satelliettelefoon aan de geluidsinstallatie koppelt, kunnen we het allemaal luid en duidelijk horen, alsof de sheriff naast ons zit.'

Dus liepen ze met zijn allen naar het 'kantoortje' achter in de bus, waar Roadrunner achter de computer plaatsnam om de verbinding tot stand te brengen. Terwijl zijn vingers over de toetsen dansten, probeerde Magozzi niet te letten op zijn kromme vingers met de knokige gewrichten.

En toen vulde opeens Hallorans stem de ruimte, alsof ze in een bioscoop zaten. 'Magozzi? Ben je daar?'

'We zijn er allemaal.'

'Eh, hier word ik een beetje nerveus van, hoor... er zit zo'n rare vertraging op de lijn...'

'We bellen nu via de satelliet! Dit kan absoluut niet worden afgetapt, dus maak je geen zorgen.'

'Jezus... heeft de politie van de grote stad zelfs de beschikking over satellieten?'

'Welnee, wij zitten in de Monkeewrench-bus. Die heeft meer elektronica dan het Kennedy Space Center.'

'Potverdorie! En ik was al blij toen ik vandaag ontdekte dat mijn mobieltje een speakerfunctie had! Trouwens, maar goed ook dat jullie een alternatief hebben, want aan je mobiele zul je niet veel hebben, als je nog verder noordelijk gaat.'

'Ja, dat zei Roadrunner ook al,' zei Magozzi.

'Oké,' ging Halloran verder, 'de grote lijnen. Vanochtend vroeg visten wij drie lijken uit een plaatselijke zwemplas. Alledrie zonder identiteit, en onze medisch onderzoeker had het over een automatisch geweer. Dus lieten we de vingerafdrukken checken, maar daar kwam niks uit. En toen, voor we het in de gaten hadden, snaaide de FBI die drie duikelaars zo onder onze neus weg en nu willen ze er geen zak over loslaten.'

Magozzi's wenkbrauwen vlogen omhoog. 'De FBI heeft jullie lijken gestolen?'

'Zo van de snijtafel af, aldus de lijkschouwer.'

Harley vouwde zijn vlezige armen voor zijn borst. 'Nu wordt het echt interessant.'

'O, en dat is nog maar het begin,' zei Halloran. 'Een paar uur later was onze taartendame ineens vermist.'

'Taartendame?'

'Gretchen Vanderwhite, in de zestig, bakt bruidstaarten. Ging er vanochtend eentje bezorgen in Beaver Lake, Missaqua County, maar is daar nooit gearriveerd.'

Magozzi bromde: 'Heb je de honden er al op af gestuurd?'

Halloran haalde luidruchtig adem – via de speakers leek het wel een orkaan. 'Nou, dan begint het dus pas echt maf te worden. Het schijnt dat de FBI een paar uur geleden elke patrouillewagen in Missaqua van de weg heeft gehaald: er mag daar geen uniform de straat meer op.'

Gino kwam omhoog uit zijn stoel. 'Krijg nou wat! Dat kunnen ze toch niet maken, dat is niet eens legaal! Toch?'

'Nou, wij krijgen dus het signaal dat het dat wel is. Maar dat is nog niet alles! Ik ontving net een telefoontje van een van mijn mannen: hij trof een paar dozijn federalen aan, rondscharrelend op onze misdaadlocatie bij die plas. Ze trapten hem eruit, slingerden een paar nare dreigementen naar zijn hoofd... en luisteren nu onze radio's af en god weet wat nog meer. Christus, als ze dit telefoontje toch weten te traceren, dan hang ik!'

'Wees gerust, mijn vriend,' zei Harley. 'Dat is pertinent onmogelijk, alles is gedekt.'

'Dat hoop ik verdorie maar! Maar goed, nu vertellen jullie mij weer dat Sharon en de rest vandaag in Medford zijn geweest, en zo ver noordelijk leiden alle routes naar Green Bay regelrecht door Missaqua County...'

Roadrunner had onder het luisteren constant zitten typen. Op een kant van zijn monitor stond een plattegrond van Wisconsin, met enkele gearceerde gebieden, op de andere helft stond een eindeloze lap tekst, waar Magozzi geen touw aan kon vastknopen.

'Dus het hele balletje is gaan rollen toen jij informeerde naar de vingerafdrukken van die drie lijken. Correct?' vroeg hij opeens.

Halloran aarzelde heel even. 'Precies! Toen kwam de FBI en nam ze mee.'

'Heb je die afdrukken gescand en in je computer opgeslagen?'

'Zeker weten.'

'Kun je me die bestandjes sturen? Misschien dat ik toegang kan krijgen tot nog een stel databases.'

'Jongen, je zou me nergens gelukkiger mee maken. En hoe zit het met die gezichtsherkenningssoftware? Kun je die ook runnen vanuit die bus van jullie?'

'Zeker,' zei Harley. 'Maar hoe ver zitten wij eigenlijk nog bij jou vandaan?'

'Een uurtje of twee,' klonk Hallorans antwoord.

'Mm, dan moeten we het dus met een fax doen, wat niet bepaald ideaal is. En dat programma is ook nog eens verrekte traag. Laten we eerst die vingerafdrukken maar proberen.'

Gino liep al ijsberend door zijn borstelige kuif te strijken. 'Kunnen we nog heel even terug naar de dames? Ik probeer het in mijn hoofd even allemaal op een rijtje te krijgen. Wij hebben dus een van de radar verdwenen Grace, Annie en Sharon; jullie een vermiste taartendame. En óf ze zitten al met zijn allen midden in Missaqua County, óf ze waren ernaar onderweg. Klopt dat?'

'Klopt.'

'Maar de troosteloze horde der Hunnen heeft die hele county doodleuk hermetisch afgesloten.'

'Klopt ook.'

Gino stopte met ijsberen en keek Magozzi aan. 'We moeten erheen.'

15

Grace, Annie en Sharon zaten gehurkt in de donkere schaduwen van een soort treurwilgachtige struiken, die zich tegen de achtermuur van de boerderij verdrongen. Ze waren alledrie buiten adem van het stuk rennen vanaf het beschermende maïsveld hiernaartoe.

Bij de oprijlaan stond een hoge lichtmast, van het type dat overal in het Midden-Westen boerenerven verlicht, maar deze was gelukkig uit. *Gelukkig... maar ook vrij vreemd*, vond Sharon. Normaalgesproken stonden die dingen immers zo afgesteld, dat ze bij het vallen van de avond automatisch aan sprongen, soms zelfs wanneer tijdens een hevig onweer de wolken zo samenpakten dat ze de zon verdrongen. *Is de lamp toevallig gewoon stuk?* Dat leek haar niet erg waarschijnlijk, alles werd hier duidelijk prima bijgehouden. *Nee, iemand heeft hem uitgezet!*

Ze hadden al heel lang niet meer hardop gesproken. Al gebarend werden ze het erover eens het huis te mijden en zich te richten op de verweerde schuur, die zich aan de andere kant van de oprijlaan aftekende, zo groot dat hij een gigantisch stuk lucht in beslag nam.

Annie hoopte op een veilige schuilplek. Haar hakken zaten vol blaren door de slechtzittende lila gympen, en al haar spieren protesteerden tegen de inspanning en de ongewone bewegingen. Het enige wat zij wilde, was een paar gelukzalige momenten op dezelfde plek, zodat ook haar hart even tot rust kon komen. En deze schuur leek een uitstekende locatie om die wens in vervulling te laten gaan. Zelfs als die soldaten terugkwamen, hadden ze er wel honderd nodig om alle hoeken en gaten van het enorme bouwsel te doorzoeken.

Sharon daarentegen hoopte op een vervoermiddel achter de metershoge deuren, aangezien ze in het stadje zelf niets bruikbaars waren tegengekomen. In elke oude schuur die zij ooit was binnengestapt, had een of ander voertuig gestaan, van een oude, opgevoerde auto, bedekt met tientallen jaren hooistof, tot een puntgave klassieker, beschermd door een zwaar zeildoek. Ze hadden hier duidelijk niet te maken met een vrijgezellenkot, maar met een familieboerderij, en als er één ding was dat je op alle boerderijen ruimschoots kon vinden, dan waren het wel voertuigen. Normaal stonden die over het hele erf verspreid, verstopt tussen het lange gras achter een van de gebouwen, beschut onder een afdak of ergens langs de oprijlaan. Maar hier was geen enkel voertuig te bekennen, van welk type dan ook. En dat, bijna nog sterker dan al het andere, leek erop te wijzen dat hier echt iets afgrijselijk mis was. De mensen die hier woonden, waren toch niet weggereden, in alles met wielen wat ze bezaten?

Grace stond ingespannen naar de schuur te kijken. *Te groot*, dacht ze. Dat rotding was op zijn minst vijfentwintig meter lang, veel te ver om onbeschermd langs te rennen. Echter, als het binnen veilig bleek, konden ze erdoorhéén naar de achterkant en zo – hopelijk – weg uit dit godverlaten oord.

Ze nam een hap adem, wierp een blik op de anderen en begon te rennen. Ze sprongen over het maanovergoten erf, van de ene schaduw naar de andere, richting de boerenschuur. En hoewel het in afstand nog geen vijftig meter was, hijgden ze allemaal hevig, toen ze zich eindelijk tegen de koele stenen van het gebouw konden drukken.

Ook hier stonden stokrozen; ze leunden tegen de zijkant van het massieve bouwwerk alsof hun dikke stammen het gewicht van de bloemen niet dragen konden. Sharons neusgaten verwijdden zich, toen ze de scherpe, muskusachtige geur rook; ze dacht terug aan de rozen tegen haar moeders tuinschuurtje.

'O, shit!' fluisterde Annie vlak achter haar.

'Wat is er?'

'Shit, letterlijk!' En met een grimas begon ze haar schoenzolen aan het gras af te vegen.

Sharon wilde net haar hoofd schudden, toen ze midden in de beweging ophield. Ze duwde haar rug tegen de zijkant van de schuur, rekte haar nek en keek zwijgend om zich heen.

'Hoorde jij iets?' vroeg Grace.

Sharon draaide haar hoofd met een ruk naar haar toe. 'Nee, niets, ik hoorde niets. Maar dat is het 'm nou net.' Bezorgd vloog haar blik rond. 'Moet je zien: een stuk grond met een hek eromheen, een berg hooibalen voor de schuur, zakken met veevoer op die aanhangwagen daar... en nu nog mest ook!'

Annie snoof zacht. 'Het is een boerderij, liefje. Wat verwacht jij dan?'

'Dieren! Waar is het vee?'

Grace voelde iets prikken in haar nek.

Ze zwegen alledrie een hele poos, waarin ze hun uiterste best deden een geluid op te vangen.

'Misschien staan ze in de schuur,' fluisterde Annie.

Met haar blauwe ogen tot spleetjes samengeknepen sloop Grace langs de muur richting de manshoge deur, die in een van de twee gigantische schuifdeuren was uitgezaagd. Ze drukte haar oor plat tegen het hout, luisterde even en greep toen naar de roestige klink.

De deur ging soepel open, zonder enig geluid. Meteen daarna drong de haar onbekende, rottende geur van koeienmest haar neusgaten binnen. Ze bleef even in de deuropening staan, om te luisteren hoe haar hart in haar oren bonsde, en stapte toen over de hoge drempel.

Bovenin was een enorme zoldering, tot aan de daksparren gevuld met zoetig, groen alfalfahooi; rechts bevond zich een aantal open en gesloten hokken, vol stro dat er nog maar kort geleden leek te zijn neergelegd, en links leidde een betonnen gangpad, met aan beide zijden een geul met daarachter een rij ijzeren halsbeugels, naar een dichte deur achter in de schuur.

Maar er waren geen dieren – niet één. Zelfs de tientallen kleinesten die hoog boven hen tegen de balken aan zaten, waren leeg: geen enkel slaperig zwaluwkopje dat naar de indringers gluurde...

Sharon keek naar de slordige, soppige hopen op het lange be-

131

tonpad, die lagen in te drogen tot bruingroene vlaaien. Ze lagen helemaal tot aan de deur aan de andere kant van de schuur, als een soort superstippellijn. 'Daar zijn de koeien! Er ligt vast een groot weiland achter de schuur!'

'Misschien kunnen wij er daar ook uit,' zei Annie. 'Tussen de koeien door.'

De kille gloed van de maan perste zich in lange, verticale banen door de kieren in de muren, toen de drie vrouwen aarzelend langs de middeleeuws uitziende halsbeugels liepen. De achterdeur was zo'n oud-Hollands model, met een onder- en een bovendeel, elk met een simpele haak en oog vastgemaakt.

Terwijl Annie en Sharon zich naast haar verdrongen, wipte Grace de bovenhelft open en duwde ertegen. Ze staarden naar buiten, naar een groot, leeg terrein met een stevig, driebalks houten hek eromheen. Het was zo glad als een ijsbaan, zonder ook maar één plukje gras.

'Shit, weer geen koeien!' mompelde Annie.

'En ook geen shit!' Sharons ogen vlogen over het merkwaardig maagdelijke oppervlak.

Grace leunde over de onderhelft van de deur heen en tuurde in de verte. Het maanlicht weerkaatste op de bovenste balk van het hek, op een groot gat recht tegenover hen na. 'Het lijkt erop dat het hek daar openstaat. En daarachter is waarschijnlijk een weiland. Zijn jullie er klaar voor?'

Annie keek naar links en toen naar rechts, naar het gras aan weerszijden van de gladde rechthoek. Het was lang, maar niet lang genoeg om een staande man te kunnen verbergen, zelfs niet als hij zich bukte. 'Het ziet er oké uit.'

Toch voelde Sharon haar maag samenballen terwijl ze in het niets staarde, haar gezicht blanco. Het klopte niet, net als die niet-werkende erfverlichting en het ontbreken van auto's en tractors. Het kón gewoon niet, dat koeien geen enkele pootafdruk achterlieten...

Grace keek haar even aan, legde een hand op haar arm.

Sharon kneep even met haar ogen en knikte toen, zij het nog steeds met lichte tegenzin.

Daarop maakte Grace de onderste helft van de deur los en

duwde hem open. Toen stapten ze samen wel dertig centimeter naar beneden, op bodem die zo hard was aangestampt, dat het wel cement leek.

'Wat is dát?' fluisterde Grace.

Sharon volgde haar blik naar het uiteinde van het omheinde terrein. Een groot, groen iets. Ze tuurde naar het logge silhouet achter de opening in het hek en probeerde haar ogen scherp te stellen. 'Een tractor, zo'n grote John Deere.'

Annie fronste en deed aarzelend een paar passen, met uitgestoken nek, als een schildpad. Het kolossale ding stond vlak achter het hek, een koud licht ketste af op het grauwe groene metaal. Ze deed nog een stap naar voren, en nog één.

Schipper, mag ik overvaren, ja of nee? Jaaaaa! Hoe dan? Met reuzenstappen! Dat spelletje hadden ze altijd op het schoolplein gespeeld. Hoe oud zal ze zijn geweest? Acht, negen? Maar niemand die mollige Annie ooit een reuzenstap liet doen, niemand die dat dikke meisje aan zijn kant wilde, alsof dik zijn besmettelijk was.

Maar nu kan ik verdorie wél reuzenstappen doen! dacht ze. En ze stak haar rechterbeen extra ver naar voren... en zakte kreunend weg in de weke bodem, die zich leek vast te zuigen aan haar schoen. Ze slaakte een kreet, wiekte wild met haar armen om haar evenwicht te bewaren, en bracht toen haar linkervoet naar voren. Maar ook deze zakte weg – tot aan de veters van haar hoge, lila gympen, tot over haar enkel, tot halverwege haar kuit. En toen lag ze opeens plat op haar gezicht, haar armen recht voor zich uit, haar neus en mond in de naar mest smakende bodem, haar borst stekend van de pijn.

Sputterend en spugend deed ze haar hoofd omhoog, razend op zichzelf dat ze haar sierlijkheid was verloren, uitglijdend over een koeienvlaai! Maar toen ze vervolgens probeerde haar knie onder zich te krijgen, zakte die ook weg. En toen begon ze langzaam in paniek te raken. Dit spul leek wel drijfzand! *O mijn god, misschien was dit wel zo'n verdwijngat dat in Florida hele huizen opzoog, misschien was dat wat er met de koeien was gebeurd, misschien was dat ook wat er met haar te gebeuren stond...*

Ze spartelde halfslachtig, bang om te bewegen en bang om dat niet te doen, en trok aan de voet, die muurvast leek te zitten in een gat dat hij zelf had gevormd. Ze probeerde zich af te zetten, maar haar armen zakten tot aan haar ellebogen weg.

En toen stonden Grace en Sharon ineens naast haar. Ze grepen haar bij haar bovenarmen en trokken haar uit de smurrie.

'Getverdemme!' riep Annie, de troep van haar borst en armen vegend.

Grace keek naar beneden, naar de plek waar haar eigen voeten in de grond zakten. 'Wat ís dit voor troep?'

'Ze hebben het zeker net omgeploegd of zo.'

Annie gebruikte haar hand nu als een soort troffel, om de aarde bij haar nog steeds klemzittende voet weg te harken.

Grace tuurde naar het stuk voor hen: zo glad alsof het met een strijkijzer was bewerkt. Ze wilde net zeggen dat het er niet uitzag alsof hier pas was geploegd, toen Annie een eigenaardig geluidje maakte. Grace keek haar aan. 'Wat zei je?'

Maar Annie staarde alleen maar zwijgend voor zich uit.

Grace volgde haar blik, maar zag helemaal niets. 'Wat is er, Annie?'

Nog steeds geen geluid.

Grace kon amper zien of haar vriendin nog wel ademhaalde. Dus liet ze zich op haar knieën vallen, bestudeerde Annies gezicht en fluisterde toen fel: 'Wat ís er nou?'

Annies blik verschoof licht, heel even keek ze Grace strak in de ogen. Toen gleed haar blik terug naar beneden en staarde ze weer naar wat ze vast had – en dat was geen klomp aarde...

Ze kreeg een heel vreemd gevoel in haar hoofd, haar vingers omsloten een zachte, mollige mensenarm, half onder de grond begraven. Hij was vreemd grauw van kleur, met overal piepkleine zandkorreltjes tussen het donshaar.

Annie wist dat die zachte, schrille kreetjes uit haar eigen keel kwamen. En toen Grace en Sharon zich bukten en zagen wat ze had gevonden, hoorde ze nieuwe geluiden, die zich bij de hare voegden. Het waren minuscule, nauwelijks hoorbare geluidjes alsof ze op het strand stond en ver, heel ver weg, in de oceaan, iemand hoorde verdrinken...

Sharon drukte al haar vingers zo hard tegen haar mond, dat de huid eromheen wit werd.

Grace staarde alleen maar naar de arm, zonder met haar ogen te knipperen, zonder zich te verroeren, zonder geluid te maken. Heel, heel langzaam ging toen haar blik omhoog en tuurde ze naar het hek rond het terrein – en nog veel, veel verder daar voorbij.

De geluiden uit Annies keel vormden nu een paniekerige herhaling van woorden: 'Ik moet weg, moet weg, moet weg van hier...' En plots begon ze in de losse aarde te klauwen, als een krab in wilde paniek, en vormde lange, ondiepe sleuven met haar worstelende, lila gympen. 'Kom mee, kom mee!' Ze klonk kleintjes, hakkelend, als een klein meisje dat probeerde te fluisteren en te schreeuwen tegelijk. Ze krabbelde omhoog en stortte zich toen blindelings naar voren, struikelend en strompelend.

Achter haar zagen Grace en Sharon hoe Annies voeten opnieuw een kokervormig, spookachtig wit ding bovenwoelden. Nog een arm! Maar deze was dikker, gespierder en zat vol dikke, donkere haren. Hij paste niet bij de eerste, ze hoorden niet bij elkaar, niet bij hetzelfde lichaam... *Mijn god, hoeveel lagen er? Ze zijn hier, iedereen is hier! Welkom in Four Corners!*

Ze riepen tegelijkertijd naar Annie dat ze moest stoppen, maar zij hoorde hen niet meer.

Zand stoof omhoog uit de gaten die haar schoenen in de bodem maakten: mini-vulkaanuitbarstingen die haar pad markeerden. Soms kon ze drie passen doen zonder te vallen, dan zakte ze ineens weer tot aan haar knie in een luchtzak, en gleed met haar voet tegen sponzige klonten die daar absoluut niet hoorden. Steeds weer struikelde ze, en ving de klap dan op met haar handen, waarbij ze dingen aanraakte waar ze naar weigerde te kijken. Ze duwde zichzelf gewoon omhoog en stortte zich weer naar voren.

Ten slotte, bijna aan het eind van het omheinde terrein, viel ze opeens op keiharde grond. Ze voelde haar longen steken toen alle lucht eruit werd geperst, en bleef happend naar adem liggen waar ze lag, haar wang tegen de grond. *Als ik mijn armen en benen nu*

*verschuif, kan ik de vorm van een engel in de aarde maken – met
een hoofd, een lange rok, vleugels en hele grote borsten. Daarom
moet je zoiets in de sneeuw dus nooit op je buik doen, want dan
zie je lichaamsdelen die niet bij engelen horen.*

En toen hoorde ze Grace en Sharon achter zich, zwoegend
door de aarde, vergezeld van diverse snikken en gilletjes telkens
wanneer ze iets hadden gezien, gevoeld en waar ze op hadden ge-
trapt...

Ze tilde haar hoofd op en staarde naar het grote, holronde bulldozerblad, nog geen meter voor haar gezicht. Grote brokken klei
kleefden aan het donkere oppervlak en hoog daarachter stond de
cabine van de kolossale tractor te glanzen in het maanlicht.

Sharon en Grace ploften hijgend naast haar.

Moeizaam kwam Annie overeind en keek hen aan. Haar longen
zogen zich vol met klamme lucht, terwijl ze met de muis van haar
hand een witte streep door het vuil op haar gezicht trok. 'Daar
hebben ze ze mee begraven,' zei ze, wijzend op de tractor, die als
een beest ineengedoken leek te zitten wachten tot hij zijn argelo-
ze prooi kon bespringen.

Grace haalde een paar keer diep adem, waarna ze zich vreemd
licht voelde, als een heliumballon in een gladde kinderhand. Toen
keek ze over haar schouder naar de putten achter hen, en rilde bij
de nog zeer tastbare herinnering aan al dat zachte, dat geen aarde
was geweest.

Ook Annie zat te staren in de richting van de schuur, naar al die
gaten en groeven die rechtstreeks naar het land der doden voerden. Haar blik dwaalde naar rechts, waar de laatste spookachtige
vorm half boven de aarde lag. Ze voelde zich leeg en gevoelloos,
toen ze naar het beentje in spijkerbroek keek, en probeerde het in
haar hoofd te verbinden met het kinderlijfje dat erbij moest hebben gehoord. Vlak erbij, op een dikke kleihomp, lag een lang, zij-
deachtig, zwart-met-bruin oor op een kluit waar ze weinig zin-
nigs meer van kon maken.

Na een paar tellen (of tien, twintig) haalde ze diep adem en
kroop vooruit. Slechts twee stappen, twee kleine, ronde knie-
gaten in de grond, en ze was er. Ze ging op haar hurken zitten,

keek naar beneden en stak trillend haar hand uit, als een kind dat zichzelf dwingt voor het eerst een slang aan te raken. *Hij is niet slijmerig, hij voelt droog aan, echt!* Zodra haar vingertoppen het beentje voelden, barstte ze in tranen uit.

In al die jaren dat ze haar kende, had Grace Annie nog nooit zien huilen. En dit, meer dan alles wat er vandaag was gebeurd, maakte haar doodsbang.

Het beentje was ijskoud. *Dit is een mens geweest*, zei Annie tegen zichzelf, *een echt mens. Dit is geen griezelfilm, en dit is geen monster of spook: dit is het lege lichaam van het mensje dat dit is geweest. En het is helemaal niet eng, alleen heel erg droevig.*

Sharon knielde nu naast haar. Zij had haar handen van haar mond gehaald en sloeg ze nu voor haar ogen. *Verlos ons van het kwade: ik wil het niet zien. Weesgegroet Maria, vol van genade, de Heer is met u, gij zijt de gezegende onder de vrouwen... Waar ben je nu, Maria? En waar was je toen al deze mensen stierven? Heb je toegekeken, vanaf de een of andere hoge, hemelse plek, met je mollige handjes gevouwen voor je golvende, blauwe gewaad? En aarzelde die Mona Lisa-glimlach van je toch niet een heel klein beetje, toen ze die aarde over die lichamen heen schoven? En hoe zit het met dat moment waarop mijn eigen moeder de loop van een geweer in haar mond stak? WAAR ZAT JIJ TOEN?*

Sharon werd zich vaag bewust van Grace, die ergens op de achtergrond tegen Annie zat te mompelen. Het was een fluisterende, sussende, troostende dreun, met een vreselijk valse ondertoon, bijna net zo fout als wat hier was gebeurd: *Stil maar, Annie, sst. Alles komt goed...* Wat een afschuwelijke leugen!

Ze haalde haar handen van haar ogen en staarde mat langs de schuur naar de boerderij. Ze zag niet veel meer, want haar ogen stonden vol tranen en toen ze haar ogen dichtkneep, drupten ze over de voorkant van haar bevuilde fbi-pakje.

En toen was het net alsof een van de ramen van de boerderij naar haar knipoogde...

Ze knipperde nog eens en hield haar hoofd geboeid schuin.

Het raam knipoogde weer...

En toen dat ernaast ook. Heel duidelijk zag Sharon in een flits een cirkel van licht, alsof de zon weerkaatste in de pupil van een reuzenoog.

Maar opeens verbrijzelde het waas in haar hoofd en was ze weer glashelder. Ze bewoog haar hoofd met een ruk naar links, tuurde langs de schuur naar de lange oprijlaan en fluisterde: 'O... mijn... god...'

Grace en Annie bromden wat toen ze tegen hen op botste, klauwend en maaiend met haar handen, met haar voeten groeven trekkend in de aarde rondom hen. 'Snel, snel!' siste ze buiten zichzelf. 'Koplampen! Auto's op de oprit! Vlug, vlug, vlug...'

En toen krabbelden ze gedrieën over de losse grond, naar de vastere bodem bij het hek en het lange gras aan de andere kant ervan.

Sharon leek wel vleugels te hebben: als eerste racete zij op handen en voeten weg van de schuur en het omheinde terrein, voorbij die smerige, groene tractor, over de rand van een lichte helling. Achter haar hoorde ze Grace en Annie, en hun ademhaling klonk als donderslagen. Voor haar marcheerden maanverlichte grastoppen over de rand van de helling naar beneden, waar ze zich mengden met de langwerpige koppen van de lisdodden.

'Omlaag!' siste een van hen, net op het moment dat de stralen van de koplampen het duister boven hun hoofd doorboorden, als in de lucht prikkende vingers. Ze lieten zich alle drie tegelijk op hun buik in het gras vallen, keken omhoog naar de top van de helling, en hun neusvleugels openden zich voor de rijpe geur van een meertje in het Midden-Westen van Amerika.

In de doodstille nachtlucht dreven de geluiden naar hen toe. De deuren van een jeep, in de buurt van de schuur, die knarsend openvlogen en weer dicht werden gesmeten, een mannenstem kort daarna: 'Jezus christus!' nog dichterbij dan de jeep. 'Moet je kijken! Het lijkt wel of iemand ze allemaal heeft willen opgraven!'

De drie vrouwen drukten zich nog platter in het lange gras, hun gezicht tegen de geurige aarde.

'Pak de radio,' sprak de stem, 'en laat de kolonel komen, en snel ook!'

Met haar linkerwang op de omgebogen grassprieten, keek Grace naar Sharon en Annie en zij keken terug. *Ze komen! En ditmaal met z'n allen!* Ze lag met haar armen recht voor zich uit, haar linkerhand onder de rechter. En terwijl ze Sharons blik bleef vasthouden, kroop haar rechterduim over het handvat van haar Sig omhoog naar de veiligheidspal, en haalde hem eraf.

16

Binnen tien minuten na het verontrustende radiobericht over de puinhoop op het omheinde terrein, werd het verstoorde massagraf beschenen door de gelige lichtbundels van zes jeeps, die met ronkende motoren met hun neus richting het hek stonden, terwijl hun chauffeurs ernstig stonden te staren naar de voorwerpen die hun koplampen in de omgewoelde aarde belichtten.

Als jachthonden die zochten naar een bepaalde geur, verspreidde een tiental mannen zich over het boerenerf en het omliggende land. Terwijl ze druk zwaaiden met hun zaklantaarns, werd zelfs het kleinste geluid van hun bewegingen ver door de stille nachtlucht gedragen.

Bij het hek, net binnen het terrein, keek kolonel Hemmer omhoog naar het vijf man tellende team dat op hem af kwam lopen, hun patroontas en veldfles zachtjes tikkend tegen hun pistoolriem. Toen hij zijn ogen tot spleetjes kneep tegen het verblindende licht van de autolampen, kreeg zijn grauwe gezicht onder de donkere schaduw van zijn pet een spookachtige gloed. 'Iets gevonden, soldaat?'

'Nee, sir, in het huis, noch in de schuur.'

'En de zolder?'

'De zolder, sir? Die is leeg.'

'Die zolder ligt vol met hooi! Heb je als kind soms nooit op een hooizolder gespeeld?'

'Eh... jawel, sir.'

'Laat je mannen naar boven gaan en de boel nog eens checken. Zorg dat elke baal van zijn plaats komt.'

Hemmer keek weer naar Acker, die de grond met zijn zaklantaarn liep af te tasten. Sommige delen van het omheinde terrein waren nog onaangetast. De geponste gaten van vluchtende voeten waren als donkere smetten op het spiegelgladde oppervlak – zwarte vegen op een schoon gezicht. Hier en daar zat een compacte holte waar iemand was gevallen, omringd door paniekerige gutsen en stukken omgewoelde aarde. En op al die plekken staken objecten uit de grond omhoog, die beter bedekt hadden kunnen blijven, alsof de bewoners van Four Corners hadden getracht uit hun graf te klauteren.

'Geen twijfel mogelijk, sir. Er is hier iemand geweest,' verklaarde Acker nuchter.

De ogen van de kolonel versmalden. *Jezus christus, stomme wijven! Stom genoeg om hun achterlijke tasjes open en bloot te laten liggen, om vervolgens door dit verrekte rotdorp te banjeren alsof ze er de baas waren.*

'Het lijkt erop dat ze naar het uiteinde zijn gerend, naar de tractor toe, sir. Maar het kan net zo goed zijn dat ze zo terug zijn gerend. Het is zo'n gigantische zooi. Vreselijk lastig om al die sporen te ontcijferen.' *Als ze nog niet als de dood waren, dan waren ze dat nu verdomme beslist wel!*

Hemmers mond bewoog vol walging, terwijl hij toekeek hoe Ackers lichtbundel rondjes maakte over het terrein. 'Hoe lang kan het er al zo bij liggen?' vroeg hij.

'Onze mannen lopen al rondes sinds we die Rover hebben gevonden, maar de laatste keer moet zijn geweest net voordat de maan opkwam. We gebruikten toen nog geen licht, dus kunnen we het over het hoofd hebben gezien.'

Het gezicht van de kolonel verstrakte. *Dat betekende dat dit dus al ruim een uur geleden kon zijn gebeurd. Die rotwijven ook! Waar waren ze, verdomme? WAAR, VERDOMME?*

'Sir?'

Geschrokken kneep hij even met zijn ogen. *Had hij dat laatste hardop gezegd?* Hij werd zich opeens bewust van de jeeps die nog steeds stationair stonden te draaien, en waarvan de chauffeurs niets beters te doen hadden dan staan staren naar de verschrikkingen in het schijnsel van hun koplampen. 'Stuur die mannen het veld in, mét de anderen, Acker.'

'Ja, sir.'

Terwijl Acker zich weghaastte, beende Hemmer langs het hek naar de tractor. Hij stopte naast de logge machine, legde een hand op de koude ribbels van een van de reuzenbanden en sloot heel even zijn ogen, in de hoop op een openbaring. Deze tractor wist waar die vrouwen naartoe waren gegaan, hij had ze gezien. *Als dingen toch eens konden spreken.*

Hij zoog door zijn tanden lucht naar binnen en liep toen naar de rand van de helling. Rechts registreerde zijn zaklamp de evenwijdig lopende banen van platgedrukt gras, waar de truck het meer in was gerold, recht voor hem was het gras glanzend geplet, daar waar de koeien eroverheen waren gegleden. *Die zullen nu gauw genoeg naar de oppervlakte komen*, dacht hij.

Zijn blik ging omhoog en dwaalde langs het grillig gevormde, maanverlichte meer. Overal langs de oever zag hij lichtpuntjes, daar waar zijn mannen hun zoektocht voortzetten. *Drie jaar*, dacht hij, *drie jaar van intensief plannen, trainen en voorbereiden. En dat alles komt nu allemaal in gevaar, omdat de auto van het een of ander achterlijk vrouwmens panne had gekregen.* 'Men moet om een ei geen pannenkoek bederven,' mompelde hij voor zich uit.

'Sir?'

Hemmers hart sloeg zeker anderhalve slag over, toen hij Ackers stem ineens ter hoogte van zijn linkerschouder hoorde. *Jezus, de knaap had hem als een schaduw beslopen!* Hij begon het kwijt te raken, die helderheid, helderziendheid haast, die in het veld je redding kon zijn. Als dit de Golf was, was hij er nu al geweest!

Hij deed alsof hij diep in gedachten verzonken zat, en staarde in de duistere verte, net zolang tot zijn hart weer gekalmeerd was. Daarna begon hij rustig de helling af te lopen, met Acker op zijn hielen. Hij stopte pas toen zijn schoenen in de zachte modder langs de oever zakten en begon toen met zijn zaklamp de grond af te zoeken.

Volkomen zinloos, dacht hij, toen hij weer opkeek. Het vee en de mannen, die hadden geprobeerd die op hol geslagen, rollende kudde in goede banen het meer in te leiden, hadden hier samen de hele bodem geruïneerd.

De lisdodden torenden hoog boven hen uit. Hij keek er woest naar en wilde dat hij een kapmes had, dan zou hij ze allemaal kort en klein hakken. 'Godvergeten jungle hier,' bromde hij.

'Ja, sir,' zei Acker, en hij schrok alweer.

Hij scheen met zijn lichtbundel in Ackers gezicht; hij kneep zijn ogen meteen stijf dicht. Hemmer hield de zaklamp even waar hij was, enkel om te zien hoe ongemakkelijk Ackers babyface keek. Toen hij weer wat zei, klonk zijn stem onheilspellend kalm. 'We hadden ze allang moeten vinden.'

Acker kantelde zijn hoofd een beetje, in een poging de felle lichtstraal te ontwijken. 'Ze kunnen niet weg, sir. En wij hebben hun tassen en mobieltjes, dus ze kunnen ook niet bellen, áls ze al een signaal konden ontvangen. Ik weet zeker dat we ze spoedig zullen vinden.'

'Denk je dat echt?'

'Ja, sir, natuurlijk, sir.'

'Dan ben je niet goed wijs!' Nors draaide de kolonel zijn hoofd om en klemde zijn kaken zo hard op elkaar dat het pijn deed. *Rustig aan*, beval hij zichzelf. *Boos worden is het eerste teken dat je de macht aan het verliezen bent. Relax, haal een paar maal diep adem. Neem eerst het bevel over jezelf, dan over je mannen.* 'We móéten ze vinden,' sprak hij effen. 'Ze hebben te veel gezien.'

'Ja, sir.'

Toen draaide hij zijn hoofd weer en bestudeerde de zachte trekken en soms alarmerende onschuld van Ackers jonge gezicht. 'Deze vrouwen zijn niet de vijand, net zomin als die mensen achter dat hek dat waren: zij waren slechts onfortuinlijke zielen, die zich toevallig op het verkeerde tijdstip op de verkeerde plek bevonden.' Hij zweeg even en Ackers blik ontmoette de zijne. 'Ze waren allemaal al dood toen wij arriveerden, er was absoluut niets meer dat wij voor ze konden doen. Maar dit, dit wordt een heel ander verhaal – met voorbedachten rade. Zou jij het kunnen,

Acker? Als jij degene was die ze vond, zou je dan drie onschuldige vrouwen kunnen doden om onze missie te redden?'

Acker, met zijn rug naar het meer, keek de kolonel recht in de ogen. 'Natuurlijk, sir,' antwoordde hij zonder enige aarzeling, lichtelijk beledigd dat hij dat nog moest vragen.

Nog geen drie meter achter hem, te midden van het woud van lisdodden, vlak boven het stilstaande water, staarde een paar doodsbenauwde, blauwe ogen tussen de stengels omhoog. Op haar knieën zat Grace in de zuigende modder die de wortels van de lisdodden verankerde, haar blik gefixeerd op de twee schimmen recht voor haar. Hun lichamen werden op krankzinnige wijze in stukjes gehakt door de dikke stengels waar zij tussendoor gluurde – alsof het geen echte mannen waren, maar losse stukjes mens die een dialoog voerden, die al even surrealistisch was als hun aanblik.

Beweeg niet, adem niet, maak geen geluid. Daar staat een piepjonge man, helemaal in de startblokken om jou dood te schieten. Dat krijg je er dus van, als je kleine jongens met ActionMan poppen laat spelen...

Slechts haar hoofd en haar rechterhand staken uit het stinkende water omhoog. Deze laatste hield ze met haar Sig erin, tegen haar oor gedrukt. De loop hiervan stak in haar haar, wees naar de lucht en was nog steeds droog.

Sharon, vlak naast haar, voelde haar voeten al niet meer, laat staan de koude drab die door haar schoenen en kleren heen sijpelde en alles aan haar huid deed plakken. De angst had al haar zintuigen allang verdoofd en haar hele bewustzijn concentreerde zich op de simpele op-leven-en-dood-strijd om volkomen stil te zitten. Het was aangenaam donker in dit holletje van starre stengels, wat betekende dat niemand haar zag, dat ze dus veilig zat. Het onheil daarbuiten vond haar niet, zolang zij maar volkomen stil bleef zitten. Dus staarde ze recht voor zich uit en deed alsof ze niet zag, niet hoorde, niet bestond...

'...Kom, liefje, kom er nou uit! Kom maar bij pappa. Het is goed: ik ben er, pappa is er...' Maar pappa was búiten, waar alle nare

dingen ook waren. Hierbinnen waren geen nare dingen, alleen de
lichte geur van haar moeder, een zijden jurk die over haar hoofd
streek, moeders schoenen op de kop in het metalen rek, geduldig
wachtend op haar blote voeten... De jurken wisten het niet, de
schoenen, de hoeden en de dozen, de badstof ochtendjas aan het
haakje, geen van die dingen wist wat daarbuiten was gebeurd. In
dit kleine, geurige hokje leefde haar moeder nog steeds. Ze wilde
er wel eeuwig blijven...

Naast Sharon hing Annie met haar mond slechts een paar centimeter boven het wateroppervlak, iets verder geopend dan haar
ogen. Ze voelde het doffe jagen van haar paniekerige hart: het
klopte zo snel, dat het in haar borstkas gonsde. Afwezig vroeg ze
zich af of een kogel pijn zou doen.

De koe drukte nog steeds tegen haar rug, haar gezwollen, stijve lijf muurvast in de bodem van het ondiepe water. Ze was er
tegenaan gebotst en er bijna bovenop gevallen toen ze gedrieën in
de schuilplek tussen de lisdodden waren gegleden, maar ze had
niet gegild. En daar was ze erg trots op. Zij, Annie Belinsky, was
boven op een afschuwelijk, walgelijk, dood ding gebotst en had
niet gegild...

Haar ogen fonkelden van de spanning en haar gezicht stond
strak van de schrik, terwijl ze naar de twee mannen keek en luisterde. Alle spieren in haar lichaam leken op slot gedraaid. *Daar-*
om verstijft een hert dus als het koplampen ziet naderen. Dat heb
je je toch altijd afgevraagd: waarom zij het gevaar dan niet ont-
vluchten, de berm in springen, naar de bescherming van het
woud? Nou, daarom dus, dit is de reden: je overlevingsinstinct be-
geeft het gewoon wanneer het gevaar te dichtbij komt. Tot een
bepaald punt kun je nog reageren, daarna kun je letterlijk niets
meer.

Pas toen ze zich heel hard concentreerde, kon ze de verlamming
via haar schoenzolen haar lichaam uit, het water in laten lopen –
en toen pas kon ze eindelijk weer met haar ogen knipperen.

Kolonel Hemmers glimlach was vaag, haast onzichtbaar. *Acker*
was een prima soldaat. Al zijn mannen waren prima soldaten.

Maar toen verflauwde zijn glimlach. *Als het verdomme allemaal zulke prima soldaten waren, hoe hadden die vrouwen dan in godsnaam zo ver kunnen komen?* Hij klemde zijn handen achter zijn rug ineen en ijsbeerde een paar keer langs de oever heen en weer, waarbij zijn legerkisten in de modder slurpten. 'Is er een mogelijkheid dat ze zijn ontkomen, over het meer bijvoorbeeld?'

'Absoluut niet, sir. We hebben een zeer strak kordon rond het meer gevormd, als een trechter.'

Hemmer wist het antwoord al voordat hij de vraag had gesteld – de hele vraag was in feite volstrekt zinloos geweest. Hij wist dat die vrouwen hier waren, voelde hun aanwezigheid, zoals je een kou achter in je keel voelt opkomen. Die stomme, slappe vrouwen ook. Zij zouden het concept 'sterven voor je land' – of ervoor doden – nooit begrijpen. Ze waren zo kortzichtig, dat zelfs de term 'aanvaardbaar verlies' hen met afschuw vervulde. Ja, dit was precies het type mensen dat had gezorgd dat de wereld zo'n gevaarlijke plek was geworden.

'Om tien uur stipt ontploffen die twee vrachtwagens, sterven zo'n duizend mensen en zal de wereld veranderen, tenzij deze vrouwen ontkomen.'

'Dat zal niet gebeuren, sir.'

Kolonel Hemmer stopte met ijsberen en keek omhoog, naar de silhouetten op de rand van de helling. Een stuk of tien soldaten stonden hem daar aan te staren. *Christus, het leken verdomme wel indianen uit zo'n oude western, zoals ze daar stonden: wachtend op de rand van een ravijn, met dat eindeloze, buitenaardse geduld van ze, wachtend op het juiste moment om naar beneden te stormen.*

'Wat is er, soldaat?'

'Ze zijn weg, kolonel,' riep een van de mannen. 'We hebben alles doorzocht, elke vierkante centimeter van de boerderij en de hele omtrek van het meer. Wilt u dat we de zoekprocedure nogmaals opstarten, sir?'

'Nee.' De koele, blauwe blik van de kolonel flitste omhoog. 'Hen in het donker proberen op te sporen is verder zinloos. Maar die vrouwen zijn nog hier, en we kunnen er verdomme maar beter voor zorgen dat ze hier blijven ook! Ik wil iedereen terug aan de buitengrens – en dan bedoel ik echt tot op de laatste man. Tot de dageraad blijft iedereen op zijn post; daarna bewegen we ons razendsnel inwaarts... en trekken het net rond hen dicht.'

De soldaten op de rand salueerden vervolgens allemaal tegelijk, draaiden zich om en verdwenen in looppas.

Acker wachtte tot hij hun voetstappen niet langer hoorde en zei toen weifelend: 'Vindt u dat niet wat riskant, sir: dat hele stadje tot zonsopgang afgesloten houden?'

Hemmer draaide zich langzaam naar hem toe en zei, verbluffend kalm: 'Ja, Acker, dat vind ik best riskant. Maar het is nog veel riskanter om, met grote gaten in onze buitengrens, de mannen in het stikdonker naar die vrouwen te laten zoeken. Maar als zij ons ontglippen, zijn er zo nog meer mensen hier en als die de boel hier zien, zullen ze één plus één al gauw bij elkaar hebben opgeteld. En dan gaat binnen enkele uren een landelijke oproep voor onze andere twee trucks de lucht in en verliezen we die, voor ze hebben kunnen exploderen, en dan verliezen we het gas, dan verliezen we het verrassingselement, dan verliezen we de oorlog, Acker!'

Acker sloot beschaamd zijn ogen en keek naar de grond. 'Ja, sir. Het spijt me, dat ik uw oordeel in twijfel heb getrokken, sir.'

Dit onverwachte excuus maakte de kolonel grootmoedig – vaderlijk bijna. 'Al goed, Acker. Niemand van ons had deze extra taak verwacht. We lopen allemaal op onze tenen.'

'En uurlijkse rondes, sir?' vroeg Acker bedeesd.

'Schrap die maar, allemaal. Schenk die vrouwen dat hele verdomde rotstadje maar, als ze dat zo graag hebben. Nog een paar uurtjes dan.'

17

Hulpsheriff Douglas Lee kromde zijn rug weg van de stoelleu-
ning en trok een grimas toen hij een scherpe steek in zijn onder-
rug voelde. *Geen wonder*, dacht hij: hij was voor de avondronde
door de verlaten noordsector getrokken, en op die rit was even
pissen zo'n beetje de enige reden om achter je stuur vandaan te
komen. In acht uur tijd had hij slechts twee bonnen uitgeschre-
ven: één voor een kapot achterlicht bij een pick-up uit '56 en één
voor een roestige Grand Prix die in de dertigkilometerzone rond
Gill Lake bijna vijfenzestig reed. Mijn god, geen wonder dat de
politie van Wisconsin de naam had een hoogst irritant bonnen-
beleid te voeren. Tenzij je bij de verkeerspolitie zat en op de grote
wegen werkte, was er potverdrie weinig anders te doen. *Godzijdank niet!*

Hij liet zich weer terugvallen toen hij de heupgordel in zijn
buik voelde snijden. *Had ik vroeger nooit last van*, dacht hij,
kloppend op de buik die als een brood was gerezen nadat hij
vorig jaar met Paula was getrouwd. Hij moest 's avonds maar
weer eens wat opdrukoefeningen doen om weer een beetje in
vorm te komen, om de vernedering te voorkomen een hele uni-
formmaat groter te moeten nemen...

Geeuwend wreef hij over de donkere stoppels op zijn kin, zich
afvragend wat Paula als avondhap had klaarstaan. Wie had dat
ooit kunnen denken, dat een lid van de gerenommeerde studen-
tenvereniging Phi Beta Kappa, naar wier gunsten tientallen dok-
tersopleidingen hadden gedongen, een gastronomische kokkin
zou worden? Of wat dat aanging: wie had ooit gedacht dat een
adembenemende schoonheid met zo'n toekomstverwachting er-

voor zou kiezen dat alles een paar jaar in de wacht te zetten om de huismusserige echtgenote te worden van een boerenkinkel van een politieagent met overhemdmaat xxl en hoedenmaat zes? Lee vond zichzelf de grootste bofkont ter wereld, en daar had hij nóg niet alles mee gezegd.

Bij de kruising met Double P minderde hij vaart en besloot op het allerlaatste moment af te slaan naar het zuiden. Automatisch tuurde hij de donkere kruising in alle richtingen af, ook al was verkeer op dit traject zo'n beetje zo schaars als kippentanden. Alle wegen slingerden hier langs of door de staatsbossen, en eigenlijk kwam je nooit ergens, welke richting je ook koos. Met slechts vier wagens per ploeg op honderden kilometers, zag je op probleemloze wegen zoals deze zelden een surveillancewagen. Maar een probleemloze weg was net wat Lee vanavond zocht. Hij was nu officieel zeven minuten buiten dienst en het laatste dat hij wilde, was op iets stuiten waardoor hij laat thuis zou komen.

Nog dertig kilometer naar Paula's armen, dacht hij grijnzend. Hij moest zich erg goed concentreren om het gaspedaal niet te ver in te duwen en tot in de verste hoeken van de stralenbundels van zijn koplampen te blijven kijken. Zo ver noordelijk barstte het van de herten, die schenen te denken dat de weg hun eigendom was.

Toch jammer dat hij die Range Rover niet had gevonden. Het was geen officiële oproep geweest – slechts die bedillerige Dorothy van de centrale, die eerder die avond op de frequentie van de verkeerspolitie had zitten luistervinken – maar zij had hem verteld over de een of andere zielepoot die zich ongerust maakte over een auto vol rijke dames (rijk zeker: een Rover uit Minneapolis, behoorlijk nieuw en behoorlijk aan de prijs). Lee genoot ervan lui uit Minnesota aan te houden, met hun stoere auto's en stadse manieren. Want hij mocht dan een hulpsheriff uit de rimboe zijn: hij had het bonnenboekje en het gezag, en ook al wist hij dat het niet deugde, toch gaf het hem een goed gevoel.

Fronsend liet hij het gaspedaal wat vieren: tussen de bomen links voor hem flitsten een paar gelige lichten, en hij kon absoluut niet verzinnen wat dat kon zijn. Vervolgens beschenen zijn koplampen een zwart kruis op een geel bord. De rimpel in zijn voorhoofd werd nog dieper toen hij het hek zag, dat de smalle asfaltstrook aan zijn linkerhand versperde.

Je zag in deze contreien waar de grootste slijtage werd veroorzaakt door overstekende herten sowieso al zelden een onderhoudsploeg, maar een hele weg die plompverloren was afgesloten, dat was verdikkeme haast surrealistisch, zeker als het ging om zo'n smal landweggetje door een stadje als Four Corners. Lee zou dat stuk nog in zijn eentje in één dag tijd opnieuw kunnen bestraten, met een emmer teer en een theelepeltje...

Vrijwel kruipend reed hij op de kruising af en staarde verbluft door de voorruit. *Op de snelweg had al een omleidingsbord moeten staan, dat wisten die jongens van County Highway heel goed.* Hoofdschuddend klakte hij met zijn tong en draaide het stuur toen abrupt naar links. Zijn koplampen weerkaatsten fel op de reflecterende verf van het hek en verblindden hem haast toen hij op enkele meters van de knipperende, gele lichten op de rem trapte.

Hij zette de versnelling in de parkeerstand en liet de motor stationair draaien, terwijl hij voorbij de lichten probeerde te turen. Hij zag geen wegenbouwmachines, noch borden die dit hek verklaarden. En nu hij er zo eens over nadacht: dit was ook niet het type wegversperring dat ze bij de county altijd gebruikten. Ze hadden gewoon een stel zaagbokken op de weg gezet, met een paar provisorische batterijlampen erop, en het plaatselijk verkeer kon nergens meer langs.

Hij liet zich weer tegen de rugleuning zakken en dacht na, met zijn polsen op het stuur. Ten slotte reikte hij naar zijn klembord om te noteren dat hij thuis Dorothy moest bellen, om te vragen of zij wist wat hier verdorie aan de hand was...

'Sir?'

'Shit!' hijgde Lee en liet zijn klembord vallen. Hij draaide zijn gezicht naar het open raam. Zijn hartslag was in een seconde minstens verdubbeld! Daar, vlak naast zijn auto, stond een kerel. Hij had hem helemaal niet aan horen komen.

'Sorry, sir. Ik wilde u niet laten schrikken, hulpsheriff...?'

'Lee. Potverdrie, waar kom jij in vredesnaam vandaan?' riep hij woest. Verdomme, hij was niet meer zo geschrokken sinds zijn elfde, toen zijn oudere broer uit een donkere kast was gesprongen en hem de stuipen op het lijf had gejaagd.

'Blij dat u er bent, hulpsheriff Lee. We begonnen ons al af te vragen of er nog iemand op onze oproep zou reageren...'

'Oproep? Waar heb je het in godsnaam over? Ik heb helemaal geen oproep gehoord...' Maar hij kleurde licht toen hij zich realiseerde dat hij sinds het verlaten van Gill Lake door een van die beruchte 'dode' zones had gereden, die op de kronkelwegen in de noordelijke heuvels van de county het radioverkeer volledig ontregelden. 'Shit,' bromde hij en keek met half dichtgeknepen ogen omhoog, in een poging 's mans trekken bij het schijnsel van zijn dashboard te onderscheiden. Hij had het camouflagepak al gezien, de bekende contouren van een veldpet. *Allemachtig, is dat een M16? Wat is dit, verdomme?*

'Ik begrijp het niet, sir. Bent u dan niet gestuurd door uw centrale?'

Lees hand ging traag naar zijn autogordel. 'De centrale stuurt mij helemaal nergens meer naartoe, ik ben buiten diensttijd, op weg naar huis. Ik stopte alleen even om te kijken waar deze wegafzetting voor was. Wat is hier in vredesnaam aan de hand, en wie ben jij verdomme?'

De man trok diepe rimpels in zijn voorhoofd. 'Ik begrijp het niet, we hebben de verkeerspolitie een hele tijd geleden al verwittigd...'

'Hier delen de sheriff en de verkeerspolitie niet altijd automatisch alle oproepen, hoor. En daarbij ben ik het afgelopen halfuur uit de lucht geweest.'

'O. Nou, dat verklaart alles, lijkt me.' De man knikte. 'Toch ben ik blij dat u er bent. Wij zijn hier namelijk bezig met een gevechtsoefening, een verduisteringsweekend...'

'Wie zijn 'wij'?'

'De Nationale Garde, sir.'

Hulpsheriff Lee zuchtte. Hij ontspande weer een beetje.

'...en ongeveer drie kwartier geleden is een donkerblauwe Dodge Ram met zo'n honderddertig kilometer per uur door onze

151

blokkade heen geknald. Toen een van onze mannen een waarschuwingsschot loste, schoot de passagier terug, wij vermoeden met een jachtgeweer.'

Lee sloot hoofdschuddend zijn ogen: een buiten het seizoen opererende hertenbeul met te veel bier in zijn pens en te veel patronen in zijn magazijn, die het opnam tegen de Amerikaanse Nationale Garde. 'Heb je zijn kenteken kunnen noteren?'

'Nee sir, hij reed te hard. Eerlijk gezegd heeft hij ons nogal laten schrikken. We hebben het vermoeden dat hij met scherp schoot.'

Lee keek naar het wapen van de man. 'Jachtgeweer of niet, ik durf te wedden dat hij minder zwaar bewapend was dan jij.'

De man keek naar zijn geweer en schudde spijtig het hoofd. 'Losse flodders, sir. Ze verstrekken geen echte munitie voor weekendoefeningen.'

Lee slaakte een zucht van verlichting. 'Daar kan ik inkomen.'

'Maar hij reed van hieraf die kant op.' Hij wees naar het zuiden, de richting die Lee toch al had gekozen. 'Onze kolonel zou iemand die op VS-troepen schiet bijzonder graag in hechtenis zien.'

Lee pakte zijn klembord, klikte zijn holster los, zoals altijd wanneer hij uitstapte, en opende met een ruk zijn portier. Hij had er stiekem schik in dat de jonge soldaat haastig opzij moest springen.

Toen hij eenmaal uit zijn auto was, zijn rug rechtte en de jongen in de ogen keek, zette deze snel nóg een stap achteruit. Met zijn één meter drieënnegentig en de bouw van een lijnverdediger torende Douglas Lee boven de meeste mannen uit, inclusief dit exemplaar. Hij legde een hand op de handgreep van zijn 9mm en liet hem daar liggen – uitsluitend voor het effect.

'Eh... gaat u niet achter hem aan, sir?'

'Ja hoor, zo meteen... Je snapt het wel, het ziet ernaar uit dat ik weer moet inklokken, en dan heb ik graag íets meer informatie, voor ik een taak op me neem. Heb jij die auto gezien?'

'Ja.'

'Goed zo. En bel meteen even degene die de regie van deze hele show voert, een kolonel, zei je?'

'Correct.'

'Laat hem maar hierheen komen, zodat ik een bevestiging van de feiten kan krijgen.'

De soldaat staarde hem even aan.

Hij was nog erg jong, zag Lee, en doodsbenauwd. *Vast een of ander boekhoudertje uit Wausau, dat in geen honderd jaar had verwacht dat er ooit op hem geschoten zou worden.*

'Dat begrijpen we heel goed, sir.'

Lee draaide zich om en stak zijn hand door het open raam om de contactsleutel om te draaien. Toen hij zijn hoofd naar binnen stak, zou hij durven zweren dat hij het reepje pepermuntkauwgum in het handschoenenkastje kon ruiken en de olie op de loop van het jachtgeweer in het rek. En achter zich hoorde hij de onregelmatige ademhaling van de jonge soldaat.

En net op het moment dat zijn vingers de sleutel aanraakten, zag hij... iets – een reflectie in het gesloten passagiersraampje, van iets dat zich te snel, te doelbewust bewoog.

Opeens herinnerde hij zich dingen die hij destijds, op de academie, maar suf had gevonden: door het verduisterde oefenhuis sluipen, waar kartonnen schutters je vanuit elke deuropening of plafond konden bespringen, waardoor je hart zo hard ging bonken dat je borstkas er dagen later nog pijn van deed. Zijn hoofd en handen herinnerden zich die tijd nog alsof het vijf minuten geleden was, wat hem best verraste.

Hij draaide zich razendsnel zijwaarts, met zijn rug tegen het portier, op exact hetzelfde moment dat de knal van de M16 in zijn oren explodeerde. Zijn 9mm rustte al in zijn hand, lang voordat zijn hersenen over het gebaar hadden nagedacht.

In een flits zag hij de jonge soldaat – en de loop van diens geweer, ter hoogte van zijn eigen hoofd. En toen klonk er opnieuw een knal, zo kort op de eerste, dat de geluiden samensmolten.

In een moment dat wel een eeuwigheid leek te duren, staarden hulpsheriff Lee en de jonge soldaat elkaar vol ongeloof aan. Toen staarde Lee vol afgrijzen naar beneden, naar het wegdek waarop de soldaat langzaam ineenzeeg, terwijl op zijn borst een donkerrode kring steeds groter werd. Zijn M16 kletterde nutteloos op het asfalt.

'Goeie genade,' mompelde Lee onnozel, niet in staat zijn blik van de soldaat los te rukken. De loop van zijn 9mm wees inmiddels naar de grond.

'Becker!' Het gesis kwam achter de bomen vandaan aan de linkerkant van de weg.

En even instinctief als Lee zich had omgedraaid, zijn wapen had getrokken en op de borst van de jonge soldaat had geschoten, sprintte hij nu naar de andere kant van de auto. Een kogel liet vlak achter hem de stenen van de weg opspatten; een volgende schoot meteen daarna fluitend langs zijn linkeroor. Hij dook omlaag en reikte net naar de deurkruk, toen een salvo van schoten in het wegdek achter hem insloeg. Hij geloofde geen seconde dat dat losse flodders waren.

Dus dook hij over de berm het bos in, terwijl het bloed uit de plek stroomde waar het schot van de jonge soldaat de zijkant van zijn schedel had geschampt.

18

Bonar liep Hunter's Inn binnen, ontdekte Halloran kromgebogen aan een tafeltje achterin en stevende op hem af. Met een diepe zucht liet hij zich op het gescheurde vinyl van het bankje tegenover hem vallen. Elke minuut van de lange dag die ze achter de rug hadden, was hem aan te zien. 'Oké, ik heb de vingerafdrukken van onze lijken naar die Roadrunner-figuur gestuurd, plus alle spullen waar je om vroeg in mijn kar geladen. Maar waarom jij per se in een Camaro uit '69 door de noordelijke wouden wilt gaan rijden, is me werkelijk een raadsel.'

Halloran tikte met de gum van een potloodstompje op de kaart die hij had zitten bestuderen. 'We treffen Magozzi en de anderen in Hamilton, nietwaar?'

'Klopt. Maar ik dacht dat we de snelweg zouden nemen, om even flink wat tijd in te halen. En jij weet net zo goed als ik, dat die Camaro puur smerissenaas is, terwijl ze ons in de suv van de county nooit zullen aanhouden. Man, als we de hele weg de zwaailichten aan houden, stuiven we zo door!'

Halloran leunde achterover en wreef in zijn ogen. 'We liggen ongeveer een halfuur op Magozzi's team voor. Dus dacht ik de noordelijke route te nemen.'

Bonar trok zijn borstelige wenkbrauwen tot halverwege zijn voorhoofd omhoog. 'Dwars door Missaqua County?'

'Als we er toch zijn, kunnen we daar ook best even een kijkje nemen. Als de federalen werkelijk zo heftig bezig zijn dat ze Ed Pitala's patrouilles allemaal van de weg halen, gok ik dat ze nog wel meer wegversperringen hebben staan om andere ronddwalende agenten tegen te houden. Maar burgerverkeer is wat anders, dat kunnen ze met geen mogelijkheid tegenhouden. En een Camaro uit '69 is zo'n beetje het toppunt van burgerlijkheid.'

Bonar blies zijn wangen bol, liet de lucht er lijdzaam uit ontsnappen en gebaarde toen naar Joe achter de bar. 'Maar als we bij de grens van Missaqua door een paar honderd heren in fraaie pakken worden aangehouden, gok ik dat ons uniform ons alsnog verraadt... Tenzij jij natuurlijk van plan bent ze neer te maaien met dat jachtgeweer en die riotgun die je me op de achterbank hebt laten gooien.'

Halloran nam een slok van de beste koffie van Kingsford County. 'Nadat die lui ons vandaag hebben lopen piepelen, begin ik dat best een leuke manier te vinden om de zaterdagavond door te komen.'

Bonar sloeg, nog niet helemaal gerustgesteld, zijn blik ten hemel op en trok een grimas, toen hij de opgezette dierenkop boven de tafel aan de muur zag hangen. 'Man, wat doen we hier eigenlijk? Je weet toch dat ik het hier haat.'

'Dit is het beste eethuis van de hele omgeving, en jij was degene die nog een hapje wilde eten voor we vertrokken. De kantine is dicht en langs de route zit verder niks. Er ligt een medium cheeseburger voor je op de grill, met extra uien en elk bijgerecht dat die ouwe Joe heeft.'

Bonar glimlachte vaag. 'Jij hebt uien voor me besteld, terwijl wij nog een heel eind samen moeten rijden?'

'Ik dacht dat je wel zo beleefd kon zijn om je de hele weg in te houden.'

'Nog een geluk dat je niet dat tafeltje onder die opgezette kat hebt genomen.'

'Daar kan zelfs ik niet tegen. Ik aaide dat beest altijd als ik hier binnenkwam!'

Bonar keek snel rond in het donkere interieur, trok zijn neus op en deed toen alsof hij niets had gezien.

Joes tent was gebouwd van pijnbomen, die diens opa een eeuw geleden eigenhandig omver had getrokken. Om de paar meter staarden de glazen ogen van een dood dier op je neer. Bonar kreeg er altijd de rillingen van.

Zo was er het tweekoppige kalf, dat hier in de jaren zeventig door een van Barkley Widens bekroonde koeien was geworpen; een loslippige eland met een gigantisch, beschimmeld gewei, en elk ander bosdier dat je maar bedenken kon, waaronder een hele eekhoornfamilie op een muurplaat, waar constant nepmos vanaf sneeuwde.

Voorzover hij wist had Joe er niet een zelf gedood, die man kon de gedachte een ander wezen van het leven te moeten beroven al niet verdragen. Nee, al deze dieren hingen er al sinds zijn grootvaders tijd. En zoals Joe het altijd zei: ze weghalen zou zonde zijn van dit prima staaltje opzetkunst.

Maar dan was er dus ook nog die kat, het enige dode ding dat Joe wel aan de weerzinwekkende inrichting had bijgedragen. Mijn god, wat had hij van dat beest gehouden – alle drieëntwintig jaren dat de cyperse zwerfkat in deze bar had rondgesnuffeld, zo nu en dan met zijn lange, ongeknipte klauwen uithalend naar een betalende klant, terwijl hij pas bedaarde als hij genoeg schuim had opgelikt van de plek waar de biertap lekte.

Bonar vond het maar een merkwaardige manier om de nagedachtenis van een trouwe kameraad te eren: hem opzetten en aan de muur hangen. 'Ik geloof niet dat ik hier kan eten,' sprak hij ongelukkig.

Halloran glimlachte vermoeid. 'Jij? Jij eet nog in je eigen doodskist!'

'Maar hier is het alsof je zit te eten in andermans kist!'

Zijn onbehagen maakte Bonar traag: het duurde wel tien minuten eer hij zijn cheeseburger had weggewerkt, en toen had hij er nog eens vijf nodig voor de frietjes, de uienringen en de koolsla.

Halloran keek naar zijn schrokkende partner, terwijl hij dronk van de verse koffie, die hem onderweg wakker moest houden. Zodra Bonar zijn bord van zich af duwde, gooide hij een handvol bankbiljetten op tafel en schoof uit zijn bankje. 'We moeten gaan.'

Bonar knikte. Hij had erg weinig zin om in beweging te komen. 'Man, wat ben ik moe. Wil je voor we vertrekken nog eens checken in Green Bay?'

'Die heb ik al gebeld voor jij kwam. Sharon en de anderen zijn nog steeds niet opgedoken. De rechercheur die ik eerder had gesproken, was een uur geleden naar huis gegaan, maar al hun surveillancewagens houden de Rover aan zodra ze hem zien.'

Terwijl hij opstond, hield Bonar zijn wapen in de holster vast. 'Nog niet zolang geleden vond ik ons net een stel ouwe dametjes die zich zorgen maakten over een vrouw die een paar uurtjes te laat was. Maar toen ik de auto aan het inladen was, heb ik die uren eens geteld... en het zijn er gewoon te veel.'

Halloran keek hem even aan en knikte toen.

'Verdomme, Mike, dit is gewoon doodeng!'

Het mooie van Bonars Camaro – afgezien van zijn 7-liter *bigblock* Chevy-motor – was dat hij er vorig jaar op kosten van de county nog een splinternieuwe radio in had laten zetten.

Het was het gebruikelijke weekendgedoe in Kingsford County: een paar gevallen van openbare dronkenschap, een caféruzie met lichte verwondingen, en die arme, ouwe Ron Rohner, die bijna elke zaterdagavond buitenaardse wezens in zijn achtertuin zag landen.

Maar toen Bonar overschakelde op de frequentie van Missaqua, klonk er niets dan etherstilte. 'Ach,' verzuchtte hij. 'De rustgevende klanken van de FBI.'

'Waarom stuur je voor de grap geen radiobericht naar die sufferd van een Wellspring, bij die kalksteengroeve? In deze auto pakken ze ons toch nooit.'

'Niet als jij rijdt.'

'Joh, ik rij nog geen vijfenzeventig, wat in dit ding bijna niet te doen is.'

'Het líjkt anders veel sneller.'

Toen ze de grens van Missaqua County passeerden, trok Halloran de teugels van de vierhonderdvijftig Camaro-paarden zelfs nog wat strakker. Doodzonde eigenlijk, dit was de enige plek in de hele staat waar ze nu zeker geen verkeerspolitie tegenkwamen.

Ze keken allebei scherp uit naar Gretchen Vanderwhites auto,

Grace' Range Rover en alles wat hun verder nog opviel, maar de wegen in dit deel van deze county waren al net zo doods als de ether. Exact twee minuten na de grens, en nog zo'n dertig kilometer van Hamilton, viel Bonar in slaap – en te oordelen aan de ernst en het volume van zijn gesnurk, werd hij voorlopig niet meer wakker. Hij verroerde zich niet eens toen Halloran het tankstation in reed waar ze met Magozzi hadden afgesproken, uitstapte en het portier achter zich dichtsmeet.

Tegen de tijd dat Halloran een paar telefoontjes had gepleegd en het gebouwtje weer uit kwam, stond er een glimmend, zilveren gevaarte op de vrachtwagenplek, groot genoeg om zelf toeristen te trekken, in plaats van ze te vervoeren. Bonar liep er met de handen in de zakken omheen, met zijn hoofd in de nek en zijn mond open. Harley Davidson, die met zijn baard, tatoeages en leren outfit net de motorrijdersversie van dat kolossale Paul Bunyan-beeld in Bemidji was, liep naast hem. Leo Magozzi en zijn partner Gino Rolseth strekten hun benen op de parkeerplaats, terwijl ze overlegden met hun hoofden dicht bij elkaar. En Roadrunner stond voorover gebukt onder een van de grote lampen van het tankstation, met een verzameling staafjes aan zijn enkels, waarvan Halloran niet eens over de betekenis wilde nadenken.

Ze verzamelden zich in een kring in een hoek van het terrein. Er werden wat groeten uitgewisseld en handen geschud, waarna Halloran het woord nam: 'Er is een nieuwe hobbel. Ik sprak net Ed Pitala, de sheriff van Missaqua County, die door de FBI van de zaak is gehaald. Ergens in de afgelopen anderhalf uur is een van zijn hulpsheriffs zoekgeraakt. Hij was in zijn patrouillewagen onderweg naar huis en is simpelweg van de aardbodem verdwenen.'

Bonars gezicht verstrakte. 'Wie dan?'

'Doug Lee. Ken jij hem?'

'Verdorie! Die ken ik, ja. Die knaap heeft me op het federatiefeest vorig jaar nog onder de tafel gezopen met de smerigste pruimenbrandewijn die ik ooit heb gedronken. Maar wat deed hij dan op de weg? Ik dacht dat de federalen al hun patrouillewagens eraf hadden gehaald!'

Halloran schopte naar een verdwaald steentje op het asfalt. 'Hij was al op weg naar huis en reed waarschijnlijk net in een van die radiostille zones, toen die order werd doorgegeven. Ed denkt dat Lee dat bericht nooit heeft gehoord. Een halfuur geleden belde Lees vrouw, helemaal in paniek. En toen de FBI-agent die zich in Eds kantoor heeft verschanst, hem ervan probeerde te weerhouden zijn mannen op pad te sturen om Lee te zoeken, heeft Ed die knaap tegen de muur gekwakt en een blauw oog bezorgd...'

Bonar grijnsde vergenoegd. 'Die goeie, ouwe Ed: bijna vijfenzestig en pint nóg federalen tegen de muur van het gevang, daar krijgt hij zomaar twintig jaar voor aan zijn broek! Zo maken ze ze tegenwoordig niet meer!'

'Amen,' voegde Magozzi daaraan toe.

'Dus vond die agent het uiteindelijk goed dat Ed al zijn mensen de weg op stuurde, zo lang ze maar hun eigen auto gebruikten,' vervolgde Halloran. 'Geen surveillancewagens, geen radio's. Dus melden ze zich allemaal via de gewone landlijnen. O, en ze hebben ook een omschrijving van onze Rover en de auto van de taartendame mee. Maar je snapt natuurlijk dat ze het hardst naar hun eigen man zullen zoeken.'

Gino gooide zijn handen in de lucht. 'Jezus christus, nu zijn er al vier vrouwen en een politieagent vermist in die regio, en nog willen ze ons verdomme niet verklappen wat daar aan de hand is?'

Halloran schudde zijn hoofd. Maar toen stopte hij daar abrupt mee. 'Die FBI-agent die onze locatie bij de kalksteengroeve heeft ingepikt, zei me dat het ging om een "nationale veiligheidsoperatie". Daar heb ik toen niet zoveel waarde aan gehecht, want dat zeiden ze vijf jaar geleden ook toen ze een stel klojo's in de kraag probeerden te vatten die even buiten Wisconsin een kartel runden dat in meerdere staten hondengevechten organiseerde. In die tijd blaatten de federalen altijd over nationale veiligheid als ze wilden dat de plaatselijke politie zich er niet mee bemoeide. Alles wat die zeiden, vonden ze toch maar geleuter. Maar verdomd, misschien meenden ze het ditmaal wel echt; misschien is hier iets veel ernstigers aan de hand dan een paar vermiste personen! En wij staan op het punt ons daar middenin te storten.' Hij keek de kring rond. 'Heeft iemand van jullie daar een probleem mee?'

'Welnee, verdomme!' sprak Harley voor hen allemaal. 'Wat mij betreft, is het feit dat Grace, Annie en Sharon zijn vermist, zo'n beetje het ergste wat ons kon overkomen. Ik geef geen klap om die federale operatie – nationale veiligheid of niet. Maar als onze vrouwen daar middenin zitten, en we kunnen ze alleen terugvinden door uit te pluizen wat daar verdomme aan de gang is, dan zeg ik: we gaan ervoor!'

Magozzi vroeg: 'Kunnen jij en Roadrunner op de een of andere manier de lijnen uit het bureau van de sheriff van Missaqua County aftappen?'

Roadrunner knikte geestdriftig. 'Geen enkel probleem.'

'Ik wil elk verslag van elke agent die Ed de weg op heeft gestuurd, zodra iemand zich meldt.'

'We onderscheppen gewoon alle berichten: in- en uitgaand.'

Harley keek Halloran aan en zei: 'Dus overal in die county krioelt het van de federalen?'

'Volgens Ed wel.'

'Die zullen bij zo'n grote operatie toch op de een of andere manier met elkaar moeten communiceren. We moeten zien uit te vinden welk netwerk of welke frequentie ze gebruiken, daarop inbreken en dan uitvissen wat daar in godsnaam gebeurt... en waar.'

'Kan dat vanuit deze bus?'

'Reken maar van yes!'

'Aan de slag dan!' zei Magozzi. 'We proberen midden in Missaqua County te komen en zetten dit gevaarte dan ergens langs de weg, zodat we zo snel mogelijk elke kant op kunnen waar die informatie ons heen leidt.'

'Wij volgen wel in onze eigen auto,' zei Halloran. 'Voor het geval we ergens snel weg moeten.'

Harley grijnsde en wees met zijn duim naar de bus. 'Ze ziet er misschien uit als een olifant, maar is zo snel als een jachtluipaard. Die auto heb je echt niet nodig.'

Bonar knikte kort en liep toen weg. 'Dan pak ik even onze spullen.'

161

Harley rende achter hem, terwijl de anderen de bus in klommen. 'Zo'n beetje alles wat je nodig hebt, zit al daarin.'

Bonar bleef lopen. 'Ik heb het over een riotgun, een jachtgeweer, dat soort grappen.'

'Top! Wat is jouw auto?'

Bonar wees. 'Die daar. Tja, we konden natuurlijk niet met de wagen van de county dwars door Missaqua gaan crossen.'

Harleys mond viel open. 'Jezus christus, is dat jouw kar?'

'Jep, dat is nou mijn ouwe rammelkassie.'

Eerbiedig legde Harley zijn handen op de Chevy, terwijl Bonar naar de achterbank reikte. 'Rammelkast? Echt niet! Ik heb hier de Hope-diamant onder mijn handen, de Heilige Graal! Schiet mij maar lek en haal er een loodgieter bij... dit is een Yenko Camaro!'

Bonar gaf Harley het jachtgeweer aan en kroop nog wat verder naar binnen voor de riotgun. 'Geen idee wat "yenko" is, maar dit karretje is nog van Charlie Metzger geweest. Geen schoonheid, maar hij rijdt best lekker. Hier, pak aan.'

Harley nam het wapen van hem over, zonder ernaar te kijken. Hij stond nog steeds naar de auto te staren. 'Een L72-motor van maar liefst zeven liter, vóórschijfremmen, bewerkte motorkap, *heavy duty* radiateur, speciale ophanging, een differentieel met een overbrenging van 1 op 4,1 – van nul tot honderd in acht seconden... Ik geef je er zo honderd voor!'

'Had je gedroomd!' grinnikte Bonar, en gooide het portier met een knal dicht.

Harley kromp ineen. 'Honderdvijfentwintig dan?'

'Nou ja, zeg, gierigaard!'

Harley perste zijn lippen opeen en stampte achter Bonar aan naar de bus. 'Al goed, uitzuiger die je bent: honderdvijftig.'

'Harley, doe me een lol! Ik heb drieduizend dollar voor die auto betaald... en nu wil jij me er honderdvijftig voor geven?'

Harley stopte en keek hem aan. 'Honderdvijftigdúízend, sukkel!'

19

De volmaakte stilte hing als een dood gewicht boven het kleine meer achter de boerenschuur. Achter de brede plukken lisdodden weerspiegelde het gitzwarte water als een bodemloze spiegel het kille licht van de vollemaan. Er schaatste geen enkele waterkever over het oppervlak, er kwaakte geen kikker aan de oever, geen krekel schraapte zijn ene kromme pootje over het andere. Er was geen sprankje muziek in de nacht.

Nog vele minuten nadat ze de laatste jeeps hadden horen wegrijden, hielden Grace, Annie en Sharon zich doodstil, geknield in het water als een paar doorweekte biechtelingen.

Annies neus jeukte. *Waren ze echt weg?* Als ze haar hand optilde om aan haar neus te krabben, en er viel per ongeluk een druppel water in het meer... sprongen er dan tien mannen uit hun schuilplek tevoorschijn, die meteen begonnen te schieten? Heel langzaam en voorzichtig trok ze haar linkerhand uit het water en bracht hem naar haar neus. Hij was bedekt met dikke klonten drassige modder. Ze krabde, er werd niet geschoten. 'Kunnen we er al uit?' Haar gefluister klonk nauwelijks luider dan haar ademhaling.

Grace' schouders kwamen van onder het wateroppervlak omhoog en maakten kleine rimpelingen rondom haar. 'Heel voorzichtig,' fluisterde ze terug.

Annie kwam wankel omhoog, het water gutste uit haar aan flarden gescheurde jurk. Ze kneep haar ogen stijf dicht, toen het logge lijf van de koe achter haar verschoof. 'Er ligt hier een koe!' Ze boog opzij om het hun te laten zien.

'Goeie god,' fluisterde Sharon, starend naar het dode dier. Het lag er vredig bij. Een deel van de buik stak boven het wateroppervlak uit, als een soort harig, zwart-wit rotsblok. 'Daar is het vee dus gebleven! Ze hebben ze allemaal het meer in geduwd.'

Met zijn drieën waadden ze gehaast van de lisdodden naar het modderige, platgetrapte gras op de oever. Het water droop uit hun kleding en vormde plasjes bij hun voeten. Sharon en Annie zakten meteen op de grond, als versufte bloemen met gebroken stelen die door een zware regenbui waren afgerost.

Grace bleef nog even staan – recht, lang en stil – als een roerloos voorwerp, maar met ogen die overal keken. Toen ze uiteindelijk diep inademde, wist Annie dat de kust veilig was. 'Dat is hier dus gebeurd,' zei ze. 'Ze vervoerden een soort gas per vrachtwagen en toen ging er iets mis waardoor een heel stadje werd gedood.'

'Shit!' Het was voor het eerst dat Grace echte paniek in Annies stem hoorde. 'Dus wij hebben in een meer gezeten vol met aan gifgas overleden dieren?'

Grace kwam naast haar zitten, plukte een kletsnat lapje zijde van Annies hals en legde het terug op haar schouder, waar het hoorde. 'Dat is al uren geleden. Die soldaten maakten zich geen zorgen, dus hoeven wij dat ook niet te doen. Wat het ook was: het is er nu in ieder geval niet meer.'

'Dus ik hoef me niet uit te kleden en te zoeken naar wondjes of kneuzingen?'

Grace schudde haar hoofd. 'Die zul je niet hebben, het was geen chemisch middel, maar zenuwgas.'

Sharon keek haar aan. 'Hoe weet je dat?'

'Chemische middelen zijn altijd agressief. Ze vreten zich in. Maar wat ik van die koe kon zien, was nog helemaal gaaf en aan die hond in dat huis was ook niets te zien.'

Annie dacht hier even over na. Toen zuchtte ze en knikte, volkomen gerustgesteld.

Sharon vroeg zich af hoe ze zich dat in godsnaam had aangeleerd. Ze rilde, sloeg haar armen om haar knieën en voelde hoe de wankele wereld die zij voor zichzelf had gecreëerd, om haar heen begon in te storten. In één klap leek wat zij met haar leven had verkozen te doen – een karakterschets maken van een moordenaar tegelijk en daarbij misschien nog wat levens redden – afschuwelijk onbeduidend. Terwijl zij, net als Grace en Annie, druk bezig was seriemoordenaars in het hele land op te sporen, vond er nota bene in haar eigen achtertuin een massamoord plaats! 'Dat is toch niet te geloven! Zenuwgas? Dit is verdomme Wisconsin, niet het Midden-Oosten! Hoe zouden ze hier in vredesnaam aan zenuwgas komen?'

Annie gaf haar een klopje op haar knie. 'In feite is Wisconsin juist een prima plek om aan dat spul te komen. Het komt namelijk eigenlijk neer op bestrijdingsmiddelen met steroïden. Het hoofdbestanddeel vind je op elke boerderij in het Midden-Westen en instructies over hoe je het kunt maken vind je overal op internet.'

Sharon sloot haar ogen. 'Zo makkelijk kan het gewoon niet zijn. Anders zou elke idioot op aarde het toch gebruiken? We hebben het hier niet over gewone kunstmestbommen!'

'Nee, zo gemakkelijk is het inderdaad niet,' sprak Grace kalm. 'Maar ook niet onmogelijk. Weet je nog, die sarin-aanslag in de metro van Tokio? Dat spul hadden ze niet betrokken van een wapenhandelaar: dat hadden ze zelf gemaakt!'

Sharon wreef in haar ogen en haalde een paar maal diep adem terwijl ze bedacht dat dat dus precies was wat al die mensen en dieren hier de das om had gedaan: doodgewoon ademhalen. 'Ergens rijden nog twee vrachtwagens vol met die troep,' zei ze met trillende stem. Haar hand beefde toen ze aan het knopje van haar horloge friemelde om de wijzerplaat te verlichten. 'En als wij niks doen, vergassen ze over een uurtje of negen nog eens zeker duizend mensen. We moeten ons haasten!'

Grace' stem klonk gekmakend kalm. 'Dan zullen we toch eerst een plek moeten hebben om ons naartóé te haasten.'

'Gewoon weg van hier! We moeten hier weg en iemand laten weten wat er gaande is!'

Annie pakte Sharons hand en schudde er vermanend mee. 'Kalm nou, denk eens eventjes na...'

'We hebben niet eventjes!' siste Sharon. 'Het draait nu niet alleen meer om ons! Wat moeten we dan doen? Hier blijven zitten denken, terwijl heel veel anderen sterven?'

Grace zuchtte diep. Ze wist dat ze nu niet slechts een vrouw in paniek hoorde. De politieagent in Sharon had zojuist het roer overgenomen, en dus was directe actie overal het antwoord op. 'Oké,' zei ze rustig. 'Wat wil jij dan dat we doen?'

'Naar die wegversperring, de mannen die daar op wacht staan uitschakelen en een van hun jeeps stelen.'

'Jij, ik en onze 9mm's tegen wie weet hoeveel kerels met M16's?'

Maar Sharon wilde geen problemen horen, alleen oplossingen. Ze sprak gejaagd, gevoed door de diepgewortelde behoefte iets te doen. 'Eerst proberen we ze te beschieten vanuit de een of andere schuilplek. Al pakken we ze misschien niet allemaal, dan vergroten we in ieder geval onze kansen. Vervolgens rennen we, al schietend, naar de jeep...'

'Liefje, dat is pure zelfmoord.'

Sharon schonk Annie een venijnige blik. 'Er staat te veel op het spel om het niet te wagen.'

'Er staat te veel op het spel om het wél te wagen,' corrigeerde Grace haar, langzaam en duidelijk. 'Als wij bij die poging sneuvelen, dan sneuvelen er wel duizend met ons.' Ze liet dit even bezinken. 'We zullen dus iets anders moeten bedenken.'

'Verdomme, er is geen andere manier. We proberen hier al sinds vanmiddag weg te komen, en dat is al niet gelukt. En het is er alleen maar ingewikkelder op geworden: nu staan ze ons met zijn allen in een grote kring op te wachten.'

'Dan moeten we die kring doorbreken.'

Annie knikte. 'Wat wij nodig hebben, is een afleidingsmanoeuvre.'

Grace keek haar aan. 'Jij hebt weer ouwe oorlogsfilms zitten kijken.'

'Allerlei films. En dat is wat je in zo'n geval doet: je lokt de vijand naar één plek, en glipt dan weg via de andere kant.'

Sharon snoof. 'Fantastisch idee, hoor! Hoe stel je je dat voor?'

'Verdorie, weet ik veel! Hoe doet de politie zoiets? Als je in het veld aan het werk bent en je wordt omsingeld, wat doe je dan?'

'Het enige dat wij nu niet kunnen: om versterking bellen.'

Grace draaide zwijgend haar hoofd naar Sharon en toen verscheen, heel langzaam, een voor haar zeldzame glimlach op haar gezicht. 'Misschien kunnen we het wel allebei tegelijk doen.' Ze haalde diep adem, keek langs de helling omhoog, naar het omheinde terrein, en toen weer naar Sharon en Annie. 'Als we dat hele rotstadtje nou eens in de fik zetten?'

Hulpsheriff Douglas Lee bevond zich op de enige plek die hij op dit moment als veilig beschouwde: op zes meter hoogte, in de knoestige greep van een oude vederesdoorn. Hij had altijd een hekel gehad aan die slordige bomen en de massa's vliegende kevers die ze herbergden. Die rotdingen zaten echt overal, in zand en in klei, in de zon en in de schaduw, midden in een maïsveld of in een scheur in je terras, als je het niet goed bijhield. En godzijdank zelfs in een pril dennenbos. De ene dag nog een spichtig boompje, en voor je het wist was het zo'n monster waar hij nu in zat.

Zelfs de laagste takken van de weymouth-pijnbomen waren te hoog voor hem geweest en zaten bovendien te ver van elkaar om erin te kunnen klimmen. Deze vederesdoorn was dan ook een godsgeschenk geweest, met zijn stevige, hoekige takken en brede, komvormige vertakkingen. Als hij dit alles overleefde, dan had hij dat te danken aan de vederesdoorn. *Dus, god nee, nooit meer rukte hij in zijn tuin zo'n zaailing met wortel en al uit de grond.*

Hij wist niet hoe lang hij hier al zat, hij dacht ongeveer een halfuur. Lang genoeg in ieder geval om in te dutten en wakker te schrikken van een huiveringwekkend geweersalvo, dat echter alleen in zijn hoofd bleek te bestaan. De wond aan de zijkant van zijn hoofd stroomde als een kraan toen hij als een wilde door de bossen was gevlucht. Toen hij zich ten slotte in deze boom had verschanst, had hij eerst minutenlang geluisterd naar het gebonk van zijn hart in zijn borstkas. Toen had hij zijn hand omhooggestoken en een van de schaarse, schone plekjes op zijn bebloede zakdoek tegen de plek gedrukt. Het bloedde nauwelijks meer.

Misschien was de wond helemaal niet zo diep; bloedde het alleen zo erg omdat het nu eenmaal een hoofdwond was.

Hij draaide zijn hoofd om naar beneden te kijken en omklemde geschrokken de boomstam, toen de grond op hem af leek te komen. *Shit, Lee, je bent een beetje duizelig. Je moet meer bloed zijn verloren dan je dacht.*

Hij bewoog zijn arm zo, dat het schemerige maanlicht op zijn pols viel en tuurde op zijn horloge, waarbij hij erop lette dat hij alleen zijn ogen, en niet zijn hoofd bewoog. Hij knipperde een paar keer ongelovig met zijn ogen en bracht zijn pols nog wat dichter bij zijn gezicht. *Jezus, twee uur!* Hij zat verdomme al uren in deze boom, geen paar minuten.

Hij sloot zijn ogen en dacht diep na. Misschien had hij helemaal niet zitten dutten, maar had hij een black-out gehad! Misschien was die hoofdwond een stuk ernstiger dan hij dacht. Zijn hart haperde even, hij begon sneller te ademen. *Rustig maar, Lee, het gaat prima. Je bent al zover gekomen, raak nu niet in paniek.* Hij dwong zichzelf diep en rustig te ademen.

Pas toen hij weer was gekalmeerd, opende hij zijn ogen en keek om zich heen. Als hij zijn hoofd heel bedachtzaam bewoog, kon hij zich in evenwicht houden. Ook al zat er een dicht bladerdak tussen hem en de maan, toch lekte er genoeg licht doorheen om vlekkerige schaduwen op de grond onder hem te werpen. Niets bewoog, er was geen enkel geluid...

Verrek! Opeens herinnerde hij het zich weer: een poos terug was hij lang genoeg bij kennis geweest om bedrijvigheid waar te nemen in het woud onder hem. Het waren heel andere geluiden dan het vertwijfelde gesis en geschreeuw van de mannen die bij de weg op hem hadden geschoten. Ditmaal waren de geluiden kalmer, gedisciplineerder: zacht gemompel, knappende twijgjes onder een slordig geplaatste laars, zwiepende struiken waar iemand langsstreek. Een paar van hen waren recht onder zijn boom door gekomen, allemaal in net zo'n camouflagepak als die klootzak bij die wegversperring, allemaal sleepten ze met een M16, en allemaal liepen ze ongeveer dezelfde richting uit. *De richting waar jij dus niet naartoe gaat,* zei hij tegen zichzelf – en voor het eerst besefte hij dat hij van plan was zijn veilige, hoge plek te verlaten.

Jezus, wat was hier in godsnaam gaande? Dat waren echt geen leden van de Nationale Garde op oefening! En ook geen Amerikaanse militairen, van welk onderdeel dan ook – anders zwoer hij dat hij naar China emigreerde... Maar er waren er wel heel veel en prima georganiseerd en puik bewapend. Christus, het was een privéleger!

Hij legde een hand op zijn voorhoofd en trachtte al wrijvend weer bij zinnen te komen. *Denk na, Lee. Je zit diep in de nesten. Als ze je daarachter, bij die wegversperring, al dood wilden hebben, dan willen ze dat nu nog erger, want lieve god, je hebt een van hen gedood!*

Hij schrok van deze herinnering, sperde zijn ogen wijd open en staarde voor zich uit, net zolang tot hij zijn gedachten weer op een rijtje had. Toen pas dwong hij zichzelf weer met zijn ogen te knipperen. *Laat maar, denk er maar niet meer aan.*

Zijn rechterhand kroop over zijn zij, tot zijn vingers zijn holster omsloten. Hij slaakte een zucht van verlichting. *Godzijdank!* Of hij nu had zitten ijlen of niet, hij had tenminste wel het besef gehad zijn wapen niet kwijt te raken.

En ineens was zijn hoofd weer helemaal leeg. Wat nu? Wat moest hij in vredesnaam doen?

Hier weg zien te komen, natuurlijk, weg van die idioten, en dit alles melden! O mijn god, Dorothy kreeg een rolberoerte! Hé Dot, ik heb hier bij Four Corners een legertje aangetroffen dat met automatische geweren mijn brein uit mijn hersenpan probeert te blazen. Stuur eens wat versterking, wil je?

Hij begon te gniffelen, maar hield daar meteen weer mee op. Hij schrok zich kapot van zichzelf: hij klonk als een waanzinnige. *Beheers je, Lee. Paula zit thuis op je te wachten.*

De gedachte aan zijn vrouw verlamde hem weer even. *Ach jezus, die arme Paula. Twee uur 's nachts al!* Ze moest half krankzinnig van ongerustheid zijn en had de centrale vast al helemaal dol gebeld. *Ach, Lee, jij stomme zak!* Paula had natuurlijk uren terug al gebeld en de hele politiemacht reed ondertussen om te surveilleren. *Shit, hij moest hier echt vandaan, naar de weg, zich laten zien...* Maar eerst en vooral moest hij voorbij die rotzakken zien te komen. En het probleem was dat hij verdorie geen idee had waar die zich precies ophielden.

Een kwartier verprutst, dacht Grace, toen ze eindelijk vanaf het meer omhoog begonnen te kruipen, terug naar het omheinde terrein. Vijftien hele minuten om een plan te bedenken, de zwakke punten te benoemen en het eens te worden over de timing. *En als het verdomme werkte... maar ze waren net een kwartier te laat om duizend mensen te redden, hoe moesten ze daar dan in vredesnaam mee leven?*

Na de illusie van veiligheid tussen het meer en de helling voelde Grace zich, eenmaal boven, akelig onbeschut, net als de andere twee. Ze zakten meteen op hun hurken in het hoge gras naast de tractor en verstijfden daar, ze ademden ingespannen door hun mond, luisterden naar het geringste geluidje en tuurden naar de minste beweging in het levenloze landschap. De warmte leek wel gevangen in de drukkende lucht om hen heen, alsof er een gigantisch, verstikkend deksel over de wereld heen was gezet.

Het is in orde, bleef Annie zich maar inprenten. *Hij zei dat wij het stadje vanavond voor onszelf hadden. En hij wist niet dat we meeluisterden, dus waarom zou hij liegen? Het was geen list, geen list: die soldaten liggen echt ergens aan de buitengrens op de dageraad te wachten. We kunnen ons veilig bewegen. We moeten wel, we hebben dingen te doen, moeten ergens heen. Stel nooit uit tot morgen wat je vandaag kunt doen. Wie aarzelt, is verloren...* en meer van dat soort holle frasen verdrongen zich in haar hoofd en vormden er een ware opstopping van woorden.

Eindelijk wist Grace zich los te rukken van de tractor en snelde ze langs de rechterkant van het hek naar de schuur – met Annie en Sharon stilletjes achter haar aan. Alle drie wendden ze hun blik welbewust af van de doodsbleke dingen die als een gruweloogst uit de bodem groeiden.

Annie keek richting de open schuurdeur en zag hoe een glimp maanlicht een obscene gloed wierp op de langwerpige, stalen kragen binnen. *Wat een vreselijke dingen*, dacht ze, en ze trachtte zich voor te stellen hoe het was om als koe die beugel voor het eerst om je nek te horen dichtklikken, achteruit te willen en dan tot je ontzetting te merken dat dat ding waar je je hoofd in hebt gestoken, er niet meer af gaat. *Waarschijnlijk niet veel anders dan wij ons nu voelen,* besloot ze.

Bij de hoek van de schuur stopten ze. De langzaam wegtrekkende maan legde een bleek laagje licht over het boerenerf. Het leek een fel schijnsel, na de donkere nis bij het meer. Een paar stenen op de oprit blonken mat, de donkere ramen van het woonhuis daarachter leken hen aan te staren, als de holle oogkassen van een dode. In de tuin stond een rij schaduwbomen als vermoeide schildwachten, hun bladeren slap en bewegingloos in de stille lucht. Er was niets te zien, niets te horen – alsof iemand de pauzeknop van de wereld had ingedrukt.

En kennelijk werd die van Grace nu ook ingedrukt, want zij bleef abrupt, midden in haar beweging staan, waardoor ze Annie de stuipen op het lijf joeg.

Grace draaide zich naar haar om, haar blik vertroebeld door een emotie die Annie met geen mogelijkheid kon duiden. Toen begon ze als een waanzinnige in haar broekzak te graven, haalde haar mobieltje eruit en klapte het open.

Annies mond viel open van verbazing toen ze het schermpje miraculeus zag opgloeien, terwijl de kleine telefoon in Grace' hand zacht begon te trillen.

20

Even nadat Bonar achter Harley aan de bus in was geklommen, kwam door het gangpad een grote, ruwharige schaduw op hem af geslopen. Het duurde even voor hij doorhad dat het om een hond ging, waarna hij meteen door het dier werd besprongen.

Hij had geen band meer met een hond gehad sinds de trouwe viervoeter uit zijn kindertijd het had afgelegd tegen een das, maar het kostte Charlie slechts een minuut om hem te laten voelen wat hij al die jaren had gemist.

'Ik mag naast de chauffeur zitten en ik mag de hond,' klonk Gino's stem achter hem.

Bonar had zijn arm om Charlies nek geslagen en grijnsde breed toen de grote, natte tong over de blonde stoppels op zijn kin schraapte. 'Jij mag van mij best naast de chauffeur zitten, maar om die hond wil ik met je duelleren. Waar is iedereen heen?'

'Halloran is met Magozzi en Roadrunner naar achteren. Daar moet je ook eens gaan kijken: ze hebben er een kantoortje dat zo uit een James Bond-film zou kunnen komen.'

Bonar installeerde zich op de met zijde gestoffeerde bank direct achter Harleys bestuurdersplek. 'Hier zit ik prima. Trouwens, dit is mijn regio, dus ik speel wel voor navigator.'

Gino gleed op de armstoel voorin en deed zijn gordel om. 'Ach, die hebben we helemaal niet nodig: we hebben hier een GPS waar je steil van achterover slaat.'

Harley keek hem aan. 'Weet je zeker dat je dat ding in de vingers hebt?'

'Reken maar! Ik heb de afgelopen twee uur zitten oefenen en nu heb ik 'm helemaal door. Wil je van deze parkeerplaats af?' Hij drukte een paar knopjes in en tuurde naar het scherm. 'Vierhonderd achtennegentig komma vierennegentig centimeter vooruit, dan rechtsaf, positie nul-komma-een-een-acht-vier graden in noordnoordoostelijke richting... Jezus christus, hoe kom je eigenlijk aan dit ding?'

'Uit een kernonderzeeër gesloopt,' mompelde Harley.

'Serieus?'

'In godsnaam, Rolseth, natuurlijk niet, die hebben lang niet zulk goed spul. Zoek jij Missaqua County nu maar op en leid me naar het middelpunt.'

'Momentje!' Magozzi kwam op hen af gebeend, met Halloran en Roadrunner in zijn kielzog. Hij zag nog bleker dan onder de kwiklampen van het tankstation en hij klonk overspannen. 'Roadrunner is zojuist achter de identiteit van die verdronken kerels gekomen naar aanleiding van die vingerafdrukken die jullie hadden doorgestuurd.'

Bonar, Harley en Gino draaiden zich tegelijkertijd om.

'Ze kwamen bij geen van de bekende databanken bovendrijven, omdat de federalen ervoor hebben gezorgd dat dat niet mogelijk was! Die lijken waren jongens van hen – en wel zo zwaar undercover dat ze niet eens namen hadden, alleen nummers.'

Bonar kon zuchten, dat het zelfs een volwassen vent door merg en been ging. 'Undercoveragenten! Wat ben ik toch ook een oen! Dat is immers de enige min of meer zinnige reden om die lichamen zo snel weg te grissen, onze moordlocatie in te pikken en ons verder ook totaal buiten te sluiten! Maar het is geen moment bij me opgekomen.'

'Bij mij ook niet,' zei Halloran.

Magozzi stond er roerloos bij, al zijn lichaamsdelen, behalve zijn hersenen, leken bevroren. 'Je zei dat het eruitzag als een executie. Toch?'

Halloran knikte somber. 'Op een rijtje gezet en zowat doormidden geboord. Doc Hanson dacht aan een M16.'

Magozzi wilde eigenlijk gaan ijsberen, maar daar was niet genoeg ruimte voor, met vijf van die grote kerels op een kluitje. 'Dus ze waren undercover met iets heel groots bezig, groot genoeg om drie FBI-agenten voor te vermoorden, maar ze zijn gesnapt,' peinsde hij hardop. 'Waarschijnlijk zijn ze slechts in Kingsford County gedumpt, een flink eind van de plek waar ze opereerden – aangezien het enige waar de FBI interesse voor heeft, de moordlocatie bij de kalksteengroeve is. Missaqua moet de bron zijn.'

'Waar we toch al heen reden,' zei Gino klaaglijk. 'Maar we mogen dan weer een stukje van de puzzel hebben gevonden, het zegt ons nog steeds niet waar we moeten zoeken. We hebben er verdomme helemaal niks aan!'

Magozzi glimlachte vaag. 'Nou, misschien toch wel. Dit zou best eens het grote verschil kunnen maken. Roadrunner?'

'Hierzo!'

'Ik heb een geheim FBI-nummer nodig. Voorzover ik weet, staat het nergens genoteerd. Denk je dat je dat voor mekaar krijgt?'

Roadrunners antwoord was een brede grijns.

Gino vloog op uit zijn stoel en keek Magozzi aan, zijn wenkbrauwen geamuseerd schuin opgetrokken. 'Jij, ouwe boef! Niks zeggen: je gaat Plastic Paultje bellen!'

'Exact.'

'Wie is Plastic Paultje?' vroeg Bonar.

Gino liep al achter Roadrunner en Magozzi aan naar achteren. 'Dat is Speciaal Agent Paul Shafer uit Minneapolis. Hij en Magozzi hebben een bijzondere band met elkaar.'

Halloran stommelde fronsend achter hen aan. 'Die vent die we hebben ontmoet toen we voor die Monkeewrench-zaak in Minneapolis waren? Ik dacht dat jullie die haatten.'

'Dat is dus het bijzondere van hun band,' grijnsde Gino, terwijl ze zich met zijn vieren rond een communicatiepaneel schaarden. 'Kom op, Leo, doe ons een lol en zet hem op de speaker!'

Roadrunner had maar een halve minuut nodig om het nummer te vinden.

Nog voordat de telefoon een keer was overgegaan, werd er al slaapdronken opgenomen – het ging om het soort lijn dat altijd acuut moest worden beantwoord, op welk tijdstip ook: 'Shafer hier.'

'Paul, met Leo Magozzi, politie van Minneapolis.'

Het bleef even stil.

'Hoe kom jij in vredesnaam aan dit nummer?'

'Gewoon, via Inlichtingen.'

'Gelul! Dit is een geheime federale lijn, Magozzi. Jij hebt jezelf zojuist een hoop ellende op de hals gehaald. En ik hang nu op.'

'Prima, joh. Kun je nadat je hebt opgehangen je ontslagbrief gaan schrijven of jezelf door de kop schieten, je mag zelf kiezen.'

Weer een stilte.

En toen: 'Je hebt dertig seconden.'

Magozzi haalde een hap adem en zei toen: 'Een van jullie agenten is vermist geraakt, in een gebied waar net drie andere agenten vermoord zijn aangetroffen.'

Er klonk een hoop herrie door de speaker – dekens die opzij werden gesmeten, voeten die op de grond werden gezet, wat ruis en geknetter. 'Oké Magozzi, mijn aandacht heb je. Maar als dit flauwekul is, dan zal ik er persoonlijk voor zorgen dat jij pas over een jaar of veertig weer een sprankje blauwe lucht ziet.'

Gino zag Magozzi's gezicht rood worden en zijn borstkas op-zwellen, alsof hij op het punt stond te ontploffen. Je rook haast hoe het testosterongehalte tot aan de satelliet omhoogschoot. 'O-o: een stierengevecht,' zei hij, en gaf Harley een por.

Maar Magozzi's stem klonk bedrieglijk kalm toen hij zei: 'Het gaat om Sharon Mueller.'

'Ach Magozzi, in vredesnaam: die is helemaal niet vermist! Is dat waar dit allemaal over gaat? Sharon is naar Green Bay, samen met de dames van Monkeewrench, om in haar eigen tijd wat pro-fielschetsen te maken.'

'Daar is ze nooit aangekomen.' Magozzi liet deze mededeling heel even bezinken, en vertelde toen over de andere vermiste per-sonen, de vermoorde undercoveragenten, en hoe de FBI de boel in Missaqua County had overgenomen. 'Wij vermoeden dus dat Sharon en de anderen midden in iets verrekte links zijn beland. Maar het is een gigantisch gebied. Wij zijn momenteel ter plekke – althans in de buurt – maar we hebben jouw mensen nodig om het zoekgebied verder af te bakenen, om te bepalen waar we moeten beginnen. En de politie van hier krijgt geen zak van ze te horen. Zij is jouw medewerker, Paul, niet de hunne. Heb jij genoeg macht in je organisatie om iets te regelen dat Sharon het leven zou kunnen redden? Want dat zou best wel eens op het spel kunnen staan.'

Shafers antwoord kwam nu snel: 'Heb je een betrouwbare lijn waar je nu zit?'

'Daar maken we op dit moment gebruik van.'

'Geef me het nummer dan... en een kwartiertje.'

Ze waren nog geen twintig kilometer dichter bij de grens van Missaqua County, toen Shafer alweer terugbelde. 'Weet jij waar Beldon ligt?' vroeg hij, zonder enige inleiding.

Halloran knikte naar Magozzi.

'Ja.'

'Dat is waar de sheriff van Missaqua County zit. Daar hebben ze hun commandopost opgezet. Vraag er naar agent Knudsen, hij zal de politie meedelen wat hij kan loslaten. Wie heb jij bij je?'

'Rolseth en ik zijn hier, sheriff Halloran en hulpsheriff Carlson en...' – hij aarzelde even – 'nog een paar lui uit Kingsford County.'

'Ik zal zeggen dat jullie eraan komen. Bel maar als hij moeilijk doet.'

Magozzi zuchtte diep. 'Wat is daar toch gaande, Paul?'

'Dat weet ik ook nog niet, maar daar ga ik achter komen! En ik wil ook weer van jullie horen. Je lift nu mee op mijn reputatie, dus ik wil van elke stap horen, voor je hem zet. Begrepen?'

'Afgesproken.'

Gino liep terug naar de bijrijdersstoel en vertelde Harley en Bonar wat Shafer had gezegd.

Harley reed met beide handen aan het stuur en beide ogen strak op een asfaltweg gericht, die wel twee meter te smal leek voor de grote bus. 'Toets Beldon maar in op die GPS en breng ons erheen,' riep hij tegen Gino. 'Shit, een zaterdagavondje met de FBI! Dat wordt vermakelijk. Hé Bonar, haal eens wat sap voor me uit de koelkast, wil je?'

Bonar hing nog steeds op de bank, met een intevreden Charlie half over hem heen. Hij draaide zijn hoofd naar de keuken, die zelfs nog ruimer was dan die van Marjorie, en helemaal van hout, teak, als hij zich niet vergiste, en geen centimeter email te bekennen. 'Er is helemaal geen koelkast.'

'Derde la rechts van de gootsteen,' zei Gino, zonder op te kijken van zijn GPS-schermpje. 'Nog vier-komma-drie kilometer, Harley, en dan rechts de een of andere weg op. "County Pee-Pee" staat hier, maar dat kan niet kloppen.'

Bonar duwde Charlie zachtjes van zijn schoot en liep naar la nummer drie. 'Jawel: dat is provinciale weg Double P. Vroeger gaven ze alle countywegen een letter. Prima idee in de negentiende eeuw, maar ze liepen een beetje vast toen er zoveel wegen werden aangelegd, dat het alfabet op raakte. Toen zijn ze maar met dubbele letters begonnen.'

Gino schudde zijn hoofd. 'Ik ben een vreemde in een vreemd land.'

Bonar was een en al respect toen hij de koelkastladen eenmaal had gevonden, geheel verstopt achter frontjes van gepolijst teakhout. Een hele serie nog wel: een la voor dranken, een la voor groente en fruit, een la voor vlees, en een extra grote la met meer wijnflessen dan in het ijzeren rek in de Gemeentelijke Drankenhal. 'Niet te geloven,' mompelde hij, onbeschaamd rondsnuffelend tot hij een pakje sinaasappelsap voor Harley had gevonden. 'Vind je het erg als ik zelf een cherry-coke neem?'

'Pak maar wat je wilt, maatje,' zei Harley, hij schakelde terug voor een gemene bocht. 'Vind je het wat, die keuken?'

'Geintje zeker? Zoiets moois zie je alleen in een tijdschrift als *Bon Appétit*!'

Gino sloeg zijn blik ten hemel op. 'Straks gaan jullie nog recepten uitwisselen en samen Oprah kijken.'

Harley schonk hem een boze blik. 'Ik ben dol op Oprah!'

In het kantoortje achterin liet Roadrunner intussen meerdere programma's tegelijk lopen, op maximumsnelheid. Hij liet ze dieper dan ooit spitten in geheime federale sites, op zoek naar elk brokje informatie over het project van de drie vermoorde undercoveragenten. Maar er was nog steeds geen flintertje komen bovendrijven, en dat gebeurde niet vaak.

Halloran en Magozzi zaten op een bank bij het raam. Ze keken afwisselend naar Roadrunner, als die weer eens op zijn toetsenbord zat te vloeken, en naar wat Halloran een kalme plattelandsnacht noemde, en Magozzi een miezerig, duister landschap. 'Christus, iemand heeft in de hele staat het licht uitgedaan.'

Halloran glimlachte vaag. 'Langs deze weg staat niet veel bebouwing, nee. Maar zo meteen moeten we langs de Silver Dome komen.'

'Wat is dat?'

'Een restaurant: dineren en dansen, met tafelkleden en al.'

Na ongeveer een kilometer en een hele lange bocht zag Magozzi een poppenhuisversie van Las Vegas, midden in een groot, zwart gat. Boven een modderige parkeerplaats propvol pick-ups twinkelde kerstverlichting en op een manshoog, roze-met-groen neonbord knipperde de tekst: 'Diner, dans & amusement.' Het bord hing aan de zijkant van een tunnelvormige, golfijzeren barak.

'Waaruit bestaat het amusement?'

'Bowlen.' Halloran bleef Magozzi strak aankijken, maar deze grinnikte niet eens. Dat was nou precies waarom hij Leo Magozzi zo graag mocht.

Halloran keek weer naar buiten en zuchtte. Na de Silver Dome was er weer kilometers niets anders meer te zien dan bomen die de maan verhulden, en hier en daar een open veld dat dat niet deed.

'Ik schaam me er niet voor je te vertellen dat dit een van de weinige keren is, dat ik tijdens mijn werk serieus in de piepzak zit.'

Wonderlijk genoeg grinnikte Magozzi nu wel. 'Wie hou je nou voor de gek, Halloran? Wij zijn niet aan het werk: we zijn een stel doorgedraaide kerels, op jacht naar een paar meiden. Onze vrouwen redden. Holbewonersgedrag.'

Halloran legde zijn grote handen op tafel en zuchtte nog eens. 'Jij misschien.'

Magozzi trok één wenkbrauw omhoog.

'Sharon komt niet terug.'

'Bij jou... of naar Kingsford County?'

'Geen van beide.'

'Jezus, Halloran, die griet heeft een kogel in d'r nek gekregen! En of je het nou leuk vindt of niet: jij en je werk horen daarbij. Dat soort zaken zet een mens nu eenmaal even op slot, het maakt je bang om je er weer vol tegenaan te gooien.'

Halloran bleef lang zwijgen. Toen zei hij: 'Ik moet haar dus wat meer tijd gunnen.'

'Dat heb je mooi goed! Weet je, Halloran? Ik bedacht net dat wij de vorige keer dat we elkaar troffen, midden in een vuurgevecht belandden, op zoek naar dezelfde twee vrouwen.'

Halloran kneep met zijn ogen. 'Mijn god, je hebt gelijk.'

'Misschien moeten we ook eens afspreken tussen twee rampen in om de sleur een beetje te doorbreken.'

En toen gilde er opeens een sirene door de bus.

Roadrunner sprong op alsof hij werd gelanceerd en drukte een knop in: 'GRACE?'

Magozzi kwam half omhoog uit zijn stoel en bleef toen hangen, bang om zich te verroeren, of zelfs maar adem te halen.

Er gonsde een kiestoon door de gigantische speakers.

'Wat gebeurt er?' vroeg Magozzi met trillende stem.

'Shit!' Roadrunner drukte opnieuw op een knop, waarna het geluid van een nummer dat werd ingetoetst de bus vulde. 'We hadden een satellietlijn op "automatisch kiezen" gezet: die probeert elke vijf minuten de mobieltjes van de vrouwen. En net werd Grace' telefoon dus opgenomen... maar toen raakte ik het signaal weer kwijt... Ja, daar is het weer!'

Er siste wat ruis door de speakers, gevolgd door een verscheurend schrille toon en toen, werkelijk waar, Grace' stem – vervormd, vaag en verbrokkeld: '...hulp nodig... vier... mensen dood... Roadrunner...?'

En toen was er opeens weer helemaal niets. De speakers zwegen in alle talen.

21

Twintig minuten na Grace' verbroken boodschap was de sfeer in de Monkeewrench-bus geladen, elektrisch haast.

Zelfs met alle legale en illegale computerbronnen die ze hadden kunnen verzamelen, was het Roadrunner en Harley niet gelukt het contact met Grace te herstellen, noch de toren te lokaliseren die het signaal van haar mobieltje had doorgegeven. Niet een telefoonmaatschappij wiens site ze hadden gekraakt, had in het afgelopen uur activiteit vanaf Grace' mobieltje geregistreerd.

Na vijftien frustrerende minuten langs de kant van de weg, zat Harley nu weer achter het stuur. Hij reed met een verontrustende vaart richting Beldon, over een donkere, kronkelende weg, en bad dat deze omweg om aan te haken bij de federalen hen niet totaal de verkeerde kant op bracht.

Bonar zat nu voorin. Hij hield Charlie met een hand op zijn schoot, met de andere bediende hij een schijnwerper, die eigenlijk was bedoeld om de weg voorbij de koplampen te verlichten, om herten op te sporen. *Een zinloze zaak bij deze snelheid*, dacht hij: ze stonden immers nooit op tijd stil. Maar het kwam ook niet bij hem op Harley te vragen langzamer te rijden: dat telefoontje van Grace was zo luguber geweest...

Gino zat in het kantoortje achterin, gebogen over een overzicht van alle telefoontorens in Wisconsin, dat Roadrunner voor hem had uitgeprint. Voorzover hij zag, stond er niet een in de buurt van Missaqua County. Na tien minuten worstelen met de kaart en door zijn haar strijken, was hij ervan overtuigd dat ze helemaal fout zaten. Maar dat durfde hij niet hardop te zeggen. Roadrunner leek toch al half waanzinnig, zoals hij tekeerging op die com-

180

puters, vloekend als een bootwerker en Magozzi en Halloran zagen er allebei zo broos uit, dat het een wonder was dat ze nog niet waren geknakt. Dus keek hij maar op zijn kaart naar de geplande locaties voor toekomstige antennes, zich afvragend hoe recent deze kaart eigenlijk was.

Halloran nam in zijn eentje een hele satellietlijn in beslag, en probeerde er op de ouderwetse manier achter te komen welke toren Grace' telefoontje had opgepikt. Hij belde gewoon alle mobieletelefoonaanbieders in de hele staat, meteen schermend met zijn politiepenning bij de slome lakeien der weekenddienst, in een poging snel geholpen te worden door parttime medewerkers met een gemiddeld iq van minder dan tien, die dachten er in de late dienst de kantjes vanaf te kunnen lopen. Uiteindelijk werd hij dan toch doorverbonden met iemand die leek te weten waar hij het over had en hem vervolgens omstandig begon uit te leggen hoe het kon dat niemand gegevens had van een telefoontje dat kennelijk wel was gepleegd. Halloran kreeg er koppijn van. Toen hij ophing, trachtte hij de rimpels uit zijn voorhoofd te wrijven.

'Wijzer geworden?' vroeg Gino.

'Ja, ik weet nu waarom dat telefoontje niet geregistreerd is: degene die het netwerk van Wisconsin Cellular runt, vertelde me zojuist dat het zwarte magie moet zijn geweest. Wat zeg je me daarvan? De lui die het systeem beheren, kunnen je niet eens vertellen hoe zoiets werkt. Hij zei dat onder bepaalde omstandigheden – bij zonnewind, zonnevlekken of wanneer Jupiter godbetert op een lijn ligt met Mars – een telefoon wel eens het signaal van een toren kan oppikken, ver buiten het normale bereik. En als die connectie dan kort of vervormd genoeg is, kan het wel eens gebeuren dat hun software deze niet registreert.'

'Dat probeerde ik je ook al te vertellen,' riep Roadrunner vanaf de andere kant van de bus.

'Nou ja, deze vent zei het tenminste gewoon in het Engels.'

Iedereen keek op toen Magozzi ineens zijn stem verhief. Hij had eindelijk Paul Shafer in Minneapolis weten te bereiken en blafte deze nu een exact citaat van Grace' telefoontje toe. Toen sprong hij op en riep door het gangpad naar Harley hoe ver ze nog van Beldon zaten omdat hij even vergat dat de bus een prima intercom bezat. Hij pakte de telefoon weer, luisterde en ontplofte toen zowat: 'Jezus christus, Shafer, luister jij eigenlijk wel? Ze zei dode mensen, minstens vier stuks, en zij zitten daar middenin... Dat telefoontje natrekken? Sodemieter toch gauw op: dat hebben we hier allang geprobeerd, en als het deze jongens niet lukt, dan kunnen die knapen van jou het zeker niet...' Vervolgens zweeg hij weer en luisterde lange tijd, waarna hij de hoorn stilletjes neerlegde en Gino hulpeloos aankeek. 'Dit ga je verdomme niet geloven.'

Iedereen in het kantoortje stopte met wat hij aan het doen was.

'Shafer heeft een aantal lui uit bed getrommeld, en daarmee zo'n beetje zijn hele carrière op het spel gezet, en hun om een gunst gevraagd of, als dat niet werkte, wat dreigementen geuit. Hij wist me daardoor te vertellen, dat de FBI uit Wisconsin zijn undercoverjongens heeft ingezet toen een stel lui die zij al een tijdje in de gaten hielden, wat ongewone aankopen deden. Volgens hen zouden zij bezig kunnen zijn met het fabriceren van zenuwgas...'

Hallorans potlood bleef boven zijn volgekrabbelde bladzijde zweven, Roadrunner staarde volkomen beweginloos naar de regels tekst die op zijn monitor voorbij rolden, zonder er ook maar iets van te lezen.

'Hoe zeker zijn ze daarvan?' vroeg Gino, zijn stem gespannen, zijn woorden afgemeten.

'Dat wist Shafer niet, maar hij heeft ook hun man in Beldon gebeld, hem wat achtergrondinformatie gegeven en vervolgens verteld over Grace' telefoontje.' Hij slikte, want het uitspreken van haar naam alleen al maakte hem van streek. 'Hij brengt ons op de hoogte van wat zij weten, zodra we daar aankomen.'

Harley had voorin de cabine alles via de intercom gevolgd. Hij trapte het gaspedaal tot op de bodem in.

Tien minuten later reden ze Beldon binnen. Ze vlogen zo hard voorbij het maximumsnelheidsbord, dat Bonar het niet eens kon lezen.

De straten waren er donker en verlaten, maar de parkeerplaats van het bureau van de sheriff van Missaqua County baadde in het licht zoals ook wel bij van die casino's midden op de prairie. Hij stond tjokvol onopvallende, donkere personenwagens, en Magozzi vermoedde dat het betonnen gebouwtje net zo tjokvol onopvallende mannen in donkere pakken zat.

Schokkend kwam de bus tot stilstand. Binnen enkele tellen vlogen ze met zijn allen het voorportier uit, als schuim uit een lekgeprikt bierblikje.

Sheriff Ed Pitala stond hen voor de hoofdingang al op te wachten, een smeulende sigaret in zijn mondhoek. Hij was een magere man met een sluwe blik, in de verste verte niet de zestiger die hij was. Je kon je zonder al te veel moeite voorstellen hoe hij een FBI-agent tegen de muur had gekwakt. Maar hij was een en al glimlach toen hij Halloran en Bonar zag. 'Mike Halloran, dat is verdomme veel te lang geleden! Je hebt het golftoernooi van de federatie gemist, joh... Jeetje, Mike, jij ziet eruit als een aangereden beest dat nog net niet dood is. Wat is er in vredesnaam aan de hand?'

Halloran greep Pitala's hand en bleef deze maar schudden, terwijl hij begon te praten, alsof hij hem vergat los te laten. 'Die vrouwen die wij zoeken, Ed, zitten echt diep in de problemen. En we beginnen door onze tijd heen te raken. Is er iets wat we moeten weten, voor we naar binnen gaan?'

Ed drukte zijn sigaret uit in een bloempot met aarde, waar allemaal Marlboro-filters uit groeiden. 'Nee, alleen dat hier een stel griezels rondlopen, die mijn plekje in bezit nemen en mij lopen te commanderen zonder me te zeggen waarom. En dat telefoontje van die vriend van jou uit Minneapolis heeft ook aardig wat opschudding veroorzaakt. Het was daarbinnen al ijzig, maar nu moet je echt oppassen dat je niet uitglijdt... Maar ik ben nog steeds het haantje, hoor. Ik heb al mijn mensen achter Doug Lee aan gestuurd, en dat is het enige wat ik belangrijk vind.'

'Al iets gehoord?' vroeg Bonar.

'Een paar hulpsheriffs hebben zich al gemeld. Maar nee, tot nu toe nog niks.'

In de hal kwam agent Knudsen hen tegemoet. Hij was, gezien de omstandigheden, verrassend hartelijk. Magozzi vermoedde dat hij een van de topmannen van de voorlichtingsdienst was, die de FBI inzette om plooien glad te strijken wanneer ze op inmenging van buitenaf stuitten.

Knudsens gezichtsuitdrukking bleef neutraal – tot Magozzi hem voorstelde aan Harley en Roadrunner. 'En dit zijn agent Davidson en agent... Road.'

Harley deed zijn uiterste best betrouwbaar te kijken, maar Roadrunner deed geen enkele moeite – het was toch een verloren zaak.

'Undercover,' voegde Magozzi er vlug aan toe.

Knudsen bleef sceptisch kijken.

'Computerfraude,' zei Harley.

En toen knikte Knudsen alsof dat alles verklaarde.

Hij keek naar de satelliettelefoon die Roadrunner in zijn hand hield. 'Is het al gelukt de verbinding met de vrouwen te herstellen?'

Magozzi schudde zijn hoofd. 'Geen geluk met verbinden, noch met het natrekken van dat telefoontje. U zult ons meer moeten vertellen, agent Knudsen. Deze vrouwen zitten hier op de een of andere manier middenin, en wij kunnen elk brokje informatie gebruiken om te bepalen waar we moeten zoeken.'

'Daar is reeds over onderhandeld. Ik zal u vertellen wat ik weet, hoewel ik niet geloof dat het veel zal helpen. Maar, mijne heren, eerst wil ik dat jullie iets heel goed begrijpen. Dit is onze zaak; Paul Shafer en het bureau in Minneapolis hebben hier geen enkele rechtsbevoegdheid. Wij zeggen wat er gebeurt. Dat wij u hier toelaten om naar uw vermiste agent te zoeken, is een persoonlijke gunst. Maar indien u onze operatie op enigerlei wijze hindert, dan zullen wij u onmiddellijk van de weg halen. Is dat duidelijk?'

Iedereen knikte.

'Zoals u reeds weet, zijn wij al drie agenten kwijtgeraakt en wij willen dan ook onder geen beding dat het Bureau er nog een verliest. Echter, er staan hier nog veel meer levens op het spel en dat, mijne heren, heeft in dezen onze prioriteit.'

184

En door dat ene zinnetje begreep iedereen ineens hoe ernstig de zaken ervoor stonden. Er werd geschokt gezwegen.

Magozzi dacht aan hoe hij, nog maar een paar uur geleden, ballen naar een doel had staan gooien om Gino in een bak met water te laten plonzen; en hoe hij over zijn buik had gewreven waar in een middag meer gefrituurde troep in was gegaan dan gewoonlijk in de rest van het jaar. Een paar uurtjes maar – meer was er kennelijk niet voor nodig om de hele wereld te laten kantelen, en alles wat betekenis had eraf te laten glijden.

'Jeetje man, geef ons dan iets waar we wat mee kunnen!'

Knudsens blik vloog over Magozzi heen. 'Sheriff Pitala? Mogen we misschien even gebruikmaken van uw kantoor?'

'Ach, waarom niet? Dat doe je immers toch al. Maar toch leuk dat je het vraagt, joh.'

Sheriff Ed Pitala was ook in zijn kantoor als hij er niet lijfelijk aanwezig was: het stond er propvol kiekjes, de meeste met een grote, dode vis aan een snoer.

Agent Knudsen nam plaats op de stoel achter het bureau; de anderen bleven staan. Harley en Roadrunner hingen tegen de deurpost, Halloran en Bonar hielden eerbiedig afstand, maar Magozzi en met name Gino posteerden zich onbeschaamd recht voor het bureau.

'Vanaf dit moment maken jullie officieel deel uit van een FBI-operatie. Jullie blijven in Missaqua County tot deze geheel is afgerond en ieder van jullie is gehoord.' Knudsen keek elk van hen even aan. 'Iedereen. Begrepen?'

'Begrepen,' zei Magozzi, en de rest knikte.

'Goed dan. Wij houden hier al dik twee jaar een bepaalde cel in het oog.'

Halloran, die enigszins bekend was met de neiging van de inwoners van Wisconsin tot het vormen en aantrekken van randgroepen, fronste zijn voorhoofd. 'Wat voor soort cel? Blanke racisten, burgerwachten?'

Knudsen trok een moeilijk gezicht. 'Dat is nou net het probleem, ze passen in geen enkel standaardprofiel. Het zijn boeren, zakenlieden, arbeiders en in een aantal gevallen zelfs onderscheiden veteranen. En geen van allen met een achtergrond die hen met dit soort groepen verbindt. Geen enkele verdachte activiteit dan hetgeen aanvankelijk onze aandacht trok.'

'Dat jullie verdomme hebben ontdekt dat die verrekte lieden godbetert zenuwgas aan het maken waren!'

Knudsen kneep even met zijn ogen vanwege de onderbreking en Gino's taalgebruik. Zijn blik viel op een foto aan de muur – een vis met reusachtige snorharen – en daar tuurde hij even naar. 'Daar hebben wij geen enkele bevestiging van, en ik weiger hier op de bijzonderheden van ons onderzoek in te gaan. Het enige wat jullie hoeven te weten, is dat recentelijk "iets" in Washington een hele hoop alarmbellen heeft doen rinkelen, waarna wij onmiddellijk drie mannen eropaf hebben gestuurd om te trachten in de desbetreffende cel te infiltreren. Drie dagen geleden boekten zij hun eerste succes en gaven ze ons twee dingen door: een datum – aanstaande vrijdag – plus de letter E.'

'Waar staat die E voor?' vroeg Magozzi.

'Evenement, nemen wij aan.' Hij zweeg even, om de boodschap te laten bezinken en knikte toen naar sheriff Halloran. 'En voor we het in de gaten hadden, had u onze agenten in Wausau op de snijtafel liggen...'

Magozzi zag dat Knudsens adem even stokte, het eerste zichtbare barstje in 's mans koele pose. Hij vroeg zich af of hij de vermoorde agenten persoonlijk had gekend, misschien waren ze zelfs vrienden geweest.

'Dus,' vervolgde agent Knudsen, 'grepen wij snel, zeer snel in: binnen vier uur tijd hadden we elke beschikbare agent ter plaatse. Nu hadden we een aantal namen, van mensen van wie onze agenten vermoedden dat het om sleutelfiguren ging. De huiszoekingen van de woonhuizen en zakenpanden van deze personen zijn zojuist afgerond. Als daar al iets heeft gelegen, dan lag het er nu in ieder geval niet meer, noch hebben we er de mannen zelf getroffen. Daarom hebben we dus de hele county hermetisch afgesloten en houden we elk inkomend en uitgaand voertuig in de gaten.'

'O?' riep Harley uitdagend. 'Wij zijn hier anders net binnengereden in een bus, groot genoeg voor – met een beetje passen en meten – honderd man. En ons is geen strobreed in de weg gelegd!'

Knudsen grijnsde vals. 'Vanaf het moment dat jullie de grens passeerden, reden er twee auto's achter jullie aan.'

Gino trok geïmponeerd zijn wenkbrauwen op. Dat hadden ze nog nooit bereikt bij de FBI.

Magozzi zei: 'Er staat dus iets te gebeuren, en jullie hebben tot vrijdag om het tegen te houden.'

'Het is misschien zelfs nog wat heftiger. Wij vermoeden namelijk dat het bewuste telefoontje van onze agenten is onderschept en dat ze daarom zijn vermoord. Het kan dus zijn, dat ze hun hele onderneming hebben ontmanteld en naar elders verplaatst, of – in het ongunstigste geval – dat ze hun plan hebben vervroegd, zodat we zelfs niet meer tot vrijdag hebben.'

Magozzi's maag draaide zich om. 'Enig idee van het doelwit?'

'Nee.'

Gino was met stomheid geslagen. 'Die lui gaan een enorme klap uitdelen, en jullie weten niet eens waar?'

'Dat is correct.'

Magozzi kreeg het gevoel door een bad met stroop te zwemmen. 'Wij willen die lijst met namen, plus de plekken waar jullie een inval hebben gedaan.'

Knudsen trok zijn schouders op. 'Die kunt u zo krijgen, bij de receptie. Maar als u het mij vraagt, is dat pure tijdverspilling. Onze agenten kruipen daar, en in een straal van enkele kilometers, nog steeds rond, en hebben nog steeds niets boven water gehaald. Luister, wij begrijpen uw bezorgdheid inzake uw vermiste personen, en zijn bovendien onder de indruk van wat u tot dusver aan informatie hebt weten te vergaren. Zozeer onder de indruk zelfs, dat we later nog eens met u rond de tafel willen, om te bespreken hoe u daar precies achter bent gekomen. Wij zien echter geen enkele connectie tussen uw vermisten en onze operatie. Het is slechts een bizar toeval.'

'Dat toeval is juist de connectie,' zei Magozzi.

'Hoe dan ook. In ieder geval zijn wij bereid u op de countywegen toe te laten... zolang u belooft tevens uit te kijken naar bepaalde objecten waarnaar wij op zoek zijn, en er acuut melding van te maken zodra u deze signaleert.'

'Waar wilt u dat we naar uitkijken?'

'Melktankwagens.'

Knudsen bleef nog even in sheriff Pitala's kantoor om een paar telefoontjes te plegen, de anderen liepen terug naar de hal.

Harley beende rechtstreeks naar de agent achter de balie voor de namen en adressen die Knudsen hun had toegezegd.

Halloran wenkte sheriff Pitala met een hoofdbeweging en stapte met hem naar buiten. De twee mannen stonden recht tegenover elkaar, maar hielden hun handen in hun zak en hun blik naar de grond.

'Heeft die kleine klier toevallig nog gevraagd iets voor hem te doen?' vroeg Pitala.

'Jep.'

'Hij heeft jullie zeker gezegd ergens naar uit te kijken, hè?'

'Precies!'

Pitala knikte en tuurde de nacht in. 'Dat heeft hij ons dus ook gevraagd. Het was de enige manier om hem zover te krijgen dat ik mijn mensen de weg op mocht sturen om Doug Lee te zoeken. Ik vraag me af of het om hetzelfde gaat...'

'Melktankwagens,' zei Magozzi plompverloren.

Sheriff Pitala grijnsde en trok een Marlboro uit het pakje. 'Godzijdank! Ik wist niet hoe lang ik dat nog binnen kon houden.'

Ineens kwam Harley naar buiten gestormd. Hij drukte Magozzi een papier in de hand.

Deze keek er even naar en gaf het toen aan Roadrunner. 'Drie namen, drie zakenadressen, drie woningen. Misschien dat jij er nog wat van je computermagie op kunt loslaten, waar de federalen het hebben moeten opgeven maar eerlijk gezegd denk ik niet dat dat erg zinvol is.'

'Je meent het!' zei Gino. 'De federalen krioelen daar al overal rond: het heeft geen enkele zin als wij precies hetzelfde gaan doen! Dus opnieuw krijgen we een puzzelstukje waar we geen steek verder mee komen. We hebben nog steeds geen flauw benul waar we moeten zoeken.'

Magozzi draaide zich naar sheriff Pitala. 'Jouw mensen zijn dus in de hele county op zoek naar hulpsheriff Lee?'

'Ik heb er vijfendertig rondrijden, inclusief een paar secretaresses.' Eindelijk liet zijn blik de grond los en keek hij Magozzi aan. 'Dit is maar een klein bureau: dat is verdomme zowat mijn hele club. De meesten zitten in Dougs surveillancegebied. Dat was vanavond de noordsector, zo'n dertienhonderd vierkante kilometer.'

'Allemensen,' mompelde Gino. 'Als je daar duizend man laat rondrijden, missen ze hem nog als hij net achter een boom staat.'

'Jep.'

Halloran stond naar de auto's op de parkeerplaats te turen, al wrijvend over zijn onderlip, zoals altijd wanneer hij diep nadacht. 'Aan de telefoon zei je dat je Lee via de radio had proberen te bereiken toen de federalen je patrouilles van de weg begonnen te halen.'

Sheriff Pitala knikte. 'Geprobeerd, ja. Ik kon hem niet bereiken, maar daar maakte ik me toen niet zo druk over. Ik dacht dat hij toch allang op weg naar huis was.'

'Maar je zei ook dat je dacht dat hij net in een radiostille zone reed en dat je hem daarom niet kon bereiken.'

'Klopt. Daar hebben we er hier een paar van, in van die dalen waar niet genoeg repetitors staan, bij sommige hoogspanningslijnen... O shit, nee...!'

'Het hoeft niks te betekenen.'

'Misschien niet, maar het is wel een link die ik allang had moeten leggen. Blijf zitten waar je zit, ben zo terug!'

Gino gaf Bonar een por. 'Goeie zet van die baas van jou.'

Bonar straalde als een trotse vader. 'Die jongen schittert onder druk – heeft hij altijd al gedaan.'

Binnen een minuut was sheriff Pitala terug met een plattegrond waarop alle radiostille zones waren aangegeven. Twee minuten later deelde hij zijn kennis met Knudsen, en smeekte hem contact op te mogen nemen met zijn mensen op de weg die een radio in hun eigen auto hadden.

Maar Knudsen vond het niet goed.

Toen liep hij naar een bureau en ging, met zijn hoofd in zijn handen, bij de telefoon zitten wachten op meldingen via de landlijn. Tegen de tijd dat er weer een bericht binnenkwam, was de Monkeewrench-bus allang weer vertrokken.

22

Grace, Sharon en Annie waren zo geschrokken van het alarmerende telefoontje, dat ze zich even niet konden verroeren.

Ze hadden een fractie van een schreeuw gehoord, Grace en Annie wisten zeker dat het Roadrunner was, die "Grace!" riep, gevolgd door een hoop ruis. Toch had Grace maar gewoon doorgepraat, haar woorden over elkaar heen tuimelend. En toen was het lichtje op de display opeens weer gedoofd. Ze hadden van alles geprobeerd om het ding weer te laten werken en de broze connectie te herstellen, terwijl ze niet eens wisten of er aan de andere kant van de lijn wel iets van Grace' verhaal was doorgekomen.

'Het is niet het signaal,' had Grace ten slotte gezegd. 'Mijn telefoontje is gewoon kapot. Het is al een wonder dat hij nog verbinding maakte, na zolang in het water te hebben gelegen.'

Annie wierp het nutteloze ding een paar gefrustreerde, boze blikken toe. 'Ik wist niet eens dat je 'm bij je had!'

'Deze heb ik altijd in mijn zak.'

Sharon hing tegen de zijkant van de schuur. Ze was er helemaal kapot van dat de redding zo dichtbij was geweest en weer abrupt van hen was weggerukt. 'Stom, stom, stom!' siste ze bitter. 'Hebben we eindelijk een plek, hoog en open genoeg om een signaal op te pikken, hebben we verdomme geen mobiel bij ons, omdat we zo stom zijn geweest die ergens achter te laten, waar die kerels ze ook nog konden vinden.'

Grace pakte Sharons arm en schudde er even aan. 'We hebben geen tijd om dat soort dingen te denken! We hebben al veel te veel tijd verprutst. We moeten opschieten!'

En dus keerden ze terug over precies dezelfde route als ze waren gekomen, het maïsveld naast de boerderij in, tussen de hoge planten door, het groen ruisend terwijl ze erlangs holden, en weer op hun knieën toen ze na het maïs uitkwamen in het lange gras van het veld langs de weg.

En dan te bedenken dat ik dit vroeger leuk vond! dacht Annie, terwijl ze voortkroop. *Als kind scharrel je puur voor de lol op je knieën door het gras. Maar na het bereiken van een bepaalde leeftijd, betekent diezelfde houding onderwerping en vernedering. 'Hij werd op zijn knieën gedwongen', 'Zij kwam op haar knieën terug', zelfs de taal erkende dat ergens tussen je vijfde en je tiende levensjaar kruipen niet langer grappig, maar vernederend werd.*

Aan de rand van het veld stopte Grace, de anderen lieten zich naast haar op hun buik vallen. Door het laatste randje gras heen gluurden ze naar de plek waar de bodem langzaam naar beneden liep, de greppel in – om daarachter weer omhoog te lopen, naar de weg. Links van hen vormde het asfalt de lichte hobbel die hen uit het zicht van de soldaten bij de wegversperring had gehouden, rechts gleed deze traag omlaag, de diepere duisternis van Four Corners in.

Grace hield haar adem in, luisterde en keek, terwijl de voorzichtigheid tegelijkertijd op haar drukte en haar een schouderklopje gaf. Terwijl ze de weg overstaken, waren ze heel even geheel onbeschut. Ze klemde haar kaken op elkaar en concentreerde zich op de optelsom van al haar zintuigen. Niets: geen geluid, geen licht, geen teken van leven.

Ze porde de andere twee en stak haar wijsvinger omhoog. Ze staken één voor één over, voor het geval toch niet alle soldaten naar de buitengrens waren getrokken, voor het geval ze er hier en daar een op wacht hadden laten staan, gewoon voor het geval dat.

Annie en Sharon knikten dat ze het hadden begrepen, en keken toen met grote ogen toe hoe Grace zich in de greppel liet glijden, er aan de andere kant weer uitkroop, even aarzelde en toen de weg over sprintte en in de greppel aan de overkant verdween.

Toen haalde Sharon diep adem en ging achter haar aan, Annie

volgde een paar seconden later. Wederom op hun buik kronkelden ze vervolgens, achter elkaar aan, als de losse segmenten van een verminkte worm, terug naar het verlaten stadje. De greppel was nu als een oude vriend, die hen met zijn hoge oevers beschermde tegen inkijk van de weg.

Toch trok Annie een vies gezicht toen ze in het ranzige water rond de slijmerige grasstengels gleed. Ze voelde ineens dat ze moest plassen, en nodig ook. Het leek haar idioot: zoiets zou toch niet hoeven, als je vocht voor je leven en dat van nog eens duizend anderen? Zoiets had Superman nou nooit.

Geleidelijk begon de bodem onder hen weer te stijgen en kropen ze over de drogere graslaag. Nog een paar meter verder verscheen aan hun linkerhand weer de bekende seringenhaag langs het café en het woonhuis. Nog steeds vlak achter elkaar kropen ze door de pikzwarte schaduwen tussen het café en de haag.

Ze gingen onder de seringen zitten, terwijl de stompe twijgen in hun rug prikten. De muur van het café belemmerde hun het zicht op het stadje. Het enige wat ze hoorden, was het geluid van hun eigen, zwoegende ademhaling. Toen ook die tot rust was gekomen, was de wereld rondom hen volkomen stil. Deze eigenaardige geluidloosheid vonden ze inmiddels normaal, rustgevend haast.

Grace zat dan ook volkomen op haar gemak geknield – met haar handen op haar bovenbenen, haar oogleden half gesloten – en liet lichaam en geest ontspannen. *Zo meteen keren we terug naar die kelder en pakken er wat we nodig hebben – zo meteen...*

'Ik moet plassen,' fluisterde Annie toen. 'En wel nu!'

Sharon draaide haar hoofd en voelde tot haar eigen verbazing dat ze wilde glimlachen. En al redde die lach het niet tot haar lippen, vanbinnen lachte ze. Stom eigenlijk, dat ze moest lachen omdat iemand op zo'n moment moest plassen, maar het had zoiets vreemds troostends, het was zo verrukkelijk alledaags, zo verdomde gewoon. Zonder erbij na te denken stak ze haar hand uit en raakte Annies arm aan, alsof ze als een soort priester haar zegen wilde overbrengen: *'Plas in vrede, mijn kind'.*

Annie trok zich terug in het groen van de seringen; Grace en Sharon kropen een eindje bij haar vandaan, meer om niet te worden bespat dan uit privacy-overwegingen. Gehurkt bij de haag keken ze elkaar aan, als twee wijze, oude aboriginals in de bush-bush. En toen de stilte vervolgens werd verbroken door het onmiskenbare geluid van gekletter op zand, grinnikten ze schuldbewust, als twee kinderen die luistervinkje zaten te spelen.

Annie zat intussen met haar zwartkanten ondergoed rond haar enkels, haar ogen haast euforisch gesloten, en haar blote achterwerk tegen de ondoordringbare kluwen van dikke, hoornige takken. Na een paar tellen begonnen haar beenspieren te trillen van de inspanning. Ze bedacht dat ze eindelijk wist waarom het handig zou zijn een penis te hebben.

Toen ze klaar was, wiebelde ze wat met haar billen, in een vergeefse poging zich droog te schudden. Mismoedig begon ze aan de glimmende bladeren te plukken. Het maakte meer geluid dan ze de hele weg vanaf de boerderij hadden gemaakt, maar ze begon er langzaam in te geloven dat ze het stadje vannacht echt voor zichzelf hadden. Dus kon ze best wat herrie maken bij het verzamelen van wat provisorisch wc-papier, zonder meteen te worden beschoten.

Ze had bijna genoeg bladeren, toen een enorme, eeltige hand boven haar hoofd naar voren vloog, zich ruw over haar mond klemde en haar vervolgens naar achteren trok.

23

Grace en Sharon zaten ineengedoken bij de seringenhaag te wachten tot Annie klaar was. Het leek wel een eeuwigheid te duren.

Sharon draaide onrustig met haar schouders, het litteken in haar nek bewoog mee. Huiverend trok ze haar mondhoeken naar beneden. *Mijn god, zo voelt het dus als iets je echt kippenvel bezorgt. Dat akelige, dodelijk stille stadje ook!*

Het kleinste geluidje leek al foute boel, zoals Annie, die nu bladeren van de struiken trok om zich mee af te vegen. En net wanneer je eraan begon te wennen, hield het geluid op waardoor het nog foutere boel leek.

'Annie?' Grace leunde naar voren en tuurde langs de haag naar de plek waar Annie nog in het groen verborgen zat.

Stilte.

Sharon fronste haar voorhoofd en schoof wat dichter naar Grace toe. Als ze een dier was geweest, had ze ook nog haar oren gespitst. 'Annie?' deed ze Grace' gefluister na.

Nog meer stilte.

Grace zat alweer stokstijf: ze ademde amper en staarde naar de muur van bladeren, waar Annie zojuist in was verdwenen. Nee, waar Annie beslist, absoluut, honderd procent zeker nog steeds zat, nog steeds zou moeten zitten...

'Annie!'

'Stil!'

Sharons mond viel open, terwijl ze achteruit krabbelde. Het was net de stem van God: diep en dreunend – zelfs op fluistersterkte – en hij kwam nog uit een struik ook! *God is geen struik, lieve Sharon, dat was slechts de manier waarop hij zich aan Mozes openbaarde.*

Ze voelde Grace' arm tegen de hare. Ze trilden allebei even hard: de sidderingen gingen van het ene lichaam naar het andere. Er was iemand daar, bij Annie!

Sharon sloot haar mond abrupt, om de gil tegen te houden die je van een vrouw zou verwachten, niet van een politieagent. En vanuit haar ooghoeken zag ze hoe Grace zich op haar buik liet vallen, haar ellebogen tegen de grond, en hoe ze haar grote Sig op de struiken richtte, nog voor Sharon haar eigen wapen uit de holster had gehaald.

Grace' gezichtsuitdrukking was strak en gespannen, met ogen zo groot dat haar gezicht uit niets dan pupillen leek te bestaan.

En daar was opnieuw die fluisterstem, zonder enige twijfel een man: 'Wie zijn jullie?'

Sharon slikte. *Het was een van hen! God in de hemel: een van die soldaten heeft Annie te pakken!*

Grace' handen verschoven licht: ze richtte zich zo goed mogelijk op het stemgeluid, terwijl ze naar voren bleef kijken, recht over de loop van haar Sig.

En toen hoorde ze er opeens een hoog Annie-geluidje vanuit het diepst van de haag.

Grace viel bijna flauw van opluchting. *Annie is er nog en ze leeft!*

Maar toen klonk er wat gedempt gegrom, gevolgd door de geluiden van een worsteling. *O mijn god, hij doet haar pijn!* 'Laat haar gaan!' Ditmaal was het Grace' stem die dreunde.

'Kop dicht! Ik heb jullie vriendin onder schot. Met z'n hoevelen zijn jullie en wat doen jullie hier?'

Er was opeens een hoop beroering in de bosjes: gekraak van takken, een diepe grom, een hoge kreet...

En toen vlogen de takken opzij en schoot Annie op haar knieen uit het struikgewas – als een gigantische, gemotoriseerde peuter – met haar ondergoed rond haar enkels en een van afschuw verwrongen gezicht. Ze boorde zich zowat in Grace, kroop haast over haar heen. 'Die godvergeten klootzak greep me terwijl ik zat te plassen, in godsherejezusnaam! Wie doet er nou zoiets? Schiet die schoft maar neer!' Ze rukte wild aan haar slip in een poging hem op te trekken terwijl ze nog op haar knieën zat. 'Ik heb hem een flinke lel met mijn elleboog verkocht, maar hij beweegt nog. Toe maar, maak hem maar af!'

'Nee, niet schieten,' klonk de mannenstem nu zwakjes. 'Niet doen... alsjeblieft... ik ben al geraakt...'

Grace kneep haar ogen tot spleetjes. Dat loog hij! Ze had de trekker nog niet eens overgehaald!

'Jullie vrienden... hebben al op me geschoten...'

Grace fronste haar voorhoofd. Hun vrienden? Niet de zijne? Vertelde hij soms de waarheid? Of was het toch een truc. Zat hij geheel ongeschonden onder die haag en deed hij maar alsof hij was geraakt, zodat zij naar hem toe zou kruipen, tussen het groen en hij kon uitroepen: 'Verrassing!' om vervolgens op háár te schieten?

'Wie ben je?' vroeg ze.

'Hulpsheriff... hulpsheriff...' De stem zakte weg.

De drie vrouwen keken elkaar aan. Verschrikt sprongen ze op, toen het moment daarop iets kleins, metaligs uit de struiken vloog dat vlak voor hun voeten landde. Het maanlicht bescheen de omtrek op het donkere gras, het was alsof er een ster uit de hemel was gevallen.

'O mijn god,' fluisterde Sharon, en ze boog zich om het insigne van Missaqua County op te rapen. 'Wie ben jij dan? En wie is de sheriff van Missaqua County?'

Geen antwoord.

'Jij daar! Schuif je wapen hiernaartoe.'

Stilte.

Grace keek Annie aan. 'Heb je hem gezien? Is het een van hen?'

Annie was nog steeds zeer verbolgen. Ze trok haar schouders op. 'Hij greep me van achteren!'

Sharon sloop echter al behoedzaam richting de haag, naar de plek waar Annie een slordige opening in het groen had achtergelaten. Eenmaal daar, dook ze er meteen in, met haar 9mm in de aanslag. Ze dacht er niet eens bij na, het ging automatisch – het

197

was tenslotte iets wat ze al honderden keren eerder had gedaan. Goed, ze had de afgelopen maanden achter een bureau doorgebracht, om zich te verschuilen voor de herinnering aan hoe het voelde wanneer een kogel zich in je vlees vrat, terwijl ze aan scherpte inboette en al haar zintuigen indutten, maar ze was weer helemaal terug in de 'smerismodus'!

Ze zag hem zitten achter de wirwar van takken. Hij was tegen de wortels aan gezakt, met zijn armen er van achteren omheen, alsof hij de seringenhaag omhelsde. En de mouwen van zijn overhemd waren effen beige, niet van camouflagestof. Zijn wapen was in de aarde onder de struiken gevallen, buiten zijn bereik. Sharon zuchtte. Toen ze zijn hoofd goed bekeek, zag ze het bloed.

De oogleden van de man trilden, hij kreunde zacht.

Het kostte hun tien minuten – die ze eigenlijk niet hadden – om hem in de kelder te krijgen.

Een wonder, dacht Grace, terwijl ze kreunde en de laatste trede afliep. Zijn rechterarm lag over haar schouder, zijn linker over die van Sharon. Ze was er niet zeker van of hij de hele hortende en stotende tocht vanaf de seringenhaag bij kennis was geweest. Haar rug stak van het gewicht van zijn arm: het was een beer van een vent.

'Als ik misschien heel even mag zitten?' bracht hij met moeite uit.

Annie sloot alle deuren achter hen, terwijl Sharon en Grace de man voorzichtig op de aarden vloer zetten. Hij leunde meteen achterover tegen een van de houten stutten en sloot zijn ogen.

Volgens de identiteitspas in zijn portefeuille was hij hulpsheriff Douglas Lee. Toen hij nog buiten bewustzijn onder de haag lag, hadden ze gejaagd zijn kleren doorzocht en Grace vond hen net een bende criminelen die in het maanlicht zijn buit inspecteerde.

Nu hij hier met gesloten ogen in de kelder zat, bekeek ze hem nog eens van top tot teen. Tenzij zelfs het bureau van de plaatselijke sheriff bij deze hele toestand betrokken was, leek het haar onwaarschijnlijk dat deze man bij dat psychopatenleger hoorde. Maar toch: identiteitsbewijzen konden worden vervalst en dat uniform was misschien gewoon een doorwrochte vermomming. Grace sloot ook de ogen en kneep even stevig in haar neusbrug. Niets was meer wat het leek: wat eruitzag als het prachtige platteland van Wisconsin, bleek een bloederig strijdtoneel; mannen die eruitzagen als Amerikaanse soldaten, bleken ijskoude moordenaars, die vrouwen in bloemetjesjurken neerschoten en nu ook hén wilden doden...

Plots zakte de kin van de man op zijn borst en zijn oogleden hielden op met trillen.

Annie keek op hem neer. 'Is hij nu dood?'

'Dat niet,' zei Grace, die zijn borstkas zag rijzen en dalen. 'Maar wel weer buiten kennis.'

'Denk jij dat het een echte hulpsheriff is?'

Sharon trok haar schouders op. 'Dat insigne ziet er behoorlijk echt uit, al zegt dat natuurlijk niks.'

Nee, dacht Grace, *we kunnen niemand vertrouwen*. 'Ik weet het niet, hoor,' zei ze, kijkend naar de wond op zijn hoofd. Eén kant van zijn gezicht zat vol met strepen opgedroogd bloed – en niet weinig ook – waar weer vers vocht glimmend overheen drupte. *Zie je dat bloed? Dat is echt! Zelfs een krankzinnige schiet zichzelf niet door zijn hoofd, als onderdeel van een vermomming. Toch? Dus is hij echt hulpsheriff en dus een punt winst voor ons! Onze kansen beginnen te keren. We zijn nu met zijn vieren tegen... tja, hoeveel?*

'Mijn god,' mompelde Annie, die de hoofdwond ook stond te bestuderen. 'Wie had dat ooit gedacht, dat ik met een elleboogstootje zoveel schade kon aanrichten...'

Sharon had bij de gootsteen een lapje natgemaakt en boog zich over de man heen om zijn wond te deppen. 'Dit is niet alleen van jouw elleboog, hoor. Die heeft het misschien erger gemaakt, maar hij is ook echt door een kogel geraakt. Zie je dat ontvelde stukje hier?' Toen ze erop drukte, kwam de man kreunend bij, vloog naar voren en greep met beide handen naar zijn hoofd. 'Au! Shit, dat deed pijn!'

Automatisch trok Sharon haar hand terug en hield het lapje op armlengte voor zich uit.

Hulpsheriff Lee reikte er trillend naar en drukte het tegen zijn hoofd.

'Wie heeft er op je geschoten?' vroeg Grace.

'Zeg jij het me maar.'

Er viel niet veel maanlicht binnen door de hoge, smalle boven-lichten, maar genoeg om te zien dat Grace' vaste hand omhoog-ging, met de Sig erin. 'Jij eerst.'

Zijn ogen werden groot toen hij het wapen zag. 'Wat zijn jullie toch voor lui? Die godvergeten soldaten van jullie bij die weg-versperring hebben op mij geschoten. Ik zag ze eerst aan voor leden van de Garde. Zijn ze dat ook?'

Sharon zakte op haar hurken en keek hem recht in de ogen. 'Hoe heet de sheriff van Missaqua County?'

'Ed Pitala.'

'Vertel me eens iets over hem dat een vreemde niet kan weten.'

Hij keek haar strak aan. 'Ergens in de zestig, spijkerhard, twee keer naar Vietnam geweest, zijn vrouw heet Pat, en zij is ongeveer vier keer zo taai en tien keer zo slim als hij. Dol op zijn vrouw, zijn kinderen en Jim Beam – in die volgorde – rookt Marlboro, en hij is rechts zo doof als een kwartel.'

Sharon trok een wenkbrauw omhoog. Het merendeel van wat hij had gezegd, kon iedereen weten, op dat van die doofheid na. Dat was een geheim, iets wat alleen een paar heel goede vrienden wisten, zoals Halloran en misschien dus deze man. Want als de hoge heren van de county er ooit achterkwamen dat hij halfdoof was, dan zat die ouwe Ed meteen zonder werk. Ze stak haar hand uit. 'Hulpsheriff Sharon Mueller, Kingsford County.'

Het duurde even tot deze woorden tot hulpsheriff Lee waren doorgedrongen. 'De vriendin van Mike Halloran?'

Sharon kreeg een kleur. 'Een van zijn hulpsheriffs.' Ze keek op naar Grace. 'Hij is oké.'

'Zeker weten?'

'Zo zeker als maar kan.'

Maar Grace vertrouwde het nog steeds niet. 'Hoe ben je hier verzeild geraakt?'

Lee voelde een steek van verontwaardiging: hij had in een verhoor verdorie nog nooit aan de verkeerde kant gestaan; dit beviel hem maar niks. Maar de stem van deze vrouw had een angstige ondertoon, wat zijn reactie weer wat temperde: 'Dat heb ik allang verteld... of niet?' Hij fronste diep en tuurde met half dichtgeknepen ogen naar de vage omtrek van zijn gespreide benen voor hem op de vloer, terwijl hij het zich probeerde te herinneren.

'Daar was je mee begonnen, ja. Maar toen ging je weer van je stokje.'

Lee zuchtte en keek haast scheel van de inspanning terwijl hij probeerde iets te onderscheiden. Hij zag hen nu: drie vrouwelijke schimmen in een merkwaardige, halfduistere ruimte. Een kelder, vermoedde hij. Ach natuurlijk, dat hadden ze ook gezegd, dat ze hem naar de kelder brachten. Of was dat een droom geweest? 'Is er soms wat water?'

Een van de schimmen bewoog. Even later kreeg hij een blikken bakje in de hand geduwd. Toen hij dronk, proefde hij zeep.

Ineens herinnerde hij zich weer dat hij in de struiken een vrouw had vastgegrepen en dat ze ogenblikkelijk was verstijfd. Hij wist nog precies hoe dat had gevoeld: als een gewonde vogel, die zich, als je hem oppakt, in je hand ook meteen stokstijf houdt, in ultieme doodsangst. Maar even later was de vrouw gaan klapwieken en... Had hij toen zijn hoofd gestoten? Hij wist nog vaag dat er iets plakkerigs, iets warms over zijn wang was gestroomd. Daarna was alles zwart.

'Zeg op!' siste zijn ondervraagster. 'Hoe kom je hier?'

Ze is nog steeds bang, dacht hij, *en bange mensen zijn gevaarlijke mensen.* Instinctief greep hij naar zijn wapen, maar tot zijn grote paniek bleek zijn holster leeg. 'Mijn dienst zat erop, en onderweg naar huis ben ik gestopt bij een wegversperring die daar niet hoorde. De soldaat die erbij op wacht stond, schoot op me zodra ik hem de rug toekeerde.'

'Hoe ben je dan ontkomen?'

Hij draaide zijn hoofd in de richting van deze nieuwe stem. 'Ik heb hem gedood,' zei hij, en hoewel hij zijn stem effen hield, klonk er toch een huivering in door.

Dat beviel Grace; daardoor durfde ze te geloven dat hij echt een van die soldaten had gedood, maar dat doden niet iets alledaags voor hem was.

Op de tast bewoog ze zich naar de gootsteen en dronk wat water uit haar hand. Daarna hurkte ze naast de man en zocht in het donker zijn ogen, maar ze zag alleen het wit. 'Wij weten niet wie we kunnen vertrouwen.'

Hij glimlachte vaag. 'Welkom bij de club! Ben jij soms ook een hulpsheriff uit Kingsford?'

'Nee, Sharon is onze hulpsheriff; Annie en ik komen uit Minneapolis.'

Er viel iets op zijn plaats in het hoofd van hulpsheriff Lee. Hij deed hard zijn best erop scherp te stellen. 'Shit,' mompelde hij voor zich uit. 'Drie vrouwen in een Rover!'

Grace' adem stokte in haar keel. 'Hoe weet je dat?'

'De verkeerspolitie vaardigde een bevel uit tot het aanhouden van drie vrouwen, in een Rover met een nummerbord uit Minnesota. Ik dacht dat het ging om een stel rijke huisvrouwtjes, verdwaald op de terugweg van hun jacht op antiek of zoiets.' Zijn blik dwaalde naar Grace' wapen. 'Maar ik denk niet dat alle huisvrouwen uit Minnesota met zoiets rondlopen.'

'O jawel, hoor!' bitste Grace. Ze vond dat hij dat verdiende, na al die stomme vooroordelen van hem.

Ze twijfelde nog heel even, maar dacht toen: wat kan mij het ook bommen. Als ze hem alles vertelden en hij bleek toch bij de boeven te horen, dan schoten ze toch gewoon nóg eens op hem? Dus vertelde ze hem het hele verhaal: haar auto die er de brui aan had gegeven, het geheel verlaten stadje, de moord op het jonge stel recht voor het café...

Maar toen ze was aangekomen bij het massagraf op het omheinde terrein en wat ze bij het meer hadden opgevangen, onderbrak Lee haar: 'Hohoho... heel even, hoor.' Hij drukte zijn handen tegen zijn slapen, in een poging het allemaal te bevatten. 'Probeer je me nu wijs te maken, dat een groep idioten per ongeluk een heel stadje met een of ander gas heeft vermoord... en dat ze toen nog meer mensen hebben omgebracht, alleen om de boel stil te houden? Besef je wel hoe achterlijk dat klinkt?'

202

Grace schoot meteen uit haar slof: 'Ach, sukkel! Een van hen heeft je verdomme door het hoofd geschoten! Denk je nu werkelijk dat dat maar een ongelukje was?'

Hij schonk haar een woeste blik vanwege dat 'sukkel', maar omdat ze haar wapen nog steeds op hem gericht hield, zorgde hij ervoor neutraal te blijven klinken: 'Nee, mevrouw, ik denk niet dat dat maar een ongelukje was. Ultrarechtse fanatici, burgerwachttypes – god weet dat we er daar in deze staat zat van hebben. Maar zenuwgas? Massamoord? Daar heb ik toch een beetje moeite mee.'

'Je kunt het anders maar beter gauw slikken,' beet Grace hem toe, 'want om tien uur ontploffen er nog twee van die trucks!'

Lees brein gooide alle informatie overhoop die zojuist op hem was afgevuurd, waarbij zijn gedachten rondtolden als botsautootjes op de kermis. Zijn hoofd stak als een idioot, en hij wist niet of zijn eigen oordeel op dit moment wel helemaal te vertrouwen was, maar een gedachte bleef maar bovenkomen: 'We moeten hier zien weg te komen en melden wat hier gebeurt!'

Annie gaf Sharon een por. 'Jeetje, waarom zijn wij daar nou niet op gekomen?'

Lee herkende de stem van de dikke, die hij in de bosjes had betrapt, die wilde kat. *Wie was dat, verdomme?* En wie was die arrogante griet met dat wapen? Wat deden zij met een hulpsheriff uit Kingsford; hadden ze ook mannen en kinderen? Verrek, hij wist niet eens hoe ze heetten! Op een dag, als hij hen hier veilig had weggeloodst, zouden ze met zijn allen ergens een biertje drinken en dan zou hij hun al die vragen stellen, en nog een paar honderd andere, maar niet nu.

'Zoals ik al vertelde, hebben wij allang geprobeerd hier weg te komen,' beet Grace hem toe. Ze kon het niet uitstaan dat die dwaas maar niet wilde luisteren. 'Tweemaal zelfs. Maar ze zijn met te veel man. En momenteel wachtten ze allemaal in een grote kring tot we het opnieuw proberen.'

Lee knarsetandde van de pijn in zijn hoofd, en misselijkheid bolde als een zwarte ballon in hem op, toen hij zich tegen de stutpaal omhoogduwde. Maar hij raakte niet meer buiten bewustzijn.

Goed zo! Stap één: helder nadenken, Lee, sprak hij zichzelf toe. *Het komt nu allemaal op jou aan.* 'Die weg door Four Corners is bijna anderhalve kilometer lang. Da's een veel te groot gebied voor een afdoende bewaakte buitengrens. Ze hebben wel duizend man nodig om het hermetisch af te sluiten.'

Annie snoof. 'Rekenen voor dummies, lieverd: met een gemiddelde gezichtslijn en een rechthoek, geen cirkel, kunnen ze het met minder dan honderd af.'

Lee knipperde met zijn ogen in de richting van de stem. *Die wilde kat weer! Christus, was ze soms wiskundelerares of zo?* 'Mevrouw, ik ben in deze bossen opgegroeid. Tenzij ze met genoeg zijn om hand in hand te kunnen staan, zal er altijd ergens in hun grens een gat zitten. En dat gat zal ik vinden!'

Annie sloot slechts berustend de ogen. Er viel niet met een man te praten, als hij ook dacht als een man. Hij wilde dat er een gat in de buitengrens zat, dus zat dat gat er ook – ik heb een penis, dus ben ik geniaal.

Lee deed een poging te gaan staan, hij haakte zijn vingers rond de stut en trok zich eraan op.

Even duizelde het hem, maar toen stond Sharon al naast hem en ondersteunde hem bij zijn elleboog. 'Wij hadden al geconcludeerd dat dat veel te link is, en hebben een ander plan bedacht.'

Lee schudde glimlachend zijn hoofd, en had meteen weer spijt van die beweging. Hij haalde een paar maal diep adem tot de misselijkheid weer wegtrok. 'Dat geloof ik graag, dames. Maar ik zou me een stuk beter voelen, als jullie hier gewoon netjes bleven wachten tot ik terugkwam met hulp.'

'Godsklere!' riep Grace vol walging uit. Zij werd altijd furieus van dat neerbuigende toontje dat veel mannen nog steeds tegenover vrouwen gebruikten.

'Luister eens,' zei hij zacht. 'Ik weet dat jullie denken dat lopend proberen te ontsnappen hopeloos is, anders hadden jullie dat immers allang gedaan. Er staat daar verdorie ook een stel kerels met automatische wapens en zoiets zou iedereén afschrikken, dat begrijp ik best. Maar weet je, dat zijn natuurlijk ook niet allemaal superhelden. Er moet een manier zijn om erlangs te komen – die hebben jullie alleen nog niet gevonden. Ik moet gaan kijken: dat is mijn werk!'

Sharon deed een stap achteruit en probeerde met zo vast mogelijke stem te spreken. 'Met wie denk je eigenlijk van doen te hebben? Met een paar onnozele vrouwtjes in lange jurken die met hun witte zakdoekjes staan te wuiven, in de hoop spoedig te worden gered? Ik heb dezelfde opleiding als jij, ik ben ook hulpsheriff en daarbij ook nog FBI-agent. En wat die andere twee betreft: als je meer van ze wist, zou je het in je broek doen van angst! Ik ken die impuls ook, hoor – immer dienen en beschermen. Dus ik weet wat je denkt te moeten doen, en waarom je zo denkt. Maar wij hebben niet ons veto uitgesproken over te voet vluchten omdat we ons geïntimideerd voelden, wij hebben dat plan afgeblazen, omdat het pure zelfmoord betekent.'

Lee zweeg nog even voor hij gehoor gaf aan dat zonderlinge, typisch mannelijke sentiment, dat instinctief opborrelt uit de duistere, onuitgesproken onderstromen tussen vrouwen die hebben besloten dat alle mannen idioten zijn. *Als ze eenmaal op dit punt zijn, kun je jezelf als man net zo goed met een hamer op de kop slaan als proberen ze op andere gedachten te brengen. Ik kan maar beter wegglippen en doen wat ik moet doen. Later zullen ze inzien dat ik gelijk had.* 'Ik heb mijn wapen nodig,' sprak hij ten slotte kalm.

Grace deed een stap naar voren, zodat ze elkaar in de ogen konden kijken. 'Jammer, wij zouden best een extra wapen kunnen gebruiken... nadat ze jou hebben vermoord.'

Lee glimlachte zelfs een beetje, al kon niemand dat goed zien. 'Stoere dame,' zei hij, terwijl hij haar zijn rechterhand toestak. 'Hulpsheriff Douglas Lee, bureau van Missaqua County. Uw naam heb ik nog niet gehoord.'

Zijn hand bleef heel even in de lucht hangen, terwijl Grace zijn gebaar probeerde te plaatsen. *Stoer misschien, onbeleefd zeker niet.* Dus verplaatste ze de Sig naar haar linkerhand en gaf hem de andere. 'Grace MacBride.'

'Aangenaam, mejuffrouw MacBride.' Hij keek zoekend de duistere kelder rond. 'En de dame die ik in de bosjes heb ontmoet?'

'Annie Belinsky,' klonk het lijzig, 'de dame die je in de bosjes hebt aangevallen.'

Lees blik vloog naar de grond. 'Daar moet ik inderdaad nog mijn excuses voor aanbieden. Nooit gedacht dat ik ooit nog eens geweld tegen een dame zou gebruiken.'

Grace gaf hem zijn wapen, met de kolf naar voren, waarna hij het in een soepele, krachtige beweging in zijn holster liet glijden. Daarna liep hij naar de deur – zijn tred zelfverzekerder met iedere stap.

Wat een reus, dacht Grace, toen zijn beschaduwde gestalte haar passeerde. *Hij lijkt nu nog sterker, ongedeerd haast.*

Zij wist natuurlijk ook wel dat het feit dat mannen over het algemeen groter en sterker zijn, nog niet betekent dat ze ook capabeler zijn of beter in staat iets voor elkaar te krijgen dan een kleiner iemand. Maar soms vond ze het nu eenmaal fijn te doen alsof dat wel zo was. Dit aspect van het concept 'man' zat er bij vrouwen zo ingebakken, dat ze het gewoon wilden geloven, ook al sloeg het nergens op. Of misschien bestond God toch, en wonderen ook, school er een kern van waarheid in al die mythen... en vond hulpsheriff Lee echt een manier om hieruit te komen en keerde hij daarna terug om hen allemaal te redden. Dat zou toch heerlijk zijn!

Grace sloot haar ogen. *Zo kijk je ook naar Magozzi! Zelfs jij – met alles wat je hebt gezien, met alles wat je weet – ook jij wilt dat sprookje nog steeds wanhopig geloven.*

Hulpsheriff Lee opende de houten deur naar de betonnen trap en draaide zich om. Hij keek naar de drie vrouwen, die op een kluitje bij elkaar stonden te kijken hoe hij hen verliet.

Hij bedacht dat hij hun gezichten nog niet eens had gezien, niet goed althans. Hij zou geen van hen herkennen, als hij ze op straat tegenkwam. Als hij niet op tijd terug was en – god verhoede het – zij verdwenen alle drie voorgoed in dit stadje, dan zou hij hen niet eens fatsoenlijk kunnen omschrijven. Maar goed, hij had hun namen.

Hij glimlachte droevig. 'Tot later, zullen we dan maar zeggen.'

De vrouwen keken troosteloos zwijgend toe hoe hij de trap beklom en de schuine buitendeur langzaam omhoogduwde. Het bleke maanlicht schilderde een lichte streep op de donkere, aarden vloer voor hun voeten. Ze staarden er alle drie naar, terwijl ze luisterden naar de zachte bons van de dichtvallende deur.

Lee rechtte zijn rug, zuchtte diep en keek toen behoedzaam om zich heen. Schaduwen, niets dan zwarte, zwijgende schaduwen. Hij had zijn 9mm in de hand en de veiligheidspal eraf, en rook zijn eigen angstzweet.

Toch voelde hij zich hierbuiten een stuk prettiger dan in die klamme kelder: *beter eropuit en actie ondernemen dan je verstoppen en wachten tot de boeman je komt halen!* En het voelde eerlijk gezegd ook een stuk beter om weer in zijn eentje te zijn. Ietwat schuldig besefte hij dat hij opgelucht was dat hij niet langer bij die vrouwen zat.

Hij was nog maar een klein eind tussen de bomen, toen in het bos recht voor hem een knalgeel spervuur losbarstte. Zijn brein kreeg niet eens meer de tijd om het geluid of het beeld dat zijn zintuigen registreerden, te verwerken – laat staan de enorme druk van de projectielen, die zich in zijn lichaam boorden.

Een ogenblik lang leek het alsof er niets was gebeurd: hij bleef keurig overeind. Daarna viel hij traag en houterig achterover, als een reusachtige sequoia die van zijn stam was gescheiden en met enige tegenzin toegaf aan de zwaartekracht.

In de kelder sloten de drie vrouwen tegelijkertijd de ogen. 'M16, drievoudig salvo,' fluisterde Sharon, 'geen 9mm. Hij heeft niet eens de kans gekregen terug te schieten.'

24

Grace, Annie en Sharon stonden na het M16-salvo zeker een minuutlang volkomen roerloos in de donkere kelder.

Grace staarde strak naar een punt in de duistere verte, denkend aan hoe graag ze hulpsheriff Lee had willen doden, toen hij Annie in die seringenhaag vasthield – geen spoortje schuldgevoel, geen enkele aarzeling, haar vinger strak rond de trekker. Daarna dacht ze aan de grote man die nog geen uur later zijn hand naar haar had uitgestoken, en hoe die hand in de hare had aangevoeld. *Aangenaam, mejuffrouw MacBride.* Ze dwong zichzelf een volle minuut aan dat soort dingen te denken. Meer kon ze niet voor hem doen.

Sharon staarde woedend naar de grond. Zij vervloekte haar moeder, haar opvoeding en de godsdienst die de mantra in haar hoofd hadden gestampt, dag in, dag uit; jaar in, jaar uit, die nu voor de tweede maal op deze vreselijke dag in haar hoofd werd afgedraaid, zonder dat ze wist hoe ze hem kon uitzetten: *Heilige Maria, moeder van God, bid voor ons zondaars, nu en in het uur van onze dood. Amen.* En weer zat die heilige Maria gewoon daarboven toe te kijken hoe een onschuldig – oké, misschien ook dwaas – en dapper iemand werd gedood. *O, het was zo'n leugen: zo'n godverdomme kloteleugen!* O jee! Dat woord had ze nog nooit gebruikt, zelfs niet in gedachten. Want dat was een zonde, en die kleine Sharon Mueller kon niet gaan biechten, nu niet en nooit niet meer. Maar ook zij waren onschuldig en stonden op het punt iets dwaas en dappers te doen. Betekende dat, dat ook zij gingen sterven en dat, terwijl haar zonde van het denken van het G-woord nog zo vreselijk vers en onvergeven was...

En Annie, die was gewoon woest, de enige emotie die zij werkelijk onder de knie had. Ze hadden hem ronduit gezegd dat hij eraan ging als hij naar buiten stapte, en toch ging die koppige idioot... en werd inderdaad gedood. Tuurlijk, ze had er zelf ook even over gedacht hem te doden, ginds in die seringenhaag. En nog eens, toen hij als een hitsige kemphaan zijn verenkleed had opgeschud, vastbesloten een andere hitsige kemphaan ongenadig op zijn sodemieter te geven. Maar ja, toen had de klootzak zijn ware aard getoond en zijn excuses aangeboden, en bleek hij eigenlijk een prima kerel. *Het was gewoon gemeen, wat ze met hem hadden gedaan!* Annie wist niet wat ze met verdriet aan moest.

Grace was degene die de stilte verbrak: 'We hebben nu nog zes uur en tien minuten. We moeten eens opschieten!'

Met zijn drieën schuifelden ze op de tast naar een werkbank tegen de muur. Daar bukten Grace en Sharon zich om de vieze, houten krat eronderuit te trekken, die ze de eerste keer in deze kelder al hadden zien staan.

Terwijl zij aan dit gevaarte stonden te sjorren, vond Annie een ware schat boven op de werkbank. Toen ze op het knopje van de oude zaklamp drukte, flitste er een lichtbundel over de vloer, die hen alle drie liet schrikken.

'Goeie vondst, Annie!' zei Grace. 'Zeg, zitten er zakken in die jurk?'

Annie scheen op de voddenbaal die ooit achthonderd dollar had gekost en zuchtte: 'Nee, maar ik heb wel een beha aan.'

'Ook goed! Stop er hier een paar van in, wil je?' en ze gaf haar twee antieke colaflesjes aan.

Annie deed een heldhaftige poging er een plekje voor te vinden. 'Daar kun je op eBay nog een hoop centen voor vangen!'

'Die flesjes of die borsten?' vroeg Sharon – en zodra die woorden uit haar mond waren gevallen, perste ze haar lippen geschokt opeen. *Mijn god, zei ik dat?* Honderden zouden er gaan sterven, die arme hulpsheriff Lee was al dood en zij maakte alweer grapjes? Wat was zij voor iemand?

Annie sloeg een hand voor haar mond om haar lach tegen te

houden, maar er bleef maar gesnuif en geproest tussen haar vingers door glippen. *Niet grappig, niet grappig, het is helemaal niet grappig*, herhaalde ze aan een stuk door tegen zichzelf, maar nu ze eenmaal was begonnen, kon ze bijna niet meer stoppen. En het feit dat Grace meelachte, hielp ook niet echt. Die lachte immers haast nooit; het was bijna eng. 'O mijn god,' wist Annie uit te brengen. 'We zijn hysterisch!'

En toen begon Sharon ook te schateren, want zij had echte hysterie gezien, en dit was heel wat anders. Hysterisch, dat was je moeder die spiernaakt en handenwringend door het huis rende, krijsend zo hard als ze kon, de ene stoel na de andere proberend, totdat ze uiteindelijk koos voor die ene achter het bureau, met dat grote pistool in de middelste la: dat was hysterie. En haar dochter van tien, die ineengedoken op de grond zat, terwijl ze trapte met haar benen en probeerde weg te kruipen in de muur waartegen ze zat; haar mond wijd open in een stille angstkreet, haar ogen gefixeerd op haar moeders bloed en hersenen die over de spiegelglazen ruit achter het bureau naar beneden gleden, en dat was ook hysterie. Maar dit niet.

Met een diepe zucht wiste Sharon dit alles weer weg voor haar geestesoog. Verdringing, wist ze nog, was het afweermechanisme van je lichaam tegen bovenmatige spanning. Mensen die de slappe lach krijgen op een begrafenis, katten die plotseling stoppen met vechten en zichzelf ijverig beginnen schoon te likken – katten likten, mensen lachten...

Annie en Grace bliezen inmiddels ook hun laatste beverige ademstoten uit, waarna Grace haar vriendin weer colaflesjes begon aan te geven, alsof er niets was gebeurd.

Toen liepen ze samen naar de houten trap. Ze hadden besloten het huis ditmaal via de voordeur te verlaten, in plaats van via de kelder en de achtertuin. In het woud daarachter lag immers de buitengrens, nog dichterbij dan ze hadden gedacht, dat had hulpsheriff Lee hun wel laten zien. En met bebouwing tussen hen en de bomen in, liepen ze minder gevaar gezien te worden.

Grace nam weer de leiding en bescheen de treden met de zaklamp, om het klimmen te vergemakkelijken.

Het is die zaklamp, dacht Sharon, die achter haar liep. Degene met de lamp is automatisch de leider, alsof licht een soort koningsscepter was, krachtiger dan een wapen. *Ja, in de bijbel misschien*, dacht ze er bitter achteraan. In de bevlogen godsdienst van haar moeder waren ploegscharen machtiger dan zwaarden, en wonnen zaken als licht, goedheid en genade het altijd van mindere wapens, zoals atoombommen. *Gods zwaard is onoverwinnelijk, Sharon. 's Mensen wapenen zijn nietig tegenover het Woord Gods...* Maar op het einde had haar moeder geen bijbel in haar mond gestoken om haar hersenen eruit te knallen, wel?

'Wacht even,' fluisterde ze. Er viel haar iets in, net toen Grace de kelderdeur wilde openen. 'We hebben nog geen aansteker of lucifers.'

'In die glazen vitrine in het tankstation lag een boekje lucifers,' zei Grace.

Christus, dacht Sharon. *Ze ziet ook alles, tot aan het kleinste detail, en vergeet niets. Zij zou werkelijk een uitstekend politieagent zijn, ziet dingen die jij ook had moeten zien, trekt conclusies die jij ook had moeten trekken. Daarom wist ze ook dat het in dit stadje goed fout zat nog voor we het betraden.*

Jij bent niet een prima agent die even niet meer de straat op durft, omdat ze in haar nek is geschoten, Sharon – je was al niet zo'n prima agent. En Grace is niet de leider, omdat ze die zaklamp heeft, zij is de leider omdat ze dat gewoon is. Er leek iets groots en duisters in haar hoofd te verschuiven en toen ze weer ademhaalde, was het alsof ze lange tijd haar adem had ingehouden en nu pas weer lucht kreeg. Ze had bijna weer gelachen.

Toen opende Grace de deur naar de benedenverdieping, knipte de zaklamp uit en dwaalden ze weer door een zwarte leegte. Op de tast vonden ze de voordeur en glipten naar buiten.

De maan stond inmiddels weer achter de bomen en het duister leek haast tastbaar, zo ondoordringbaar was het. Grace kon voorwerpen op meer dan drie meter afstand al nauwelijks meer benoemen. Ook de logge omtrekken van het café en het tankstation waren nauwelijks te zien. *Zo ongeveer moet het leven zijn voor een doofblinde*, dacht ze: geen geluid, geen licht, geen beweging, geen zuchtje wind in de warme, stille nacht. De lucht was zwaar van die zoetige, vochtige geur, die zich in zwoele zomernachten altijd vlak voor de dageraad, in die laatste uren voor de zon opkomt, lijkt samen te pakken. *We moeten echt opschieten*, dacht Grace.

Voorzichtig kropen ze over het gebarsten asfalt van het woonhuis naar het tankstation, het enige stuk waar ze vanuit het woud gezien konden worden.

Eenmaal in het tankstation, voelde Grace in de vitrine tot ze de lucifers had gevonden en stopte het boekje in haar achterzak. Toen slopen ze naar het aangrenzende – raamloze – garagegedeelte, waar ze de zaklamp veilig konden aandoen.

Weer tien minuten voorbij – nog zes uur te gaan.

Naast de hefbrug vond Grace een rode jerrycan met een schenktuit, die nog bijna vol bleek te zitten. Toen scheen ze met haar lichtbundel over de muren. 'Ik zie ze niet!'

'Geef mij die lamp eens,' zei Sharon. 'Ze zitten meestal in de buurt van de toonbank.' Ze vond de hoofdschakelaars van de pompen uiteindelijk onder een plank bij de kassa, waar een stuk of wat stoffige Veterans Day-klaprozen op geplakt zaten. Ze duwde de twee hendels in de uit-stand en hoopte maar dat ze nog werkten.

Terug in de garage scheen ze op Annie en Grace, die op de tast colaflesjes zaten te vullen met benzine. Er hing al een misselijkmakende stank in de afgesloten ruimte.

Grace keek naar haar op. 'Pompen uit?'

'Jep.'

'Er moet een doos wegwerpdoekjes op de werkbank achter je staan, ik kon ze in het donker niet vinden.'

'Hebbes!' zei Sharon, na even zoeken met de lamp.

Na een paar minuten gaf Annie het hurken op en ging ze met gekruiste benen op de smerige garagevloer zitten. Behendig draaide en duwde ze steeds een doek in een flesje. 'Dit heb ik niet meer gedaan sinds ik in mijn tweede jaar in Atlanta de bmw-cabrio van Cameron DuPuy heb proberen op te blazen. Weet je nog, Grace?'

'Nee, daar heb ik absoluut niets mee te maken gehad, daar ben ik absoluut niet bij geweest...'

Annie grinnikte, en heel even wilde Sharon dat ze erbij was geweest en samen met deze vrouwen een misdrijf begaan. Wie weet hoe haar leven dan was gelopen.

Toen ze klaar waren met de flessen, liepen ze naar buiten, naar de pompen. Sharon trok de slangen los en haalde de mondstukken eraf, waarna een restje benzine uit de slangen druppelde, dat vervolgens stopte. *Mooi, die hendels doen het dus nog.*

Annie begon een spoor van doekjes neer te leggen: van de benzineslangen op het beton naar de grote garagedeur.

Grace volgde haar met de jerrycan en doordrenkte alles met benzine. Sharon opende de garagedeur, zodat ze verder kon met haar brandbare spoor. Ze liet de benzine over de blikken motorolie en flessen oplosmiddel lopen, die binnen stonden opgeslagen. Ze voelde een kille, kleverige streep op haar handen, toen ze het spoor buiten de achterdeur doortrok, tussen de afgedankte auto's achter het tankstation door. En daar legden ze ten slotte een hele stapel wegwerpdoekjes neer.

Gedrieën stonden ze even te kijken naar het zielige bergje morsig bleekblauw. 'Dat rottige hoopje raken we dus never-nooit-niet,' zei Annie bezorgd, over haar schouders naar het woud achter hen kijkend.

'Softbal,' mompelde Sharon. 'Beste pitcher van de staat, drie jaar op rij.'

'Liefje,' zei Annie, en ze gaf haar een zachte stomp tegen de schouder, 'zet 'm op!' Het was te donker om elkaars gezicht te kunnen zien, ze waagden het niet de zaklamp ook buiten te gebruiken, maar Sharon geloofde toch echt dat ze even breed had gegrijnsd.

Terwijl Grace de berg doekjes met benzine overgoot (en hoopte dat deze niet al te snel verdampte), haalden Annie en Sharon de CocaCola-molotovcocktails uit het tankstation en droegen ze naar de rand van het bos. De benzinestank drong in hun mond, hun neus, hun voorhoofdsholten... Tegen de tijd dat ze klaar waren, leek er op de hele wereld geen molecuul frisse lucht meer over te zijn.

Voorzichtig, heel voorzichtig, en ook gehaast, met iets minder gratie en iets meer lef, stormden ze vervolgens naar de voordeur van het woonhuis en renden er meteen door naar de keuken, waar ze zich rond het grote, oude vierpits gasfornuis verzamelden. De dampen van de waakvlammetjes vermengden zich met de benzinestank uit hun neusgaten. Sharon vond het een wonder dat ze niet alle drie ontvlamden.

Grace tilde twee zware braadpannen van hun haak achter het fornuis en zette ze elk op een brander. 'Gietijzer,' bromde ze, 'daar bak je de allerlekkerste aardappeltjes in.'

En toen haalde Sharon het enig overgebleven magazijn uit de zak van haar jasje en klemde haar vingers eromheen. Ze wilde het nog niet loslaten. *Mijn god, wat deden ze toch? Stel, dat ze deze nog nodig hadden om hun leven te redden?* 'Weet je zeker dat dit werkt?'

Annie reikte op de tast naar het magazijn, rukte het uit Sharons hand en begon toen geroutineerd kogels in de pannen te knikkeren. Het maakte een licht ratelend geluid. 'Dat moet je mij niet vragen, liefje, ik heb in geen jaren meer kogels gebakken.'

Sharon geloofde het nog bijna ook.

'Mijn god, we zijn net die drie heksen uit Macbeth,' zei Annie en ze draaide de branders open. Er klonk een zacht plofje toen de blauwe vlammen onder de pannen aan sprongen en de kogeltjes begonnen te verhitten. 'Bubbels, bubbels, ploeteren en trubbels...'

'En nu als de donder hier weg!' zei Grace.

Ze keek op haar horloge. *Nog vijfeneenhalf uur.*

25

Grace en Annie wachtten bij de open deur van het tankstation, terwijl Sharon met de zaklamp naar binnen rende om de pompen aan te zetten. Nog voor zij weer buiten stond, verbrak het geluid van vloeistof over beton al de stilte van de nacht en bezoedelde benzinelucht de zoete atmosfeer.

'Mijn god, het loopt er wel erg snel uit,' fluisterde Annie.

'Het is ook veel benzine,' zei Grace. 'Ik denk dat het wel tot aan de bomen komt.'

Fijn! dacht Annie. *Mocht het ons lukken te ontkomen, dan vliegen we het federale gevang in vanwege het stichten van een bosbrand, tenzij we zijn verkoold, natuurlijk.*

Grace kneep haar ogen tot spleetjes en tuurde het donker in, in een poging het spoor van doeken van de pompen naar de garage te ontwaren. *Hoelang zou het vuur daarover doen? Twee seconden, twee minuten? Duurt het te lang, of gaat het juist te snel?*

Tegen de tijd dat ze waren teruggeslopen naar de rand van het bos, waar de molotovcocktails lagen opgestapeld, begon Annie in te zien hoeveel waarheid er school in dat aloude gezegde, dat het donkerste uur vlak voor de dageraad was. Zij was zelden nog zo laat wakker en stond nooit zo vroeg op, of ze moest in Las Vegas zijn, waar ze weer nergens ramen hadden. *Het is toch belachelijk, zo donker als het is!* Toen ze naar haar voeten keek, zag ze niet eens de witte streep op haar lila gympen. Niet dat die nog zo wit was overigens, na al dat gekruip door die greppel en nadat ze in dat gore meer tegen die weerzinwekkende dode koe aan had geschurkt...

Die laatste herinnering deed haar huiveren, maar bracht haar ook terug naar dat omheinde terrein, waar het werkelijke hart van dit godvergeten stadje begraven lag onder tien centimeter mest. Maar dat mocht ze ook niet vergeten, want daardoor wist ze weer waarom ze hier nu zat, als een wilde ineengedoken aan de rand van een donker woud, naast een rijtje G.O.P.'s, zoals Sharon in de garage had gezegd.

'Wat is in vredesnaam een gee-o-pee?'

'Een Geïmproviseerd Ontbrandbaar Projectiel.'

'Joh, praat niet in afkortingen, je lijkt wel een kerel! Ik word er knettergek van, zoals die overal letterwoorden voor verzinnen. Ze willen ons gewoon buitensluiten, kleine jongetjes met hun eigen geheimtaal. Het zijn verdikkeme gewoon colaflesjes met wat benzine en een lapje erin, maar zij moet er weer initialen op plakken, zodat het klinkt als een of ander technisch hoogstandje. Verdomme, kijk nou eens wat je doet: nu ben ik helemaal opgefokt. Kom op, dan zullen we die kerels eens stevig O.H.D. geven!'

Grace stond met wijd open ogen in het duister te staren, in een vergeefse poging wat licht op te vangen. Maar ze zag de doeken niet: het was veel te donker, en de stapel was te klein en te ver weg. Sharons studentensoftbalcarrière leek veel te broos voor het gewicht van dit plan. *Maar we hebben weinig keus.*

Er werd besloten de zaklamp eenmaal te riskeren om de stapel te lokaliseren, zodat Sharon tenminste ergens op kon richten. Op precies het juiste moment bescheen Grace de doeken met de lichtbundel, Annie hield een brandende lucifer bij een van de lonten, en Sharon raakte de met benzine doordrenkte stapel in één trefzekere worp... *en ze leefden met zijn allen nog lang en gelukkig... ja ja!*

Maar eerst moesten die kogels hun werk doen.

Het was eigenlijk maar een simpel plan, primitief zelfs. Eerst was er de afleidingsmanoeuvre: knallende kogels in het woonhuis. Dan zouden de soldaten vanaf de buitengrens komen aanrennen, om te zien wat er aan de hand was... die vervolgens werden afgeleid door het vuur in de garage... waarna ze zich realiseerden dat de vlammenzee een spoor volgde, dat alles nog vele malen erger zou maken – wat de vrouwen de tijd gaf weg te rennen, in de richting waaruit de mannen waren gekomen...

Simpel, als die kogels ontploften, als die mannen binnendrongen, als Sharon die stapel met een van de colaflesjes wist te raken... Grace sloot haar ogen. Voor iemand die nooit iets aan het toeval overliet, was dit een ware kwelling: veel te veel 'als' en geen plan B.

Met zijn drieën wachtten ze in het donker, hopend op herrie, maar ze hoorden niets dan stilte.

Het duurt te lang! Grace voelde een zweetdruppel uit haar haargrens over haar wang glijden. Ze dacht aan haar woordenwisseling met Annie bij het meer, toen ze dit hele plan hadden bedacht.

'Waarom eigenlijk dat gehannes met die kogels? Waarom zetten we die pompen niet gewoon open, laten dat hele klotestadje vol benzine lopen en zetten het in de fik?'

'Zou jij een brandend stadje in rennen? Als dat vuur te groot begint, blijven ze gewoon aan de buitengrens op ons wachten!'

Sharon en Annie verkeerden inmiddels op de rand van paniek. Sharon stak vragend een flesje in de hoogte, maar Grace schudde resoluut het hoofd. *Nee, die kogels moeten eerst afgaan, dat moet gewoon.*

In de keuken van het donkere huis klonk niets anders dan het zachte geruis van gas. Ze hadden het vuur onder de ene pan wat hoger gezet, in de hoop het lawaai wat te rekken. En vanaf dat ogenblik waren de onwrikbare wetten der natuurkunde aan het werk getogen en hadden de hitte van de vlammen overgebracht op de braadpan en vandaar op de kogels. Zodra de juiste temperatuur was bereikt, ontbrandde het slaghoedje en het kruit, dat keurig zat samengepakt in elk glimmend, koperkleurig omhulsel... en explodeerde.

Popcorn! was Annies eerste gedachte, toen ze opsprong bij de felle knal die de stilte openreet. De tweede knal leek zelfs nog harder dan de eerste. Ze klonken niet als de schoten die ze op de schietbaan afvuurde, maar meer als een soort rotjes wat ook prima was: hoe harder, hoe beter. Er ging er nog eentje af, gevolgd door een kort, knetterend salvo, en toen niets meer.

Een pan klaar.

Annie klapte het luciferboekje open en scheurde met trillende handen een van de smalle, kartonnen stripjes met zwavelkop af. Sharon liep daarop zijwaarts een paar passen het beschermende bosje looiersbomen uit, met een flesje op armlengte voor zich uit. En Grace richtte daarop de zaklamp, alsof het een wapen was, met haar duim op het knopje.

Seconden tikten voorbij, hun oren suisden in de stilte.

En toen deed de eerste kogel uit de tweede pan wat hij moest doen. Annie streek de lucifer aan, bukte naar voren en hield hem tegen de lont. De stof vloog onmiddellijk met een plof in brand, vergezeld van een smerige stank en een wolkje vettige walm. Grace knipte de zaklamp aan en wees ermee naar de stapel doordrenkte doeken; Sharon sprong op en gooide het flesje paniekerig richting het tankstation...

Het kwam op de grond terecht, stuiterde een keer en rolde toen nog een stukje door maar brak of ontplofte niet. De benzine liep er gewoon langs de lont uit en vormde, op nog zeker drie meter van de doekjesstapel, een licht ruisende poel van vuur. Vrolijk brandend, maar volkomen ongevaarlijk in toom gehouden door de dorre aarde eromheen.

'Shit!' siste Sharon, en ze stak haar hand uit voor de volgende fles.

Annie zat wat te klungelen met de tweede lucifer. Ze probeerde het eenmaal, tweemaal, scheurde er nog een af – *die verrekte goedkope tankstationlucifers ook...* En toen klonk er opnieuw een zachte explosie uit het huis, waarna de derde lucifer eindelijk vlam vatte.

Bijna meteen daarop klonk vanuit de bossen achter hen een mannenstem: een schreeuw – zo dichtbij, zo verdomde dichtbij...

Sharon keilde de tweede fles in een grote, hoge boog richting de stapel: als een vuurpijl scheerde hij door de lucht en zeilde naar beneden. Deze kwam wel met voldoende kracht neer om kapot te knallen en de vuurbal schroeide de bumper van een oude, roestige Buick. Maar het vuur verbreidde zich niet naar het benzinespoor dat naar het tankstation leidde.

Sharons ogen begonnen te tranen van de rook en van de angst. Want er kwamen steeds meer stemmen, steeds dichterbij. *Het duurt niet lang meer, of ze zijn hier!* En dan zagen ze de fles vliegen, dan zagen ze hen! En dan stierven Grace en Annie, omdat de beste pitcher van het Badgers-damessoftbalteam stond te stuntelen – die ene keer in haar leven dat het er werkelijk toe deed...

Terwijl de tranen over haar wangen stroomden, stak Sharon de derde fles voor zijn vuurdoop omhoog, haalde diep adem en draaide zich toen met haar rug naar het bos. Dan was ze maar even een prima doelwit voor die klootzakken!

Concentreer je, Sharon; focus! Mannen zijn daar beter in dan vrouwen, dus vernauw die hersenbalk van je, en wees een man. Y-chromosoompje, kom maar bij mamma. Je bent Robert Redford in 'The natural', Kevin Costner in 'For love of the game'. Niets ter wereld is belangrijker dan deze ene worp! Alle honken bezet, twee uit, nog een bal te gaan, het is de tweede helft van de negende inning... Maar vergeet dat alles en denk alleen aan de bal en de slagzone; sluit al het andere buiten...

De brandende fles zeilde door de lucht, zwiepte als een reuzenganzenveer, een grillige, zwarte rookstreep achter zich aan schrijvend. Zodra hij de grond raakte, op slechts een paar centimeter van de doeken, sloeg hij finaal aan scherven. Meteen daarop veranderde de stapel, met het diepe keelgeluid van de grootste Deense dog die ooit had geleefd, in een enorme zuil van vuur die alle zuurstof uit zijn directe omgeving wegzoog.

In die eerste tel dat de stapel ontvlamde, had Sharon het idee dat ze de verandering in luchtdruk letterlijk voelde, alsof ze naar die kolom van pikzwarte rook en vuur werd toe gezogen. *Slag drie!*

Geschreeuw. Veel geschreeuw. En nog dichterbij.

'Snel!' siste Grace achter haar.

Maar Sharon verroerde zich niet: zij stond volkomen beweginloos – als een tuinornament in de vorm van een bevroren vrouw – breed grijnzend en gehypnotiseerd te staren naar de kring van vuur.

'Sharon!'

De doeken brandden onstuimig, luidruchtig, maar... er sloop

geen dikke, vurige slang richting het tankstation. Er was zelfs geen enkele likkende vlam te zien langs het hele benzinespoor dat ze van de doekjesstapel tot in de garage hadden neergelegd. *En hoeveel soldaten zijn er nodig voor het doven van een berg brandende doeken? Vijftig, honderd? Ik denk het niet!*

Er zou geen spoor van vuur naar de garage komen! Er was verdorie al te veel benzine in de grond getrokken, verdampt of godweet-wat! Er zouden dus ook geen explosies volgen als de flessen en blikken vol brandbare stoffen de lucht in vlogen, geen kolkende, levensbedreigende vuurzee die zich uitbreidde naar de pompen en de uit de slangen lekkende benzine. Nee, het bleef bij een bescheiden kring van vuur, die brandde in het zand, een kleinemeisjeskampvuur, meer niet. *Breng de hotdogs maar...*

Grace en Annie stonden intussen naar Sharon te sissen, te fluisteren, te krijsen terwijl de paniek hun woorden tot een onverstaanbare brij verbrokkelde. En toen kwam Grace zelfs op haar knieën uit de bosjes gescharreld om haar te halen...

Sharon draaide zich om, bukte zich opnieuw naar een fles en schoof hem naar Annie toe. 'Steek aan dat ding en maak dat je wegkomt!'

Annie deed wat haar gevraagd werd en grijnsde toen breed naar Sharon – wat er bij het geflakker van de vlammen behoorlijk eng uitzag. 'O.H.D., liefje!'

Oké Sharon, daar ga je dan: geef die lui Op Hun Donder! Gooi ver weg, echt ver – helemaal tot aan die achterdeur. Want als God echt groot en goed is, dan moet er nog wat benzine op dat beton liggen.

Toen slingerde ze de fles weg. En terwijl ze terug in hun schuilplek tussen de bomen dook, vloog de garage met een enorme explosie en een gigantische lichtflits in brand. *Geheel onverwacht en veel te vroeg komt in Four Corners de zon op...*

Meteen daarop namen de schreeuwen in de bossen achter hen in volume en aantal toe. De drie vrouwen kropen dicht tegen elkaar aan en gluurden met bonzend hart tussen de bladeren van de dichte looiersbomen door.

Slechts enkele seconden later stampte er een hele rij mannen over het karrenspoor, nog geen zes meter voor hen. En zodra de eersten op het gebarsten asfalt van de zijstraat sprongen, leken er van alle kanten op magische wijze nog tientallen uit het niets te verschijnen. Uit het bos en achter de gebouwen vandaan stroomden ze allemaal samen bij de felle vuurhaard, die zich nog steeds beperkte tot Dales Garage. De mannen vloeiden het net nog zo doodstille Four Corners binnen, alsof iemand een bodemloos vat in het stadje leeg kieperde.

Grace staarde, zonder met haar ogen te knipperen, naar het karrenspoor en wachtte tot dit weer vrij was. Hijgend klemde ze haar vingers rond de Sig, elke spier in haar lichaam gespannen, klaar om te vluchten. *Opschieten, opschieten!* gilde ze in gedachten tegen de almaar toestromende mannen.

Tegen de tijd dat het veilig leek om via de achterkant van het stadje weg te glippen, de leeggelopen bossen in, sloeg de hitte van het vuur al in haast grijpbare golven over hen heen. Half op hun knieën, hun gezicht druipend van het zweet, kropen de drie vrouwen uit hun schuilplek tevoorschijn, waarna ze van boom naar boom sprongen, tot ze aan de andere kant van het karrenspoor stonden en zich in het zwarte woud konden storten.

Kolonel Hemmer en soldaat Acker stonden op een oud hooiveld, acht kilometer van Four Corners. Een overwoekerde, tweesporige veldweg leidde diep het land in, waar een grote, golfplaten loods stond te vergaand van de roest.

Toen hij nog leefde, had de oude, ongetrouwde boer Meryll Christian hier zijn landbouwwerktuigen opgeslagen. Omdat hij geen erfgenamen had die het land konden opeisen, had de staat het beheer na diens dood overgenomen. Hemmer had het vervolgens vijf jaar terug op de kop kunnen tikken, na een belastingmeevaller. Toen had hij nog gedacht dat hij het veld op een dag opnieuw zou inzaaien; droomde hij er nog niet van, dat zijn bezit ooit een veel groter doel zou dienen.

Acker en Hemmer zaten in een jeep, te midden van een groot aantal andere voertuigen die in het lange gras stonden geparkeerd. Acker had de microfoon van de veldradio uitgezet en hield hem tegen zijn borst, terwijl hij wachtte op wat kolonel Hemmer ging zeggen. Deze zweeg nu al bijna dertig seconden, Acker hield dat soort dingen altijd bij op zijn horloge, en hij diende lang genoeg onder deze man om diens stiltes te vrezen omdat ze bijna altijd betekenden dat kolonel Hemmer in stilte ziedde en er in zijn gedachten al koppen rolden.

In dit geval behoorden de koppen die Hemmer wilde laten rollen toe aan een stel vrouwen die hij niet eens kende. *Maar jezus, ze hadden verdomme het tankstation in de fik gestoken!* 'Is het onder controle?' vroeg Hemmer plots.

Acker maakte een sprongetje van schrik. 'Het lijkt erop dat het op dit moment slechts gaat om het garagegedeelte. Maar dat staat wel vol brandbare spullen, en die pompen stonden op volle kracht leeg te stromen. De mannen hebben ze afgesloten, maar overal ligt nog benzine.'

Hemmer piekerde daar even over en schudde toen smalend zijn hoofd. 'Ze wilden het hele stadje in brand steken.'

'Daar lijkt het wel op, ja. Er liep een halfbakken spoor van de garage naar de pompen, maar dat hebben de mannen keurig afgehandeld. Ze gebruiken nu een paar slangen om het vuur achterin laag te houden, zodat het niet overslaat naar die droge naaldbomen. Maar als ze het niet snel onder controle krijgen, zal de rook van de garage zodra het daglicht verschijnt tot kilometers in de omtrek te zien zijn.'

Hemmers helblauwe ogen vlogen hemelwaarts. Het was nog lang niet licht er begon zich alleen in het zwart vaag iets donkerblauws af te tekenen. Maar zelfs dat vond hij geen prettig gezicht; ze hadden hoogstens nog een uur. 'En ze weten zeker dat die schoten uit de woning kwamen?'

'Ja, sir.'

'En daar is nog niemand uitgekomen?'

'Nee, sir. De mannen waren binnen enkele seconden zo dicht bij het huis dat ze het konden zien, en vanaf dat moment houden ze het omsingeld.'

Hemmer knikte tevreden en ietwat zorgelijk tegelijk. 'Dus die vrouwen zitten er nog in.'

'Kan niet anders. We hebben ze, sir!'

'Mogelijk.'

'U bedoelt, sir?'

Hemmer draaide zijn hoofd naar hem toe. 'Stoort het jou dan totaal niet, Acker, dat ze het tankstation in de fik zetten en zich dan in het huis ernaast verstoppen?'

Acker haalde wat ongelukkig zijn schouders op. 'Het zijn vrouwen, sir.'

Kolonel Hemmer had een diep litteken links van zijn mond, die altijd wat naar beneden trok als hij probeerde te glimlachen, wat hij niet zo vaak deed. Slechts weinigen wisten dat de grimas, die volgde wanneer hij iets hoorde dat hem behaagde, een teken van bijval was. Maar Acker was een van hen.

'Wilt u een paar mannen dat huis in sturen, sir?'

'Nee, iedereen bij het vuur. Jij en ik nemen die vrouwen voor onze rekening.'

En toen glimlachte Acker terug.

26

Iedereen in de Monkeewrench-bus liep op adrenaline, en weinig anders. Ze waren in het afgelopen uur pas door twee van de zeven radiostille zones uit hulpsheriff Lees surveillancesector gereden – in geen van beide was wat te beleven – en de volgende was nog zeker dertig kilometer verderop.

Ze hadden er al vier kannen koffie doorheen gejaagd en alle energierijke hapjes die nog van de vorige trip in de bus lagen, maar Harley merkte er weinig van. Hij reed al vanaf Minneapolis in het donker, en zijn ogen begonnen er langzaam uit te zien als twee in tegengestelde richting draaiende molentjes. Bonar, die met Charlie op schoot naast hem zat sinds Gino met Magozzi, Halloran en Roadrunner naar achteren was gegaan, vreesde dat Harleys schouderriem het enige was wat de getatoeëerde reus nog overeind hield.

In het kantoortje keek Roadrunner, voor het eerst in ruim een uur tijd, op van zijn computer. Hij had al die tijd in een vreemd soort van cybertrance verkeerd, die hij af en toe kracht bijzette met heftige uitbarstingen van woest getyp. Hij liet meerdere sites tegelijk zoeken naar de namen van de verdachte personen en plaatsen van de FBI-lijst, in de hoop iets te vinden wat de federalen over het hoofd hadden gezien, en maakte er diverse prints van die hij vervolgens aan Magozzi, Gino en Halloran gaf. 'Getver, dit leidt echt nergens toe!' jammerde hij gefrustreerd. 'Bij geen van die kerels krijg ik een rooie vlag. Dus tenzij jullie nog iets zien dat ik niet zie, zijn ze echt zo brandschoon als agent Knudsen zei – doodgewone lui.'

Magozzi tikte op een van de papieren die hij zat te scannen. 'Als de federalen op zoek zijn naar melktrucks, is deze Franklin Hemmer beslist verdacht.'

Gino bladerde door zijn stapel. 'Wie is hij dan?'

'Die vent van die zuivelfabriek.'

'O ja. Welke zieke geest vult er nou melktrucks met zenuwgas? Ik eet nooit meer cornflakes!'

Roadrunner drukte op een knop, waarna de printer opnieuw een lading papier begon uit te spugen. 'Dit is best wel interessant. Ik heb net de belastinggegevens van die Hemmer eruitgepikt... en die blijkt dus zo'n vierhonderd hectare land te bezitten, verspreid over de hele county.'

Halloran stak zijn stapel de lucht in. 'Op zijn belastingaangifte staat hij vermeld als zakenman en landbouwer, dus dat verklaart die vierhonderd hectare wel.'

Magozzi gromde: 'Maar het enige wat ik op die lijst van FBI-invallen zie staan, is Hemmers huis en zijn zuivelfabriek. Waarom hebben ze al dat land niet gecheckt?'

'Ze zijn er heus wel een keer langsgereden. Het is waarschijnlijk alleen maar akkerland, en hij kan echt niet midden in een hooiveld zenuwgas gaan zitten fabrieken.'

Halloran legde zijn papieren met een zucht naast zich neer. Roadrunner had gelijk dat dit nergens toe leidde en het bracht hen in ieder geval geen stap dichter bij het opsporen van de vrouwen.

Hij staarde door het achterraam naar buiten om zijn ogen even wat rust te gunnen. De lucht was in het laatste halfuur geleidelijk lichter geworden, alsof iemand er een gigantische fles bleekmiddel over had leeggegooid. Toen wierp hij een blik op Magozzi en vroeg zich af of hij er zelf ook zo slecht uitzag. Het vel van diens gezicht stond strak – alsof hij er zo uit kon springen – en hij had een donkere stoppelbaard van een half etmaal oud: het werd steeds lastiger te bepalen waar zijn baard eindigde en de donkere kringen onder zijn ogen begonnen.

Sinds hun vertrek uit Beldon hadden ze de zaak van voor naar achter, van links naar rechts en van binnen naar buiten doorgesproken, als vermoeide honden die achter hun eigen staart aan zaten. Maar ze kwamen er maar niet uit. Met elk nieuw brokje informatie liepen ze weer tegen een muur op. De frustratie begon zich zo langzamerhand op te stapelen, tot dat kritieke punt waarop je begint te denken dat je verdomme echt helemaal niks kunt doen.

Als ze Sharon, Grace en Annie niet in een van die radiostille zones langs de weg zagen staan, waren ze weer helemaal terug bij af, zonder enig vermoeden waar ze dan moesten zoeken, en zouden ze worden verteerd door het idee dat de vrouwen ergens zaten waar het absoluut niet pluis was.

Hij draaide zich weer naar het raam en keek naar dat ruige landschap waar hij al zijn hele leven dol op was. Hij bedacht dat hij net zo lief elke vierkante centimeter ervan opblies, als dat hem een stap dichter bij de vermiste vrouwen bracht.

Hij vroeg zich af hoe oud een mens eigenlijk moest worden voor hij geen fouten meer maakte. Hij had Sharon afgelopen najaar nooit dat Monkeewrench-pakhuis in moeten laten gaan; hij had nooit moeten stoppen contact met haar proberen te zoeken, alleen omdat zij hem niet terugbelde; en hij had haar verdomme zeker niet die godvergeten standaardbrief moeten sturen, waarin stond dat ze zou worden ontslagen.

Jemig, gekrenkte gevoelens konden je zo het hoofd op hol brengen dat je jezelf niet eens meer herkende! En eigendunk. *Hoogmoed komt voor de val, Mikey.* Daar had je weer zo'n verrekt bijbelcitaat, dat zijn moeder en pastoor Newberry zo graag spuiden toen hij nog klein was. Het had twintig jaar geduurd eer hij de kern van waarheid erin herkende – want een fikse tuimeling, die maakte hij nu zeker.

Hij wist niet of hij het wel aankon om nog een hulpsheriff te verliezen. *Nee verdomme, dat zeg ik fout: ik weet niet of ik het wel aankan om Sharon te verliezen.*

Toen hij dat bekende, al was het maar tegenover zichzelf, knapte er iets in Halloran. Hij begon omstandig in zijn ogen te wrijven – niet alleen omdat hij moe was, maar ook omdat ze begonnen te tranen. En de kleuren, die buiten heel langzaam begonnen terug te keren, liepen allemaal door elkaar...

'Er komt weer een dode zone aan!' bulderde Harleys stem door de intercom. 'En een flinke ook: we moeten zo'n dertien vierkante kilometer afleggen. Naar voren!'

Iedereen stond onmiddellijk op en liep richting de grote ramen voorin. Daar aangekomen, zaten Bonar en Harley al te turen naar een enorme rookpluim aan de horizon.

'Wat zou daar nou branden?' zei Harley.

Bonar trok zijn schouders op. 'Kan van alles zijn: de mensen hier verbranden hun afval nog steeds, eens in de zoveel tijd vliegt er een honderd jaar oude schuur met honderd jaar oud hooi in de hens en het is al heel lang droog, dus het kan ook nog een grasbrand zijn. Nog een heel eind hiervandaan, overigens.'

Magozzi luisterde half naar wat Bonar vertelde, maar zijn aandacht ging vooral naar de weg voor hen en het voorbijrazende landschap. Het was nu echt een flink stuk lichter. De lucht begon die typische, ijsblauwe vroege-ochtendkleur te krijgen, die altijd een warme dag aankondigt. Hij zag stukken bos, braakliggende velden, maar nergens ook maar een teken van menselijk leven – je kon het hier blijkbaar om meerdere redenen een dode zone noemen.

Zijn blik bleef echter maar terugflitsen naar die grote, grijze veeg aan de horizon. Ergens, hij wist ook niet precies waarom, zat die rook hem toch niet lekker.

Tegen de tijd dat Hemmer en Acker in Four Corners arriveerden, was het in het stadje niet rustig meer. Tientallen schreeuwende mannen hadden zich er met schoppen en slangen samengepakt rond het vuur, dat eens de garage van Dales tankstation was geweest. Zo nu en dan klonk er nog een explosie wanneer binnen weer iets zijn ontbrandingspunt bereikte, maar langzaam wonnen de mannen het toch van de vlammen.

Jeetje, wat lag er veel benzine! Een onvoorstelbare hoeveelheid vloeistof rond de pompen en op de weg waar weer andere mannen in razend tempo zand overheen stonden te strooien.

Een gewone burger zou de situatie waarschijnlijk beoordelen als een gigantische puinhoop, maar kolonel Hemmer herkende hem meteen als een goed geordende chaos. Oké, het was een enorm kabaal, maar er was in de wijde omtrek toch niemand die het horen kon, dus dat hinderde hem niet. Die rookwolk echter wel.

Dat klereding was gigantisch! De scherpe, pikzwarte walm was uitgedijd tot een enorme, vettige, stinkende massa, die als een niet te missen kankergezwel boven het stadje opsteeg. Kolkend hing hij als een gigantische bloemkool recht boven het tankstation, terwijl de zijkanten langzaam naar beneden zakten als een donkere, dodelijke deken die over een brandend bed werd gedrapeerd. Het zou niet lang meer duren eer iemand de wolk zag en alarm sloeg, als dat niet al was gebeurd.

Maar Hemmer had ook niet veel tijd meer nodig. Die vrouwen in dat huis waren de laatste losse eindjes en aangezien die hulpssheriff inmiddels uitgeschakeld was ook de allerlaatste getuigen. Zelfs als er straks buitenstaanders binnendrongen, zou het hun toch veel te veel tijd kosten om uit te vinden wat hier allemaal had plaatsgevonden.

Hij wierp een blik op zijn horloge. De twee vrachtwagens op de weg naderden reeds hun eindbestemming. De onschuldige, logge dingen zouden er volledig lijken thuis te horen. En daar zouden ze dan staan – goedaardig, onbemand, onopgemerkt – tot tien uur exact, wanneer ze een automatische boodschap de wereld in zouden sturen die werkelijk iedereen zou wakker schudden!

Kokhalzend van de rook en de walgelijke stank van verbrand rubber, slopen Acker en Hemmer naar het huis en glipten er naar binnen, lichaam en geest geheel klaar voor de strijd. *Nou ja, strijd: ditmaal was het natuurlijk gewoon moord.*

Maar ze konden nu eenmaal niet anders. Christus, die verrekte rotvrouwen ook: een tankstation aansteken alsof het een godvergeten lichtkogel was! En nu zaten ze zich hier, ergens in dit huis, ineengedoken in het donker, te verstoppen – terwijl zijn mannen hun leven riskeerden om teniet te doen wat die stomme trutten hadden veroorzaakt...

Nee, doe dat nou niet! Woede leidt af: het vertraagt je reactie-

snelheid, verdooft je zintuigen. Laat het los! Met veel moeite wist kolonel Hemmer zijn zelfbeheersing te hervinden, al bewaarde hij een piepklein flintertje woede, zodat wat er moest gebeuren, hem gemakkelijker afging. Hij was geen moordenaar, niet van nature, en hij schepte er geen genoegen in. Maar hij had zich nog nooit aan zijn plicht onttrokken, geen enkele keer.

Nadat ze de deur achter zich hadden dichtgetrokken, hing in het huis een welhaast gezegende stilte, na de heksenketel van buiten. Acker en Hemmer slopen geruisloos en behoedzaam – militairen in hart en ziel – van de ene kamer naar de andere. Hemmer rilde licht onder zijn kletsnat bezwete overhemd. Het stoorde hem, zonder dat hij daar direct een reden voor kon aanwijzen, dat het hierbinnen zo stil was, zo vreemd maagdelijk, terwijl vlak buiten de deur zo'n beetje de hel was losgebroken.

En daar galoppeerden zijn gedachten al dat nimmer verdrongen pad in zijn geheugen af, naar die keer dat hij in het stuifzand was verdwaald en gescheiden van zijn eenheid totdat uit het niets een glimlachende Amerikaanse soldaat was opgedoken om hem in veiligheid te brengen. Alleen was het geen wapenbroeder geweest. Hoewel hij er wel zo uitzag, zo praatte en zo gekleed ging, was het niet eens een Amerikaan, althans, niet zo een als hij. Zat er verdomme een overloper in dat hele Amerikaanse leger, moest die hem zo nodig tegenkomen en regelrecht naar een kooi midden in de woestijn leiden waar dingen met hem waren gebeurd die hij nooit aan iemand had verteld. Hij had er de verschrikkingen van extremisme gezien en gevoeld. Maar dat was niet wat hem de ogen had geopend, dat was de Amerikaan zelf geweest, die hem naar die kooi had gebracht.

Hij huiverde toen deze herinnering kwam bovendrijven. En ergens, op een soort oerniveau, voelde het alsof het huis waarin hij zich momenteel bevond en dat glimlachende, Amerikaanse gezicht een en hetzelfde waren: op het eerste oog goed en betrouwbaar, maar vlak daaronder sidderend van slechtheid. *Er zit hier iets goed fout.* Voor het eerst in lange, lange tijd was kolonel Hemmer bang.

Maar hij duwde deze angst weg en hield zichzelf voor dat veel mensen wat hij nu deed, ook fout vonden. Maar die mensen hadden deze les dus nog niet geleerd: soms verschool pure slechtheid zich achter ogenschijnlijke goedheid en soms was het precies andersom.

Zelfs zijn eigen regering kende die les nog niet. Die was zo dogmatisch in haar trouw aan mensenrechten, honderden jaren geleden door de Founding Fathers opgetekend, dat ze bang was de enige, bedroevend eenvoudige stap te zetten, die ogenblikkelijk een eind aan de dreiging zou maken. Als mensen je land probeerden binnen te komen, met het doel het te vernietigen, dan gooide je godverdomme de grenzen dicht! Het was zo simpel en toch, het was echt niet te geloven, weigerden ze het te doen.

En dus moesten goede Amerikanen – trouwe, loyale, vaderlandslievende Amerikanen, zoals Hemmer en elk van zijn mannen – het zelf maar doen. Want de regering was ook iets vergeten dat de Founding Fathers hadden gezegd over de macht, die terugviel aan het volk wanneer de regering er niet in slaagde hun voldoende bescherming te bieden: '...*het is hun recht, het is hun plicht... om te zorgen voor nieuwe Gardes, voor een veilige toekomst.*'

Er viel nogal wat uit de toon in de eens zo keurige keuken. Zo belichtte de lichtbundel uit Ackers zaklamp een soort koperkleurige splinters, die hen uit allerlei vreemde hoeken tegemoet glinsterden: geponst in de pleisterkalk en overal op het aanrecht en de vloer, als lukraak rondgestrooide, puntige confetti. Daarbij was de ruimte gevuld met een mengelmoes aan ranzige geuren. Op brandende pitten stonden twee lege, ijzeren braadpannen, waar oud vet in stond te walmen. En dan was er nog iets, iets wat niet te vatten was en toch opmerkelijk bekend...

Maar de pannen waren niet helemaal leeg: ook daarin vonden ze spitse brokjes koper.

'O, shit!' Hemmer sloot de ogen precies op het moment dat hij die vreemde, onderliggende geur wist thuis te brengen: het was gas, het gas dat uit het fornuis van zijn grootmoeder had gelekt als de waakvlam weer eens was uitgegaan. Maar de waakvlammen van dit fornuis waren niet uit, want de branders produceerden nog steeds vlammen.

En toen vielen opeens alle puzzelstukjes op hun plaats. Die vrouwen zaten niet meer in dit huis; daar waren ze allang uit gevlucht. En de kogels die hierbinnen waren afgegaan, waren niet uit een wapen gekomen. Die waren afgevuurd vanuit die twee godvergeten klotebraadpannen, en op zijn minst één splinter ervan had zich in de gasleiding geboord...

Hemmer zag het haast voor zich, hoe dunne stroompjes van het sluipende gas zich uit de piepkleine gaatjes in de leiding persten, in een dichte massa in de beperkte ruimte boven het fornuis samenpakten en onverbiddelijk richting de branders zakten.

En toen – plotsklaps – hoefde hij het zich niet meer voor te stellen...

De soldaten die bezig waren het vuur in de garage te bestrijden, hadden best een goed gevoel over zichzelf. Als de kolonel klaar was in het huis, zou hij er tot zijn grote tevredenheid achter komen dat zij het vuur al bijna geheel onder controle hadden.

Oké, de hemel werd met de minuut lichter, maar de glorende dageraad had tevens een briesje meegenomen dat de gigantische, zwarte wolk al uit elkaar begon te drijven. Tegen de tijd dat de zon helemaal op was, zou het er hier gewoon uitzien als het rokerige restant van een garagebrand.

Maar toen was er in het huis iets ontploft. En daarna was het net geweest alsof de achterste helft van het pand heel diep had ingeademd, om zichzelf vervolgens op te slokken. Ja, dat was grappig: het leek net alsof dat stomme huis naar binnen was geëxplodeerd!

Met de kolonel en Acker erin.

Een paar verblufte soldaten begonnen te roepen en aarzelend richting het huis te lopen. Anderen richtten hun blik omhoog en keken vol afgrijzen hoe brokstukken van het dak – voornamelijk brandende dakspanen – hoog boven hun hoofd, weg van de dreun, richting het woud vlogen. Nog veel onheilspellender waren echter de brokken die naar beneden dwarrelden, richting

231

de plas benzine die achter de pompen tot over de weg was gestroomd. En zij hadden daar een beetje zand staan scheppen tussen de garage en de pompen, om wat zij als het directe gevaar
zagen af te wenden en hadden zich totaal niet bekommerd om de
benzine op de weg. Hoe dom kon men zijn?

27

Het geluid van de explosie deed de vrouwen, in hun struikelende vlucht door het nog steeds donkere bos, plotseling stilstaan. Ze hijgden alle drie hevig van paniek en van inspanning en het zweet dat hun kleding al had doorweekt, gutste nu over hun gezicht zodra ze ophielden met rennen.

Ze draaiden zich om naar het stadje. Toen ging hun blik omhoog, naar de zuil van vuur die ze hadden gehoopt te zien.

'Shit!' zei Grace zacht.

Er was iets ontploft, maar de knal was niet eens zo hard geweest, en door de bomen heen was het nieuwe vuur amper te zien. En de vettige wolk van de eerste brand was al aan het vervliegen. Geen schijn van kans dat iemand van kilometers verderop het de moeite waard zou vinden hier op af te komen.

'Waren dat de pompen?' vroeg Annie.

Grace schudde haar hoofd. 'Die kunnen niet ontploffen, daar zijn ze veel te zwaar tegen beveiligd. Misschien was het iets in de garage. Het zal geen hulptroepen hiernaartoe lokken, vrees ik, maar onze kansen om weg te komen zijn toch flink verbeterd. Blijf je ogen echter openhouden voor het geval ze een paar soldaten hebben achtergehouden.' En toen draaide ze zich om en rende weer verder tussen de bomen door.

Er was dus geen hulp onderweg: geen brandweerwagens, geen politieauto's, geen sensatiezoekers – God zegene hen allen – die naar de voorstelling kwamen kijken. Hun plan had niet gewerkt, dat verdomde vuur was niet groot genoeg!

Het was een bittere pil voor Annie. Zo zelfstandig en onafhankelijk als ze gewoonlijk was, dit was nu net een van die keren dat ze wel had gewild dat de cavalerie over de heuvel was komen galopperen, het liefst met een stevige martini.

Ze probeerde te slikken, maar had niet genoeg speeksel meer om haar rauwe keel te verzachten. *Waren we maar even gestopt voor een drankje.* Jazeker, dat hadden ze moeten doen: ergens tussen dat kogels bakken en dat brandjes stichten in hadden ze een glas ijsthee of zo moeten pakken.

Ze vroeg zich af hoe ver ze inmiddels waren, en hoelang het nog duurde voor ze bij die weg kwamen, waar Grace' auto er de bui aan had gegeven. *Mijn god, die autopech, ze was het al bijna vergeten. Was dat nog maar gisteren?*

Net trefbal, dacht Grace, terwijl ze tussen de dicht op elkaar staande, spichtige stammen van naaldbomen door kronkelde en zigzagde, die onder het bladerdak van hun giganten van ouders stonden te hunkeren naar een beetje licht. Een groot aantal ervan was allang dood en hing scheef en treurig tegen zijn broers en zussen aan, die hem overeind hielden alsof ze nog leefden, omdat er simpelweg geen ruimte was om om te vallen. *Aanmaakhout dat ligt te wachten op een vlam.*

Toen ze een keer misstapte en struikelde, klonk Annie meteen achter haar: 'Pas op! Voorzichtig!'

Grace moest erom glimlachen, terwijl ze doorrende. Annie was weer aan het moederen. *Je moet meer eten, jij. Je slaapt niet genoeg. Had je geen muts op dan; denk je soms dat longontsteking een pretje is?* Die kant van haar had ze niet meer gezien sinds het begin van deze nachtmerrie. Het was alsof Four Corners een deel van Annies karakter had opgezogen, en dat nu ze die vreselijke plek achter zich lieten, de oude Annie langzaam terugkeerde.

Na vijf minuten keihard hollen voelde zelfs Grace, die een uitstekende conditie bezat, een brandende steek in haar zij en elke inademing leek wel minder zuurstof te bevatten. Ze hadden nog niet eens zo'n lange weg afgelegd – het woud was vooral in het begin zo goed als onbegaanbaar geweest – maar ze voelde zich alsof ze uren achtereen hadden gerend.

'Stop...' hoorde ze toen Annie, een paar meter achter haar, buiten adem roepen. 'Ik moet... echt... even bijkomen.'

Half struikelend kwamen de drie tot stilstand en bleven ter plekke staan, het hoofd gebogen, de borstkas zwoegend, de adem raspend in hun kurkdroge keel.

Toen keken ze weer op, in de richting waar ze vandaan kwamen en luisterden of ze het geluid van uitzinnige mannen hoorden die in wilde achtervolging dwars door de bossen achter hen aan stormden. Maar het enige wat ze hoorden, was een licht geknetter ver achter hen en het gepiep van hun eigen, onregelmatige ademhaling.

Dus stommelden ze weer voort, rennend zolang ze konden, daarna afzakkend tot een soort hijgerig sukkeldrafje, en ten slotte tot een stevig wandeltempo. Het enige wat ze nu nog hoorden, waren hun eigen voetstappen en ademhaling. En langzaam begon het woud te dunnen. De onderkant werd opener, omdat de oude pijnbomen boven hen zo groot en breed waren dat ze niet genoeg licht doorlieten voor kreupelhout. De vrouwen konden er zelfs naast elkaar lopen.

'We moeten vlak bij de weg zitten,' zei Grace. 'Maar we moeten ook daar uit het zicht zien te blijven! Ze kunnen immers nog altijd deze kant op komen, en ze willen ons nog steeds dood. Meer dan ooit zelfs, want wij zijn nu de enigen die weten wat zich hier allemaal heeft afgespeeld.'

Annie liet een afkeurend geluid horen. 'Fijn! Wat doen we dan? De hele weg naar het volgende stadje via het bos lopen? Weet je nog hoe ver dat was?'

'We moeten nu eenmaal iedereen die langskomt, goed kunnen bekijken voor ze ons zien.'

Nou, het is gewoon niet eerlijk! dacht Annie, en ze staarde naar de smerige neuzen van haar lila gympen. *Links, rechts, links, rechts; voorwaarts christenstrijders, marcheer, marcheer; marcheer verdomme ten strijde!*

'Ho!' Grace stopte abrupt en keek strak naar iets, recht voor haar. 'Daar heb je hem!' Door een gordijn van stammen wees ze naar de asfaltstrook, op minder dan dertig meter afstand, hoog boven de berm, slechts van het woud gescheiden door een met onkruid begroeide greppel.

En nog geen vijf minuten nadat ze evenwijdig aan deze weg waren gaan lopen, nog net in de beschutting van de bomen, hoorden ze het alle drie: een auto!

Een grote wagen, geen jeep, vermoedde Grace. En hij kwam aan de andere kant de heuvel op razen, hen tegemoet.

Binnen enkele tellen was Sharon tussen de bomen door, en lag ze in de greppel tussen het bedauwde gras om een blik op de auto te werpen, zodra deze de heuvel over kwam. Toen dat gebeurde, sprong ze meteen op, rende naar het midden van de weg en begon als een idioot te zwaaien. Daarna draaide ze zich met een brede grijns richting het woud, recht naar de plek waar Grace en Annie stonden: 'Het is een politieauto!' gilde ze opgetogen, en draaide zich weer om naar de naderende wagen. Toen deze vaart minderde, stond ze nog steeds zo breed te grijnzen, dat haar wangen er pijn van deden.

Grace keek op haar horloge. *Nog vijf uur tot armageddon.*

28

Grace en Annie keken vanuit het bos hoe Sharon midden op de weg geduldig stond te wachten, haar wapen nog in zijn holster, haar politiepenning hoog in de lucht. Ze verroerde zelfs geen vin toen de patrouillewagen op drie meter voor haar stopte en even stationair bleef draaien, terwijl de chauffeur de vrouw voor zich verbluft opnam.

Ach verdomme, ze had haar wapen aan Annie moeten geven! Nu probeerde ze een auto tegen te houden, met haar holster duidelijk zichtbaar en een FBI-insigne, dat er van die afstand waarschijnlijk uitzag als een prijsje van de kermis. 'Sharon Mueller, FBI,' gilde ze.

Het duurde nog even, maar toen werd het portier aan de chauffeurskant dan toch geopend en gleed er een man naar buiten, die meteen achter zijn auto op zijn hurken ging.

Sharon zag weinig meer dan zijn ogen boven de onderrand van het raampje uitkomen. *Een goede politieagent*, dacht ze: *een voorzichtige*.

'Beide handen boven uw hoofd, mevrouw!' riep hij. 'Hoger!'

Sharon gehoorzaamde netjes en bleef stokstijf staan, terwijl hij langzaam opstond en op haar af kwam. Hij had zijn wapen getrokken en hield het met beide handen op haar gericht.

'Nu een stap naar voren, alstublieft, leg uw wapen op de motorkap en dan weer een flink eind naar achteren.'

Sharon deed precies wat haar werd gevraagd, erop lettend dat de loop geen enkele keer in zijn richting wees.

Tussen de bomen had Grace intussen het voorhoofd van de man in haar vizier, terwijl ze bad dat dit gewoon een doorgewinterde, stabiele politieagent was, die zijn normale voorzorgsmaatregelen trof en niet het nerveuze, opvliegende type dat soms tragische vergissingen maakte, zoals het neerschieten van een collega die de hele nacht voor haar leven had gevochten, op de vlucht voor andere bewapende mannen.

De man wierp even een blik op Sharons 9mm en stopte het wapen toen tussen zijn riem. 'Dank u, mevrouw. U kunt uw handen nu wel weer naar beneden doen.'

Grace zag Sharon heel even fronsen, maar toen ging haar hand met het insigne heel langzaam omlaag en hing ze het ding weer aan de zak van haar jasje. Vervolgens liepen de politieagent en Sharon samen naar de chauffeurskant van de auto, waar ze een kort gesprek voerden dat Grace helaas niet kon verstaan.

En toen rende Sharon naar de zijkant van de auto, aan de kant van het bos, en riep: 'Kom maar! Snel!'

Grace keek naar haar. Ze zag er heel anders uit dan een paar minuten geleden: nog steeds smerig en uitgeput, nog steeds een vrouw die door een hel was gegaan, maar ook... gelukkig. Voor Sharon Mueller was een politiewagen de cavalerie: een van haar eigen mensen was gekomen om haar naar huis te brengen.

Langzaam stond Grace op. Toen de man daarop naar de voorkant van de auto liep, haar kant op, ging de Sig automatisch in de aanslag.

Sharon wierp haar een boze blik toe. 'Verdomme Grace, doe dat ding naar beneden! Hij is een van ons!'

Nee: een van jullie – hij hoort niet bij mij of Annie, hij hoort niet bij ons.

'Hij is politieagent, Grace, net als ik. Hij is hulpsheriff in Missaqua County.'

Grace' blik liet de man niet los. Hij had haar bijna meteen toen ze opstond gezien, en was als aan de grond genageld blijven staan bij het zien van haar wapen, zijn handen omhoog, met de palmen naar voren. Maar hij was gekleed in een spijkerbroek, T-shirt en duidelijk vaak gedragen cowboylaarzen. Hij kon van alles zijn – zet hem in een surveillancewagen, en hup, je hebt een politieagent; trek hem een camouflagepak aan, en hup: je hebt een soldaat. 'Waar is zijn uniform?'

Sharon rolde met haar ogen. 'Hij zat thuis, buiten werktijd, toen het telefoontje over de brand kwam.'

Grace bleef haar wapen op hem gericht houden, en zoog haar onderlip naar binnen.

'Kom op, Grace, vertrouw mij nu maar. Ik heb hem de juiste vragen gesteld en hij had de juiste antwoorden.'

Waarom gaat je hart dan zo tekeer, Grace? Waar ben je zo bang voor? Dat is vrij simpel: voor alles en iedereen, zoals altijd.

Annie zat nog steeds op haar hurken in de bosjes en keek afwachtend omhoog naar Grace' gezicht. Zijzelf bezat dat instinct voor bepaalde mensen en situaties niet en dat wist ze heel goed. En als Grace nerveus was, dan had ze daar waarschijnlijk een verdomd goede reden voor.

'Eh, mevrouw...?' riep de man naar Sharon. 'Uw vriendin hier lijkt nogal nerveus... Wij hebben meer eenheden op de weg, dus als jullie hier nog even willen blijven totdat jullie je weer wat beter voelen, vind ik dat ook prima. Maar ik moet nu echt door: ik moet me melden op de verzamelplaats.' En hij deed een paar aarzelende passen achteruit, zijn handen nog steeds naar voren, volkomen ongevaarlijk.

Dat stelde Grace eindelijk een beetje gerust: dat hij zelfs bereid was zonder hen weg te rijden.

Sharon trok ongedurig een wenkbrauw omhoog. 'We hebben verdorie een bosbrand veroorzaakt, Grace. Kom eens tussen die bomen uit en oordeel zelf. En stop in godsnaam dat wapen terug in zijn holster: politieagenten houden er niet van door burgers onder schot te worden gehouden.'

Grace dacht daar even over na. Zijn wapen zat ook in zijn holster, en zelfs als hij naar dat van Sharon greep, wat makkelijker te pakken was, had zij haar Sig toch nog eerder. Dus liet ze hem terugglijden in zijn holster, maar liet de drukknoop open, en liep toen met een diepe zucht naar voren, het bos uit.

En toen kwam ook Annie uit het struikgewas omhoog: een dikke, verwilderd kijkende vrouw in een aan flarden gescheurde jurk.

De ogen van de man werden zo groot als schoteltjes toen hij zag dat ze met zijn drieën waren. 'Shit,' fluisterde hij naar Sharon, terwijl hij toekeek hoe Grace en Annie dichterbij kwamen. 'Die partner van u ziet er behoorlijk opgefokt uit. Wat is dat voor een zaak waar jullie aan werken?'

Op een halve meter afstand bleef Grace staan, maar ver genoeg om naar haar wapen te grijpen, dichtbij genoeg om, indien nodig, haar handen te gebruiken. 'U ziet er niet uit als een politieagent.'

Die opmerking irriteerde hem. 'Hulpsheriff David Diebel, Missaqua County. En als u zo begint; jullie zien er ook niet echt uit als brandstichters! Maar als jullie die brand echt zijn begonnen, dan hebben jullie nog heel wat uit te leggen.'

Toen pas keken Grace en Annie in de richting van Four Corners, en zagen wat Sharon allang had gezien: dikke, zwarte rookwolken bevuilden de ochtendlucht, en oranjerode vuurtongen likten aan de toppen van de bomen en spatten uiteen in een hoog opwervelende draaikolk van vonken.

En meteen daarop hoorden ze het ook, hoewel erg zwak: een laag, bulderend geluid in de verte, alsof een gigantisch monster wreed was wakkergeschud.

'O, mijn god,' fluisterde Annie, en ze bedacht dat Smokey de Beer vast goed pissig op hen was. Ze trok een van haar hoge gympen uit. Haar huid begon te steken zodra de lucht langs haar hak streek. De blaar had zelfs een beetje gebloed, binnen in de schoen. Ook Sharon zou dus pissig zijn.

'Luister dames, we zitten hier even in een lastig parket, maar ik moet echt verder. Op de verzamelplaats kunnen jullie bellen wie jullie maar willen. En dan kunnen jullie meteen jullie betrokkenheid bij deze brand uitleggen aan sheriff Pitala.'

'Pitala?'

'Ja, mijn baas...'

Grace wierp Sharon een snelle blik toe; zij knikte haast onmerkbaar.

'...want ik durf te wedden dat die allemachtig nieuwsgierig is naar wat jullie te vertellen hebben. Wij hebben namelijk middenin die vlammenzee een stadje liggen... en jullie kunnen maar beter bidden, dat iedereen die daar woont op tijd heeft weten te ontsnappen.'

Zijn stem trilde nu een beetje van woede, dacht Grace, en dat begreep ze maar al te goed. Dit was zijn county, het waren zijn mensen in Four Corners, en hij achtte hen verantwoordelijk voor een brand, waarin sommigen wellicht waren omgekomen. Diep binnen in haar begon iets, dat muurvast had gezeten vanaf het moment dat haar auto was beginnen te haperen, eindelijk los te weken. *Laat maar gaan*, zei ze tegen zichzelf. *Het is een agent, in vredesnaam, het is een politieagent. Alles is voorbij, ik ben veilig, we zijn allemaal weer in veiligheid.*

Een enorme knal deed de hulpsheriff geschrokken opkijken. 'Shit, de grote pijnbomen gaan eraan. Het gaat als een trein! Kom, op de achterbank, nu!'

'Ik wil mijn wapen graag terug, hulpsheriff,' zei Sharon.

'Later,' zei hij, en hij rende naar de auto en trok het achterportier open.

Sharon bleef bij de open deur staan. 'Ik ben een FBI-agent, hulpsheriff Diebel. Politieagenten pakken elkaars wapen niet af.'

Hij aarzelde nog heel even, trok toen haar 9mm uit zijn riem en gaf hem terug, met de kolf naar voren. 'Sorry. Stop maar gauw in uw holster. We moeten als een speer verder, en de wegen zijn hier nogal slecht.'

Sharon gleed over de achterbank naar de andere kant. De hoed van de hulpsheriff legde ze gauw op de hoedenplank, zodat ze die niet platdrukten. *Halloran zou me meteen de les lezen, omdat ik zo het zicht via de achterruit belemmer*, dacht ze, en ze voelde een steek van verlangen. *Of eigenlijk... Halloran zou hulpsheriff Diebel een nog grotere uitbrander geven, omdat die zijn hoed zomaar op de achterbank had gelegd.* Het ging er in Missaqua County zeker een stuk relaxter aan toe.

Annie kwam naast haar zitten, en keek naar haar pijnlijke voeten. Een ervan was bloot.

'Shit, mijn schoen...'

Maar toen had Grace de deur al dichtgetrokken, trapte hulpsheriff Diebel achter het stuur het gaspedaal vol in en reden ze met piepende banden weg, het hectische geluid van paniek en haast.

Grace staarde recht naar voren en voelde haar maag samentrekken. Ze keek naar de afscheiding tussen de voorstoelen en de achterbank, en de klinkloze deuren. Opgesloten zitten op je eigen, veilige plek was een ding, maar opgesloten zitten op die van een ander was iets heel anders! Ze boog zich naar voren, naar het traliehek. 'Wij moeten zo spoedig mogelijk contact zien te leggen, via een landlijn.'

'We zitten hier in een dode zone,' snauwde hij. 'Radio's en mobieltjes werken hier niet. Maar de verzamelplaats is minder dan acht kilometer hier vandaan, en zoals ik al zei, zijn daar landlijnen genoeg. U kunt maar beter uw gordel vastmaken: over anderhalve kilometer pakken we een landweg en dat is net een wasbord.'

Grace leunde naar achteren en klikte de heupgordel vast. De wind waaide door het open raam van de hulpsheriff in haar gezicht en blies het haar boven haar oren omhoog. *Relax*, zei ze tegen zichzelf. *Je kunt de komende vijf minuten toch niets doen.*

Ze keek op haar horloge. *Lieve hemel: nog maar vier uur en drie kwartier!* Was dat wel genoeg om twee vrachtwagens op te sporen, tussen de miljoenen die er in het hele land rondreden? En zelfs als ze ze vonden, hadden ze dan nog genoeg tijd om ze onschadelijk te maken? Ze voelde zich opeens alsof het belang van duizenden levens op haar drukte, en die vijf minuten leken wel een leven lang te duren. Dus probeerde ze zich maar te richten op het einde van de rit, als ze bij die verzamelplaats – en een telefoon – aankwamen...

Maar toen kwamen al haar gedachten hortend en stotend tot stilstand. Wie moesten ze dan bellen? Wie belde je om zoiets aan te geven? Ze ging alle mogelijkheden na, te beginnen bij Magozzi, de enige politieagent die ze werkelijk vertrouwde, en grijnsde toen ze uiteindelijk uitkwam bij de enige reële mogelijkheid die ze hadden.

Tien jaar lang was ze voor de FBI op de vlucht geweest, had ze hen belasterd waar en wanneer ze maar kon en had ze alle FBI-agenten nagenoeg onafgebroken gehaat om wat een paar rotte appels haar hadden aangedaan. En nu zat ze naast een van hen, en was ze van plan de hulp van de rest in te roepen.

En de wereld draait gewoon door, dacht ze.

Ze draaide zich naar Annie toe. Die meid zou zichzelf iets aandoen, zodra ze een blik in de spiegel wierp, de slordige look was aan haar niet besteed. Maar Grace benijdde haar om haar vermogen zich altijd en overal supersnel aan te passen. Annie kon haar hoofd in de nek gooien, de ogen sluiten, en van totale ontreddering overschakelen naar totale ontspanning in slechts enkele minuten tijd.

Sharon was weer een heel ander verhaal. Zij had haar gordel om, maar zat stijf rechtop, met haar rug een heel eind van de leuning. Dit bevreemdde Grace nogal: van hun drieën zou Sharon zich nu het meest ontspannen moeten voelen, bij een collega in de auto. Maar misschien had ze gewoon nog nooit in de kooi achterin gezeten, of was ze na het schietincident van afgelopen najaar nog net zo van slag als zijzelf destijds na Atlanta. Misschien leken zij wel meer op elkaar dan Grace dacht.

En toen trapte de hulpsheriff plotseling op de rem en gooide hij het stuur naar rechts.

Annies ogen vlogen open, toen ze voelde hoe ze naar voren werd gesmeten. Haar hart ging als een idioot tekeer. *Rustig maar, dikkerdje, je bezorgt jezelf nog een hartaanval! Hij sloeg gewoon af, dat was alles.*

'Nu wordt het hobbelig, dames,' riep hulpsheriff Diebel over zijn schouder, en hij maakte een scherpe draai een onverharde weg op, die zich diep het bos in boorde. 'Hou jullie vast!'

De assen van de auto tapdansten over de ribbelbodem en de vrouwen werden op de achterbank helemaal door elkaar gehusseld. Annie hield haar gevouwen armen strak onder haar borsten. *Die stomme dingen springen zowat uit de kom (of wat ze ook maar op hun plek houdt) en dat was geen fijn gevoel!*

Toen de auto opnieuw over een reeks van bottenkrakende kuilen en bulten stuiterde, prikte er iets hards en smals, dat onder de voorstoel was geschoven, in Sharons tenen. Ze verplaatste haar voet en keek naar beneden, waarna haar wenkbrauwen steeds breder fronsten.

Met een afschuwelijk schraapgeluid raakten ze een harde modderrichel, waardoor de hoed van de hulpsheriff van zijn plekje gleed, en tussen Annie en Sharon in viel. Werktuiglijk stak Sharon haar hand uit en legde hem op haar schoot, terwijl haar blik strak gericht bleef op de velden, bossen en enorme stofwolken, die achter het raampje aan haar voorbijflitsten.

Even later draaiden ze van de zandweg de snelweg weer op. 'Nog anderhalve kilometer, dames, en dan zijn we er!'

Annie gaf een klopje op Sharons knie. 'Rustig maar, liefje, het is bijna voorbij.'

Sharon knikte traag, terwijl ze de hoed van de hulpsheriff ronddraaide en haar vingers langs de stijve rand liet glijden. Zij putte een zeldzame troost uit dit, haar zo vertrouwde, uniformonderdeel. Hij was precies hetzelfde als de hoed die op haar plank in de gangkast lag te wachten op de dag dat zij terugkeerde naar haar baantje in Kingsford County, op de maat na natuurlijk en de naam op het label aan de binnenkant. Ze haalde diep adem en blies toen heel langzaam weer uit. Haar handen begonnen te trillen.

'Dit zijn de laatste hobbels, hoor,' zei de hulpsheriff en draaide weer een ander landweggetje op. 'We hebben ons geïnstalleerd in een machineschuur, achter in dit veld. Het was de enige plek dicht genoeg bij het vuur, met een telefoonaansluiting.'

De schuur, die was opgetrokken uit ijzeren golfplaten, was groot genoeg om behoorlijk wat landbouwwerktuigen in te stallen. Hij zag er oud, vaal en verwaarloosd uit. In het hoge gras ernaast stond een hele verzameling auto's, maar nergens waren mensen te zien.

Grace leunde, met haar gordel nog vast, naar voren. 'Waar is iedereen?'

Hulpsheriff Diebel glimlachte zelfs naar haar over zijn schouder. Nu hij was waar hij wezen wilde, was hij duidelijk een stuk relaxter. 'Een paar van ons houden zich binnen bezig met de communicatie, maar verder is bijna iedereen buiten, druk bezig met het bestrijden van het vuur. We zetten onze eigen wagen hier neer, stappen over in een ambulance of blusvoertuig, en zijn weg.'

Hij parkeerde bij de andere auto's, draaide de contactsleutel om, klikte zijn gordel los en reikte toen omlaag, naar zijn holster, een volkomen gebruikelijke handeling. Wie in zijn eentje patrouille rijdt en onderweg ergens moet stoppen, knipt altijd zijn holster open, voor hij uitstapt en god-weet-wat tegemoet treedt, dat wordt een automatisme.

Grace keek toevallig net opzij toen Sharon haar 9mm tegen hulpsheriff Diebels achterhoofd zette.

En toen haalde ze de trekker over.

29

Sheriff Ed Pitala had Dorothy om twee uur 's ochtends met geweld achter de centrale weggesleurd en eindelijk naar huis weten te dirigeren, ruim drie uur na het beëindigen van haar dienst. Eerder had hij haar met net zoveel succes van haar werk kunnen losweken als hij haar de afgelopen tien jaar had kunnen overhalen met pensioen te gaan.

Dorothy had een gezicht als een reliëfkaart van de Rocky Mountains, een lichaam als Aunt Bea van de tv, en een stem als een schuurmachine. Haar foto hing naast drie eerdere sheriffs aan de muur, die ze allen in dienst en levensjaren had verslagen. Sheriff Pitala had al bedacht dat als zij ooit overleed, hij maar een bordje met 'gesloten' voor het raam moest zetten en de deur dichtspijkeren, want zonder haar liep op het bureau alles in het honderd.

Om halfzes was ze alweer terug en duwde hem een bord met ham, eieren en crackers onder de neus. 'Hup, achter mijn bureau vandaan, jij!'

'Allemachtig Dot, nu weet ik hoe al mijn voorgangers eraan zijn gegaan: ze zijn zich doodgeschrokken van jou!'

'Je lag te dutten op het werk!'

'Ik zat gewoon wat voor me uit te soezen. Het is rustig geweest sinds jouw vertrek – op de jongens na, die zich telefonisch meldden. En voor je het vraagt: er is nog geen enkel teken van Doug, noch van de vrouwen naar wie die agenten uit Minneapolis zoeken. Maar wat doe jij hier in godsnaam? Ik heb je nog maar net naar huis gestuurd!'

'Pff, dat was al drie uur geleden! Ik ben naar huis gelopen, heb in mijn luie stoel een uiltje geknapt, en toen heb ik gedoucht en dit ontbijt voor jou klaargemaakt. Eet nou, schrale, ouwe man, voor het koud is of jij instort. Als ik zo naar je kijk, weet ik niet wat er eerder gebeurt!' En ze rolde hem, met stoel en al, naar een ander bureau en pakte zelf de klapstoel, die ze al ruim veertig jaar gebruikte.

Op het patrouillepaneel brandde geen enkel lampje. Zo was het al, sinds de FBI al hun auto's van de weg had gehaald. Toen Dorothy dat donkere paneel zag, was het alsof ze naar het eind der tijden keek.

'Ik snap niet hoe jij op dat rotding kunt zitten,' zei de sheriff met zijn mond vol. 'Er zit geen grammetje vulling meer in die zitting, als die er ooit in heeft gezeten.'

'Als jij wat meer vulling op die magere kont van je had, was dat geen enkel probleem.'

Ed probeerde te glimlachen, maar zijn lippen zaten dichtgekit met de honing die Dorothy op de crackers had gesmeerd. Toen hij ze weer vaneen had weten te wrikken, zei hij: 'Ik zweer je, Dorothy: als Pat mij er ooit uit smijt, ren ik regelrecht naar jouw huis en trouw met je!'

Dorothy snoof. 'Ik ben twaalf jaar ouder! Dat wordt niks, jij bent me veel te onvolwassen.'

'Ach, ga toch eens met je tijd mee, dat gebeurt tegenwoordig constant. We zouden een soort Cher en hoe-heet-hij-ook-alweer zijn, of mevrouw Dimmy en haar jonge vriendje.'

'Demíé! Hoe vaak moet ik je dat nog zeggen?'

Toen Ed daarop niets meer zei, keek ze zijn kant op. Hij had zijn mond vol, maar kauwde niet, hij keek haar alleen maar aan, zijn ogen half dichtgeknepen.

Met haar hoofd een beetje schuin, zei Dorothy: 'Wat nou? Zeg me niet dat er een botje in die ham zat, want dat kan echt niet. Geboren en gestorven in blik, voorzover ik weet.'

Hij moest een slok koffie nemen om de hap weg te spoelen. 'Dat is gek! Ik dacht echt dat ik jou net hoorde zeggen, dat je twaalf jaar ouder bent dan ik.'

'Ja, en?'

'Dat zou betekenen dat je zevenenzeventig bent, Dorothy, en als ik het me goed herinner, ben je volgens de geboortedatum op je personeelskaart pas negenenzestig! Als het bestuur van de county erachter komt hoe oud jij in werkelijkheid bent, zullen ze je dwingen met pensioen te gaan.'

'En wie gaat ze dat dan vertellen?'

'Ikke niet!'

'Oké, dan! En nu mondje dicht, want er brandt hier een onvervalst lichtje op mijn 911-paneel, en ik hou het niet meer van de spanning!' Ze zette haar koptelefoon op en drukte een knop in, precies op het moment dat de telefoon op haar bureau begon te rinkelen.

In het halfuur daarna stonden alle telefoons roodgloeiend en was Dorothy's 911-paneel constant zo fel verlicht, dat zelfs zij er een beetje niet goed van werd.

Tegen de tijd dat Ed Pitala zijn vijftiende telefoontje afrondde, was zijn gezicht rood en zijn blik nors, en wilde hij zelf ook wel weer eens bellen. Haastig stond hij op en zei: 'Dorothy, jij moet het schakelbord en de telefoons even doen, hoor. Ik moet Knudsen spreken. Denk je dat je het alleen aankunt?'

'Waarschijnlijk niet, ik ben al zevenenzeventig, moet je weten...'

'Maar je ziet er geen dag ouder uit dan negenenzestig!'

Ze wuifde hem weg, en hij stak van het personeelskantoor over naar de deur met zijn naam erop. Hij gaf een flinke roffel en stormde toen naar binnen zonder een antwoord af te wachten. Agent Knudsen zat te kletsen in dat maffe dingetje dat hij zelf had meegenomen en dat een klein beetje op een telefoon leek, maar veel meer op allerlei andere dingen. Het zat niet in de muur of in de een of andere telefoonplug, dus kon het wat hem aanging net zo goed werken op een blik bonen of zoiets.

Knudsen keek op en stak een vinger in de lucht, waar de sheriff een beetje om moest lachen want een vinger had nog nooit iemand tegengehouden, tenzij hij om een trekker lag. 'Nu kun je dat kleredingetje neerleggen of niet, maakt mij niet uit, maar ik heb hier verdomme een heel bos in de fik staan, en ik ga verdomme elke vrachtwagen uit de hele county de weg op sturen – of jij het verdomme goedvindt of niet!'

Knudsen staarde hem met open mond aan. Nu pas zag Ed dat hij eigenlijk niet veel meer dan een jochie was. Het maakte hem nerveus te bedenken dat ze op zulke verantwoordelijke posities binnen de ordehandhaving kinderen aan het werk zetten, maar nog lang niet zo nerveus, als de gezichtsuitdrukking die Knudsen achter zijn verbijstering trachtte te verbergen. Het joch kneep 'm ook nog eens flink!

'Blijf waar je bent; ik bel je zo terug,' sprak Knudsen in de telefoon, waarna hij zijn aandacht aan Ed schonk. 'Ik weet alles van die brand, sheriff: die is onder controle.'

'Niet dus! Ik heb net met een van mijn hulpsheriffs gebeld, die er verdomme zowat in was gereden! Dat ding is bij lange na niet onder controle! Dat vuur is juist op zijn hoogtepunt: het verslindt negen meter hoge pijnbomen alsof het lucifershoutjes zijn! En ik kom hier niet mijn eigen kantoortje binnengelopen om jou om permissie te vragen. Nee, ik deel je bij dezen mede, dat ik al mijn mensen oproep en ze er in patrouillewagens op af stuur, want we kunnen elk voertuig gebruiken.'

'Ik heb het al begrepen, sheriff.'

Eds tirade werd ruw onderbroken. Hij *haatte het als hij al zijn stekels opzette... en dan zo werd ontnuchterd*. 'En al die onzin dan, dat onze patrouilles die lui die jij probeert te vinden, weg zouden jagen?'

'Wij zijn hier niet om de publieke veiligheid in gevaar te brengen, maar om deze te waarborgen.'

Ed kneep zijn ogen tot spleetjes. 'Jullie hebben allang gevonden wat jullie zochten, is het niet?'

'Nee, dat is het niet.'

'Heeft wat-het-ook-is toevallig een link met deze brand?'

'Alles is mogelijk, maar wij denken van niet. Die brand van u is vrij klein begonnen. Wij hebben een tijdje terug al rookwaarnemingen gedaan, maar daar is geen groot alarm uit voortgekomen. De echte brand is later begonnen, met een paar kleine explosies – propaangastanks misschien, of iets op het benzinestation...'

Eds adem stokte in zijn keel. 'Welk benzinestation?'

Knudsen fronste zijn voorhoofd. 'Geen idee. Zijn er meerdere dan, in Four Corners?'

'Four Corners?' herhaalde Ed, als verdoofd.

Knudsen keek hem van opzij aan. 'Wist u nog niet dat de brand daar woedde?'

Ed schudde zijn hoofd. 'Mijn mensen waren nog niet dichtbij genoeg. Ik wist alleen in welke regio, meer niet.'

'O, sorry. Wij zijn er enkele minuten geleden overheen gevlogen... dat was de piloot, waar ik net mee sprak. Het enige wat hij kon zien, was dat het benzinestation mogelijk de brandhaard is geweest, en dat het vuur zich van daaruit heeft verspreid. Ik vrees dat er van Four Corners niet veel meer over is.'

Ed trok lijkwit weg. Hij voelde zijn knieën week worden, greep een stoel en liet zich erop neerploffen.

'Hazel?' klonk het fluisterend vanuit de deuropening. Daar stond Dorothy, haar mond en ogen wijd open: drie ronde gaten in een gezicht, dat er niet langer uitzag als negenenzestig, of zelfs zevenenzeventig, maar stukken ouder.

Knudsens gezicht trok strak. 'Kende u iemand in dat stadje?'

'Mijn zuster,' zei Ed. 'Nou ja, halfzus. De bazin van het café naast het benzinestation.'

De FBI'er hapte even naar adem, nam een minuut stilte in acht en sprak toen, uiterst kalm: 'Vergeet u vooral niet, sheriff, dat het vuur klein is begonnen. Ze moet voldoende tijd hebben gehad om weg te komen, zoals iedereen.'

Maar Ed leek in zijn stoel weg te smelten, alsof het vuur daar woedde en al het vocht uit hem deed verdampen. 'Zou je denken? Wij hebben in het afgelopen halfuur meer dan vijftig telefoontjes over die brand gehad – en niet een daarvan kwam uit Four Corners, of was van een van de inwoners. Als ze echt zoveel tijd hadden, waarom heeft dan helemaal niemand de telefoon gepakt?'

Halloran en Roadrunner zaten achter in de bus. Roadrunner weer achter zijn computers, Halloran aan de satelliettelefoon, om sheriff Pitala op de hoogte te stellen van de brand.

De anderen zaten door de grote voorruit te kijken naar de rookwolk die almaar onheilspellender werd, hoe dichter ze hem naderden. Het klereding was intussen gigantisch en hing recht boven de volgende dode zone, waar zij nog ruim acht kilometer vandaan zaten. In het midden was hij pikzwart, smerig en reikte hij halverwege de hemel; de zijkanten waren donkergrijs en werden met de minuut breder.

'Dat is geen grasbrandje,' zei Bonar. 'Er zit iets heel goors in de kern, iets kunstmatigs, door de mens gemaakt: een huis of zoiets, zeg ik je!'

Gino gromde. Hij hing op de bank achter de chauffeursstoel en Charlie zat naast hem naar buiten te kijken. 'Een paar jaar terug hadden wij een grote moerasbrand, even ten noorden van de *Cities*. En daar heb ik dus nooit wat van begrepen. Ik bedoel, daar lag zo'n beetje twintig hectare kleddernat kikkerland, te fikken alsof het om kurkdroog aanmaakhout ging. Maar die rookwolk toen... die was dus net zo zwart als die daar.'

'Turf,' zei Bonar.

'Billie?'

'Leuk, hoor. Nee, in moerassen heb je altijd veel turf door al die rottende planten en zo, en turf, dat is dus gewoon olie-in-de-maak: brandt als een tierelier, en lang ook als het eenmaal op gang is. En het stinkt ook behoorlijk.'

Gino zuchtte. 'Ik ben op reis met een wandelende encyclopedie!'

Halloran kwam naar voren gelopen en keek naar buiten, naar de rook. 'Ik heb eindelijk sheriff Pitala te pakken gekregen. De telefoon heeft bij hem roodgloeiend gestaan vanwege die brand. Volgens die FBI-agent die ons die invaladressen heeft gegeven, komen er heel veel van zijn mensen onze kant op, plus brandweerauto's uit de hele county. En Pitala heeft zijn patrouilles ook weer de weg op gestuurd. Dus we krijgen zo meteen aardig wat tegenliggers. Er blijkt een stadje pal in het midden van die brand te liggen, en het lijkt erop dat dat compleet van de kaart is geveegd.'

Magozzi stond achter Harley te kijken hoe deze allerlei opdrachten in zijn GPS intoetste. Hij keek Halloran over zijn schouder aan. 'En de bewoners?'

Halloran haalde zijn schouders op. 'Volgens hem is dat vuur klein begonnen. Dus ze gaan er vanuit dat iedereen de kans heeft gehad weg te komen.'

'Maar dat weten ze niet zeker?'

'Nee. Ed is inmiddels ook onderweg, zijn zus woonde daar.'

'O, mijn god,' mompelde Bonar.

Gino streek afwezig over Charlies rug. 'Hoe geschokt was die federaal die je sprak?'

'Behoorlijk. Maar het was daar een heksenketel: rinkelende telefoons, geschreeuw op de achtergrond... Hoezo?'

'Gewoon. Je gaat je toch afvragen of dat gedoe van de federalen niet toevallig wat van doen heeft met een brand die zomaar uit het niks ontstaat.'

'Het is het seizoen voor bosbranden, Gino.'

'Zo simpel ligt het dus nooit, hè.'

Harley duwde zijn gezicht nu bijna tegen de voorruit aan. 'Jezus, ik geloof werkelijk dat ik net vlammen uit die wolk zag komen.'

'Dat kan best,' zei Bonar. 'Als die naaldbomen droog en heet genoeg zijn, exploderen ze letterlijk. En dan schieten de vlammen recht omhoog, als vuurpijlen.'

'Shit, ik ga stoppen, hoor. Daar gaan wij niet recht op af rijden, tenzij ik zeker weet dat we, indien nodig, verdomde snel weg kunnen. En volgens deze stomme GPS-kaart is er de komende vijftien kilometer maar een afslag... en die leidt regelrecht naar Four Corners.'

'Four Corners?' zei Magozzi.

'Zo heet het stadje dat er middenin ligt,' zei Halloran.

'We kunnen toch keren?' opperde Bonar.

'Met dit ding? Op dit weggetje? Je maakt een grapje, hoop ik?' Harley stuurde de bus naar de kant van de weg en zette de motor uit.

Letterlijk handenwringend zei Bonar: 'Maar er zijn vast plenty onverharde zijwegen die helemaal niet op dat kaartje staan. Daar stikt het in deze county van!'

'Daar waag ik het niet op, hoor. Stel dat we zo'n pad nemen en we worden van achteren door het vuur ingesloten?'

'Dan zitten we hier als een varkensrollade in de oven.'

'Dat heb je goed gezien! Maar kan iemand me vertellen waarom wij regelrecht de hel in zouden rijden? We zijn immers op zoek naar onze dames, en ik kan jullie garanderen dat de enige plek waar die zeker niet zitten, midden in die toestand daar is.'

'Zoals Gino al eerder heeft opgemerkt: alweer iets, in een lange reeks van toevalligheden,' klonk Magozzi ineens achter hem. 'Wij weten zeker, dat ten minste een van onze vermisten in een radiostille zone is verdwenen. En nu woedt er dus een enorme brand, pal in het midden van zo'n zone. Als we van het toeval uitgaan, plus een mogelijke link met die FBI-operatie, dan moeten we de lijn gewoon doortrekken, we kunnen niet anders. Mijn gevoel zegt me, dat onze vrouwen wel in de buurt van die brand zitten: hetzij ze vluchten ervoor, hetzij ze worden erdoor omsingeld, hetzij...' Hij stopte zijn opsomming abrupt, al leek dat niemand op te vallen.

Harley snoof. 'Die hebben zich echt niet laten insluiten, daar zijn ze veel te slim voor.'

Magozzi keek hem aan. 'Slim genoeg om een lichtkogel af te schieten? Stel nou eens, dat Grace ons in dat telefoontje niet probeerde te vertellen dat er al vier mensen dood waren... maar dat ze in Four Corners zaten?'

Harley trapte het gaspedaal vol in.

30

Het was amper een ogenblik geleden dat Sharon Mueller haar wapen omhoog had gebracht en hulpsheriff Diebels door het hoofd had geschoten.

Annie hoorde niets dan het suizen van haar oren. En zien deed ze ook niet al te best meer, omdat ze al heel lang niet met haar ogen had geknipperd.

Je moet knipperen! Anders verschrompelen je oogballen en rollen ze eruit, en dan ben je blind. Blind en doof. En je laatste herinnering aan geluid zal het oorverdovende geraas van een wapen zijn; je laatste herinnering aan beeld die stuitende actie van Sharon. Niet kijken!

Ze zat maar te staren naar Sharons gezicht, of eigenlijk de zijkant ervan... nou ja, zo'n beetje driekwart en profil. En ze herkende haar niet eens.

Ten slotte knipperde ze toch maar weer, maar het hielp niets. En pas toen ze haar kaken bewoog om haar oren open te maken, werd die akelige piep zachter gedraaid. Hij was er nog steeds, maar veel minder overheersend, weggestopt achter haar trommelvlies, dat het geluid dempte als een kussen op een rinkelende telefoon.

Maar toen drong een ander geluid haar hoofd binnen. Het was Sharon, besefte ze: ze maakte een eigenaardig geluid alsof ze schreeuwde zo hard ze kon, maar dan met haar mond dicht, waardoor het er via haar neus uitkwam.

Ach hemel, die arme Sharon. Zij zat maar te staren naar iets afschuwelijks voor in de auto, aan de andere kant van de afscheiding.

En Annie wist heel goed wat dat was. Ze had er zelf net een glimp van opgevangen, slechts een minieme flits achter op haar netvlies, voordat ze haar blik naar Sharons gezicht verplaatste. Maar ze verdomde het om nog eens te kijken, net zoals ze altijd deed als ze naar een horrorfilm ging. Dan bleef ze ook niet naar het scherm kijken wanneer er iets onsmakelijks gebeurde, maar verschoof haar blik een heel klein stukje, net ver genoeg, en net niet zo ver dat iemand het merkte. En als anderen dan na afloop vroegen hoe zij in vredesnaam naar zoiets kon kijken, haalde ze gewoon haar schouders op en zei dat het helemaal zo erg niet was. Het was een truc, haar geheime truc.

Maar ze had hem Sharon ook moeten leren! Want die zat nog steeds te staren naar al dat bloed en die dubieuze brokjes, die over de voorruit omlaag gleden.

'Sharon?' Grace reikte over Annie heen naar Sharons linkerhand, die als een dood ding op haar schoot lag. Hij was ijskoud. In haar rechterhand klemde ze nog steeds de 9mm, die ook nog steeds wees naar de plek waar hulpsheriff Diebels hoofd had gezeten, voor zijn lichaam naar rechts was gezakt, half over de middenconsole heen. 'Sharon!'

Annie zag dat Sharons blik een heel klein stukje verschoof, het was amper te zien, maar misschien kende zij de truc toch wel. *Hallo Sharon, waar zit je?*

Het eigenaardige geluidje stopte toen Sharon slikte. Toen ze vervolgens haar mond opendeed, kwam er eerst een soort van piepje uit, waarna ze fluisterend zei: 'Sorry van de herrie.' En toen begon haar rechterhand heel hard te trillen. Traag deed ze hem naar beneden en legde hem naast haar andere hand op haar schoot.

Toen pas voelde ze dat Annie en Grace haar aan zaten te staren, en draaide ze haar hoofd naar hen toe. 'Het spijt me,' zei ze, uiterst kalm en beheerst, alsof dit alles volkomen normaal was. Maar het was afgrijselijk abnormaal dit zinnetje op dit moment uit haar mond te horen. Haar gezicht zag er akelig grauw uit, en haar huid leek wel los over haar schedel te zijn gedrapeerd.

Grace wist niet wat ze moest zeggen. Sharon had net degene gedood die hen in veiligheid had gebracht, een hulpsheriff, net als zij. En nu verontschuldigde ze zich, alsof ze aan tafel een boer had gelaten.

'Ik moet het nog een keer doen,' zei Sharon. En toen bracht ze haar wapen zo razendsnel omhoog, dat Grace haar ogen amper kon geloven. Ze vuurde tweemaal, kort achter elkaar, en schoot een heel zijraam aan diggelen.

Annie drukte haar handen tegen haar oren. Maar het was al te laat: doof. Ze hoorde niet eens meer hoe het veiligheidsglas op de grond viel toen Sharon het met de kolf van haar wapen wegtikte.

Sharon begon vertwijfeld naar de deurkruk aan de buitenkant te graaien. Ze klauterde desnoods door dat gat naar buiten, als ze maar snel uit deze auto was!

Maar het lukte haar niet, ze was er doodeenvoudig te moe voor. Dat het overhalen van zo'n klein trekkertje je zo kon afmatten! Maar dat was ook eigenlijk niet zo. Op de schietbaan kon ze wel honderd schoten lossen zonder deze spanning in haar vinger te voelen, zonder dat alle spieren in haar onderarm begonnen te trillen. Iemand doden bleek verbijsterend vermoeiend. Ze had het nooit eerder gedaan, en, ondanks alle training en voorbereiding, ook nooit gedacht dat ze het ooit zou moeten doen.

En daar zat ze dan, op de rand van de achterbank, klaar om iets te doen dat ze zich echter niet meer kon herinneren. Haar gedachten bleven maar afdwalen en op dingen stuiten... en die meteen weer vergeten. De psychologiestudent in haar legde een vinger op haar lippen en knikte wijs. *Jazeker, ze moest in therapie.*

'Sharon?' hoorde ze toen ineens Grace' stem, aarzelend en gespannen.

'Ja, hier!'

'Kijk me eens aan.'

Sharon draaide zich om, eerst naar Grace en toen naar Annie. Waarom keken ze haar zo vreemd aan? En waarom keken ze nog steeds bang? Zij had alles toch voor ze geregeld?

'Waarom?' vroeg Grace.

O, datte! Ze voelde dat haar lippen een stoute, foute grijns wilden vormen... *Nee, niet doen, niet grijnzen! Je mag nooit grijnzen vlak nadat je iemand hebt gedood, zelfs niet onder het mom van verdringingsgedrag of ander zielknijpersgezemel... Ach, shit! Ik heb het ze nog niet uitgelegd!*

Een vloedgolf van helderheid rolde door haar hoofd en spoelde alle onnozele, ergerlijke, normale traumareacties weg die een gewoon mens mocht hebben, maar een politieagent niet. Ze haalde diep adem en keerde terug naar het hier en nu. 'Hij controleerde mijn insigne niet,' verklaarde ze eenvoudig. Want daarmee was het begonnen, dat was het eerste dat haar had gestoord. 'Hij had dat ding van voor naar achter en van links naar rechts moeten bestuderen, om zich ervan te verzekeren dat ik een echte FBI-agent was. Maar dat deed hij niet: het enige dat hem interesseerde, was mij zo snel mogelijk ontwapenen.'

Grace en Annie bleven haar zwijgend aanstaren. Het was blijkbaar niet voldoende.

'Hij had nog een wapen onder de voorstoel liggen, iets langs. Het moet voorin duidelijk te zien zijn geweest, maar ik was zo stom om die auto niet te inspecteren, voor we instapten. Ik was zo verdomde opgelucht dat ik een collega zag, dat ik er niet meer aan dacht zijn voertuig te checken. Mijn fout.'

'Maar politieagenten hebben toch altijd een jachtgeweer bij zich?' zei Annie voorzichtig.

Sharon knikte ongeduldig. 'Ja, te allen tijde. Maar wel in de kofferbak, of in een speciaal rek in je auto. Daarbij was de loop helemaal verkeerd.' Ze trok een rafelige herinnering tevoorschijn en haar stem werd hard. 'Ik weet alles van wapens, mijn vader was een verzamelaar. Van de helft snap ik niet hoe hij eraan kwam: die zijn nu zo illegaal als de pest. Maar eentje was een M16, precies zo een als onder die stoel. Hulpsheriff Diebel was een van hen!'

Grace bleef zwijgen, met haar blik naar binnen gericht in een poging te bepalen of Sharon te snel te boude conclusies had getrokken, of dat haar eigen waakzaamheid haar opnieuw in de steek had gelaten.

'En dan dit nog.' Sharon pakte de hoed van haar schoot, waar deze nog steeds op lag, ongehinderd door kogels, glasscherven en andere waanzin. Ze draaide hem om en hield Annie en Grace de binnenkant voor.

Annie keek er wezenloos naar. 'Het is gewoon een hoed.'

'Kijk eens naar het label.'

Grace greep de hoed en tuurde naar de kleine, vervaagde drukletters: DOUGLAS LEE. 'O, mijn god.'

'Wat is er?' Annie pakte de hoed van haar af en hield hem vlak bij haar gezicht. 'Hemeltjelief! Dit is zijn auto, hè? Dit was de auto van hulpsheriff Lee...' Haar ogen flitsten heel even naar de chauffeursstoel. 'Lieve Heer in de hemel, en wij zijn gewoon met hem meegegaan. We zijn in die auto gesprongen en hebben hem zo met ons weg laten rijden...'

Sharons nek begon pijn te doen van het constant naar rechts kijken. Maar ze kon niet anders: ze moest Grace en Annie aan blijven kijken, anders gleden haar gedachten steeds weer weg, als knikkers op ijs. 'Ik heb hem gedood,' zei ze nuchter, 'zoals hij ons wilde doden. Ze hebben hulpsheriff Lee vermoord, zijn auto gepakt, zijn hoed... verdomme, die klootzak loopt waarschijnlijk zelfs met zijn wapen rond. En daarom heb ik hem gedood, in hulpsheriff Lees eigen politiewagen.' En ze leunde naar voren en siste naar de bloederige massa, die eens een hoofd was: 'Als dat geen gerechtigheid is... vieze, gore hulpsheriff Diebel!' En toen klauterde ze door het open raam, tuimelde buiten op de grond en begon met kracht in en uit te ademen.

Het was voor het eerst dat Sharon Grace werkelijk de stuipen op het lijf joeg, nog erger dan toen ze ineens haar wapen gebruikte. *Ze begint door te draaien, alles te vergeten! Ze heeft verdomme niet eens goed rondgekeken, voor ze door dat raampje kroop!*

Annie stak haar arm naar buiten en hengelde naar de klink aan de buitenkant.

Grace bleef zitten en nam nauwkeurig alles in zich op: de auto's, de muren van de schuur, het hoge gras, de bomen daarachter... Een ding wist ze heel erg zeker: als dit de plek was waar die oplichter op de chauffeursstoel hen hebben wilde, dan bleef zij hier niet!

258

31

Op Roadrunner na, die nog steeds in het kantoortje zat, bevonden alle mannen zich voor in de bus. Ze keken met groeiende ongerustheid naar de hoog boven de bomen uittorenende vlammen in de bossen rechts van hen, die gestaag terrein wonnen in de richting van de weg.

Op minder dan twee kilometer van de afslag naar Four Corners zette Harley de bus voorzichtig stil voor een provisorische wegversperring, opgeworpen door de brandweer. Recht voor hen stonden twee grote brandweerwagens, waarvan eentje eruitzag alsof hij gewoonlijk werd voortgetrokken door paarden. Ze waren zo dicht mogelijk langs de kant neergezet, maar voor de brede bus bleef er toch slechts een centimeter of drie speling over. Twee mannen in dikke, gele brandweeruitrusting gebaarden wild dat Harley achteruit moest – wat echter gekkenwerk zou zijn. Dus stapten Magozzi en Halloran naar buiten, compleet met hun politiepenning, politiewapens en politiepose. Toch duurde het nog zeker een volle minuut eer ze de brandweerlieden zover hadden dat ze hen erlangs lieten.

En voor iemand het in de gaten had, glipte Charlie door de openstaande deur naar buiten.

'Je hond is ontsnapt,' wees Halloran, toen ze terugliepen naar de bus.

Magozzi zag Charlie even rondwroeten in de greppel, toen rende hij een eind het bos in – *richting vuur, stomme hond!* – en toen weer naar de weg, waar hij zijn neus diep in een opgeduikeld stuk afval stak.

'Kom, Charlie!' riep Magozzi, kloppend op zijn dijbeen.

Charlie keek even naar hem op, en toen weer naar beneden, naar de schat die hij had ontdekt. Vervolgens klemde hij iets tussen zijn tanden, trok een sprintje naar Magozzi en liet het voor diens voeten vallen.

Magozzi raapte de vieze, kapotte, lila tennisschoen met twee vingers op. *De hele hel is hier aan het losbreken, en dat beest wil een spelletje spelen met een afgedankt kledingstuk!*

Toen hoorde hij Halloran naast zich fluisteren: 'O, shit!'

Hij draaide zich naar hem toe.

De man stond naar de schoen te staren alsof hij elk moment kon flauwvallen. 'Die is van Sharon!'

Magozzi keek nog eens naar het ding in zijn hand. 'Het is gewoon een schoen! Die kan van iedereen zijn, ligt hier misschien al maanden!'

Halloran schudde zijn hoofd. 'Het is een lavendelblauwe Converse hoge gymp – die maken ze al jaren niet meer. Sharon was dol op die lelijke, stomme dingen. Het was een van de eerste dingen die ze me vroeg uit haar huis mee te nemen, toen ze in Minneapolis in het ziekenhuis lag.'

Magozzi keek in de schoen en voelde hoe zijn maag zich omdraaide. Er zat bloed in. 'Shit,' mompelde hij, en keek verbaasd op, toen hij vanuit zijn ooghoeken Charlie zag wegspurten. Hij riep hem nog na, maar het beest negeerde hem volkomen.

Charlie drukte zijn neus tegen het asfalt en begon te rennen. De hond, die bang was voor alles en iedereen, die zich al tussen Grace' benen verstopte als er een peuter op een driewieler langskwam, zigzagde nu langs de brandweerwagens, sprong over de slangen heen, ontweek de griezelige, schreeuwende mannen in hun grote, gele jassen. Hij was zich alleen nog bewust van de twee luchtstromen – frisse lucht en geur – die zijn neusgaten in en uit stroomden.

'Verdorie!' riep Harley in de bus, en hij gaf een harde klap op het stuur. 'Roadrunner, kom als de donder hier en haal die hond binnen!'

Roadrunner kwam naar voren gerend, een vergeten vel papier in de hand, en sprong in een keer van de smalle treden naar beneden, zonder eerst te proberen ze met zijn schoenmaat zesenveertigenhalf een voor een te nemen. Met Gino vlak achter hem aan haastte hij zich naar Magozzi en Halloran, waarna vier volwassen kerels over de weg achter een voddige bastaard aan holden terwijl de wereld om hen heen in brand stond.

In de bus stonden Harley en Bonar het schouwspel vol ongeloof gade te slaan.

'Wat doen zij nou?' vroeg Bonar.

'Dat is de hond van Grace,' verklaarde Harley. 'Als hem iets overkomt, vermoordt ze ons allemaal.' En hij zette de bus langzaam in zijn vooruit en reed heel voorzichtig langs de twee brandweerwagens.

Bonar hield zijn adem in, wachtend op het schrapende geluid van metaal op metaal.

Honderd meter verder stopte Harley om de mannen weer op te pikken. De hond had er minder dan een minuut over gedaan, om hen ver achter zich te laten.

'Wat is er in vredesnaam in dat beest gevaren?' vroeg Bonar, toen de anderen – hijgend en zwetend – weer binnen stonden.

Magozzi knikte naar het smoezelige voorwerp dat Halloran tegen zijn borst klemde. 'Die heeft Charlie gevonden. Volgens Halloran is hij van Sharon.'

Bonar bekeek de schoen wat beter en zijn mond viel open. 'O, mijn god.'

Gino gaf een klap op de rug van de chauffeursstoel. 'Verdorie, die hond is een genie! Ik zweer je, die is een spoor aan het volgen, en er is maar een persoon op deze aardkloot die hij wil vinden... en dat is Grace MacBride.'

Roadrunner staarde door de voorruit terwijl Harley zo behoedzaam reed dat ze de hond net konden bijhouden. Charlie bewoog zich voort met dodelijke snelheid en zette verbluffende tijden neer voor een hond die altijd op een stoel zat en aan tafel at, als een dik, log mens.

Gino zat voorovergebogen, nog steeds hijgend, te wachten op de hartaanval die hij vast zo kreeg. 'Die hond is zowat mijn dood! Hoe ver is hij al?'

'Ruim anderhalve kilometer, misschien al twee.'

'Shit, wat snel!'

Roadrunners adem stokte in zijn keel, toen Charlie plots rechts afsloeg, een smal zandpad op. 'Harley,' fluisterde hij. 'Ik weet waar hij naartoe gaat! Maar je moet hem zien te vangen, hoor. Hij moet nog vijf kilometer, dat haalt hij nooit.'

'Vijf kilometer? Wat is daar dan?'

'Ik heb net een oude akte opgedoken van een van die stukken land van Hemmer. Er staat een gebouw op en het is minder dan acht kilometer van Four Corners.'

32

Het duurde niet lang voor Grace had geconcludeerd dat het verwilderde veld geheel verlaten was, en dat alle auto's in het hoge gras leeg waren.

Twee deuren gaven toegang tot het golfplaten gebouw, een grote schuifdeur voor zware landbouwwerktuigen, en een manshoge daarnaast, beide voorzien van een dikke ketting met hangslot.

'Let op haar en blijf laag!' beval Grace Annie, die na Sharon uit de auto was geklommen en nu naast haar op de grond lag. En Annie deed waar ze goed in was: ze sloeg haar armen om Sharon heen om haar gerust te stellen, zoals ze ook een paar maal met Grace had gedaan, in die tijd dat zij nog de sterkste van hun tweeen was.

Terwijl Annie en Sharon naast hulpsheriff Lees patrouillewagen in het gras lagen, deed Grace wat er gedaan moest worden. Ze kroop de auto uit, sloop naar voren en sleurde de man, die zich voor hulpsheriff David Diebel had uitgegeven, van de middenconsole af, om bij de radio en de boordcomputer te kunnen. Deze laatste deed het niet, en haar vertwijfelde oproepen via de radio werden niet beantwoord.

'Hij loog niet, toen hij dat zei van die dode zones,' riep Sharon vanuit Annies troostende armen. Op die paar keer na dat Halloran haar had aangeraakt, was elke herinnering aan fysieke warmte bij haar verdord. In geen jaren had ze meer de oprechte warmte van een ander mens gevoeld. Annie drukte haar stevig tegen zich aan, waarschijnlijk gewoon om haar kalm en stil te houden, maar het effect was hetzelfde als toen haar moeder haar als kind in haar armen had gehouden, om haar nachtelijke demonen te verjagen. Stille tranen drupten uit haar bruine ogen op Annies mollige onderarm.

En terwijl Sharon overeind kwam en die gênante tranen van haar wangen veegde, veegde Grace het bloed van haar vingers: die radio had er helemaal onder gezeten. Ze keek naar de schuur en vroeg zich af of 'Diebel' ook de waarheid had gesproken, toen hij het had over die landlijn daarbinnen. 'Ik ga proberen die hangsloten eraf te schieten.'

'Er moet een betonschaar in de kofferbak liggen!'

Grace keek naar Sharon, verrast door de kracht van haar stem. 'Voel je je weer wat beter?'

Sharon stond alweer rechtop en raapte haar wapen op uit het gras. 'Beter nog: ik ben razend!' Ze stak een hand uit naar Annie en hielp haar overeind. Toen liep ze naar de auto en boog zich naar binnen, om het hendeltje van de kofferbak op te wippen zonder te kijken naar dat lichaam, vlak bij haar arm, zonder haar hersenen zelfs maar te laten registreren, dat het er lag. Ze veegde haar hand af aan haar pantalon, zonder te kijken wat ze eraf veegde.

In de kofferbak vonden Grace en Annie inderdaad een betonschaar, waarna ze gedrieën naar het ijzeren gebouw liepen.

Binnen was het stikdonker en doodstil, op een laag gezoem achterin na, dat ze niet meteen konden thuisbrengen. Grace dacht aan de zaklamp en vroeg zich af waar ze die had gelaten. Maar toen vond ze een hele serie schakelaars op de muur, die ze één voor één begon om te zetten. Met een irritant gepiep en gebrom flitsten boven hun hoofd wel honderd tl-buizen aan, die een gigantische ruimte verlichtten, en een eind maakten aan de stilte.

De vrouwen konden even niets anders dan perplex voor zich uit kijken.

Keurig op een rij stonden daar zeven enorme tankwagens, hun neus richting de grote schuifdeur. GOOD HEALTH ZUIVEL stond er in sierlijke letters op elke zilverkleurige tank.

'Vreemde plek om melkwagens te stallen,' mompelde Sharon.

Annie fronste haar voorhoofd. 'Ik dacht dat melkwagens van

die schattige, witte bestelbusjes waren, met van die schattige, rinkelende flesjes erin.'

'Dit zijn de bulkcarriers: deze rijden van boerderij naar boerderij om de rauwe melk op te halen en naar de zuivelfabriek te brengen... O, shit... denk je dat dit de trucks zijn?'

Grace keek naar de logge, onschuldig uitziende dingen met hun vrolijke, blauwe belettering; ze kon nauwelijks een betere manier bedenken om iets dodelijks te vervoeren zonder te hoeven vrezen voor ontdekking. Snel draaide ze zich om en duwde deze gedachte weg.

Op een bureau tegen de achtermuur stond een grote computer: de verklaring voor het lage zoemgeluid. Grace zag er niet meteen een telefoon bij staan, maar nam aan dat ze die daar zou moeten vinden. Toen Annie en Sharon bij haar kwamen staan, had ze de enige telefoonlijn al gevonden: hij liep rechtstreeks de computer in. 'Geen telefoon,' zei ze. 'De enige verbinding loopt via het modem.'

Annie haalde haar schouders op. 'Ook goed: loggen we gewoon in, en sturen Roadrunner een sms'je. Want die zal onderhand wel half krankzinnig zijn.' Ze schudde ongeduldig aan de muis en wachtte tot het scherm weer tot leven kwam.

'Heb je dan geen wachtwoord of zoiets nodig?' vroeg Sharon.

Annie grinnikte. 'Och kind, we moeten jou nog zoveel leren.' Ze nam plaats op de gebarsten vinyl zitting, fronste even naar de nonsens die op het scherm verscheen en deed toen haar handen omhoog om ze op de toetsen te leggen.

'Stop Annie!' gilde Grace opeens.

Annies handen vlogen omhoog en bleven in de lucht hangen.

Met grote ogen volgde Sharon Grace' doodsbange blik naar de zijkant van de monitor, waar een rechthoekig doosje van ongeveer dezelfde kleur stond. Of eigenlijk was het geen doos, maar een witachtig blok van iets dat eruitzag als boetseerklei, en waaruit een aantal draden naar de achterkant van de computer liepen.

'O, shit!' fluisterde Sharon.

Annie zat nog steeds als een wassen beeld, in exact dezelfde positie, met haar handen ter hoogte van haar schouders. 'Mag ik me bewegen?'

Met trillende stem zei Grace: 'Als je het toetsenbord of de muis maar niet aanraakt.'

Voorzichtig duwde Annie zich van het bureau af en rolde met stoel en al opzij, om te kijken waar Grace en Annie naar stonden te gapen. Haar benen waren nog te slap om te kunnen staan. 'O, god-in-de-hemel, dat is geen Play-Doh, hè?'

Grace dacht daar zelfs even serieus over na, maar het sloeg nergens op: waarom zou iemand een nepbom plaatsen en vervolgens verstoppen?

Sharon zat in haar geheugen te graven, naar die keer dat de explosievenopruimingsdienst op de academie kneedbommen was komen demonstreren. 'Het ziet er behoorlijk echt uit.'

Annie legde een hand op haar hart, alsof ze het trachtte binnen te houden.

'En heb je die klok gezien?' zei Sharon.

'Welke klok?' Grace boog wat dichter naar de monitor. Boven in het scherm knipperden een paar rode cijfers... ze telden af: drie uur, zevenendertig minuten, tweeënveertig seconden... eenenveertig seconden...

'Die telt af tot tien uur, wanneer die andere twee vrachtwagens moeten ontploffen.'

Grace' blikken gleden snel over de tekst op de monitor. Haar adem klonk gejaagd. 'Moet je eens naar die namen halverwege het scherm kijken.'

Annie en Sharon lazen de woorden die Grace' aandacht hadden getrokken.

Schrader – off-line
Ambros – doelwit bereikt
Ritter – doelwit bereikt

Grace sloeg haar armen om haar middel en fluisterde: 'Nee, dat toch niet!' In tranen rende ze naar de vrachtwagens, klom op een treeplank, tuurde door het raampje, rende toen naar de volgende vrachtwagen, deed daar precies hetzelfde, en verdween toen naar de andere kant van de schuur.

Annie en Sharon vonden haar daar terug. Ze stond te staren naar drie lege plekken, vlak naast de schuifdeur. Ze hield nog steeds haar buik vast, maar wiegde nu ook van voor naar achter. 'Elke truck heeft een computertje op zijn dashboard. Bij deze hierbinnen staan ze allemaal uit, maar er ontbreken drie wagens. En zie je die voetstappen? Drie paar, de deur uit! Ginds, bij dat meer, zei die ene soldaat toch dat Four Corners een ongeluk was geweest met truck nummer één? Hij zat toen nog te wachten tot de andere twee waren waar ze zijn moesten, maar volgens die grote computer zijn ze inmiddels op de juiste plek gearriveerd. Deze computer is het bedieningspaneel: hij verstuurt het signaal, dat de andere trucks tot ontploffing brengt. En tenzij we snel iemand vinden die die bom voor ons onschadelijk kan maken, kunnen we er niet bij om dat hele traject te stoppen.'

Het volgende ogenblik renden ze door de kleine deur weer naar buiten, naar de auto's.

'Als nergens een sleutel in zit, lijken een paar van die karren wel oud genoeg om ze met een paar draadjes te kunnen starten,' hijgde Sharon.

'Geen tijd voor.' Grace koerste regelrecht naar de patrouillewagen. 'Hier zit nog een sleutel in.'

Sharon deed haar ogen dicht.

33

Harley zweepte de bus op tot een snelheid van bijna zeventig, op een weggetje waar een normaal mens zich amper te voet op zou wagen. Waar de harde ondergrond er niet uitzag als een gigantisch wasbord, waren de kuilen zo diep dat de achterwielen een paar keer bijna geheel van de grond kwamen, en ze werden achterna gezeten door een enorme stofwolk.

Iedereen zat met zijn kaken van elkaar, om te voorkomen dat zijn tanden begonnen te klapperen, en klampte zich vast aan alles wat houvast bood. Bonar zat met Charlie naast zich op de bank, een vlezige arm om het kronkelende hondenlijf geslagen, zodat het dier niet de lucht in vloog.

Maar niemand zei tegen Harley dat hij eens wat rustiger moest rijden. Ze hadden met zijn allen de dunste draadjes aaneengeknoopt tot een onmogelijk wandkleed van hoop. Ieder van hen was op dit moment bereid te geloven, dat elke Lassie-aflevering die hij ooit had gezien geheel op waarheid berustte, en dat Charlie zo mogelijk nog verbazingwekkender was dan Lassie ooit was geweest. Want als ze dat niet geloofden, dan was er geen hoop meer en hadden ze weer geen flauw idee waar ze het zoeken moesten.

Roadrunner omklemde de achterkant van de chauffeursstoel en tuurde, voorovergebogen als een lappenpop, door de voorruit, terwijl hij limoenlucht over Harleys schouder blies. 'Oké, je bent er bijna! Afremmen en dan rechtsaf,' riep hij, boven de herrie van de grote bus uit. Doordat zijn stem stuiterde op de hobbels waar ze net overheen reden, klonk hij als Snuf en Snuitje.

Harley remde bij de kruising van zand met asfalt net lang genoeg af om te kunnen zien dat er geen brandweerwagens naderden. En zodra hij voelde dat het rubber van de wielen weer wat grip op het wegdek kreeg, gaf hij weer plankgas.

'Nog drie kilometer, hoogstens!' riep Roadrunner.

Halloran, Magozzi en Bonar stonden op en begonnen zich te verdringen in de kleine ruimte bij de deur, hun hart klopte in hun keel.

Charlie vlocht zich tussen hun benen in, trippelend, zacht jankend, zijn tong druipend van het hondenzweet. Ineens huilde hij een keer, heel kort en Magozzi vond het doodeng. Als je eenmaal was gevallen voor hondenmagie, moest je alles slikken: zoals die verhalen over honden die huilden precies op het moment dat hun baasje overleed, lang voordat iemand anders ervan wist...

'Daar! Zie je het, zie je het?!' gilde Roadrunner nu. 'Dat pad daar, het veld in! Langzamer, langzamer!'

Harley trapte op de rem, gaf een ruk aan het stuur en manoeuvreerde met de vijftien meter lange bus alsof het om een van zijn Porsches ging. Het was niet echt een weg, meer een dubbel spoor, door het gras van een totaal overwoekerd veld.

En toen zagen ze het allemaal tegelijk: een groot bouwwerk, achter in het veld, met een stel geparkeerde auto's ernaast. En een daarvan was een patrouillewagen, met aan de chauffeurskant het portier wijd open. Drie smerige, verwilderd kijkende mensen stonden een bebloed lichaam van de voorstoel te sleuren.

Toen een van hen rechtop kwam en zich naar hen toe draaide, voelde Magozzi hoe zijn hart in een bankschroef werd geklemd. Hij bewoog zijn lippen, maar er kwam geen geluid uit: *dank u.*

'Goeie god, dit geloof je toch niet!' mompelde Annie, toen ze de bus hotsend en botsend op hen af zag komen.

'Wat is dat?' vroeg Sharon, en keek naar wat vast een luchtspiegeling was... of de tourbus van de Rolling Stones. *Uniek, eenmalig optreden: hier en nu, in een boerenveld in Missaqua County...*

'Dat is de Monkeewrench-bus,' zei Grace. Ze bleef met haar bebloede handen langs haar zij staan toekijken, maar weigerde haar ogen te geloven tot de bus stopte en Charlie er als een harige komeet uit vloog, recht op haar af, grijnzend zoals alleen hij dat kon. Toen pas veegde ze haar handen af aan haar spijkerbroek, en plukte hem – veertig kilo schoon aan de haak – zo uit de lucht.

Tijdens de paar seconden dat ze zichzelf deze vrij gênante vertoning toestond, zag ze de mannen uit de bus komen. De adem stokte haar in de keel bij het zien van Magozzi, en toen – o, mijn god – Gino, Halloran en zelfs Bonar kwamen samen met Harley en Roadrunner naar buiten.

Toen wierp ze een blik op Sharon en zag dat haar lippen trilden en haar ogen dreigden over te stromen. Zij stond naar Halloran te staren alsof hij het enige was wat er op deze wereld te zien was.

Grace moest haar blik afwenden. Dit was verdomme echt te bizar voor woorden! Het was net als in al die stomme sprookjes, waar de mannen komen aanrijden om de vrouwen net op het nippertje te redden, waarna de vrouwen hen huilend in de armen vallen. *Jammer dat we daar nu geen tijd voor hebben.*

De vrouwen vlogen alledrie recht op de bus af; de mannen stopten allemaal tegelijk, onthutst.

Grace keek niemand in het gezicht, dat durfde ze niet aan, toen ze langs hen heen naar binnen holde, de lange gang door naar het kantoortje. En blijkbaar waren Sharon en Annie ook doorgerend, want zij stonden vlak achter haar, toen ze de koptelefoon van de satellietlijn opzette en als een dolle toetsen begon in te drukken.

Magozzi en Halloran stonden nog buiten, te staren naar de lege plek, waar de vrouwen die ze waren komen redden, zojuist langs waren geracet alsof zij er helemaal niet stonden. Het was niet bepaald het weerzien dat ze zich hadden voorgesteld. Harley, Roadrunner, Bonar en Gino volgden de vrouwen de bus in, terwijl de twee grote, stoere knapen achterbleven, lichtelijk uit het lood geslagen.

Toen ze ten slotte toch ook maar naar binnen gingen, was het eerste dat ze hoorden, Grace die krijste: 'Wat is er verdomme met dit klereding? Ik krijg maar geen verbinding!' Terwijl ze met een hand klappen op het paneel gaf, bleef ze met de andere tevergeefs cijfertjes intoetsen. Niemand in de bus had haar ooit zo overstuur gezien.

Het was uiteindelijk Roadrunner die haar bebloede handen voorzichtig in de zijne nam en zacht zei: 'Laat mij maar even, Grace. Wie wilde je bellen?'

'De FBI,' sprak Annie kalm. 'We hebben ze dringend nodig.'

Roadrunner had agent Knudsen binnen tien seconden aan de lijn, waarna de mannen luisterden hoe Grace razendsnel haar verhaal begon af te steken. Tegen de tijd dat ze klaar was, hadden alle gezichten in de bus wel honderd verschillende emoties doorlopen.

Harley haalde drie flesjes water uit het koelkastje in het kantoor en begon deze aan de vrouwen uit te delen. Zij hadden meer meegemaakt dan hij zich kon voorstellen en zeker meer dan hij nu had gehoord, want Grace had alles zeer beknopt samengevat.

Als laatste kwam hij bij Annie. Zij stond daar in haar aan flarden gescheurde, naar mest stinkende jurk, met haar slordige kapsel en smerige gezicht en zei: 'Nou, jullie hebben wel je tijd genomen, zeg!' En ze pakte het geopende flesje van hem aan, nam een slok, en stak toen haar hand uit en gaf hem een tikje tegen zijn wang.

Harley moest zijn blik gauw naar beneden richten, zo lief had ze nog nooit tegen hem gedaan! En toen zag hij haar voeten: een bloot, de ander in een paarse gymp. 'Jeetje, Annie, je bent verdorie net Assepoester!'

Agent Knudsen zat in zijn auto toen Grace hem belde, op slechts enkele kilometers van de brand die hem niet lekker had gezeten, sinds dat eerste telefoontje aan Ed Pitala's bureau. Misschien had die Magozzi wel gelijk gehad en was het toeval juist de connectie.

Hij pleegde wel tien telefoontjes in de tien minuten die het hem kostte om bij de machineschuur te komen.

Toen hij er uiteindelijk aankwam, rende er net een bonte verzameling mensen van een enorme touringcar naar de schuur, aangevoerd door een drietal vrouwen, die eruitzagen alsof ze net een kijkje in de hel hadden genomen, en een hond die eruitzag alsof hij daarvandaan kwam.

Bij de ingang voegde hij zich bij het gezelschap. Er was geen tijd voor een net voorstelrondje, maar een lange, donkerharige vrouw schonk hem een kort knikje, alsof ze aannam dat hij wist wie ze was. Degene die had gebeld, vermoedde hij.

'Niets aanraken daarbinnen!' blafte ze. En toen opende ze de deur en leidde hen naar een computer, die tegen de achterwand stond. 'Alleen lezen!'

De mannen vormden een kring rond het scherm, terwijl de vrouw begon uit te leggen wat daar allemaal op te zien was. Hun gezichten zagen onder de tl-buizen ofwel asgrauw, ofwel lijkbleek, met name dat van Knudsen en, verrassend genoeg, Bonar.

Op een gegeven moment stond agent Knudsen zonder enige verklaring op en rende naar buiten. De rest bleef staan staren naar de monitor, naar de onheilspellende rij vrachtwagens, naar het plastic blokje dat onbewogen naast de computer stond...

Geërgerd stak Gino zijn handen in zijn zak en trachtte chocolade te maken van wat hij net had gelezen. 'Ik snap al die cijfertjes niet, en die stomme namen: "Schrader – off-line, Ambros – doelwit bereikt..." Wat wil dat verdomme zeggen? Ik snap er helemaal niks van!'

'Schrader, Ambros, Ritter,' las Bonar met vlakke stem op. 'Er mist er nog één – Linde – maar dat zegt niet zoveel. Het zijn Duitsers: de mannen die in de jaren dertig sarin hebben ontdekt. Die vrachtwagens zijn naar hen genoemd.'

Ze keken hem allemaal aan.

'Sarin?' fluisterde Magozzi.

Bonar knikte. 'Van de eerste lichting zenuwgassen.'

'Allemachtig: de federalen hadden het dus bij het rechte eind!' zei Gino, en hij keek van de vrachtwagens naar de knipperende cijfers op de monitor: 03:14:17... 16... 15...

34

Ze vonden agent Knudsen ijsberend naast zijn auto, zwaaiend met zijn telefoontje dat hij in een gespannen hand geklemd hield. Sharon bleef wat op de achtergrond, de agent stond haar iets te dicht bij Doug Lees patrouillewagen. Halloran bleef bij haar in de buurt.

'We moeten van die bom af, zodat we in die computer kunnen,' zei Grace tegen Knudsen. 'Al die vrachtwagens daarbinnen hebben een op afstand bedienbaar computertje aan boord. Dat ding in die schuur is de hostcomputer, en het detonatiecommando is kennelijk al verstuurd. Er moet een mogelijkheid zijn om die opdracht af te breken.'

Knudsen gebaarde met zijn mobieltje. 'De dichtstbijzijnde explosievenopruimingsdienst zit in Green Bay. Die kunnen we in een helikopter zetten, samen met een stel computerexperts.'

'Hoe lang?' vroeg Magozzi.

'Twee uur – minstens.'

Grace keek op haar horloge en schudde ongeduldig haar hoofd. 'Niet snel genoeg. We hebben minder dan drie uur, voor die vrachtwagens de lucht in vliegen.'

Knudsen schonk haar een nijdige blik alsof zij de vijand was. *Waarom draagt dat mens in vredesnaam rijlaarzen? Die rotdingen moeten nu loeiheet zijn. En dat grote mormel aan haar been kijkt alsof het me zo naar de keel zou willen vliegen.* 'Alsof ik dat niet weet! Ik sta te wachten op een telefoontje van Bill Turner, de bommenman van het land. Maar hij zit in Washington D.C. en we hebben wat moeite hem te traceren. Het is zondagochtend, dus die zit nu waarschijnlijk ergens in de een of andere godvergeten kerk!'

Magozzi bekeek de agent eens goed. Hij zag er tegelijkertijd twintig jaar jonger en duizend jaar ouder uit dan tien minuten geleden. En hij verbaasde zich over diens woordkeuze: Knudsen begon steeds meer als een mens en minder als een FBI'er te klinken, wat niet per se een goed teken was. 'Maar zelfs als jullie die vent binnen een paar seconden weten te vinden, wat kan hij dan vanuit Washington doen?'

'Mij door het demonteren van die bom heen praten.'

'Hebt u dat wel eerder gedaan dan?'

Knudsen keek Grace met samengeknepen ogen aan. Dit leek verdorie wel een verhoor! 'Nee. Maar we hebben niet veel andere mogelijkheden meer. We weten niet eens waar de doelwitten zich bevinden, en die twee vrachtwagens staan al ter plaatse...'

'Tot de nok gevuld met sarin,' vulde Bonar droog aan.

Knudsens hoofd ging met een ruk opzij. Hij keek Bonar dreigend aan. 'Zou u mij misschien willen vertellen hoe u weet om welk zenuwgas het gaat?'

Bonar opende zijn handen. 'Door de namen die ze die trucks hebben gegeven natuurlijk.'

Knudsen sloot zijn ogen. Iedereen wist tegenwoordig ook maar alles. Ze werden nog gewurgd door het informatietijdperk!

'Hoe zit het met de andere gegevens op dat scherm daarbinnen?' vroeg Gino. 'Enkele van die cijfers veranderen constant, misschien is dat wel de breedtegraad, of iets anders dat ons kan vertellen waar die dingen staan.'

Knudsen schudde zijn hoofd. 'Volgens die computer verroeren die vrachtwagens zich niet meer. Ik weet wat dat voor tabellen zijn, die heb ik eerder gezien; het zijn schattingen van de beginwaarden van verspreidingsafstanden, gebaseerd op factoren als windsnelheid, windrichting, luchtvochtigheid...'

'Hé...' Roadrunner draaide zich naar Harley. 'We kunnen die cijfers in dat statistiekenprogramma pluggen, en dan een link maken met de Nationale WeerDienst. Immers, hoe groot is de kans dat twee plaatsen in het land op exact hetzelfde tijdstip exact dezelfde schommelingen in de weersomstandigheden vertonen?'

'Klinkt goed. Maar dat kost wel even wat tijd.'

Knudsen keek hen met gefronste wenkbrauwen aan, maar toen klaarde zijn gezicht weer op. 'O ja, haast vergeten. Undercovers Computerfraude, uit Kingsford County, toch?'

Grace en Annie keken hun partners schuin aan.

'Exact,' zei Harley.

'Prima idee. Maar zelfs als we die vrachtwagens binnen tien minuten opsporen, dan is er nog de mogelijkheid dat ze in dichtbevolkt gebied staan. En dan krijgen we ze nooit meer op tijd op een veilige plek om ze onschadelijk te maken.'

'Dus zijn we weer terug bij af,' zei Grace. 'We moeten in die computer zien te komen, om die opdracht te annuleren.'

'Daar lijkt het wel op,' zei Knudsen.

Toen ging zijn telefoon. Hij ramde het ding zo hard tegen zijn oor, dat Gino het een wonder vond dat het er aan de andere kant niet uitkwam.

'Knudsen!' blafte hij, luisterde een seconde of tien en smeet het telefoontje toen op de grond. 'Het schijnt dat Bill Turner met zijn gezinnetje een godvergeten zondagsritje door het boerenland aan het maken is!'

Opeens draaide Grace' hoofd met een ruk opzij. Ze keek ergens naar, spurtte toen weg, stopte bij Doug Lees wagen, rukte het passagiersportier zowat uit zijn hengsels en begon in de auto te graven.

Even later kwam ze terug, met een druipend, zwart koffertje in haar armen. Ze veegde het af aan het gras en zette het voor Roadrunner neer.

'Van wie is deze laptop?'

'Van die kerel uit die auto. Hij was een van hen, maar droeg geen camouflagepak, zoals de rest. Blijkbaar had hij een andere taak zoals de boel daarbinnen opzetten... Dat was immers ook waar hij ons naartoe bracht: een plek die hij op zijn duimpje kende, en waarvan hij wist dat hij verlaten was, zodat hij ons ongestoord kon ombrengen...'

Roadrunner glimlachte zwakjes en klikte het koffertje open. 'Hij was dus de nerd van het stel.'

Annie en Harley waren al dichterbij gekropen om op het

scherm te kunnen kijken. 'En nerds maken altijd een back-up,' zei Annie.

Toen de monitor aansprong, bleek meteen dat ze gelijk hadden.

Intussen had iedereen zich op zijn knieën of hurken om hen heen geschaard en staarden ze naar het schermpje, als kinderen die met grote ogen een bijzondere kever bestudeerden. Sharon zat achter Annie en hield een hand op haar schouder voor de broodnodige balans, in meerdere opzichten.

Magozzi herkende het eerste plaatje meteen: het was een exacte kopie van wat er op de computer binnen ook had gestaan. 'Dit is dus een soort van spiegelbeeld?'

'Laten we hopen van wel.'

Met een paar toetsbewegingen wist Roadrunner toegang te krijgen tot het programma, waar hij meteen met duizelingwekkende snelheid naar beneden begon te scrollen.

'Wat zoekt u precies?' vroeg Knudsen, die achter in de groep op zijn knieën zat en grasvlekken maakte op zijn keurig geperste pantalon.

Zonder om te kijken, antwoordde Harley: 'Die troep die nu allemaal voorbijvliegt... dat is het brein dat deze hele santenkraam runt. En ergens daartussen moet de opdrachtregel staan, die bepaalt of die bom al dan niet afgaat.'

Bonar staarde hoofdschuddend naar het scherm. 'Het ziet er allemaal eender uit!'

Gino knikte. 'Alfabetsoep met cijfertjes – mijn kinderen zijn er dol op. Hoe weet je in vredesnaam wat de juiste regel is? Er staan er miljoenen!'

En precies op dat moment hield Roadrunner op met scrollen en wees: 'Daar!'

Harley keek, en knikte. 'Een van die twee, althans. Maf, dat die kerel zo slordig is met het commando voor die bom, terwijl de rest er zo strak uitziet.'

'Four Corners was niet gepland,' bracht Grace hem in herinnering. 'Deze opstelling hebben ze vast op het laatste moment nog in elkaar geknutseld, voor het geval hun hele plan voortijdig zou uitlekken.'

'Man, ik weet het niet, hoor,' zei Harley hoofdschuddend. 'Het zal een van die twee opdrachtregels zijn, maar vijftig procent is niet best, als het om een kneedbom gaat. Laten we deze laptop eens in de bus on-line zetten en kijken of hij iets wil vertellen. Zo ja, dan kunnen we er onderweg aan doorwerken, terwijl we zorgen dat we als de donder bij die schuur wegkomen.'

Het enige nadeel van dat prima plan was dat het niet werkte. Na een halfuur trachten een verbinding tot stand te brengen tussen de laptop in de touringcar en de computer in de machineschuur, trok Roadrunner de eerste los, klapte hem dicht, duwde hem onder zijn arm en liep ermee naar de deur. 'Als deze al ooit een communicatieprogramma heeft gehad, dan is dat nu in ieder geval gewist. Met geen mogelijkheid kunnen we via dit ding met die vrachtwagens communiceren, noch komen we in die hostcomputer om die klok stil te zetten!'

Magozzi rende achter hem aan. 'Maar het was toch een exacte kopie?'

'Jawel.' Harley stampte nu ook achter hen aan. 'Maar iemand heeft er een stukje afgebroken... en dat was nou net het puzzelstukje dat wij nodig hadden. Roadrunner, wat ga jij in godsnaam doen?'

'Die bom uitzetten.'

'Roadrunner!' Het enige dat hem nu nog kon stoppen, was Grace' stem.

Roadrunner draaide zich om, keek haar door het lange gangpad aan en glimlachte breed, wat gezien de omstandigheden vrij vreemd was. 'Ja, Grace?'

'We hebben twee opdrachtreeksen, waarvan er een is gekoppeld aan die kneedbom en we weten niet welke.'

'Kom ik wel achter. Zo terug!'

Knudsen stond naast de bus druk in zijn satelliettelefoon te praten; Halloran stond op eerbiedige afstand van hem te roken. Toch stond Knudsen met zijn hand voor zijn gezicht te wapperen, alsof alle frisse lucht ter wereld nog niet genoeg was om hem te redden van de kwalijke gevolgen van meeroken. Halloran moest daar een beetje om gniffelen, aangezien ze zich op enkele meters van een pand bevonden dat tot de nok toe vol zat met zenuwgas.

Plotseling sprong Roadrunner over het trapje heen de bus uit met Harley, Magozzi en de vrouwen vlak achter hem aan.

'Jij komt er wel achter?' bulderde Harley. 'Je hebt verdomme vijftig procent kans, dat je jezelf helemaal naar de maan blaast, achterlijke lycra-sliert die je d'r bent!'

Roadrunner stopte vlak voor Knudsen.

Deze beëindigde gauw zijn telefoontje en zei: 'Explosievenopruimingsdienst over een uur hier.'

Roadrunner trok zijn schouders op, alsof die mededeling hem helemaal niets zei. 'U bent een soort van bommenexpert, is het niet? Daardoor herkende u ook die weerstatistieken op die computer daarbinnen.'

Knudsen gaf geen antwoord.

'Als die schuur daar de lucht in gaat, hoe ver moet je dan zijn, om veilig te zitten?'

'Als al die vrachtwagens vol zitten met sarin... misschien wel meer dan tien kilometer...' Hij hield aarzelend op met praten toen hij begreep wat Roadrunner van plan was en wat hij hem precies vroeg. 'Als u een manier weet om die kneedbom uit te schakelen, zeg me dan maar wat ik doen moet... dan ga ik naar binnen.'

Roadrunner grijnsde als een schooljongen. 'Ik wil u niet beledigen, agent, maar dat zou veel te lang duren.'

Knudsen keek hem zeker een seconde lang recht in de ogen. 'Vijf tot tien minuten, op dit soort wegen.'

Roadrunner keek bezorgd om zich heen. 'Wonen hier veel mensen?'

'Four Corners was het wel zo'n beetje. Het zijn hier hoofdzakelijk staatsbossen.'

Roadrunner knikte, nog steeds ongerust, maar ook berustend. Meer konden ze niet verlangen. 'U zorgt ervoor dat iedereen vertrekt. Ik wacht tien minuten vanaf nu,' was het laatste wat hij zei, voor hij zich omdraaide naar de schuur.

Iedereen keek verslagen toe hoe Roadrunner van hen wegliep.

Maar Magozzi draaide zich een fractie van een seconde te laat om naar Grace, Annie en Harley: zij stonden er al niet meer. Zonder iets te zeggen, liepen ze achter Roadrunner aan, met Charlie vlak naast Grace.

Roadrunner draaide zich pas om toen hij Harleys leren broekspijpen door het gras hoorde zwiepen. 'Ga weg, Harley! Neem Annie en Grace mee, en zorg dat je hier verdomme vandaan komt!'

'Stik maar, kloothommel!' Harley beende hem ziedend voorbij. 'Stel dat je de eerste regel probeert en er volgt een hele reeks? Dat scherm toont dertig regels per keer: je hebt meer ogen nodig om de juiste te vinden, voor die weer weg is.'

Roadrunner moest draven om hem voorbij te komen. 'Bullshit, Harley! Ik ben beter dan jullie allemaal, dat weet je best.'

'Had je gedacht! Jij hebt maar een kwart brein, sukkelmans: de andere driekwart lopen hier achter je. Loop nou maar door want de tijd dringt.'

Sharon wilde Annie en Grace automatisch achterna, deels uit een soort verwrongen plichtsbesef, deels uit schuldgevoel, deels in een reflex; ze volgden elkaar nu al zo lang, dat scheiden niet eens een optie leek.

Ze had echter nog geen twee stappen gezet, toen Halloran haar bovenarm greep en haar dwong hem aan te kijken. 'Niet... nog... eens! Begrepen, Sharon?' Zijn woorden waaiden als een bries over haar gezicht. 'Ditmaal laat ik je niet gaan.'

Sharon voelde iets scheuren in haar binnenste, alsof ze twee verschillende kanten op werd getrokken. Maar ze voelde ook Hallorans strakke grip rond haar arm, en wist dat ze hem zou moeten neerschieten, wilde hij loslaten. En dat besloot ze toch maar niet te doen.

Magozzi, Gino en agent Knudsen staarden de Monkeewrenchers na, alledrie dachten ze dingen die ze geen van allen ooit hardop zouden durven zeggen.

Uiteindelijk nam Knudsen het woord. 'Met zijn drieën kunnen we ze waarschijnlijk wel tegen de grond werken en terugslepen naar de bus – op die grote kerel na misschien.'

Magozzi glimlachte wat voor zich uit, terwijl hij naar Grace keek. Gek, het zou moeten lijken alsof ze steeds kleiner werd terwijl ze wegliep, maar ze leek wel te groeien. 'Kom me niet achterna, Gino!' zei hij.

Gino keek zijn partner niet eens aan toen hij antwoordde: 'Als jij gaat, ga ik ook.'

'Doe niet zo stom! Alles wat ik heb, loopt op dat moment die schuur binnen; alles wat jij hebt, zit veilig in Minneapolis.'

Gino keek hem na en dacht: *Niet alles, maatje.*

35

Magozzi liep over een eindeloos lijkende betonnen vlakte naar het bureau, de computer, de kneedbom en het voltallige Monkeewrench-team. Maar het enige wat hij zag, was Grace – en Charlie natuurlijk. *Verdorie, ze vermoordt die hond ook nog!*

Ze voelde dat hij eraan kwam. 'Ga hier weg, Magozzi,' zei ze, toen hij naast haar ging staan, zonder hem aan te kijken. 'Ga terug naar de anderen. Je hebt nog maar acht minuten om buiten schot te komen, voor Roadrunner op die toetsen begint te hameren.'

Het was het eerste dat ze die dag rechtstreeks tegen hem zei, en, tegen alle logica in, maakte dat feit hem bespottelijk gelukkig. Geduldig wachtte hij tot ze genoeg kreeg van zijn gekmakende ongehoorzaamheid en zich spinnijdig naar hem omdraaide. En zodra hij haar aandacht had, grijnsde hij breed en zei: 'Hallo, Grace.'

Haar gezicht vloog bijna onmiddellijk weer terug naar het computerscherm, maar hij zag dat een van haar mondhoeken licht krulde. 'Nog zeven minuten!'

'Oké, potje vrijen?'

Buiten hadden Gino, Bonar, Halloran en Sharon zich met zijn allen in Knudsens simpele personenauto weten te persen.

Knudsen had het ding nog niet gestart. Ambtshalve sterven was een ding: dat risico aanvaardde je zodra je je een penning liet opspelden. Maar zinloos sterven was iets heel anders. Er was geen instantie die beweerde dat zinloze zelfopoffering een glorievolle daad was, zelfs de FBI niet. En dit was zinloos. Leven om te strijden, dat was je ware, en dit was zijn zaak. En jezelf aan het begin al laten opblazen en vergassen, daar had niemand wat aan. Dus reed hij nu hiervandaan. Als het ondenkbare dan gebeurde, was hij nog steeds vlakbij, om de nasleep te stroomlijnen, de boeven op te sporen als die er nog waren en bloot te leggen waar ze de volgende keer op moesten letten, zodat dit nooit meer zou gebeuren.

Alleen... reed hij niet weg.

Hij zat daar maar, als een slak achter het stuur, terwijl de seconden wegtikten, te denken aan de burgers en de agent in die schuur, die deze daad van zelfopoffering blijkbaar helemaal niet zinloos vonden... en wachtte tot een van de vier anderen op zijn stoel begon te slaan en te gillen dat hij verdomme moest opschieten... maar niemand zei iets.

'Hoelang nog?' vroeg Annie.

Harley keek op zijn horloge. 'Vijf minuten.'

Magozzi werd gek van het wachten. Grace had niet bepaald gretig toegehapt op zijn voorstel een vluggertje te doen; de rest werd volledig in beslag genomen door de programmeertaal op het laptopscherm, waardoor er voor hem weinig meer overbleef dan wat te mijmeren over zijn eigen dood. Hij kon natuurlijk ook nadenken over wat hij met de rest van zijn leven zou doen, als Roadrunner voor de juiste commandoregel koos, maar het leek hem veiliger om voor het slechtste scenario te gaan. Dat had hij van Grace geleerd.

Opeens gaf Roadrunner een klap tegen zijn voorhoofd, riep: 'Dúh!' schoof met zijn muis en klikte.

Magozzi hield zijn adem in, toen hij daarop allerlei cijfers over het scherm zag razen, en wachtte tot hij de lucht in werd geblazen en het licht aan het eind van de tunnel zag, of wat er ook maar te gebeuren stond.

Na enkele tellen ging de monitor plots op zwart en verscheen er een nieuw scherm.

Iedereen ademde tegelijk uit, het klonk alsof het waaide.

Magozzi keek naar zijn lichaam. Hij was dood noch opgeblazen, zelfs niet een beetje. 'Wat is er gebeurd?' vroeg hij met een piepstem. Hij kleurde.

'Harley zei toch al dat die vent dit slordig heeft gedaan? Ik had niet ver genoeg gelezen; het was ook zo'n ellenlange commando-reeks.' Roadrunner klikte terug naar het vorige scherm en wees. 'Helemaal achteraan, zie je daar die vier letters staan? B-O-E-M aan het eind van deze reeks...' Hij scrollde een stukje naar bene-den. '...en M-E-O-B – da's BOEM omgekeerd – aan het eind van deze. Flauw, hè?'

Harley keek hem gespannen aan. 'Maar welke heb je dan inge-toetst?'

'MEOB natuurlijk: BOEM zet de bom aan, BOEM omgekeerd zet hem uit. Dat is toch zonneklaar, of niet?'

Harley gaf Roadrunner een pets tegen zijn achterhoofd. 'Jij sukkel! Wat als die kerel het precies andersom had gedaan, zodat het niet zo zonneklaar was?'

Roadrunner wreef over zijn hoofd. 'Shit, daar had ik nog niet aan gedacht.'

Harley gaf hem nog een pets, zachter nu. 'Dat is dus het probleem met lineaire denkers, hè! Jullie hebben geen greintje fantasie, geen enkel inzicht in de menselijke psyche... En de hele wereld draait om psychologie, man! Magozzi, loop jij even naar buiten om de an-deren te bellen en te zeggen dat ze veilig terug kunnen komen?'

Magozzi keek naar zijn schoenen. *Tuurlijk, geen probleem... zodra hij zijn benen weer kon bewegen.* 'Dus die bom is uitge-schakeld?'

Annie schonk hem een van die typische, trage glimlachjes van haar. 'Zeker weten, schatje: daarom staat er ook in koeienletters "bom uitgeschakeld" op dat scherm.'

Toen Magozzi de schuur uit stapte, stond de auto van agent Knudsen er nog steeds. Knudsen stond ernaast, de telefoon tegen zijn oor gedrukt, de anderen zaten er nog allemaal in.

Woest stormde Magozzi naar de passagierskant en trok het portier open waarachter Gino zat. 'Wat doen jullie in vredesnaam nog hier?'

Gino wierp een blik op zijn horloge. 'We hebben nog drie à vier minuten.'

'Inderdaad, verdorie! En wat doet hij aan de telefoon?'

'Iedereen bellen die onderweg naar hier is, om ze op afstand te houden.'

'Kan dat dan niet in een rijdende auto?' Magozzi spuugde haast van woede.

'Nou, het is een nogal hobbelige weg; dat is lastig nummers intoetsen.'

'Verrek, Gino...'

'Rustig maar, maatje: je bezorgt jezelf nog een hartaanval! Ik ben trouwens erg blij, dat je toch nog van gedachten bent veranderd. Wacht, dan schuif ik voor je op.'

'Ik ben helemaal niet van gedachten veranderd! Ik kwam naar buiten om jullie te bellen, om te zeggen dat het veilig was om terug te komen!'

'Meen je dat nou?' zei Bonar vanaf de achterbank. 'Hebben ze die bom onklaar weten te maken?'

'Ja.'

Halloran en Sharon sloten daarop allebei tegelijk hun ogen, als een stel poppen die gingen slapen.

Gino staarde zeker een minuutlang diep zuchtend naar zijn knieën. Toen hij weer opkeek, had hij een grijns op zijn gezicht. 'Wat zal Knudsen pissig zijn! Moet hij al die lui weer gaan bellen die hij net heeft gezegd uit de buurt te blijven, en ze verzoeken toch maar te komen. Ik zou het geen van allen kwalijk nemen, als ze hem nu niet geloofden! Maar hoe zit het met die vrachtwagens daarbinnen? Is er een kans dat die zich opblazen zodra die twee op de weg ontploffen?'

Magozzi zakte op zijn hurken in het gras naast de auto en legde zijn armen op zijn bovenbenen. 'Volgens Grace niet. Er zijn maar twee trucks on-line. De boordcomputers van die daarbinnen zijn niet eens doorverbonden, wat waarschijnlijk ook verklaart waarom zij niet op de weg zitten.'

'Dus we hoeven ons de komende uren geen zorgen meer te maken over doodgaan.'

'Nee, alleen over een hoop anderen die ergens in dit land op het punt staan te gaan sneuvelen... Volgens Roadrunner moet dat programma een soort noodbeveiliging hebben; een of ander annuleercommando. Dat is wat ze op dit moment trachten te vinden.'

Gino staarde hoofdschuddend door de voorruit. 'Ik wens ze veel succes.'

Dus wachtte iedereen buiten, terwijl de minuten voorbij tikten. Hun wapens, hun insignes, hun ervaring in de ordehandhaving – ja, zelfs hun hotline met Washington – waren nu alle volkomen betekenisloos. Alles hing af van die magere slungel in die machineschuur die een enkele schakeling in een duizelingwekkend computertaaldoolhof moest zien op te sporen.

Halloran, Sharon, Magozzi en Gino ijsbeerden gedachteloos bij de schuurdeur heen en weer, waarbij Halloran de ene sigaret na de andere opstak. Knudsen maakte zijn kilometers in zijn eigen kringetje, om zijn auto heen, met de telefoon tegen zijn oor.

'Weet je zeker dat ze ons binnen niet kunnen gebruiken?' vroeg Sharon voor zo'n beetje de tiende keer aan Magozzi.

'Ze hebben me behoorlijk duidelijk gemaakt, dat ze ons niet daarbinnen willen. Dit is hun ding en wij kunnen op geen enkele manier helpen – we zouden alleen maar in de weg lopen.'

'Maar ik word knettergek van dit duimendraaien! Ik wil iets doen!'

Magozzi keek naar de kringen onder Sharons jachtige ogen en bedacht dat alles verloren raakte. Alles wat deze vrouwen in de afgelopen achttien uur hadden meegemaakt – dingen waar de rest van hen zich nooit iets bij zou kunnen voorstellen, hoe vaak ze het verhaal ook hoorden – sneeuwde onder door wat er op dit moment gebeurde... en wat er zou gebeuren als ze het niet wisten te stoppen. En toch zaten Grace en Annie in het heetst van de strijd in die schuur, en liep Sharon hier rond als een gekooid dier, omdat ze er niet bij was. Ze deed Magozzi denken aan een oorlogsveteraan, die voor nog een tocht door de hel had bijgetekend, omdat hij de gedachte niet kon verdragen, dat zijn kameraden zonder hem zouden moeten vechten.

'Je hebt het goed gedaan, Sharon Mueller,' zei hij, toen ze weer langs beende.

Ze stopte abrupt en keek hem aan. Toen hij haar blik zag, wilde hij bijna dat hij niets had gezegd. 'Bedankt, Magozzi,' zei ze, en ze ijsbeerde verder.

Knudsen was eindelijk klaar met telefoneren. Hij liep op Halloran af en keek geïrriteerd naar diens brandende sigaret.

Halloran keek boos terug en gromde: 'Had je wat?' Hij had zin om ruzie te maken, maakte niet uit waarover of met wie. Zo voelden ze zich allemaal.

'Heb je er nog zo eentje?' Knudsen wees naar de sigaret.

Halloran gaf hem zijn pakje. 'In geen duizend jaar had ik jou voor een roker gehouden!'

Knudsen stak de sigaret aan, nam een trek en kreeg een hoestbui. 'In dit vak bestaan geen niet-rokers: alleen lui die proberen te stoppen, en lui die nog niet zijn begonnen... De brand is onder controle. Mijn mensen trekken nu naar de restanten van wat eens Four Corners was. De explosievendienst en de computerexpert moeten hier over een halfuur zijn.' Hij nam nog een trek en keek naar de touringcar. 'Monkeewrench,' las hij van de zijkant. 'Dat zijn toch die lui die overal heen rijden, om hun programma's uit te lenen aan de politie?'

'Klopt.'

'Hmm. En twee ervan werken ook nog eens voor jou?'

Halloran keek hem recht in de ogen. 'Ze zijn zo ongeveer gedetacheerd.'

Knudsen grijnsde net niet. 'Hoe goed zijn ze?'

'Naar wat ik heb gehoord, de beste ter wereld.'

'Maar goed ook, want we hebben niet veel tijd meer.'

Binnen enkele minuten vulde het veld zich met de mensen die Knudsen had gebeld: een paar bestelbussen van de afdeling Gevaarlijke Stoffen, een stel personenauto's vol zwarte pakken... En een dreigend uitziende, zwarte helikopter had in de afgelopen vijf minuten nog een partij gevaarlijk uitziende mannen in zwarte pakken uitgebraakt. Deze laatste delegatie stond nu strak en roerloos op een rij naast de schuur. Magozzi had ze slechts een paar woorden met Knudsen zien wisselen; daarna hadden ze tegen niemand meer wat gezegd.

'Ik krijg de rillingen van die knapen,' zei Gino. 'Ze lijken stuk voor stuk op die slechterik uit *The Matrix*. Wie zijn dat, Knudsen?'

'Vrienden.'

'Goh. Kun je dat misschien wat specificeren?'

'Nee.'

In de minuut daarop vulde de hemel zich met herrie. Er kwam een enorm, modderbruin vrachtvliegtuig aangevlogen, dat het gras in een uithoek van het veld tot een soort graancirkel plat waaide. Nauwelijks stond het aan de grond, of er buitelden meerdere mannen uit, allen in volledige uitrusting: dik, gewatteerd pak, gesloten helm en veertig kilo bescherming rond het lijf. Ze kwamen log op hen af lopen.

'Weten zij dan niet dat die bom allang onschadelijk is gemaakt?' vroeg Magozzi.

'Jawel,' zei Knudsen. 'Maar er ligt nog steeds een brok plastiek daarbinnen. Zij zouden hier nog zo aankomen als dat midden in een zwembad dreef. Wat hun aangaat, is een bom pas onschadelijk als zij het zeggen.'

'Verdorie, die kneedbom gaat echt niet meer de lucht in, of zij dat nou geloven of niet! Maar je kunt ze niet daarbinnen laten rondscharrelen, terwijl die lui van Monkeewrench proberen...'

'In vredesnaam, Magozzi: ik ben niet helemaal geschift,' onderbrak Knudsen hem. En toen beende hij naar de explosievendienst en de andere mannen die uit het vliegtuig waren gekomen.

Zuchtend keek Magozzi naar het trio uit Kingsford County. Halloran en Bonar stonden naast een rusteloos rondkijkende Sharon, die elk moment leek te kunnen instorten. Hij nam aan dat ze er allemaal ongeveer zo uitzagen.

Een paar minuten was er wat gedoe en geschreeuw, terwijl Knudsen zijn rondje maakte langs de pasgearriveerden en hen als een ware drilmeester zijn instructies toeblafte.

Tegen de tijd dat hij klaar was, was het hele veld opvallend rustig. Toen Magozzi om zich heen keek, gingen zijn nekharen recht overeind staan: zeker vijftig man stonden in een slordige halve cirkel rond een gebouw, dat er even goedaardig en ongevaarlijk uitzag als duizenden oude boerengebouwen op het platteland van het Midden-Westen.

Niemand deed iets, niemand zei iets. Iedereen staarde naar de deur, wachtend tot deze openging.

In de machineschuur hingen Grace, Annie en Harley rond Roadrunner achter de computer, hun ogen zonder knipperen strak gericht op de monitor, waar pagina's commandoregels op voorbij vlogen. Het zweet glansde op Roadrunners gezicht, terwijl zijn kromme vingers over de toetsen ratelden. Opeens verstijfden ze en stopte hij met scrollen.

'Wat is er?' siste Harley. 'Heb je 'm? Is dat de annuleercode?'

Roadrunner sloot heel even zijn ogen en draaide toen zijn stoel, zodat hij hen allemaal kon aankijken. 'Er is geen annuleercode,' sprak hij kalm.

Buiten de machineschuur zuchtte de halve cirkel van zwijgend wachtenden als een man toen Harley de deur uit stormde. Hij was verbazingwekkend snel voor een man van zijn omvang: het was niet meer dan een zwart leren bliksemschicht met baard en tatoeages, die langs hen heen de touringcar in schoot.

Vijf seconden later kwam hij weer tevoorschijn. Zwaaiend met een schijfje bulderde hij: 'Er is geen annuleercode, dus proberen we iets anders!' En toen was hij zo vlug weer binnen, dat ze bijna begonnen te twijfelen of hij er wel uit was geweest.

Iedereen stond kaarsrecht, met bonzend hart en een stel benen die popelden om overal naartoe te rennen, als ze maar wisten waarheen.

'Wat zou er op die schijf staan?' vroeg Knudsen.

'Joost mag het weten,' zei Gino.

'Ik ga terug naar binnen!' zei Magozzi, en liep ineens naar de deur. *Van mij vinden ze dat vast niet erg*, redeneerde hij. Hij was er immers ook bij geweest toen het superspannend was, en toen had hij ook niks in de war geschopt. En van dit wachten draaide hij helemaal door: hij moest weten wat er gebeurde, het gevoel hebben erbij betrokken te zijn. *Ik zal me echt muisstil houden. Ze hoeven niet eens te merken dat ik er ben.*

Sharon staarde even naar Magozzi's rug en bromde toen: 'Ach, wat een onzin ook,' en ging achter hem aan.

En toen was het alsof er een kurk uit een fles was getrokken: een voor een schuifelde iedereen op het veld richting het gebouw en glipte er stilletjes binnen.

36

Roadrunners lycrapak was kletsnat van het zweet en zijn benen trilden onder het bureau, toen hij de schijf die Harley uit de bus had gehaald, in de diskdrive stopte.

Grace keek hem zorgelijk aan. 'Is er misschien nog iets wat je ons wilt zeggen voor je dit probeert, Roadrunner?'

Hij schudde snel en stellig zijn hoofd, zijn vingers al boven het toetsenbord en zijn blik strak op het scherm. 'Geen tijd voor.'

'Is dit wat je me gister op kantoor niet wilde laten zien?'

'Ja. Het is gewoon iets waar Harley en ik aan hebben zitten werken.'

Annie dwong zichzelf te ademen en blies haar pony omhoog. 'Bedoel je nou te zeggen dat je niet eens zeker weet of het wel werkt?'

'Hou op, joh!' bromde Harley. 'Tuurlijk werkt het.' Hij gaf Roadrunner een klap op de rug. 'Ga ervoor, schatteboutje!'

Roadrunner drukte een paar toetsen in, waarna de schijf werd geladen.

Grace keek naar Harley. Hij klonk sterk en zelfverzekerd, maar er liepen diepe, bleke lijnen langs zijn snor en baard, en zijn blik was droevig, wanhopig haast. 'Hoelang doet hij erover om zich te installeren?' vroeg ze kalm, toen Roadrunner was uitgetypt.

Hij drukte nog een toets in, waarna er een tijdbalkje verscheen, dat zich – millimeter voor millimeter – vulde met blauw. 'Een minuut of vijf misschien. Ik weet het niet precies: we hebben hem pas een keer getest.'

'En hoelang dan om hem te laten lopen?'

'Weet ik ook niet.' Roadrunner haalde zijn handen van het toetsenbord en staarde naar het tijdbalkje.

De anderen staarden naar de rode aftelklok rechtsboven in het scherm.

37:22:19... 18... 17...

Shit, dacht Magozzi, en hij schoof wat dichter naar Grace toe – op de tast, want zijn ogen konden die rotklok, die steeds meer tijd wegtikte, maar niet loslaten. *Dat kon toch niet kloppen? Hij tikte veel te snel!*

'Nou, wat is het in vredesnaam?' vroeg Annie streng, maar haar handen lagen op Roadrunners schouders en kneedden zijn verkrampte spieren, die aanvoelden als een kluwen boomwortels.

'Eh... een soort virus...'

'Wat? Jullie hebben een virus geschreven? Jullie zijn overgelopen naar de Duistere Zijde?'

'Nee-nee-nee, zo is het helemaal niet.' Roadrunners verminkte vingers draaiden in elkaar. 'Het is niet echt een virus. Nou ja, wel een virus, maar geen slecht... Het is een goed virus.'

Annie haalde haar handen van zijn schouders. 'Die bestaan niet! In vredesnaam, Roadrunner, daarom heten ze immers virussen!'

'Het is niet besmettelijk,' kwam Harley ertussen. 'Wij leiden het naar bepaalde sites, maar het kan van daaruit beslist niet verder. Het enige wat het doet, is het hele binnenste van de doelcomputer wegvreten, terwijl deze dat niet eens merkt. Het kopieert zichzelf niet, dus kan de ontvangende computer het ook niet doorsturen. Het is gewoon perfect.'

'Maar het vernietigt wel computers.'

'Dat kun je wel zeggen, ja!'

Magozzi's wenkbrauwen vlogen omhoog. Achter hem in de enorme ruimte deden een hele hoop wenkbrauwen precies hetzelfde.

In vredesnaam, jongens,' zei Annie scherp. 'Naar wie hebben jullie dit al gestuurd?'

Roadrunner mompelde iets onverstaanbaars met zijn hoofd naar beneden.

'Pardon?'

Harley keek naar de aftelklok, toen naar het tijdbalkje, en schuifelde wat heen en weer op zijn versleten laarzen. 'Ach verdorie, zo erg is het nu ook weer niet. We hebben het naar een paar kinderpornosites gestuurd. Gisteravond hebben we een hele grote lamgelegd.'

Annie dacht hier even over na en riep toen: 'Zo! Gaaf, zeg!'

Grace staarde strak naar de grond: zij bewaarde haar grijns voor later. Toen ze weer opkeek, was het tijdbalkje bijna helemaal blauw... en stond de klok op negenentwintig minuten.

In een voorstad van Detroit, Michigan, stond een vrachtwagen van Good Health Zuivel bij de ingang van een enorm gebouw. Honderden mensen die erlangs naar binnen liepen, keken er verwonderd naar. Ze ergerden zich aan de kinderen uit de buurt die erbij rondhingen, op de treeplank klommen, hun neus tegen de ramen drukten, en vrij ongepast liepen te roepen en te gillen.

De oudste, een jongen van een jaar of elf, gluurde in de cabine en gebaarde naar zijn vriendje. 'Er zit een computer in,' fluisterde hij, en hij tikte met zijn vinger tegen de ruit en wees naar het gloeiende schermpje, waarop allerlei felblauwe getallen stonden te knipperen. 'Daar kun je vast een smak geld voor vangen!'

Zijn vriend hield zijn handen boven zijn ogen en tuurde naar binnen. 'Wat zouden die cijfertjes betekenen?'

'Weet ik veel! Zullen we het raam kapotslaan, dat ding eruitrukken en maken dat we wegkomen?'

Zijn vriend keek naar de mensenstroom en de auto's die de parkeerplaats op reden. 'Het is nog veel te druk! We wachten tot iedereen binnen is.'

Dus klommen ze weer naar beneden en gingen op de treeplank hun schat zitten bewaken.

Magozzi werd helemaal gek: hij zag die verdomde klok maar de ene seconde na de andere wegtikken. Maar eindelijk maakte het laatste stukje blauw de tijdbalk vol. Toen hield hij het niet langer, en brak hij zijn eigen belofte om uit de weg te blijven en zich stil te houden: 'Was dat het? Is het klaar? Is alles nu voorbij?'

Harley wierp een snelle blik in zijn richting. Het verraste hem dat Magozzi daar stond, want hij had zich zo lang volledig op het computerscherm geconcentreerd, dat hij helemaal niets had gemerkt van wat er om hem heen gebeurde, wat overigens voor alle Monkeewrenchers gold. 'Nu is het programma geïnstalleerd.'

Meteen daarop vlogen Roadrunners vingers weer over de toetsen. Grace en Annie leunden op zijn schouders en keken op het scherm wat hij typte.

Magozzi knikte een paar maal kort achter elkaar. 'Geweldig, geweldig: het virus is geïnstalleerd. Nu kun je het dus gaan toepassen. Toch?'

Hij maakte een sprongetje van schrik toen Grace naar achteren reikte en zijn hand aanraakte. 'Nog niet, Magozzi. Als we het nu al toepassen, vernietigen we deze computer. En alleen via deze computer kunnen we met die vrachtwagens communiceren.'

Magozzi kon er geen touw meer aan vastknopen. Happend naar lucht als een vis op het droge riep hij: 'Ik snap het niet, verdorie, ik snap het niet!'

Harley kreeg medelijden met hem. 'Via deze computer smokkelen we het virus naar de trucks, begrijp je? Die boordcomputers zijn namelijk zo ingesteld, dat ze alleen gegevens accepteren, die rechtstreeks van de hostcomputer komen en absoluut nergens anders vandaan. Dus sturen wij ze gewoon een pakketje van mamma! We laden het virusprogramma hier, maar zonder het uit te voeren, laten deze computer het vervolgens doorsturen naar de trucks... en dan sturen we er het uitvoercommando pas achteraan.'

'En wat doet dat verdomme dan?' vroeg Magozzi.

Harley glimlachte zelfs. 'Dat, mijn vriend, vernietigt de boordcomputers... en daarmee het detonatiecommando.'

Eindelijk haalde Magozzi weer adem. 'Oké-oké, nu snap ik het. En hoelang duurt dat alles nu nog?'

'Roadrunner is net klaar met het versturen van het virusprogramma naar de trucks. Het uitvoeren ervan duurt zeker vijf minuten, misschien nog iets langer.'

Magozzi's ogen vlogen naar het computerscherm, in het bijzonder de aftelklok. 'Christus man, we hebben nog maar twaalf minuten!'

'Ik weet het: het wordt krapjes... O, jezus!' Harley staarde met open mond naar het scherm.

Magozzi dwong zichzelf ook te kijken. De monitor was helemaal zwart, met in het midden een paar grote, knipperende, rode letters:

DETONATIEREEKS GESTART

DETONATIEREEKS GESTART

Niemand rond de computer verroerde zich. Iedereen staarde naar de monitor en brak zich het hoofd over de betekenis van die rode letters op dat zwarte veld.

Magozzi wilde iets stoms vragen, zoals: 'Wat houdt dat in godsnaam in?', maar hij wist donders goed wat het inhield, en trouwens, hij kreeg zijn lippen niet eens van elkaar. Maar het meest angstaanjagend vond hij nog wel het moment, waarop Roadrunners handen zichtbaar begonnen te trillen.

'Krijg nou tieten!' brulde Harley, en hij duwde Roadrunner opzij om naar het scherm te kijken.

Iedereen kwam nu dichterbij geschuifeld – Knudsen, de zwarte pakken, de gevaarlijkestoffenmannen... Ze bewogen zich als een blok, dat abrupt stilstond toen ze de letters op het scherm konden lezen.

'Wat wil dat zeggen?' hijgde Knudsen, zo wit als een doek.

Roadrunner keek niet eens op om te zien wie dat vroeg. 'Ze moeten die detonatiereeks zo hebben ingesteld, dat hij op een bepaald moment in de aftelling vanzelf begon te uploaden. Dat proces is blijkbaar al gestart toen wij nog bezig waren met ons virus. En omdat die boordcomputers maar één programma tegelijk kunnen laden, hebben ze er eentje afgestoten.'

'Welk dan?' fluisterde Gino.

'Moeilijk te zeggen. Normaal gesproken zouden ze ze in chronologische volgorde moeten pakken – wat zou betekenen dat ze het virus uitvoeren en het detonatiecommando afstoten – maar als dát het geval was, zou die boodschap er niet moeten staan.'

Grace sloot haar ogen. 'De detonatiereeks had prioriteit... Als ik dit zootje had opgezet, had ik een automatische barrière ingebouwd, die alle andere commando's zou blokkeren.'

'Ik ook.' Roadrunner was bijna niet meer te verstaan, zo erg trilde zijn stem.

En op dat moment kreeg Magozzi een vreemd gevoel in zijn hoofd, daarna in zijn nek, zijn schouders en helemaal naar beneden, ergens tot in zijn maag – gevolgd door een vreemde sereniteit. Hij vermoedde dat het veel leek op wat terminale patiënten voelden als ze hun ophanden zijnde dood erkenden, hun verzet staakten en alles over zich heen lieten komen. Zeker duizend mensen ergens in dit land hadden minder dan vijf minuten te leven, en zij konden daar verdomme helemaal niets meer aan veranderen. *Sluit je dus maar af en laat het los.*

Roadrunner had intussen gewoon door zitten praten. Magozzi ving er nog het laatste stuk van op: '...dus onze enige hoop is, dat een deel van het virus er toch doorheen is gekomen, en dat dit de computer dusdanig aantast, dat deze de detonatiereeks niet kan afmaken...'

En toen verdwenen opeens de woorden DETONATIEREEKS GESTART en verscheen er een nieuwe boodschap op het scherm: DOWNLOAD COMPLEET.

'Welke download?' riep Magozzi uit. 'Het virus of de detonatiecode?'

Achter zijn dichtgeknepen lippen, hield Roadrunner zijn adem in. Hij wees met een trillende, kromme vinger naar de klok in de rechterbovenhoek van het scherm: het aftellen was op iets minder dan twee minuten gestopt.

Magozzi had geen idee wat dat nu weer betekende, noch iemand anders in de ruimte.

Iedereen hing schuin naar voren – alsof ze tegen een straffe wind in liepen – en staarde met een wilde blik naar de monitor. *Was de complete ontploffingscode doorgeseind? Had de klok het mis? Waren er nu duizenden mensen dood?*

Magozzi keek vertwijfeld van Grace naar Annie en toen naar

Harley. Zij zagen er alle drie uit alsof ze elk moment in konden storten. Toen Roadrunner zijn stoel begon te draaien, wilde hij al bijna weglopen, uit angst voor de blik in diens ogen, maar hij dwong zichzelf te blijven staan. Dat was wel het minste dat hij kon doen.

Roadrunner maakte zijn draai af, en de eerste die hij in de ogen keek, was Magozzi. 'Het is ons gelukt!' zei hij met een brede grijns. 'We hebben de boel stopgezet.'

Een enorm kabaal barstte los.

Roadrunner keek stomverbaasd op, en zag tientallen mensen, van wie hij niet eens wist dat ze er al die tijd bij waren geweest. Ook Harley, Annie en Grace draaiden zich verbouwereerd om naar de toestromende menigte. De hele ruimte stond vol met mensen: ze juichten, klopten elkaar op de rug en stormden op de Monkeewrenchers af, als groupies bij een rockconcert.

Het gejoel en gejubel ging nog lange tijd door.

37

Het was een verblindend zonnige ochtend in het veld buiten het gebouw, dat dood, haat en vernietiging onderdak had verleend.

Toen Magozzi diep ademhaalde, rook hij de brandlucht uit Four Corners, maar zelfs dat rook nu lekker. Zijn hand lag net zo stevig rond Grace' arm, als Charlie zich tegen haar benen aan schurkte. Het gaf hem een goed gevoel: hij had handen, de hond niet – voordeel Magozzi. Hij kneep zijn ogen dicht tegen het zonlicht en keek naar de chaos van auto's, vrachtwagens, helikopters en mensen om hem heen – en vond de wereld verdomde mooi.

Toen keek hij naar Grace, in een poging haar gezichtsuitdrukking te lezen, tot hij zich realiseerde hoe dom dat was. Dus keek hij maar naar Roadrunner, op wiens gezicht altijd volop emoties af te lezen waren. Maar zelfs dat betrouwbare gelaat was nu onmogelijk te peilen. Roadrunner keek alsof iemand de stop uit hem had getrokken, waarna hij helemaal leeg was gelopen.

En Harley stond te fronsen naar alle commotie rondom hem, met de blik van iemand die net naakt is ontwaakt in een kamer vol mensen. Toen haalde hij zijn schouders op, liep naar Knudsen en overhandigde hem een vel papier. 'Hier heb je de coördinaten van die twee trucks. Ikzelf weet bij god niet waar ze staan, voor mij zijn het allemaal maar cijfertjes.'

Knudsen nam het papier van hem aan zonder Harleys blik los te laten. Hij keek alsof hij op het punt stond in tranen uit te barsten, maar opeens verscheen er een brede glimlach.

Wat een verbijsterende hoop tanden, dacht Harley. Hij leek een beetje op een muildier dat elk moment kon gaan balken.

En het werd nog drukker op het veld want er landden nog een

paar helikopters en er kwamen een hele hoop auto's en bestel-busjes bij.

Een omvangrijk team kreeg eindelijk toestemming om in het gebouw uit te zwermen en zette koers naar binnen, richting kneedbom en gifwagens. Door de dikke, witte pakken was niet te zien of het om mannen of vrouwen ging.

Een ander gevaarlijkestoffenteam fladderde met een eender doel om iedereen heen die in de machineschuur was geweest. Met lange staven, verbonden met een tiental verschillende instrumenten, tastten ze de betreffende persoon af, waarna deze voor nader onderzoek achter in hun bestelbus werd gedirigeerd.

Halloran en Magozzi moesten hulpeloos toezien, hoe Sharon, Grace en Annie wel honderdmaal aan een globale inspectie werden onderworpen.

'Het is gewoon uit voorzorg,' trachtte Knudsen hen gerust te stellen. 'Een automatisme. En ze zitten nu eenmaal in de hoogste risicogroep, want niet alleen zijn ze in die schuur bij al die vrachtwagens geweest; ze waren ook in Four Corners, waar de eerste vrachtwagen is verongelukt. Ze moeten worden schoon verklaard.'

'We weten niet eens of er wel wat in die trucks zit!' klaagde Magozzi.

'Dat checkt het andere team dus op dit moment. En tot we van hen de bevestiging krijgen dat er geen enkel gevaar is, handelen we ernaar alsof dat wel het geval is.'

'Wat stom!' gromde Halloran. 'We zijn immers allemaal daarbinnen geweest.'

'Weet ik, en wij zijn dan ook straks aan de beurt.'

Gino trok een gezicht. 'Shit, komen daar ook naalden aan te pas?'

Knudsen grijnsde alleen maar naar hem.

Toen Gino en Magozzi eindelijk het testbusje weer uit mochten, rolde Gino zijn mouwen naar beneden en stampte zo stoer mogelijk weg. 'Nou, dat was zo'n beetje de vernederendste ervaring van mijn hele leven! En dan tel ik die keer mee dat ik uit mijn broek scheurde, net toen ik een medaille kreeg opgespeld voor mijn bijdrage in de Monkeewrench-zaak... Ik voel me alsof mijn ballen door buitenaardse wezens zijn geoogst of zo.'

Magozzi grinnikte. Maar Knudsen keek haast net zo gekweld als Gino. En toen hij een surveillancewagen uit Missaqua County de landweg op zag komen rijden, betrok zijn gezicht helemaal. 'Dat is sheriff Pitala,' zei hij, met een grafstem. 'Zijn zuster was de eigenares van het café in Four Corners.'

'Heeft zij weten te ontsnappen?'

'Wie zal het zeggen? Ze bergen daar nog steeds lijken. Maar tot nu toe geen vrouwen, voor zover ze kunnen beoordelen.'

Magozzi knikte. 'Dus er is nog wat hoop.'

'Ik weet het niet. We moeten hoognodig met de vrouwen praten, zij zijn de enigen die erbij zijn geweest.'

'Ja, wat heb je in vredesnaam met hun gedaan?' wilde Gino weten. 'Ik heb ze niet meer gezien, sinds jij me die rijdende reageerbuis in duwde en de deur dichtkwakte.'

Knudsen leek nogal perplex. 'Die zitten allang in die touringcar van jullie! En die dikke met die slaapkamerogen...?'

Magozzi moest even gniffelen – elke man die Annie voor het eerst zag, reageerde hetzelfde, en elke keer daarop weer. 'Annie Belinsky, bedoel je?'

'Ja, die. Die zei dat de volgende die haar wilde spreken voor zij had gedoucht, er met de zweep van langs kreeg. En ik zweer je: daar is ze toe in staat! Zeker als ze wordt gesteund door die getatoeëerde undercover-reus uit Kingsford County. Zijn die twee getrouwd of zo?'

'In de verste verte niet.'

'Mm. Maar goed, zodra ze daarbinnen klaar zijn, beginnen we met de debriefing, hoor. Op dit moment weten zij meer dan wij allemaal bij elkaar. We hebben er trouwens ook nog drie in de cel weten te stoppen. Ze waren op de vlucht voor de brand in Four Corners: camouflage-outfit, M16's – precies zoals dat mens aan de telefoon zei...'

Magozzi verstrakte een beetje. '"Dat mens" heet Grace Mac-Bride, agent Knudsen.'

Knudsen staarde hem een paar tellen aan terwijl hij in zijn

hoofd een aantekening van deze connectie maakte, zodat hij weer wist waar iedereen stond. 'Het spijt me, rechercheur... Hoe dan ook, we moeten weten wat deze vrouwen te vertellen hebben, voor we aan de verhoren kunnen beginnen.'

Hij draaide zijn hoofd, toen de surveillancewagen naast hen stopte en sheriff Pitala eruit stapte.

Zijn uniform zat onder het roet, hij zag er afgepeigerd uit en liep een beetje krom, wat Magozzi niet eerder aan hem was opgevallen, alsof hij gebukt ging onder verdriet, waarvan hij niet zeker wist of hij het wel moest dragen. Hij knikte naar het groepje en richtte zich toen tot Knudsen. 'Ik kan niemand vinden die me over Hazel kan vertellen,' zei hij. 'Dus dacht ik dat jij me misschien kon helpen.'

'Wie is Hazel?'

De stem kwam vanaf het trapje van de touringcar. Iedereen draaide zich om en daar stond Grace MacBride met haar donkere haar druipend over haar schouders, en Charlie, die weer geheel misplaatst zat te grijnzen, tegen haar benen gedrukt.

Dat stomme beest heeft geen idee wat zich hier allemaal afspeelt, dacht Magozzi – en toen besefte hij dat dat ook wel zo'n beetje voor hemzelf gold. *Zolang Grace er maar in rondloopt, is de wereld precies zoals hij moet zijn.*

Sheriff Pitala keek naar Grace en nam zijn hoed af, een beleefdheidsgebaar dat er bij hem zo ingebakken zat, dat het alles oversteeg. 'Sheriff Ed Pitala, mevrouw, aangenaam. Hazel is mijn zus. Zij runde het café van Four Corners.'

Grace keek hem even aan en knikte toen, haast onmerkbaar. 'Komt u binnen, sheriff.'

Halloran en Bonar dwaalden tussen de warboel van auto's naast de machineschuur die er al hadden gestaan toen zij arriveerden. Het was een bonte verzameling van oud en nieuw: auto's, vrachtwagens, bestelbussen...

'Van wie denk jij dat deze zijn?' vroeg Bonar.

'Volgens Sharon zijn dit de auto's die in Four Corners waren op het moment dat daar alles gebeurde. Tegen de tijd dat zij, Grace en Annie in het stadje aankwamen, was daar geen enkel vervoer-middel meer te vinden.'

Bonar huiverde. 'Weet je, het zijn altijd de details die je het ergst aangrijpen. Zoals een stadje binnenlopen waar geen mensen meer zijn, geen auto's, geen geluiden... Dat moet een bevreemdende er-varing zijn geweest.'

Maar Halloran hoorde hem al niet meer. Hij staarde naar een grote, verschoten blauwe personenauto, die bijna geheel schuil-ging achter een met kogelgaten doorzeefde pick-uptruck. Samen met Bonar liep hij erheen en keek naar de zijkant. Op het chauf-feursportier stond een handgeschilderd logo, met ietwat scheve, witte letters, die hier en daar waren uitgelopen in het bleekblauw.

'DE TAARTENDAME'. Bonar las het voor als een zucht.

Toen zwegen ze allebei een poos.

'Onderweg naar die bruiloft waarschijnlijk even gestopt bij dat café, voor een tussendoortje,' zei Halloran. 'Die Gretchen, altijd te porren voor een donut...'

Bonar staarde over het veld in de verte. 'Dat wordt een flinke klap voor Ernie.'

'Nou en of!'

'In wat voor wereld leven we nou, Mike... waar mensen zenuw-gas in melktankwagens stoppen en een hele hoop moeite doen om een stel andere mensen – die ze helemaal niet kennen – te ver-moorden?'

Halloran dacht hier een minuutje over na. 'Het is nog steeds dezelfde wereld, Bonar, met dezelfde haat. Het zijn alleen andere wapens.'

38

Het kostte agent Knudsen en de onheilspellende mannen in zwarte pakken uit de onheilspellende, zwarte helikopter ruim zeven uur om Grace, Sharon en Annie te debriefen.

De Matrix-lookalikes waren beleefd en spraken met zachte stem, maar waren duidelijk niet gewend iemand te ondervragen die een schurftige straathond aan haar zij had. Maar niet een van hen kwam op het idee Grace te verzoeken of haar hond misschien even weg mocht. Zoiets hadden ze nog niet eerder aan de hand gehad.

'Prima hoor, als jullie ze per se willen debriefen,' had Magozzi gezegd. 'Maar dan wel hier in het veld, in de bus of in de schuur. Want wij gaan van hieruit rechtstreeks naar huis, en meer kansen krijgen jullie niet.'

Een idioot had daarop nog getracht zijn niet-bestaande gezag te doen gelden, door het aanhalen van allerlei statuten en gedragslijnen, die voorschreven dat een FBI-debriefing altijd moest plaatsvinden op een FBI-kantoor, met het vereiste instrumentarium en het verplichte aantal getuigen. Maar agent Knudsen had hem met een enkel handgebaar tot zwijgen gebracht.

Dat joch, dacht Halloran, *heeft veel meer macht dan wij allen hebben beseft.*

Toen alles achter de rug was, begeleidde agent Knudsen de dames persoonlijk terug naar hun touringcar. Tegen die tijd begon de zon van deze chaotische dag alweer langzaam onder te gaan en waren de meeste helikopters en auto's alweer vertrokken.

Magozzi kwam hen bij de deur tegemoet, een kleurige theedoek bij wijze van schort voorgeknoopt. Zijn grimmige blik paste daar helemaal niet bij. Hij keek eerst naar Knudsen en toen naar Grace. 'Gaan we hem voeren of opvreten?'

Charlie had in de afgelopen uren een aantal dingen over agent Knudsen besloten. Hij liep op hem af, ging vlak naast hem zitten en stak zijn kop omhoog voor een klopje. Knudsen haatte honden: dat had hij altijd gedaan en zou hij altijd blijven doen, op deze ene na. Toen hij zijn hand op Charlies kop legde, begon diens staartstompje te schudden.

'Voeren,' antwoordde Grace.

We hadden hem veel eerder moeten volstoppen, dacht Magozzi een paar uur later. Want alle vet, koolhydraten en eiwitten, die Harley en Bonar in een waanzinnige kooksessie bij elkaar hadden weten te flansen, hadden weinig veranderd aan het effect van de drie glazen bordeaux die agent Knudsen voor deze maaltijd achterover had geslagen. En hij had alweer een glas voor zich staan.

Grace, Sharon en Annie waren tijdens het eten akelig stil gebleven. Ook de anderen hadden zich opvallend rustig gehouden. Ze waren in gedachten op kousenvoeten om hen heen getrippeld, alsof het om recent van het slagveld teruggekeerde veteranen ging – wat ze in zekere zin ook waren.

De vrouwen zaten aan de ene kant van de tafel dicht tegen elkaar, de mannen ertegenover op een kluitje. Magozzi had het gevoel gehad, dat er precies door het midden een metersdiepe kloof liep, en had zich afgevraagd hoe moeilijk het zou worden deze te overbruggen.

Het enige hoopgevende was voor hem het moment geweest, waarop de drie vrouwen zich hadden verontschuldigd en achter in de bus waren neergeploft op de bedden die uit de wanden van het kantoortje konden worden neergeklapt. Grace had niet echt naar hem geglimlacht, maar had in het voorbijgaan wel even met haar vingers over de rug van zijn hand gestreken.

En Annie was, voor ze in de lange gang verdween, heel even in de deuropening blijven staan, in een wolk van roze chiffon en veertjes, van de kamerjas die ze na het douchen had aangetrokken, één en al decolleté en poezelige appetijtelijkheid.

Gino's mond was wijd opengevallen en hij had zich hardop afgevraagd, hoe de FBI het in godsnaam voor elkaar had gekregen haar in die outfit te debriefen.

'Ach,' had Annie gezegd, 'nog niet zo heel lang geleden lag dit goddelijke lichaam tot aan de nek in een schuimend meer, zij aan zij met een dooie koe!'

Alle mannen in de bus lachten naar haar.

Van deze drie vrouwen was Annie de ultieme *survivor*: de enige die door een hel kon gaan en het dan meteen weer kon loslaten. Magozzi vroeg zich af wat in haar verleden haar zo had gemaakt – op het doodsteken van die man op haar zeventiende na.

Agent Knudsen, die intussen echt stomdronken was, grijnsde scheef en hief zijn glas naar haar op. 'Nog niet zo heel lang geleden, dame, lag u tot aan uw nek in een schuimend meer... naast een vrachtwagen vol zenuwgas.' En hij zwaaide zo heftig met zijn glas, dat er een plasje wijn op tafel belandde.

Annie maakte een knicksje naar hem en verdween in de gang.

'Welke vrachtwagen, welk meer? Waar hebben jullie het in vredesnaam over?' wilde Gino weten, tegelijk glazig en agressief kijkend.

'Heb jij Angela eigenlijk al gebeld?' vroeg Magozzi hem.

'Zo'n twintigduizend keer,' zei Gino, en hij rolde met zijn ogen richting Harley. 'Ik hoop maar dat jij wat vrije belminuten krijgt op die satelliettelefoon!' Toen draaide hij zijn hoofd weer naar Knudsen en zei: 'Maar wat is dat nou voor gezeik over een meer?'

Knudsen maakte de fout van veel niet-drinkers met een stevige slok op: hij begon druk te gebaren met zijn glas in de hand. Roadrunner begon meteen druk de druppels op te deppen. 'Oorspronkelijk waren er drie vrachtwagens en dus drie doelwitten. Maar de eerste kreeg een ongeluk en schaarde midden in Four Corners. Die schoven ze vervolgens een meertje in – waar de vrouwen zich op een gegeven moment in hebben moeten verstoppen. Het is een heel lang verhaal.'

Maar zo gemakkelijk liet Harley zich niet afschudden. 'Zit je me nou te bedotten, of wat? Zijn onze vrouwen echt blootgesteld aan dat gas?'

Knudsen tuitte zijn lippen. 'Maak je geen zorgen, je gelooft niet hoe snel sarin hydrolyseert. En trouwens, er zat waarschijnlijk al niet zoveel meer in die truck.' Hij liet hij zijn kin zakken en trok zijn wenkbrauwen bijna tot aan zijn haarlijn op. 'Kijk, als het om VX was gegaan, dan was het een heel ander verhaal geweest: boel narigheid, groot probleem.' Hij grijnsde dommig en geheel misplaatst, net zoals Charlie eerder.

Tot op dat moment had Roadrunner zich nogal op de achtergrond gehouden, zeker voor iemand die letterlijk de dag had gered. 'Wat waren die doelwitten nou?' vroeg hij beleefd, respectvol haast. Hij wilde weten wie hij eigenlijk had gered.

Deze vraag ontnuchterde iedereen meteen.

Zelfs Knudsen zette zijn glas neer en leek iets helderder uit zijn ogen te kijken. 'Dat mag ik niet vertellen.'

Gino vloog meteen op. 'Dat mag je niet vertellen aan degene die ook jou heeft gered? Mag ik vragen wie er meer recht op heeft het te weten?'

Knudsen prutste nog wat aan de steel van zijn glas en richtte toen zijn blik op Roadrunner, zoals het hoorde. 'De ene vrachtwagen stond geparkeerd voor een moskee even buiten Detroit – een van de grootste moskeeën van ons land. De andere stond bij een kantoor van de immigratiedienst, in een buitenwijk van Chicago.'

Iedereen zweeg.

Magozzi keek naar zijn handen voor hem op tafel. Hij bedacht hoe slim en deskundig ze in sommige dingen waren, hoe veelzijdig, maar uiteindelijk ook: hoe hulpeloos. 'Het was een boodschap aan de wereld.'

Knudsen knikte. Hij leek weer helemaal nuchter. 'Daar ziet het wel naar uit. Ze zijn zeer zorgvuldig te werk gegaan bij het selecteren van de locaties. Die moskee en dat immigratiekantoor lagen allebei vrij afgelegen, wat de doelwitten behoorlijk specifiek maakt.' Hij rommelde in zijn zak en haalde er een verkreukeld visitekaartje uit, dat hij op tafel gladstreek. 'Hier hebben we er een stuk of duizend van gevonden, in Hemmers bureau op de zuivelfabriek.'

Alle mannen bogen zich naar voren om het kaartje te kunnen lezen. Er stond geen naam op, geen adres, geen logo of zoiets – slechts een simpel citaat:

'...het is hun recht, het is hun plicht om te zorgen voor nieuwe Gardes, voor een veilige toekomst.'

'Klinkt bekend,' mompelde Halloran.

'Dat mag ook wel,' zei Bonar. 'Het komt uit de Onafhankelijkheidsverklaring. Dat is wat de voorvaderen zeiden dat je moest doen wanneer de regering niet genoeg deed om je te beschermen.'

Knudsen knikte somber.

Dit is dus die gevreesde, duistere plek, dacht Magozzi, *die wanhopige plek waar mensen naar vluchten, wanneer hun woede en angst geen andere uitweg meer weten; die redelijkheid, mededogen en gezond verstand uitvlakt, en alle andere hogere vermogens van de menselijke geest die de beschaving altijd heeft gekoesterd.*

Niemand had nu nog zin om te praten.

De een kwam tot rust in een leren ligstoel, anderen kropen naast elkaar op een slaapbank. Roadrunner kon het moederen weer niet laten en voorzag iedereen van een deken voor hij zich languit in het gangpad uitstrekte en meteen in slaap viel.

Tot zijn eeuwige schande ontwaakte Harley midden in de nacht op een van de slaapbanken, met zijn beide armen stevig om een tevreden snurkende agent Knudsen geslagen.

39

Sharon Mueller was al voor dag en dauw op. Gehuld in een ruime, badstof ochtendjas uit een van de kasten van de touringcar stond ze naast de bloederige patrouillewagen van hulpsheriff Douglas Lee.

Het was rustig op het veld. Dauw fonkelde op de rijpe kopjes van het hoge gras en hoog boven haar cirkelde een havik, die af en toe krijste naar zijn metgezel.

In de verte hoorde ze de deur van de bus zachtjes dichtgaan, waarna ze Halloran dichterbij voelde komen. Ze hoefde niet om te kijken om te weten dat hij het was. Ze zou nooit meer om hoeven kijken om te weten dat hij er was.

Hij kwam naast haar staan, met zijn handen diep in zijn zakken en zijn lichte blik strak op de auto gericht. 'Wie heeft die vent, die deed alsof hij hulpsheriff Lee was, gedood?'

'Ik.'

Het verbaasde haar hoe gemakkelijk dat eruitglipte: geen allesvertroebelend schuldgevoel, geen sluimerende vragen... Nee, geen van de twijfels die altijd haar hoofd binnenslopen, als ze een wapen vasthield dat leek op het wapen dat haar moeders leven had beëindigd en die haar altijd weer deden aarzelen bij het overhalen van de trekker om een ander leven te beëindigen.

Het was deels waarom ze, maanden geleden alweer, in die garage onder het Monkeewrench-kantoor, was neergeschoten. Ze was niet te traag geweest met het trekken van haar wapen en het overhalen van de trekker, om te verhinderen dat een moordenaar haar beschoot. Nee: haar verleden had haar verlamd en daardoor had ze als politieagent gefaald.

Maar dat alles was nu voorbij. Als ze dat wilde, kon ze nu terug naar Kingsford County, en weer de straat op. Misschien dat ze zelfs terug naar Halloran kon.

Halloran knipperde niet eens met zijn ogen. Hij knikte slechts en zei: 'Het was legitiem.'

'Ik heb hem in de rug geschoten,' zei Sharon.

'Dan nog.'

'Weet ik. Ik zit er ook niet mee.'

Halloran slikte. Hij vroeg zich af hoe anderen dit deden. *Ach, als kind kon je het ook*, sprak hij zichzelf moed in. *Elke keer als je op de rand van dat klif bij de kalksteengroeve stond en aan dat touw over het water slingerde, hoopte je dat je niet te pletter sloeg tegen de scherpe rotsen die onder je lagen te wachten.* 'Ik dacht dat wij misschien maar eens moesten trouwen – kindjes, de hele mikmak...'

Sharon lag meteen dubbel van het lachen.

Halloran vroeg zich af of hij net een compleet waanzinnige ten huwelijk had gevraagd, of dat hij het weer grandioos had verknald, zoals alles in zijn leven.

'O, mijn god, Mike. Sorry, hoor,' hijgde ze ten slotte. En ze kwam weer rechtop en deed een manmoedige poging een bij de gelegenheid passend gezicht te trekken. 'Maar we zijn zelfs nog nooit met elkaar uit geweest!'

'Oké. Als je wilt, doen we dat eerst.'

En toen draaide ze zich naar hem toe, greep met beide handen zijn besnorde gezicht en trok hem naar zich toe.

Halloran voelde de vrouw onder de dikke ochtendjas... en zag in gedachten de vrouw met de rode jurk, de hoge hakken en de lippen als gekleurd water die, op een oktoberdag lang, lang geleden, op het bureau van de sheriff van Kingsford County haar hand op zijn hart had gelegd en had geweigerd hem daar weg te halen...

Vijf uur later stonden Gino en Magozzi tegen de zijkant van de touringcar geleund, en tuurden over een verlaten asfaltweg heen naar een gigantische boerenschuur aan de andere kant van een

308

maïsveld. Grace' Range Rover stond vlak achter hen, en de weg was hier zo smal, dat de twee voertuigen hem geheel blokkeerden. Echter, in aanmerking genomen wat ze het afgelopen uur waren tegengekomen, was de kans klein dat er iemand langs zou willen. Volgens Gino was Noord-Wisconsin echt het einde van de wereld. Ze hoorden een enkele merel roepen in het veld naast de schuur, maar niet veel meer.

'Dus daar is het allemaal mee begonnen,' zei Magozzi, en hij draaide zijn hoofd, om de schuur nog eens vanuit een andere hoek te bekijken.

Grace kwam tussen hen in staan. 'Dat is 'm nou.'

Gino schudde vol ongeloof zijn hoofd. 'Dus Sharon is tachtig kilometer omgereden om jullie dit te laten zien?'

'Klopt.'

Hij duwde zich af van de zonverhitte, metalen zijkant van de bus. 'Het is zo'n beetje het achterlijkste wat ik ooit heb gezien,' zei hij. En toen klom hij de bus weer in, voor een verfrissing en nog wat van die kleverige chocoladetroep met die onuitspreekbare naam, die Harley gisteravond had gemaakt. Hij had dit uitstapje helemaal niet meer willen maken, hij popelde om terug naar huis te gaan, naar Angela.

'Nou, ik vind het anders behoorlijk indrukwekkend,' zei Magozzi, toen Gino weg was.

De hele zijkant van de schuur was beschilderd met een verbluffend nauwkeurige reproductie van Leonardo's Mona Lisa, gekleed in een T-shirt met HUP WISCONSIN!

Grace schonk hem net zo'n glimlach als de Mona Lisa op de schuurmuur. 'Weet je wat het is?' zei ze. 'Als wij niet waren omgereden om deze schuur te zien – volgens Gino het achterlijkste wat hij ooit heeft gezien – waren we ook nooit verdwaald geraakt. En dan waren we nooit in Four Corners beland... en waren er nog zeker duizend mensen doodgegaan.'

Ze staarden allebei nog een poos naar de schuur terwijl Grace dacht aan wat er was gebeurd en wat er had kunnen gebeuren... en Magozzi aan wat er zou gebeuren.

'Wil je nu een potje vrijen?' vroeg hij.

Grace keek grijnzend naar haar voeten, en bedacht dat je nooit wist hoe weinig tijd je nog had. Maar soms, als je heel veel geluk had, kreeg je een piepkleine hint over hoe je die tijd zou moeten doorbrengen.